Les abysses du mal

Marc Charuel

Les abysses du mal

ROMAN

Albin Michel

Quand le chagrin est là, une journée dure autant que trois automnes.

Lê Thánh Tông

Prologue

Émilie a mal aux poignets, mal aux chevilles. Elle a froid jusqu'au fond des os. Elle n'a aucune idée de l'endroit où elle se trouve. Aucune idée de l'heure. L'obscurité est totale. Elle voudrait appeler, mais quelque chose sur sa bouche l'en empêche. Un mal de crâne tenace ne la quitte pas depuis qu'elle a repris conscience. Il lui semble avoir le cerveau en compote. Elle ne parvient pas à rassembler ses pensées. Une sensation d'épuisement intense la traverse. Elle voudrait pouvoir s'allonger et dormir. Sombrer dans un profond sommeil sans odeurs, sans bruits, sans cauchemars. Un relent sucré, légèrement écœurant, a envahi l'endroit. C'est subtil, presque indétectable, mais maintenant ça pue.

Des petits sons métalliques. À droite, à gauche, derrière elle… Elle ne sait plus. Elle entend aussi un chuchotis, comme une plainte, une voix au bord de l'évanouissement, qui hésite entre pleurs et râles. Plus Émilie revient à elle, plus la peur lui noue les intestins. Elle transpire. Une sueur glacée coule le long de sa colonne vertébrale, entre ses seins, sur son front. Elle respire par à-coups parce qu'elle est en train de s'enrhumer et que son nez se bouche. Elle ne parvient pas à entrouvrir les lèvres. Elle doit produire de plus en plus d'efforts pour que l'air parvienne jusqu'à ses poumons. La migraine régresse, mais une douleur sourde s'empare du reste de son corps. Ses poignets, ses avant-bras la brûlent. Ses mollets et le dessous de ses cuisses aussi. Elle comprend brusquement qu'elle est attachée. Elle est écartelée. Bâillonnée. Une frayeur totale la submerge. Elle se cambre et tente de se libérer. Elle rugit derrière sa muselière. Elle hurle et elle crache. Elle écarquille les yeux pour percer l'opacité de la pièce.

L'homme la regarde. Il attend ce moment depuis presque une heure. L'amplificateur de lumière produit une image verte, diaphane, sans ombres. La caméra enregistre les images en silence. La fille est parfaite. Merveilleuse dans son rôle. Les effets de l'injection paralysante commencent à se dissiper. Elle suffoque, elle halète, elle se tortille sur sa croix. Elle essaie désespérément de se libérer de ses liens. Manifestement, elle sera une excellente patiente.

Sur une petite table roulante, il a posé les instruments dont il va se servir. Quand il rallumera la lumière et qu'il la poussera jusqu'à elle, la fille pourra d'un seul coup d'œil embrasser les objets de son supplice. Sans doute ne comprendra-t-elle pas immédiatement à quoi servent les brodequins, l'entonnoir, la boîte à clous ou les cordes salées. Sans doute n'a-t-elle aucune idée des tourments qu'infligeait l'Inquisition à ses victimes. Ce sera une mise en condition, avant de lui faire subir une autre gamme de tortures avec du matériel moderne.

L'idée le fait sourire. Plus les outils sont simples, plus l'effet sur les victimes est saisissant, et plus les clients sont satisfaits. Les amateurs de sensations fortes auxquels il s'adresse choisissent toujours les ustensiles de base, ceux qui s'achètent en magasin. Clé anglaise, pince à dénuder les fils, cylindre à râper, sèche-cheveux.

L'effet est toujours garanti, contrairement aux trucs compliqués imaginés sur les sites en ligne. Le sourire de l'homme s'accentue. Cette petite caille qui frétille va donner beaucoup de plaisir. Le résultat plaira à ses clients.

Un nouveau bruit. Comme un gloussement. Émilie s'arrête instantanément de bouger. Bloque l'air dans ses poumons. Ouvre plus grand encore les yeux. Elle tend les muscles de ses paupières pour tenter de percer la noirceur de l'endroit. Elle écoute. Les bruits métalliques ont cessé. Ce qui ressemblait à des plaintes, également. Maintenant, elle en est certaine, il y a quelqu'un près d'elle. On respire devant elle. Elle tire sur les cordes qui la retiennent prisonnière, elle contracte tous ses muscles. Elle sent qu'elle va faire sous elle. Elle voudrait se réveiller, sortir de ce cauchemar. Mon Dieu, supplie-t-elle, je n'ai pas mérité ça. Elle lève la tête et le regard pour s'adresser au Seigneur. Elle répète encore et encore sa prière. Pour la première fois depuis qu'elle a repris conscience, elle réalise qu'elle va peut-être mourir. Sa panique revient au galop. Une bile acide remonte de son estomac et envahit sa bouche. Des larmes emplissent ses yeux.

L'homme n'a pas perdu un instant de la scène. C'est un bon début. Il remet le son du magnétophone sur lequel ont été enregistrés les gémissements de ses précédentes proies. Lentement, il pousse le volume. La caméra ne peut rien rater de la terreur animale qui s'est emparée de la fille. Puis il commute la caméra en mode tungstène, et allume le projecteur braqué sur elle.

Émilie grogne derrière son bâillon. Elle a l'impression que la lumière vient de lui transpercer le cerveau. Soudain elle se découvre nue, dans une position obscène. Un miroir lui renvoie son image, le bassin projeté en avant, les jambes écartées et le sexe ouvert. Sa terreur augmente. Quand elle aperçoit enfin la table et les instruments, elle panique complètement. Elle vient de comprendre. La seule chose qu'elle ne sait pas encore, c'est que tout cet attirail n'est pas seulement destiné à la faire souffrir, mais à la tuer aussi.

C'est ce que lui révèle une voix d'homme. Une voix calme et posée. Presque douce. Mais ce qu'elle dit est effrayant. Elle explique à Émilie le cours des événements qui vont suivre comme s'il s'agissait de la dissection d'une souris. La voix parle des outils, de leur usage, des conséquences sur les muscles, sur les nerfs, du temps qui sera consacré à chacun d'eux et de la manière dont la vie la quittera.

Émilie fixe la table. Une nausée irrépressible monte en elle. Elle ne veut pas vomir. Si elle vomit, elle s'étouffera à cause du bâillon. Peut-être est-elle en train de faire le pire cauchemar de sa vie. Elle ne sait plus. Mais il y a cette lumière, la table, les outils trop réels, l'odeur douceâtre qu'elle n'a jamais sentie auparavant. Et la voix. Une telle voix n'existe pas. Ni dans les rêves ni dans les cauchemars les plus improbables.

Il y a sa douleur dans les bras et dans les jambes. Et cette migraine à lui faire exploser le crâne.

Des images cognent dans sa tête. Elle cherche à remonter le fil des dernières heures. Comment est-elle arrivée ici ? Où était-elle avant ? Est-ce le jour, la nuit ? Qui est l'homme qui lui parle avec cet accent chantant qui pourrait faire danser la vie ? Elle cherche dans sa mémoire. Non, elle ne connaît pas cette voix. Alors, comment est-elle arrivée ici ? Cent fois, elle se pose la question. Il n'est tout de même pas sorti du trou de l'enfer ! Elle l'a forcément rencontré quelque part. Ils ont dû se parler. Elle l'a suivi. Mais pourquoi ? Comment ?

Une image s'impose lentement. Du soleil. Des murs criblés de lumière. De la chaleur. Maintenant, elle se rappelle. Une église. Oui, elle s'y réfugie. Parce qu'elle a trop chaud ou parce qu'elle doit travailler ? Pour son mémoire d'histoire ! Maintenant, elle en est certaine. Elle est entrée dans l'église pour compléter une planche sur le patrimoine religieux d'Île-de-France. Elle revoit la fin de matinée. Son passage au Terminus, à côté de la gare, pour acheter des cigarettes ; le temps qu'elle a passé à flâner au milieu des belles villas derrière la voie de chemin de fer ; les rouleaux de printemps achetés au Royal d'Or, et son arrêt chez le marchand de cycles pour demander le prix d'un Solex d'occasion. Elle avait trouvé drôle l'idée de revenir chez elle au guidon de cette machine et avait promis de repasser. Repasser quand elle serait ressortie de l'église.

L'église où Arès lui avait donné rendez-vous.

Elle y est allée. Elle se rappelle la fraîcheur qui l'a saisie, à l'intérieur. Elle se rappelle s'être avancée dans la nef avant d'obliquer vers le transept, puis tout se brouille dans sa mémoire.

Elle cherche l'instant où tout a basculé, sans y parvenir. De nouveau, elle se demande pourquoi elle est sur cette croix, nue, terrorisée.

Elle voit tout à coup une main sortir de l'obscurité pour attraper un instrument sur la table. Une sorte de casse-noix géant.

– Nous allons commencer, dit la voix.

Snipers

Les tireurs ont déposé leurs sacs de couche pour ceux dont les armes ne sont pas équipées de bipieds. Ils ont préparé les boîtes à munitions, sorti les carabines de leurs housses, dépoussiéré les lunettes, passé le cordon nettoyeur dans les canons, puis se sont collés leurs Ray-Ban sur le nez avant de remonter dans les voitures pour aller installer les cibles 600 mètres plus loin.

C'est une joyeuse troupe de copains qui, comme chaque samedi, se sont réunis ce matin pour passer la journée ensemble. Il n'est pas encore neuf heures et le soleil chauffe déjà. Pas un nuage pour arrêter les rayons.

Sur la butte de terre du réceptacle, ils accrochent les cartons et les gongs d'acier trempé. Si petits qu'il est impossible de les distinguer à l'œil nu depuis le pas de tir. Tuan Lagrange sourit intérieurement. Il aurait bien imprimé une cible deux fois plus étroite pour la séance d'aujourd'hui, mais à quoi bon ? Il est inutile de susciter les jalousies. Les groupements réalisés avec sa Remington 700, customisée par l'armurerie d'Orange, ont toujours fait jaser. Pas la peine d'exciter les Rambo du club. Ce qu'il agrafe sur le châssis est déjà hors norme, il entend déjà les commentaires des autres lorsqu'il mettra, une fois encore, ses cinq balles dans l'équivalent d'une boîte d'allumettes... Grâce à reload-swiss.com, il a enfin trouvé la poudre idoine pour recharger ses munitions de 308 en 175 grains. Il a maintenant entre les mains une arme redoutable, capable de fusiller à coup sûr un type à 1 200 mètres. Autre chose que le FRF1 de sa jeunesse quand il était jeune para au 8ᵉ RPIMa !

De cette époque il n'a conservé que son surnom : le Viêt. Gagné au cours de ses années de crapahute sur tous les terrains pourris où la France engageait ses troupes. Tchad, Centrafrique, Congo... Tuan avait été de toutes les opérations importantes : Bison en 1971, Tacaud en 1978, Barracuda en 1979. Même Condor, où il fut détaché auprès du 2ᵉ REP pour sauter sur Kolwezi. L'armée n'avait pas de meilleur tireur d'élite que lui. Personne ne comprenait ses scores ni les explications qu'il donnait. Depuis quand le tir était-il un art martial ? Comment pouvait-on projeter son mental à travers le canon d'une carabine ? Comment la pensée du tireur était-elle capable de filer à 800 mètres par seconde vers la cible ? Que voulait dire « capturer l'objectif mentalement » ? Tout un verbiage qui avait d'abord irrité les vieux sous-off' de la coloniale, avant qu'ils ne prennent le jeune parachutiste pour une sorte de sorcier. Le même genre de mecs qui dégommaient leurs copains, en Indochine, sans qu'on ne les aperçoive jamais. Ses qualités exceptionnelles de tireur et ses yeux bridés de métis leur avaient rappelé les rebelles vietminh qu'ils avaient affrontés dans les rizières de Cochinchine ou les montagnes du Tonkin.

Tuan le métis. Tuan le Viêt...

Puis les années passant, il avait orienté sa carrière militaire vers l'instruction parachutiste. Moniteur, largueur. Il aimait les avions, avec toujours une préférence pour les antiques Nord-Atlas, cette machine qui perdait ses boulons dans les vibrations du décollage. Ça le faisait triper. Il aimait l'ambiance des tarmacs, la préparation des sticks, l'odeur du kérosène et du caoutchouc. Il aimait surtout cette jeunesse qui choisissait l'aventure des régiments de troupes de marine, toujours disponible, jamais avare d'efforts, toujours prête à se surpasser, prête au sacrifice suprême. Pour la patrie, pour les copains. C'est pour cette raison, aussi, qu'il était devenu instructeur. Pour préparer ces jeunes garçons le mieux possible au combat. Pour qu'ils reviennent vivants des opérations dans lesquelles seraient engagés leurs régiments. Il avait donc également continué à fréquenter les polygones de tir pour tenter de transmettre aux recrues ses secrets de sniper hors norme.

C'est désormais de l'histoire ancienne, mais Tuan n'a rien oublié.

Chaque séance de tir au club civil de Canjuers le ramène des années en arrière. Retraité de l'armée depuis plus de vingt ans, il est passé du tir militaire au tir sportif mais sans rien abandonner de son désir d'éduquer les jeunes tireurs. Avec la même idée : les préparer au pire.

Le pire ?

Pour Tuan, en ce début de XXIe siècle, le pire est la montée des extrêmes, et principalement du fondamentalisme religieux. Il a en horreur tout ce qui est enturbanné, voilé, couvert de grigris, avec une détestation particulière pour ce que l'islam a produit de radical, le salafisme et autres bigoteries médiévales.

La religion du Mal.

Il en est persuadé, dur comme fer. Il a mis tout le monde dans le même sac. Il voudrait libérer son pays de cette présence de hordes d'étrangers qui grignotent chaque parcelle du territoire. Il porte en lui une colère qui ne faiblit pas.

C'est devenu le combat de sa vie. Rien ni personne de ce qui est arabo-musulman n'a plus grâce à ses yeux. Il a peur pour les siens. Et c'est sans doute la raison pour laquelle il a développé en marge de cette obsession ses activités de tireur de précision et tout ce qui a trait au domaine du survivalisme.

D'une façon générale, on pourrait le qualifier de garçon bien élevé, affable et sympathique. Toujours un sourire quand il s'adresse à quelqu'un et jamais un mot plus haut que l'autre, mais il se prépare bel et bien à la confrontation générale. Patiemment, méthodiquement, en excellent professionnel de la guerre qu'il est resté. Sa maison, dans la banlieue de Fréjus, est devenue une armurerie. Des armes de sniper, des fusils d'assaut, des pistolets, et une montagne de boîtes de munitions de tous calibres.

Quand il n'est pas occupé à l'entraînement sur les divers pas de tir qu'il fréquente, il passe des heures, enfermé dans son garage, à confectionner ses cartouches hors norme grâce auxquelles il tape ses minuscules cibles à des distances incroyables.

Tout le monde, autour de lui, est au courant. Certains se sont laissés convaincre et partagent désormais avec lui la certitude du grand soir qui vient, d'autres en rigolent, ne perdant jamais une occasion de le brocarder. Pour Tuan, la frontière entre les gens intéressants et les autres se situe ici. Même au sein du club.

L'âge de l'adolescence

Flora est allongée sur son lit. Pour la troisième fois, elle lit l'énoncé de l'examen de fin d'année, donné la veille par son professeur de prise de vues. Ce sera la dernière épreuve avant le diplôme. Ensuite, elle y compte bien, elle dégotera un stage dans un magazine national, au pire dans un canard de la PQR, puis elle tentera de trouver des piges dans l'une des agences qui la font rêver depuis des années. Des petits reportages sociétaux. Des sujets sur les SDF, sur les médecins qui soignent les pauvres aux portes de Paris, sur les bénévoles des Resto du Cœur, avant de partir loin, en Afrique ou en Asie, pour des histoires plus étoffées au sein d'une grande ONG.

Elle sait qu'elle ne gagnera pas un rond, mais qu'importe ! Elle sera dans son élément, au milieu d'hommes et de femmes qui la fascinent depuis toujours. Et quand elle aura fait ses armes dans les camps de réfugiés du bout du monde, alors elle partira couvrir une guerre. Elle n'aura que l'embarras du choix. Elle fera des images en noir et blanc, expressives, dures, dérangeantes pour réveiller les consciences et l'égoïsme de ses contemporains.

Elle donnera tout à son métier. Lui sacrifiera tout. Elle se fera un nom. Comme Françoise Demulder ou Catherine Leroy. Ou plus récemment Marie Colvin, la femme au bandeau sur l'œil, tuée dans un bombardement à Homs.

Quand elle en avait parlé à ses parents, ils avaient sursauté. Comment peut-on vouloir à vingt et un ans aller risquer sa vie dans des conflits qui n'intéressent personne ? Justement, avait répondu Flora. Je ferai en sorte de les y intéresser. Son père avait levé les yeux au ciel, sa mère les bras au-dessus de sa tête. Ma pauvre fille, lui avait-elle rétorqué, tu ferais mieux de travailler dans la mode ou la beauté. Ou de faire des photos amusantes de chats et de chiens, il y en a plein Internet, les gens adorent ça. Là, tu les séduiras. Flora avait quitté la maison en claquant la porte. Elle s'était réfugiée dans le fond d'un café du centre-ville et avait pleuré longtemps.

La brouille n'avait pas duré. Ses parents s'étaient dit que leur fille changerait vite d'idée. Avec tous ces journalistes qui tombaient comme des mouches aux quatre coins du monde, ça la refroidirait. Flora reviendrait à la raison et choisirait un métier tranquille et lucratif. Et si ce n'était pas les animaux, ou la mode et la beauté, ce serait peut-être les photos de mariage… L'un des professeurs de l'école leur avait confié que d'anciens élèves faisaient des fortunes dans cette branche. Le père avait même laissé un soir, sur l'ordinateur familial, la vidéo atroce de la décapitation du journaliste américain James Foley par les assassins de Daech. Pour refroidir Flora une fois pour toutes. Flora avait regardé les images sans un mot. Puis elle était allée se coucher. Ses parents en avaient conclu que l'affaire était faite, que leur fille ne serait jamais reporter de guerre. Il leur restait maintenant à la dégoûter d'aller perdre son temps avec les pauvres.

Flora a choisi d'illustrer le sujet proposé par son école, « Urbanisation de la banlieue et modes de vie ». Elle va centrer son travail autour des quartiers qui ont poussé dans sa commune le long de l'A86. La périphérie de la périphérie. Là où se concentrent tous les laissés-pour-compte de la deuxième couronne. Ceux qui survivent à l'aide des maigres allocations dispensées à coups d'élastique. Ceux qui ne vont jamais à Paris. Ceux dont on ne parle jamais.

Elle connaît l'endroit pour l'avoir longé plusieurs fois en voiture avec ses parents. Elle a une idée précise de ce qu'elle fera. Elle finit de crayonner les cases rectangulaires de sa feuille de papier Ingres et réfléchit un moment. Les vingt dessins, qui représentent les photos qu'elle veut faire, se tiennent. Il y a tout : les pavillons, les barres de HLM, les friches industrielles, les jardins ouvriers, les voitures anonymes qui filent sur l'autoroute… Bref, un vide humain infernal qui résume parfaitement la déshumanisation de la société à moins de quinze kilomètres du centre de la capitale. Flora est satisfaite. Avec des images sombres et inquiétantes à la McCullin, elle obtiendra facilement son diplôme. Avec mention. Ça lui ouvrira les portes des meilleurs stages.

Conflit

En s'approchant de l'Anglais aussi mystérieux qu'irascible, Tuan sait déjà, en observant son comportement, que l'ancien commando du MI5, vétéran ultra médaillé d'Irak et d'Afghanistan, va lui donner du fil à retordre. Ce foutu rosbif, grande gueule comme pas deux, ne fait jamais les choses comme on les attend. À croire que son talent inné de sniper l'autorise à ne jamais respecter la discipline la plus élémentaire, alors que Tuan, aussi doué que lui si ce n'est plus, se plie rigoureusement à toutes les règles.

Tuan ouvre les deux bras en levant les sourcils.

– Alors, t'as les documents ? demande-t-il d'une voix douce.

Il voudrait que Willy fasse un signe d'acquiescement. Il n'a pas envie de plomber la journée. Il voudrait que Willy puisse tirer et épater les copains avec ses groupements incroyables et qu'il raconte ensuite ses campagnes. Mais déjà, à voir la mine de l'Anglais, Tuan sait que sa demande va déboucher sur un conflit. Willy serre les mâchoires. Ses poings s'enfoncent dans les poches de son treillis. Il fixe Tuan sans répondre.

Tuan repose sa question :

– Oh ! Willy, arrête de faire la gueule et montre-moi ta licence. Il me semble qu'elle n'était pas à jour le week-end dernier…

– Je viens de me taper mille putains de kilomètres pour être là, ce matin, à l'heure du rendez-vous, le coupe Willy.

Tuan fait son signe d'impuissance fétiche, les deux bras ouverts, paumes des mains tournées vers son interlocuteur :

– Oh ! Y'a pas de querelle entre nous. Je te demande juste si tu as eu le temps de passer faire viser ta licence par le médecin sportif. Que t'aies pu tirer la semaine dernière sans son tampon ne me regarde pas, j'étais pas directeur de séance. Ce week-end, c'est le cas, et tu le sais, je ne fais rien en dehors des règles. Montre ta carte.

Willy secoue la tête. Tuan lui offre alors une moue contrite, bouche tordue :

– C'est trop con, ton affaire.

Puis il essaie de détendre l'atmosphère, qui s'épaissit à vue d'œil :

– T'es parfaitement au courant, pas de certificat médical, pas de chocolat ! Tu tireras pas. Mais je suis bon gars, alors on va trouver un arrangement pour que tu sois pas venu pour rien. Tu pourras faire quelques cartons avec mon arme perso, comme invité. Je vais envoyer un message au poste de garde pour qu'on modifie le libellé de la feuille de présence. Ça va comme ça ?

La proposition ne calme pas Willy :

– Tu veux que je me plante avec ta canne à pêche merdique ? Qu'est-ce que je vais faire avec ta Remington ridicule ? Tu sais très bien que je n'obtiendrai jamais les mêmes résultats qu'avec ma Cheytac… C'est pas mon calibre, et elle a pas été réglée pour moi.

Tuan sourit.

– Écoute, Willy, tu tires avec ma 308 Winch ou tu tires pas. T'as pas besoin de ton calibre en 408 aujourd'hui, on s'exerce à 600 mètres. La Remington est réglée comme une horloge suisse, et les munitions sont amplement suffisantes, rechargées en 175 grains avec de la poudre suisse, tout ce qu'il y a de mieux. À prendre ou à laisser.

– *No, thanks.* Je suis un tireur d'élite de Sa Majesté, j'ai servi vingt-cinq ans sous l'uniforme des SAS britanniques, j'ai plus d'opérations et de résultats à mon actif que tous les mecs réunis ici et tu m'interdis de tirer avec mon arme pour une histoire de tampon sur la licence ? T'es un foutu connard de rond-de-cuir, le Viêt ! Tu sais combien de terro' j'ai effacés en Irlande du Nord, en Yougo, en Irak, au Soudan et en Afghanistan ? *Fuck off* !

Ça y est, se dit Tuan en constatant les mines d'enterrement de ses potes, le week-end est foutu. Ce connard vient de nous plomber l'ambiance. Plusieurs tireurs se sont rapprochés et font cercle autour de Tuan au moment où Willy tourne les talons.

– C'est trop bête, souffle Pierre Marini.

Marini est, comme Tuan, un ancien para. Passé comme lui par le 8e. Ils ont fait ensemble les mêmes campagnes. Grosso modo la même carrière. Avec, à peu de choses près, les mêmes décorations sur la poitrine. S'ils s'apprécient, Pierre trouve Tuan parfois trop rigide. Encore trop attaché au sacro-saint protocole. Comme s'il n'avait jamais vraiment quitté la caserne.

– Tuan ! avance Marini sur un ton apaisant, on est là entre nous. Personne ne va venir nous emmerder avec la paperasse. Laisse l'Anglais faire sa journée. Il vient de Paris pour le week-end. Laisse-le tirer avec sa Cheytac. Personne ne dira rien. Ça restera entre nous et il ira la semaine prochaine voir le toubib. Tu as été parfait, l'incident lui servira de leçon, mais ne fais pas le juteux de service. C'est vraiment pas courtois. Pas cool, mon vieux !

Tuan a écouté sans broncher. Marini rappelle Willy. À l'instant où celui-ci s'apprête à démarrer, il lui dit de redescendre de son camion.

– Willy ! Reviens.

Mais Tuan s'interpose.

– J'ai dit que son arme resterait dans sa housse. Point barre.

Il y a un mouvement de flottement autour de lui, puis le groupe se disperse pour rejoindre les emplacements de tir. Willy claque la portière de son combi, relance le moteur et pointe l'index vers Tuan :

– Tu crois être un gentleman, le Viêt, mais tu te goures. Personne, auparavant, ne m'avait traité de cette manière. Tu t'en souviendras. *For sure !*

Photographie

Flora range le carton à dessins dans le grand tiroir de son bureau en souriant. Lundi, elle effectuera un dernier repérage de l'endroit où elle a décidé d'effectuer la série de photos. Au fond, ce n'est pas très loin de chez elle, dix minutes de vélo à peine. Elle n'a que l'avenue d'Estienne d'Orves à descendre, piquer vers le nord à travers le quartier arabe, et en quelques coups de pédales elle sera le long de l'A86.

Elle ira en fin d'après-midi. Si le temps pouvait se maintenir, ce serait impeccable. Ciel bas et gris, rafales de vent qui soulèvent les détritus, absence de promeneurs, ce seraient des conditions météo parfaites pour faire du McCullin. Elle ouvre son ordinateur pour consulter Météo France. Toute la semaine devrait être pourrie. Tant mieux.

Elle tire de sous son lit le sac photo qu'elle a reçu au dernier Noël et pose le boîtier devant elle. Puis elle sort les trois objectifs à focale fixe. Elle hésite. Le 50 mm orienterait les prises de vue à la manière de Depardon, mais le grand angle lui permettrait de créer immédiatement des ambiances. Elle l'enclenche sur l'appareil et se met à la fenêtre pour regarder. Le ciel prend aussitôt une dimension presque surnaturelle. C'est ça qu'il faut, murmure-t-elle.

La voix de sa mère la tire de sa rêverie. Elle l'appelle pour le petit déjeuner. Flora range son sac et soupire. Elle va encore avoir droit aux questions et aux remontrances habituelles. Elle passe dans la salle de bain pour se maquiller avant de rejoindre ses parents. Très vite, elle entend son père qui s'impatiente. C'est toujours la même chose, il n'arrive pas à comprendre qu'elle a grandi et qu'il ne peut plus la traiter en enfant. Que l'époque où elle devait obéir au doigt et à l'œil est révolue.

– Flora !

Un jour, elle les enverra sur les roses. Elle s'en fait la promesse. Ils sont gentils, c'est sûr, mais qu'est-ce qu'ils sont emmerdants ! Fais-ci, fais-ça. Fais pas ci, fais pas ça... La galère !

Quand elle débarque dans la cuisine, au bout de dix minutes, ils ont déjà pris le temps de s'énerver. L'accueil est glacial.

– C'est pas Dieu possible une fille comme toi !

Sa mère a attaqué la première. Flora hausse les épaules et s'assoit.

– Qu'est-ce que tu fabriquais ?

– Je travaillais à mon projet photo, maman.

– Encore tes histoires de traîne-savates...

– Non. Seulement les endroits où on les a entassés. Les taudis en limite de Bezons et d'Argenteuil.

– Tu as l'intention d'aller là-bas ? demande son père.

– C'est mon sujet.

Flora n'a pas envie de cette conversation. Elle en connaît trop bien l'issue. Elle prend le pot de confiture et se concentre sur sa tartine.

– Écoute, ma fille, reprend le père, depuis que tu as l'âge de raison, on t'a mis en garde contre ces endroits. On a tout fait pour t'en protéger : notre quartier tranquille, l'école privée, le tennis à Neuilly... Ça nous a coûté une petite fortune. On ne te comprend pas, ta mère et moi. Ces coins-là ne sont pas des lieux de promenade. Surtout pas pour une fille seule, est-ce que tu t'en rends compte, seulement ?

Flora finit de mâcher sa tartine, avale et regarde son père.

– Je vais faire des photos de maisons, d'immeubles et de jardins, papa ! Quand je partirai en Afghanistan ou en Irak, tu pourras t'inquiéter. D'ici-là, franchement… J'ai parlé de mon sujet à l'école. Il a été accepté. Plébiscité, même. Laisser tomber et photographier vingt-quatre heures de la vie de notre chat, c'est ça que tu veux ? Tu veux que je sorte dernière de l'école, que je ne trouve aucun stage ensuite ?

Elle fait une légère pause avant de poursuivre en élevant le ton :

– J'ai un projet de vie. Et un projet de carrière. Que ce soit clair, une fois pour toutes, dans votre esprit. Votre existence de petits-bourgeois ne m'intéresse pas. Merci pour le cours privé, pour le tennis et pour l'école de photo. Je vous rembourserai tout ça un jour, si vous le souhaitez. Mais en attendant, on n'en parle plus. Si vous ne voulez pas que je quitte la maison…

En constatant la sidération qui s'est emparée de ses parents, Flora se dit qu'elle s'est montrée plus dure qu'elle n'aurait dû. Tant pis, c'est fait. Elle leur dépose un baiser sur le front et quitte la cuisine. Elle va aller faire des courses à Paris, peut-être au cinéma en milieu de journée, puis elle reviendra après l'heure du dîner. Demain, elle fera la grasse matinée, elle ira voir son prof pour discuter une dernière fois de son projet, et le soir elle ne reviendra que pour prendre son vélo et filer à son repérage.

Brigitte

La serveuse a tiré vers elle un tabouret et a fini par s'asseoir. Elle en a plein les bottes. Elle jette un coup d'œil à sa montre. Il n'est pas encore midi et elle a déjà horriblement mal aux pieds. Ces croquenots achetés aux Halles la blessent aux talons. Combien de kilomètres a-t-elle parcourus entre le comptoir et la terrasse ce matin ? Elle a lu dans un magazine que les garçons de café pouvaient en avaler dix ou douze par jour. Ce doit être son cas.

Elle regarde les couples attablés qui se tiennent la main ou s'embrassent, et sent un picotement entre les cuisses. Elle réfléchit un instant. Ça doit faire près de trois semaines qu'elle n'a pas baisé. Son état de manque s'aiguise de jour en jour. Elle en vient à rêver d'un petit coup vite fait mal fait dans les chiottes du bistrot. Sa patronne vient de descendre à la cave, elle se dit que c'est le moment pour s'accorder une pause cigarette. Elle puise nerveusement dans la poche de son tablier et en ressort un paquet de Gitanes. Il faut absolument qu'elle aille s'en griller une dehors, sinon elle ne tiendra pas.

Elle vient de s'avancer sur le trottoir quand la proprio, remontée du sous-sol, surgit comme une furie derrière elle :

– Brigitte, si je te reprends encore une fois à abandonner le service sans ma permission, je te fous à la porte. Écrase ta clope et rentre immédiatement reprendre ton taf. Et dans le cendrier, le mégot !

Des clients se sont retournés. Dans ces moments-là, Brigitte se sent vraiment mal. Elle voudrait disparaître sous terre. Elle a signé pour un boulot de serveuse, pas pour devenir l'esclave de cette taule ! Elle tire encore une bouffée avant d'envoyer d'une pichenette la cigarette à peine consumée dans le bac installé à côté de la porte. Puis elle ravale sa honte, se colle un sourire désabusé sur la face et regagne l'intérieur du bistrot. La patronne, qui a repris son poste derrière la caisse, impassible et raide telle une vigie à la proue d'un bateau, la suit du regard. Dans cette masse de chair couperosée, il n'y a que les yeux qui bougent. Brigitte connaît la suite : la vieille ne dira plus un mot jusqu'au soir. Elle enregistrera les additions dans la caisse, comptera et recomptera les pièces, surveillera chaque recoin de la salle, épiera la terrasse, jugera les quantités de nourriture dans les assiettes apportées aux clients. Si Brigitte descend plus de trois fois dans la journée aux toilettes, elle tapera rageusement sur le zinc avec son vieux stylo rafistolé avec du scotch. Bref, un calvaire !

Il faudrait que Brigitte se dégotte une autre adresse. Mais comment faire la tournée des cafés quand on bosse douze heures par jour ? Et avec son CV ? Avoir purgé trois ans de prison, ça ferme bien des portes !

Émilie

Derrière la porte close de son bureau, le commandant de police judiciaire Michel Derolle entend la clameur monter. Le commissariat d'Asnières est subitement en surchauffe. La journée a pourtant commencé calmement. En arrivant à 8 heures, le planton lui a remis le résumé des activités de la nuit. Rien de notable. Des sorties de la BAC pour des incidents mineurs. Rien de plus que trois ou quatre plaintes pour tapage nocturne dans les cités de la zone Nord de l'agglomération et une garde à vue pour deux minables petits trafiquants de haschich. Rien qui n'ait mérité qu'on dérange le juge de permanence. Les gosses seront relâchés avant midi.

Ses mains restent en suspens au-dessus du clavier de l'ordinateur. Des collègues crient à l'autre bout du commissariat. Il distingue une cavalcade dans l'escalier. Les godillots à semelles de crêpe font un bruit mat et sourd. Derolle s'étonne que son téléphone n'ait pas encore sonné. Pourtant le combiné est bien reposé dans son emplacement. À l'instant où il s'apprête à se lever, des coups sont frappés à sa porte qui s'ouvre immédiatement.

Quand son adjoint apparaît dans l'encadrement, blanc comme un linceul, ses mains flottent toujours au-dessus du clavier, et sa poitrine commence à le brûler. Sans doute retient-il sa respiration depuis un moment. La mine du lieutenant pourrait prolonger encore longtemps son apnée, tant le jeune homme est pâle et perturbé. Derolle sait déjà que la nouvelle qu'il va lui annoncer sera terrible, mais il a besoin d'air maintenant. Il faut qu'il se décontracte. Il pose enfin ses mains, relève le menton et interroge le collègue d'un simple mouvement de sourcils.

– Michel, la première équipe de BAC de jour vient de lancer une alerte rouge…

– Accouche !

– Les gars ont découvert un corps dans une poubelle, derrière la cité du Luth.

– C'est tout ? C'est pour ça, tout ce raffut ?

– Ils nous ont envoyé des photos faites avec leur téléphone…

– Ils sont cons ou quoi ? C'est leur premier macchabée, c'est ça ?

– Pas du tout. C'est l'équipe de Paulo, les plus vieux du service.

– Alors ? Ils ne pouvaient pas se contenter d'un message radio ? Et pourquoi tout ce bordel dans le commissariat ?

– Je vais te montrer les images, tu comprendras.

Natacha

Tuan patiente depuis presque quatre-vingt-dix minutes dans la salle d'attente du cabinet de Natacha. Il n'a pris aucun autre rendez-vous ce matin parce qu'il sait d'expérience qu'elle ne reçoit jamais ses malades à l'heure prévue. Elle est comme ça, Natacha. Trop gentille, trop consciencieuse. Elle ne consacre jamais moins d'une demi-heure à chaque personne. Un jour où, prenant son courage à deux mains, il lui en a fait la remarque, elle a répondu le plus sérieusement du monde que patient et patienter, ça avait la même étymologie. Puis elle s'est ouvertement marrée de son bon mot. Et il a ri avec elle. Pour rien au monde, l'idée de changer de médecin lui aurait traversé l'esprit. Elle représente tout ce qu'il apprécie dans la médecine : le professionnalisme, l'écoute, la gentillesse et la douceur. Ajouté à cela son côté carré, dissimulé derrière un visage angélique. C'est la raison pour laquelle il a demandé en urgence son rendez-vous.

– Monsieur Lagrange, vous m'avez l'air en pleine forme, quel est le problème ?

– Je ne viens pas vous voir pour moi, docteur. J'ai besoin de faire le point pour le club.

Natacha plisse les yeux.

– Votre bande de tueurs…

– À la retraite, à la retraite, vous savez bien !

– Hum ! Il faudrait que j'aille vous voir tirer un jour.

– Vous savez que vous y êtes invitée quand vous le souhaiterez.

– Oui…

– On tire le week-end…

– Le samedi, je suis presque toutes les semaines en psychiatrie, quand je ne pars pas donner des conférences. Et le dimanche, j'essaie de le passer en famille. Pas facile, vous en conviendrez !

– Venez tous.

– Ah ! Ça non. Je ne mélange pas.

– Vous pourriez venir autrement que comme médecin.

– Impossible. Je reste médecin même quand je dors.

– Alors venez comme médecin.

– Je crois, au fond, que si je le faisais les conséquences pour vous seraient… comment dire ? Sans doute désagréables.

Tuan sursaute.

– Pour quelles raisons ? s'étonne-t-il.

– Secret professionnel.

– Je suis quand même concerné.

– Monsieur Lagrange, je ne vous révèlerai pas ce qui relève de l'intimité des membres de votre association. Mais si je venais, je crois que le rapport que je transmettrai ensuite à la fédération ne plaiderait pas forcément pour vous.

– Pour moi ?

– Pas vous personnellement, mais votre club. Enfin, certains membres de votre club. Il y a une sacrée bande d'énergumènes…

– Oh ! C'est votre côté pacifiste qui parle…

– Allons ! J'ai dépassé ce stade depuis longtemps, sinon je ne signerais aucune licence.

Natacha a insisté sur le mot « aucune ». Elle a levé les sourcils et s'est penchée en avant en le prononçant.

– Chaque jour, poursuit-elle en ouvrant la page des faits divers du journal, je m'attends à trouver épinglé un de vos gars.

Cette fois-ci, elle a dit cela lentement, Natacha, comme s'il s'agissait d'une évidence que l'un ou l'autre des tireurs soit un jour mêlé à une sale affaire.

Tuan accuse le coup. Il a les mains qui se sont mises à transpirer. Et la nuque tellement raide que la douleur d'une vieille blessure reçue en Afrique à l'épaule droite est en train de se réveiller. L'altercation avec l'Anglais l'a décidé à venir et il le regrette maintenant. Il ne sait plus comment aborder le sujet sans provoquer un drame. Mais, bon sang, pourquoi a-t-elle parlé d'un rapport catastrophique ? Que sait-elle dont elle ne veut pas parler ?

– En fait, vous êtes très remontée contre la pratique du tir sportif, apparemment, hasarde-t-il.

– Vous vous trompez, monsieur Lagrange. Je constate simplement que dans le lot des gens qui le pratiquent, certains mériteraient qu'on s'intéresse davantage à leur vie privée. Vous me suivez ?

– Pas du tout.

– Ce que je veux dire, c'est que si l'on creusait un peu, je crains qu'on ne découvre certains adeptes socialement inadaptés. Immatures, asociaux ou encore extrémistes.

– Oh !

– Oui, monsieur Lagrange. Vous savez, certains patients se donnent une contenance. Ils jouent un rôle pour obtenir ce qu'ils attendent de moi.

– Vous êtes sévère…

– Lucide, c'est tout. Le problème est qu'il n'y a généralement aucun élément véritablement probant. C'est une intuition. Disons que je ne sens pas toujours ces gars-là. Et ça m'inquiète.

– C'est moi que vous inquiétez, maintenant…, marmonne Tuan.

– Dans l'affaire qui nous occupe, je ne délivre pas du paracétamol, n'est-ce pas ? Je suis en bout de chaîne dans l'autorisation d'utiliser des armes qu'on leur octroie. Ce n'est pas rien. On devrait avoir en permanence à l'esprit les horreurs qui se produisent dans les écoles, les boîtes de nuit, les centres commerciaux…

– Par exemple ?

– Les fusillades ! Vous savez ? Vous lisez la presse ?

– Mais c'est aux États-Unis, tout ça.

– Aux États-Unis, oui… Mais nous sommes dans un monde globalisé, désormais. Cela pourrait arriver chez nous, demain.

Tuan se tortille sur sa chaise. Il sent son pouls accélérer, et ses mains commencent à trembler. S'il avait flairé une seule seconde que la conversation puisse déraper sur ce type de sujet, il ne serait jamais venu.

– Pas en France, docteur !

– Et pourquoi pas ?

– Nous n'avons pas la même culture. Citez-moi un seul incident comme ceux que vous évoquez avec des tireurs sportifs.

– Eh bien, à Nanterre, il y a quelques années. Tout un conseil municipal criblé de balles…

Tuan balaye l'argument d'un geste brusque.

– Docteur, je connais l'affaire par cœur, le tireur avait perdu sa licence. La fédération l'avait annulée.

– Pourtant, il était encore armé et il a tué huit personnes.

– Parce que la police n'avait pas fait son job. Aucun flic ne s'était présenté chez lui pour lui reprendre ses pistolets…

– Peut-être, mais le résultat est là ! Il n'aurait jamais fallu lui tamponner sa licence.

En parlant, Natacha pianote sur son ordinateur. Elle est entrée dans un dossier dont elle consulte les fiches en les faisant défiler à l'écran.

– Savez-vous que j'ai refusé d'en signer une pour cette saison ? demande-t-elle.

Tuan accuse le coup. On y est ! Dans deux secondes, elle va lui parler de l'Anglais, il en est certain.

– Puis-je vous demander qui et pourquoi ?

Natacha renvoie à Tuan un sourire désabusé.

– Vous devriez le savoir. Mathématiquement. À moins que vous ne vérifiiez pas les licences…

– Bien sûr que si. Le président du club le fait à chaque début de saison.

– Alors, vous devez être renseigné, non ?

– Non, docteur. Tous nos tireurs inscrits au club ne se présentent pas chaque week-end. En dehors d'une quinzaine qui s'entraînent au moins une fois par mois, le reste c'est… quand ils peuvent. Plusieurs habitent très loin, on les voit rarement. Si ça se trouve, la personne en question ne s'est pas encore présentée. De qui s'agit-il ?

Natacha amorce un geste d'excuse.

– Je ne peux pas vous citer de nom sans trahir le secret médical. Après vous allez vouloir savoir pourquoi je n'ai pas validé la licence et on n'en sortira pas.

– Je ne vous comprends plus…

– C'est à vous de vérifier les licences, et vous serez renseigné.

– Mais sans savoir ce qui a motivé votre refus.

– On peut le regretter, mais c'est la loi.

Tuan soupire.

– C'est embêtant pour la suite. Imaginez que ce tireur aille consulter un autre médecin…

– Alors, on lui validera peut-être sa licence et vous aurez à gérer le problème.

– Mais de quoi parlez-vous ? demande Tuan.

– Du profil psychologique du tireur, par exemple.

– Ah, je vois. C'est donc bien la raison pour laquelle vous avez refusé de signer cette licence.

– Sans entrer dans le détail, oui…

– Ce qui signifie que la personne, selon vous, représenterait un danger…

Elle acquiesce.

– Pour elle-même ou pour les autres ? poursuit Tuan.

– Pour son entourage, bien sûr !

– Là, vous m'inquiétez vraiment.

Natacha se radoucit et se met à tapoter son bureau.

– Touchons du bois, monsieur Lagrange. Et comme vous m'avez l'air sûr de comprendre, je vous fais confiance. Je vous fais confiance, n'est-ce pas, monsieur Lagrange ?

Tuan s'est remis à transpirer. À grosses gouttes. Impossible que Natacha ne s'en aperçoive pas.

– Vous ne dites rien, monsieur Lagrange..

– Il n'y a pas d'anormaux chez nous, docteur.

– La normalité, vous savez, monsieur Lagrange, on ne détecte pas toujours facilement où elle s'arrête.

– Vous ne m'en direz pas plus ?

– Non. Le principal est que vous restiez vigilant.

L'école des cadavres

La première photo montre un terrain vague avec, en arrière-plan, surélevée à cet endroit, l'A86. Prise du sud vers le nord, les rayons du soleil proviennent de la droite du document. Derrière le moindre objet s'étire une ombre longue et fine. Le policier a fait sa photo de manière à cadrer la poubelle au centre de l'image. À cette distance, on ne remarque rien si ce n'est qu'elle n'est pas à sa place habituelle. La deuxième photo a été prise de beaucoup plus près. On distingue parfaitement les deux jambes nues, laiteuses et claires, qui pendent hors du containeur vert foncé. Des traces rouges et sanguinolentes sont visibles sur les chevilles.

– Le pire vient après, annonce le lieutenant à Derolle. La troisième photo…

Derolle lui prend le tirage des mains. C'est un gros plan de l'intérieur de la poubelle. Fait au flash de l'iPhone du policier. Le cadavre a été jeté sur le dos. Les cheveux recouvrent le visage. Les bras sont dépliés à la manière d'une croix de Saint-André. Ce qui occupe le centre de l'image, ce sont les cuisses de la victime, sa poitrine qui coule sur le ventre, et le sexe rasé et ouvert. Les seins portent les marques d'un bondage sauvage qui les a laissés en charpie. Quant au sexe… Derolle ferme les yeux un instant.

– Dégueulasse, murmure-t-il. Si cette fille est morte de ses blessures, elle n'a pas été à la fête…

– Ça ressemble à une partie sado-maso qui a mal tourné, avance le lieutenant.

Derolle repousse les trois photos sur son bureau et prend son arme de service dans le grand tiroir.

– On y va. Préviens l'équipe d'astreinte de la police scientifique. Donne-lui les coordonnées GPS.

Brigitte

Brigitte ramasse son sac sous le comptoir, se masse les mollets avant de se diriger vers l'extérieur du café. Comme d'habitude, la patronne n'a pas répondu à son salut. Elle a regardé sa montre et a maugréé, comme si la serveuse venait de lui voler quelques minutes de travail. Brigitte s'en fiche. Au cours de l'après-midi, elle a pris une résolution. Elle va quitter cet épouvantable endroit et se trouver un plan pour gagner plus d'argent avec autre chose qu'un métier de bagnarde. Elle en a par-dessus la tête de la bière, elle ne sent plus ses guiboles, elle a mal aux reins, elle a les doigts gonflés à force de laver les verres et de récurer les assiettes. Elle a presque trente ans et une vie de misère. Mille euros par mois, charges déduites, pour des journées à rallonge et presque jamais de pourliche. Les mois où elle se fait plus de mille deux cents balles, elle peut mettre un cierge à sainte Thérèse. Mais ça n'arrive pratiquement jamais. Depuis l'arrivée de l'euro, les clients ramassent la moindre monnaie. Quand ils lui laissent deux, trois ou quatre centimes, c'est vraiment que les pièces les gênent au fond des poches.

Dans la rue, Brigitte accélère le pas.

Elle a rendez-vous dans un troquet branché, avec une cliente rencontrée le matin à la terrasse de son café. Un de ces coups de foudre qui n'arrivent que dans les contes de fées. Une jolie brune avec un accent d'outre-Manche adorable. Grande, élégante, foutue comme le diable. Vraiment très belle. Une sorte de top-modèle.

Brigitte n'en revient toujours pas de cette rencontre. Comment une fille comme ça a-t-elle pu flasher sur une serveuse comme elle ?

Dès la première tasse de thé qu'elle lui a servie, la fille a souri et s'est mise à discuter de la pluie et du beau temps. Elles ont longuement parlé de tout et de rien, la fille est revenue pour déjeuner, puis encore dans le milieu de l'après-midi. Ça a mis la patronne hors d'elle, mais Brigitte a continué de revenir vers la table de la cliente. Comme aimantée. La vieille pouvait bien râler et la menacer de la porte, rien à foutre, on ne croise pas tous les jours une créature comme Sue, qui vous trouve si belle et attirante que toutes les misères de la vie s'effacent d'un coup.

Sue…

Brigitte a adoré ce prénom tout de suite. Elle ne saurait pas expliquer pourquoi, mais elle trouve qu'il va merveilleusement bien à cette fille.

Elle rigole intérieurement en repensant aux confidences qu'elle lui a faites, quand elle faisait tourner les mecs en bourrique, avec une copine d'enfance, après avoir découvert leur homosexualité. Trois années de folie jusqu'à ce coup merdique monté chez un vieux qui avait tourné au vinaigre. Plainte du bonhomme, arrestation, garde-à-vue, présentation à un juge… Grande dame, Brigitte n'avait pas livré sa complice, et la justice ne l'avait pas ratée. Escroquerie en bande organisée, actes de torture sur personne vulnérable, refus de coopérer, elle en avait pris pour trois ans ferme. En taule, la copine n'avait jamais fait signe. À sa sortie, elle ne s'était pas davantage manifestée. Brigitte avait tiré un trait sur cette histoire en essayant tant bien que mal de se réinsérer. Et puis il y avait eu son bistrot minable, les journées infernales qui s'ajoutaient les unes aux autres, jusqu'à ce matin.

Jusqu'à l'apparition de Sue.

Et Sue avait ri en lui caressant le bras du bout des doigts.

Ensuite, l'invitation.

Dans moins de dix minutes, Brigitte sera au rendez-vous. Elle est heureuse. Elle palpe au fond de sa poche les billets que lui a laissés la fille. Il y en aura d'autres. Elle lui a dit qu'elle avait un plan pour changer sa vie. Honnête, cette fois-ci. Juste hors norme.

Émilie

Derolle et son équipe ont attendu presque une heure les collègues de la police technique et scientifique. Malgré leur sirène, ces derniers n'ont pu éviter d'être pris dans la circulation matinale.

Leurs voitures pénètrent sur le terrain vague vers 10 heures 30. Derolle aperçoit dans la seconde berline deux types de la Crim' qu'il connait bien.

– Tu as communiqué les photos ? demande-t-il à son adjoint.

– Non. J'ai seulement demandé l'assistance des artistes du pinceau et de la poudre magique.

– Ah ! Le Quai des Orfèvres doit être au chômage technique pour qu'ils rappliquent aussi vite…, fait Derolle.

Les voitures se sont garées à une cinquantaine de mètres de la poubelle. La première équipe est descendue pour enfiler les combinaisons blanches à l'extérieur. Les hommes de la Crim' attendent leur signal pour s'extraire de leur véhicule. Ils ont baissé les vitres et le commandant que connaît Derolle l'interpelle :

– Vous n'avez touché à rien, n'est-ce pas ?

– Écoute, vieux, on a retourné le cadavre dans tous les sens pour essayer de trouver sa culotte. Ça pose un problème ?

Autour de lui, son équipe et les gars de la BAC s'esclaffent. Un rire nerveux qui les secoue longtemps. Ils ont besoin de décompresser. Des horreurs, ils en ont vu pas mal au cours de leur carrière, mais comme celle-ci, jamais. C'est d'ailleurs moins l'état du corps que l'ensemble de la scène qui les perturbe. Cette fille jetée dans une décharge en bordure de la francilienne comme une vulgaire charogne… Ils lui tiennent compagnie depuis plus de deux heures et sentent maintenant l'odeur fade monter dans l'air. Chacun s'est enfermé dans ses pensées. Ils imaginent leur enfant ou leur femme ou leur petite amie à la place de la morte.

L'arrivée des techniciens et les présentations d'usage les sortent de leur torpeur. Derolle nomme les gars de son commissariat et serre les mains. Puis il résume les faits avant qu'on le lui demande :

– La BAC a pris en chasse, tôt ce matin, une camionnette pour un défaut de feux stop arrière. À proximité d'ici. Ils l'ont perdue sur l'A86, à cause des bouchons. Du coup, ils sont revenus et ont fouillé le secteur jusqu'à ce qu'ils repèrent ce qui ressemblait aux traces laissées par la bagnole. Ça les a menés à la poubelle. Ils ont du métier, rien n'a été souillé. Ils n'ont même pas touché les poignées. Ils ont pris trois photos et les ont envoyées à mon adjoint à la permanence du commissariat pour qu'on rapplique fissa avec vous. Grosso merdo, c'est tout ce qu'on a pour le moment.

Le commandant de la Crim' hoche la tête, puis il balance à Derolle une combinaison, des surchaussures et des gants.

– Tiens, enfile ça, Michel. Et demande à tes gars de reculer. Il y a d'autres tenues dans la bagnole des techno.

Pendant que les policiers de la BAC et le lieutenant s'habillent, le commandant rejoint Derolle. Parvenu à proximité de la poubelle, il plisse les narines :

– Ça commence à puer, elle n'est certainement pas morte ce matin.

Il pousse légèrement l'un des techniciens qui ont commencé à travailler. Pendant que le premier mitraille le corps avec son Nikon F90, un second relève les empreintes sur les parois et les bords du container. Un troisième est en train de réaliser un moulage des traces laissées par les roues de la camionnette. Le quatrième, qui lui a cédé sa place, s'apprête à enregistrer sur un dictaphone le moindre détail visible dès que ses collègues manipuleront le cadavre.

– Excusez-moi, commandant, dit le policier, on va sortir la fille.

– Curieux, constate Derolle, il ne semble pas y avoir encore de *rigor mortis* et ça sent comme si elle était là depuis un bout de temps.

Le technicien acquiesce :

– Elle est molle comme un sac de sable, on peut déjà affirmer que le décès ne remonte pas à hier.

Quand, enfin, la victime est extraite et posée sur une bâche, la pestilence se répand et enveloppe les policiers d'un coup.

– Oh putain ! lâche Derolle en s'épongeant le front avec la manche de sa combinaison. Jamais vu un truc pareil !

Autour de lui, les baqueux et les collègues de la Crim' détournent le regard. Le spectacle est effrayant. La victime a conservé dans ses yeux restés ouverts une expression de terreur animale. Où qu'on se trouve par rapport à elle, elle vous fixe avec ce regard vitreux chargé d'un effroi indicible. Comme si son dernier cri venu mourir derrière ses lèvres entrouvertes pouvait encore surprendre. Des entraves ont laissé sur les poignets et les chevilles de profondes entailles. Une tache verte abdominale s'étend au niveau de la fosse iliaque droite. Les seins aussi conservent les traces de liens qui les ont déformés. Comme si la victime avait été suspendue longtemps par la poitrine. Les épaules et les cuisses sont marbrées de marques de coups de ceinture ou de fouet. À plusieurs endroits du ventre et sur la plante des pieds apparaissent des stigmates de brûlures caractéristiques à l'électricité. Le sexe, béant, a été labouré. L'un des bras a été fracturé. Là où il a été cassé, l'os a laissé un hématome impressionnant.

Derolle se retourne vers son collègue de la Crim' pour échapper au spectacle :

– Déjà vu ça ?

– Jamais ! Il va falloir appeler le proc.

Pendant que le commandant repart vers sa voiture, Derolle entend, comme à travers une cloison, le technicien équipé d'un dictaphone commenter l'aspect du cadavre. Un commentaire, précis et glacial, aussi distancié que l'homme peut le faire : « 11 heures 16. Examen du cadavre de Gennevilliers *in situ*. Personne de sexe féminin, une vingtaine d'années, environ un mètre soixante, entièrement dévêtue, blonde, peau certainement très blanche à l'origine, type caucasien, victime d'homicide lent avec tortures multiples à caractère sexuel. Multiples blessures apparentes faites à l'aide de liens et d'armes blanches. Bras droit fracturé au niveau du coude. Viol probable par instrument… » Derolle se retient de vomir. Il s'écarte un peu plus du cadavre, comme s'il craignait que la fille puisse s'accrocher à son bas de pantalon.

Le technicien retourne la dépouille sur le ventre. Il fouille délicatement la chevelure. Derolle regarde de nouveau. Ses gestes sont presque tendres et c'est pire que tout, pense Derolle. « Pas d'ecchymose ni de plaie sur la tête, reprend le technicien. Pas de signes d'écrasement. Rien qui laisse à penser que la victime aurait pu être assommée. Ce qui laisse supposer qu'elle a subi, consciente, l'ensemble des tortures que nous constatons… »

Sandra

Sandra bat des mains toute seule dans son salon. Elle vient de raccrocher le téléphone. La directrice du voyagiste Empire d'Asie a retenu sa candidature.

En repensant à l'entretien, Sandra ne peut s'empêcher de revoir l'emballement de cette femme lorsqu'elle lui a révélé ses origines : un père métis vietnamien, ancien parachutiste militaire, fils d'un colonial vétéran de tous les théâtres d'opération d'Indochine, marié, après le désastre de Diên Biên Phu, à une réfugiée catholique du Tonkin dont le propre père avait été mandarin. Un drôle de coco, ce grand-père ! Lettré, confucéen jusqu'au bout de ses ongles interminables, qui entrait chaque matin dans sa pagode personnelle en marchant sur le dos de ses serviteurs allongés par terre, devant lui, en forme de tapis humain.

Elle lui avait raconté, en détail, l'histoire extraordinaire de la famille, et comment la France avait mis un terme à ces pratiques d'un autre âge.

Elle lui avait dit sa passion pour ce pays, les dizaines de livres qu'elle avait dévorés sur le sujet, carnets de voyage, biographies historiques, romans… Elle avait évoqué les longues conversations avec son grand-père à propos du lien charnel qui avait uni, même au cours des années douloureuses de la guerre, la France et le Viêt-Nam. Dix fois, elle s'était fait la réflexion qu'elle parlait trop, mais la directrice d'Empire d'Asie ne l'interrompait pas. Au contraire, elle voulait tout savoir. Elle l'encourageait à poursuivre. Sandra lui avait livré le fond de son cœur. Elle lui avait parlé de l'amour qu'elle éprouvait pour ce pays lointain où elle n'avait encore jamais mis les pieds, et de sa volonté de le partager un jour avec des touristes. Elle se disait prête à tout pour y parvenir. Elle aurait accepté n'importe quel job pour y aller. Elle s'y préparait depuis des mois et, quoi qu'il arrive, elle ne renoncerait pas.

Lorsqu'elle s'était tue, un peu confuse d'avoir transformé un simple entretien de candidature en un si long plaidoyer, la femme avait posé une main sur son bras.

– C'est dans un cabinet d'avocats que vous devriez travailler, lui avait-elle dit en souriant. Vous avez été épatante.

Le soir, Sandra passa chez son père. Tuan ne l'avait jamais vue aussi bouleversée.

– J'en ai fait des tonnes, avait pleurniché sa fille. Je me suis plantée. Ce n'est pas mon profil qu'ils recherchent. Ils veulent quoi à la fin, des étudiantes en marketing ?

Puis elle avait relaté toute la conversation.

Avec sa sagesse habituelle, Tuan avait cherché les arguments pour la rassurer.

– Tu es jeune, belle, intelligente, cultivée. Sans jamais y être allée, tu connais plus du Viêt-Nam que bien des spécialistes autoproclamés. Tu as pour toi ta fougue, ton entêtement et ces gouttes de sang asiatique qui coulent dans tes veines. Tu vas le décrocher, ton poste. Si ce n'est pas dans cette agence, ce sera dans une autre. N'aie aucune inquiétude, ma fille. Le tourisme a le vent en poupe. Il a besoin de gens comme toi. Bien davantage que les tribunaux. Elle s'est foutue de toi, la dame, en te disant que t'avais raté une carrière d'avocat, c'est sûr, elle t'a fait marcher.

Quelques heures plus tard, la directrice d'Empire d'Asie la rappelait pour lui confirmer qu'elle l'engageait.

Sandra retire sa chemise et son jean. Elle enfile, sur la peau bronzée de son corps d'athlète, un short et un tee-shirt. Elle a besoin de se dépenser. Elle regarde par la fenêtre du salon. Le maquis s'étendant jusqu'au pied de la colline est encore au soleil. Elle peut courir une heure avant que la nuit ne fasse disparaître le chemin qui serpente au milieu des thuyas.

Snuff movies

Les voitures sont arrivées en trombe à l'hôpital d'Asnières, encadrant le fourgon des pompes funèbres, réquisitionné par le procureur pour le transport médico-légal.

Le corps, descendu au sous-sol dans la pièce réservée aux autopsies, repose sur une table métallique. Personne n'a pris le temps de le couvrir. L'affaire est urgente. Dès que le médecin légiste sera là, l'examen de la morte pourra commencer. Pour essayer de comprendre comment elle en est arrivée là. Les corps finissent toujours par parler, mais il faut les triturer dans tous les sens et aller vite. Dans le cas présent, le crime à caractère sexuel évident fait que la pudeur élémentaire n'a plus sa place dans cet espace. Et puis il faut bien le dire, l'état de la morte a effacé tout ce que la nudité avait de charnel. Juste un tas de viande qui commence à suinter. Seuls ses yeux auraient pu rappeler sa féminité passée, mais pour le coup l'interne a tendu un linge dessus.

Sur le visage, mais pas sur le sexe, étonnant ! se dit Derolle.

Derolle attend avec le procureur. Depuis que la victime a été étendue sous la lumière des scialytiques, il se débat intérieurement pour se libérer d'une impression de vertige qui va croissante. Il n'a pas affaire à un meurtre ordinaire. Le procureur lui-même en a convenu. Mais il espère encore que ce que va trouver le légiste ne confirmera pas ses craintes. Dans le malaise qui l'étreint, il entend une voix sortie d'outre-tombe. Il voudrait qu'elle se taise. Il voudrait émerger de ce cauchemar. Il voudrait que son vieil ami reparte dans le néant où il a disparu, un jour, à la frontière birmano-thaïlandaise et n'avoir jamais tenu entre ses mains le rapport qu'il lui avait envoyé.

Va-t'en ! souffle-t-il entre ses dents. Fous le camp, retourne chez les morts. Mais l'ombre de l'ancien correspondant de guerre le hante, il n'y peut rien. Elle l'habite depuis toutes ces années. Elle n'attendait qu'une occasion pour se manifester, c'est fait. Il aura fallu le cadavre de cette pauvre fille et l'impression bizarre laissée par le caractère extraordinaire de ses blessures. Juste cela pour que Derolle ressente de nouveau dans ses mains le poids du dossier transmis par son ami avant de mourir. Pour qu'il ressente sa présence, pour qu'il entende sa voix au fond de sa tête.

Son frère, son grand frère… Son pote, parti seul sur la piste chinoise des *snuff movies*… Assassiné dans la jungle. Sur ordre de qui ? se demande encore Derolle, sept ans après les faits, comme s'il ne connaissait pas déjà la réponse !

Il se cambre et serre les omoplates pour guider la sueur qui lui dégringole du cou. C'est cette peur ancienne qui s'est réveillée. La peur qui s'était emparée de lui quand il avait reçu le dossier de son ami, gonflant au fil des jours, au fil des morts suspectes entourant l'affaire.

Il voudrait se tromper. Mais le procureur lui-même a sous-entendu que la morte n'était pas ordinaire. Derolle la regarde et essaie de ne pas penser aux deux mots qui butent contre ses lèvres.

Impossible, se rassure-t-il. Ça n'a jamais existé.

Derolle ne veut plus repenser à la mort de son ami, à celle qui avait frappé tous les témoins de son aventure auxquels celui-ci avait confié une copie de son dossier et qui, au lieu de s'en débarrasser comme lui, avaient eu la mauvaise idée de vouloir l'exploiter.

Il lui faut un siège. Il se sent mal. Il est presque aussi pâle que la morte. Le procureur s'en aperçoit :

– Ça va pas, commandant ?

Derolle ne répond pas. Il n'a pas entendu. Il a fermé les yeux. Il repense au dossier, arrivé par la poste en recommandé, et à sa stupéfaction quand il avait commencé à éplucher le contenu de l'enveloppe. Puis ce sont des visages… Tous ceux dont il a lu la fin tragique dans la presse, qui reviennent. Noyé, défenestré, écrasé… Crises cardiaques, ruptures d'anévrisme, septicémies foudroyantes… Un sacré paquet de macchabées qui, tous, partageaient au moins trois trucs, leur amitié avec l'ancien correspondant de guerre, une mort invraisemblable et pas le début d'une ouverture d'information.

– Commandant, vous êtes sûr que ça va ? insiste le procureur.

Eh bien, non, ça ne va pas du tout, se dit Derolle sans adresser un regard au magistrat. Il essaie de chasser ses souvenirs. Il voudrait que rien de tout cela n'ait existé. Les années passant, Derolle avait fini par se persuader qu'il y avait eu beaucoup de fantasmes autour de cette histoire. Que son ami s'était monté la tête. Que les réseaux dont il lui avait parlé n'existaient pas. Qu'il était mort dans une action de guerre somme toute classique et que la vague d'accidents entourant l'affaire n'avait été le résultat que d'un effroyable hasard.

Et voilà que ce cadavre rebat les cartes.

– Vous croyez aux *snuff movies*, commandant ?

La question du procureur ramène Derolle à la réalité aussi brutalement qu'un coup de poing l'aurait fait.

– Pardon ?

– Les *snuff movies*… Les films de mise à mort de citoyens ordinaires pour alimenter un marché parallèle destiné à de riches amateurs de violences en *live*, vous voyez ?

– Vaguement entendu parler…

Le procureur se tait un instant en posant à nouveau son regard sur le cadavre.

– Imaginez qu'on ait filmé les tortures qu'on lui a fait subir. Il y aurait de quoi faire un sacré film.

Derolle se demande ce qu'il doit répondre.

– Non, je ne vois pas très bien…

– Eh bien, moi, mon vieux, je m'interroge, le coupe le procureur. Quand on est capable d'infliger cela à un être humain, on doit essayer de le monnayer, non ?

– Faire de l'argent avec les images ?

– Tout simplement.

– Mais monsieur le procureur, les islamistes mettent depuis des mois sur la Toile des vidéos d'exécutions épouvantables. C'est accessible en trois clics et c'est gratuit…

– Je connais. Ça n'a rien à voir, commandant. Ces vidéos n'offrent aucun intérêt pour les amateurs de sensations fortes, hormis les abrutis décérébrés qui rêvent de djihad. Ce ne sont ni plus ni moins des crimes de guerre classiques avec la différence qu'aujourd'hui ils sont mis en ligne par les bourreaux dans l'espoir de recruter de nouveaux tueurs. Ça n'a rien de sexuel. Rien à voir avec ce que recherchent les voyeurs fortunés.

– Vous en parlez comme si vous saviez que ces réseaux existent réellement. Ça se saurait, quand même…

Pour échapper à la puanteur qui sature la morgue, le procureur se repasse son stick de pommade Vicks Vaporub sous les narines. Il observe un moment Derolle, se rapproche et lui murmure à l'oreille :

– Personnellement, j'y ai toujours cru.

Fin de journée

Déjà trois mille mètres parcourus. Sandra court d'une foulée puissante, à longues enjambées. Elle a quitté le chemin de rocaille pour ses abords recouverts de mousse. Elle se déplace sans bruit. Elle peut, ainsi, capter le moindre son autour d'elle. Depuis un moment elle a régulé sa respiration. Rien ne doit la déranger. Elle est heureuse parce que ces dernières semaines consacrées au travail lui ont fait abandonner le sport, mais elle n'a rien perdu de sa forme. Elle n'a pas mal aux mollets, ses poumons ne la font pas souffrir, elle ne transpire pas plus qu'il ne faut.

Dans la forêt toute proche, des oiseaux se battent. Leurs cris aigres dévalent la pente et surprennent Sandra. Un frisson lui parcourt l'échine. Elle s'étonne de sa réaction. Comme si elle avait été effrayée. Rien que des oiseaux, mais elle sent les poils de ses bras subitement dressés. Depuis Hitchcock, les gros volatiles lui font peur. Elle a leurs plumes et leurs pattes en horreur. Elle accélère encore. Le soleil vient de basculer derrière la ligne d'horizon. Les collines ont plongé subitement dans l'ombre. C'est à peine si elle distingue encore le mince ruban du chemin. Un coup d'œil à sa montre et elle se dit que le temps a filé sans qu'elle y prenne grade.

Encore deux ou trois kilomètres avant d'être de retour chez elle. Elle n'y sera qu'à la nuit. Tant pis.

Tuan

C'est la fête. Comme chaque veille de week-end. Tuan débouche une bouteille de rosé de la baie de Saint-Tropez. Le seul alcool qu'il s'autorise quand il invite des copains à la maison. Marini est installé devant lui, comme chaque vendredi soir. Le rituel est quasi immuable depuis qu'ils ont quitté l'armée. Ils sont inséparables comme des jumeaux. Ils ont tout fait ensemble : le parachutisme, la varappe, la course d'orientation, le tir… Un fil invisible les relie. Tuan adore les deux fils de Marini. Lui aime la fille de son ami comme si c'était le sienne.

– Et Sandra, comment va-t-elle ? demande-t-il à Tuan. Elle a trouvé du boulot ? Il en était question la dernière fois qu'on en a parlé.

– Je crois que c'est fait.

– Génial, le félicite Marini. Alors, t'es un papa comblé. Qu'est-ce qu'elle va faire ?

Une expression étrange, comme une question intérieure, passe de manière fugace sur le visage de Tuan.

– Oui, j'suis content. Ravi, même. Mais inquiet aussi. C'est idiot, mais je ne peux pas m'empêcher d'être inquiet. Elle va bosser dans le tourisme, c'est son rêve depuis longtemps. Ça veut dire qu'elle sera souvent absente, qu'elle va aller dans des bleds paumés, qu'on sera sans nouvelles pendant un moment, sa mère et moi, et qu'on ne sera pas tranquilles. Tu vois ?

– Pour qui va-t-elle travailler ?

– Pour un gros prestataire de voyages. Une boîte parisienne importante.

Marini hausse les épaules.

– Tu déconnes, Tuan ! T'es en train de me dire qu'à vingt-deux ans, elle a trouvé du taf chez un voyagiste qu'a pignon sur rue et tu fais la fine bouche ? Laisse-la vivre. Réjouis-toi, camarade. Tu connais le nombre de jeunes qui sont au chômage avec leurs rêves en berne ?

– Je sais tout ça, mais j'aurais préféré la savoir dans un bureau avec un salaire régulier.

– C'est pas le cas, le salaire ?

– Elle sera payée à la com', si j'ai bien compris.

Marini fait claquer sa langue sur son palais.

– Le principal, c'est qu'elle ait trouvé quelque chose avec des gens sérieux, et ensuite tu verras. Tu te rends compte que nous, on a vécu sur le fil du rasoir pendant des années ? Sans garantie de revenir vivant de nos missions ! Avec une solde de merde ! Et c'est toi qui t'inquiètes !

Tuan balaie les arguments de son ami d'un geste.

– Justement ! C'est à cause de ce que j'ai vécu que je me fais facilement du mouron. Et puis, Sandra, tu sais, elle est exaltée. Elle ne se rend pas toujours compte du danger. Elle est du genre à foncer tête baissée.

– Marque de fabrique, mon vieux !

– Oh ! J'aurais préféré qu'elle hérite du caractère de sa mère.

Marini baisse la voix en réprimant un gloussement :

– Ah oui, ton emmerdeuse de femme ! Eh ben, moi, je suis content qu'elle te ressemble. Tu vois d'ici si elle avait été comme ta moitié ? Bonjour le calvaire, je serais plus jamais venu chez toi.

Tuan prend un air sérieux .

– Oh ! Je maîtrise la situation. Mais ce n'est pas de Sandra que je voulais te parler ce soir, c'est du médecin du sport.

– Ta copine Natacha ?

– Elle m'a fait une drôle de révélation...

La phrase reste, un instant, suspendue dans l'air.

– Accouche !

– T'étais au courant, toi, qu'un de nos tireurs s'était fait recaler pour l'approbation médicale sur sa licence ?

Face à la mine interloquée de Marini, Tuan lui raconte son rendez-vous avec le médecin sans rien omettre. Au fur et à mesure qu'il avance dans son récit, il voit sur le visage de son ami l'incompréhension se dessiner. Marini n'en revient pas. Il lui aurait annoncé que les autorités militaires avaient décidé de fermer les pas de tirs aux civils, sa réaction n'aurait pas été différente.

– Et tu sais pas qui c'est, insiste Marini.

– Négatif. La toubib n'a rien voulu dire.

– T'as une idée, quand même ?

– Aucune.

– Et notre rosbif ?

Tuan rejette la suggestion d'un geste brusque.

– Willy ? Impossible.

- T'es sûr de toi ?

– Absolument.

– Malgré le sketch de l'autre jour ? C'est bien lui qu'était pas en règle, ou j'ai rêvé ?

Tuan relève la main en signe de dénégation.

– Pas lui, pas ce genre de mec. Il n'avait pas son tampon parce qu'il n'avait pas pris le temps d'aller le chercher, point barre.

Marini esquisse un sourire narquois.

– Eh ben, mon gars, tu nous a mis une pagaille pour ça ? T'aurais pu faire l'économie de cette séance de vexation, ça lui a pas plu à l'Anglais, il va t'en vouloir un bout de temps. Sans parler que les potes t'ont trouvé sévère sur ce coup-là…

Tuan pose sur Marini un regard glacial.

– Oh ! Pierre, tu me connais, le règlement, c'est le règlement. À ma place, tu aurais fait pareil.

– Non, j'aurais fermé les yeux pour cette fois-ci. Je lui aurais laissé la semaine pour se mettre en règle.

– Et en cas de contrôle ?

– Quel contrôle, Tuan ?

– Merde, la police militaire pouvait se pointer pour vérifier les papiers, on aurait eu bonne mine !

– Mais elle n'est jamais venue depuis que je tire à Canjuers. Des années ! On nous fait confiance, bordel. On est tous d'anciens militaires avec d'excellents états de service. Tu penses bien que si on a été acceptés, c'est qu'on fait partie de la famille… En tout cas, on nous aurait pas cherché de noises en début de saison. Plus tard, je dis pas.

– T'as tort, Pierre. Le patron du camp est comme moi.

– C'est à dire ?

– Le général ne veut pas d'ennuis avec les politiques, comme moi je ne veux pas d'ennuis avec lui. Il y a dix associations qui nous cherchent des poux, écolos, randonneurs du dimanche, pêcheurs à la con et j'en passe ! Le poireau a une pression inouïe. Il suffirait qu'un tireur ne soit pas en règle et que ça se sache pour qu'on soit dégagés. En tout cas, pour un bout de temps. On l'a vu ailleurs. Vrai ou pas ?

Marini a une mine d'enfant pris en faute.

– Vrai !

Émilie

Le commandant Derolle relit le rapport de ses enquêteurs pour la troisième fois. La victime de l'A86 a maintenant un nom, un âge et une adresse. Aussi incroyable que cela puisse paraître, ses policiers ont progressé à une vitesse stupéfiante. Leur chance, certainement, a été de trouver moins d'une heure après l'autopsie le dentiste de la jeune femme. Ensuite, tout s'est déroulé comme dans les scénarios les plus élémentaires exposés dans les écoles de police. Le toubib avait dans ses archives informatiques un panoramique correspondant à celui pratiqué par le légiste. Et donc le nom de la morte et même son dernier emploi connu. Émilie Janson, vingt et un ans, étudiante en histoire à l'École du Louvre, domiciliée dans le deuxième arrondissement à Paris.

Ensuite, le bureau des élèves de sa boîte a transmis dans la foulée, en PDF, son dossier scolaire et la dernière plaquette de l'école dans laquelle elle apparaît sur plusieurs photos faites à l'occasion d'une remise de prix. Les images sont excellentes. En plusieurs plans larges et serrés, elles permettent de voir à quoi ressemblait très exactement le cadavre de son vivant.

Voilà, se dit Derolle, avant qu'elle ne soit assassinée… Il ne parvient pas à quitter des yeux un portrait où la jeune fille fixe l'objectif en souriant. Il se dégage une telle impression de bonheur qu'il en reste médusé. Derrière les lèvres ourlées d'Émilie, ses dents sont d'une blancheur digne d'une pub pour dentifrice. On la sent décidée à mordre dans la vie. Elle est belle. Elle est radieuse. Elle est tout ce qu'on voudrait aimer et protéger.

– T'en fais une mine !

La réflexion fait sursauter Derolle. Il n'a pas vu la porte s'ouvrir ni noté l'apparition de son adjoint. Il relève brusquement la tête.

– Ça ne va pas ? insiste le lieutenant.

– Je regardais les photos de la petite…

– Le cadavre ?

– Non. Les photos faites d'elle vivante. Quelle saloperie !

Le lieutenant s'approche et fait le tour du bureau pour se planter devant l'ordinateur du commandant.

– Ça file un coup, n'est-ce pas ?

– C'est odieux. Je ne m'y habituerai jamais. Regarde cette gosse, bon Dieu, elle avait tout pour elle, elle avait l'avenir devant elle…

Derolle attrape le poignet de son adjoint :

– On va serrer le salopard qui l'a massacrée, hein ? Ça prendra le temps qu'il faut, mais on va le trouver.

Le lieutenant plonge son regard dans les yeux de son patron et découvre qu'ils sont légèrement rougis.

– En attendant, il va falloir annoncer la nouvelle à ses parents. On vient de récupérer leur adresse.

Derolle se frotte les paupières. Il ne veut surtout pas que son lieutenant puisse percevoir son émotion. L'une de ses filles a le même âge qu'Émilie Janson. Cette idée l'obsède depuis qu'il a visionné les photos de la morte sur la plaquette de son école.

– Tu es certain qu'il s'agit de ses parents ?

– Affirmatif. Aucun doute possible. On a déjà discuté avec la concierge de l'immeuble. On a laissé un fonctionnaire avec elle pour qu'elle n'ait aucun contact avec la famille avant qu'on s'en charge nous-mêmes.

– Parfait. On ira tous cet après-midi. Avec la psychologue du service.

Réseaux sociaux

Sandra est éreintée. Elle a couru les deux derniers kilomètres à une vitesse de sprinteuse. Depuis son enfance, l'obscurité lui fait peur. Une trouille irraisonnée, irréformable. Avoir commencé si tard son jogging était idiot. Elle a encore des nœuds à l'estomac et s'en veut d'avoir été si irréfléchie. Elle a besoin maintenant d'une bonne douche chaude. Elle abaisse le commutateur de la vidéo surveillance, près de la porte d'entrée, en position off et se déshabille. Il ne manquerait plus que son père la découvre dans cet état, à poil et grelottante ! Il rappliquerait dans le quart d'heure et elle aurait encore droit à une séance de remontrances. Il faut toujours qu'il s'inquiète pour elle dès qu'elle se trouve à plus de dix mètres de lui, c'est infernal, comme si elle avait encore dix ans. Elle a plus du double et elle le supporte de moins en moins. Au final, quelle mauvaise idée que d'avoir accepté qu'il place son appartement sous surveillance. Parfois, quand elle réalise qu'elle a oublié de débrancher le système à son retour, elle a l'impression d'être un rat de laboratoire. Elle sait que son père n'est pas intrusif et qu'il ne se permettrait jamais de l'espionner. Il faudrait qu'elle déclenche l'alarme pour qu'il ouvre les images à l'autre bout du fil, mais ça ne lui plaît pas. Sandra regarde l'interrupteur et se dit qu'elle le coupera définitivement, un jour. Elle ira acheter un tournevis et le mettra hors service.

L'eau tiède sur son corps lui fait un bien fou. Elle a fermé les yeux et redressé la tête, le visage directement sous le jet. Elle tente de faire le vide dans son esprit. Elle se frotte doucement avec une éponge emplie de savon et elle savoure ce moment. Ce serait mieux s'il y avait un garçon avec elle, ce serait mieux à deux. Un jour, quand elle aura calé sa vie avec son boulot tout neuf… Elle finira bien par se dégotter un mec sérieux qui partagera son goût des voyages et sa passion pour l'Asie. Qui aimera courir avec elle. Qu'elle osera présenter à ses parents sans craindre la jalousie de son père et ses jugements toujours définitifs. Ça finira bien par arriver.

En attendant, elle va poster trois ou quatre messages sur Facebook. Comme elle le fait chaque soir. C'est devenu plus qu'une habitude. Une vraie manie. Elle peut conserver le lien avec ses vieux amis qu'elle ne voit plus, et raconter des tas de choses sur elle à tous les autres qu'elle ne connaît pas encore, ses 850 « amis », qu'elle a acceptés et qui la suivent fidèlement.

Après s'être séchée et avoir enfilé un short et un tee-shirt propres, Sandra s'assoit devant son Mac et télécharge deux images qu'elle a faites en fin de journée : sa nouvelle paire de Nike et la vue depuis le balcon de son salon. Puis elle poste ce message : « Mes nouvelles chaussures pour courir dans ce décor sauvage et merveilleux. C'est devant chez moi. De mon premier étage, je pourrais presque le toucher du bout des doigts. Sept kilomètres en fin de journée. Pas rencontré âme qui vive. Bref, la nature telle qu'on l'aime. Ensuite, une bonne douche avant de m'allonger sur ma couette d'été devant une série policière. Mille baisers à toutes et à tous. »

Aussitôt, des clics répondent à son post. Le compteur de Facebook indique bientôt une trentaine de commentaires. Sandra lit les noms. C'est marrant, comme à chaque fois, elle n'en connaît pas la plupart. Tous des hommes, à en juger par les noms ou les pseudos. Certains ont même cliqué sur le cœur de « J'adore ». Un jour, elle enverra à tous ces gens une simple question en message privé : « Qui es-tu, exactement ? » Peut-être y a-t-il parmi eux celui qu'elle attend, sait-on jamais !

Deux de ses admirateurs viennent de poster un commentaire.

Le premier, José Spéré, lui écrit qu'il aime la nature sauvage et la course à pied, dans les bois. Qu'il aimerait courir avec elle… José Spéré ! Sandra étouffe un rire nerveux. Quel pseudo ridicule ! Il peut toujours espérer, celui-là… Gros lourdaud, va ! En plus, s'il a réellement affiché sa photo, il n'a peur de rien, il est vraiment vilain. Tous ses messages sont criblés de fautes d'orthographe, quand ils ne sont pas pourris par une syntaxe détestable, qu'est-ce qu'elle en ferait ?

Le second lui a d'abord envoyé un smiley, le petit bonhomme jaune hilare, puis a posé une question étrange : « Penses-tu que tes Nike te permettent de courir assez vite pour qu'on ne puisse pas te rattraper ? »

Sandra hausse les épaules. Ce type qui se fait appeler Arès est givré. Il ne sait pas communiquer autrement que par des devinettes à deux balles qui n'aboutissent jamais à rien. Quand elle lui répond, les échanges se terminent toujours en queue de poisson. Sandra essaie de se rappeler comment ils sont entrés en contact, elle ne se souvient pas et hésite, une fois encore, à le supprimer de sa liste d'amis, avant de décider d'attendre et d'éteindre son Mac.

Elle allume la télévision puis rejoint son lit. Elle s'allonge, écarte les jambes et pose la main sur son ventre. Il fait une chaleur de bête dans la pièce. Avec un peu de chance, l'orage qui menace depuis l'après-midi va finir par éclater. Elle introduit ses doigts sous la ceinture de son short. La série vient de commencer à la télévision mais elle a l'esprit ailleurs. Elle enfonce la main entre ses cuisses. Elle ferme les yeux. Son rythme cardiaque augmente. Sa respiration s'accélère. Puis elle accroche du regard l'œil noir de la caméra miniature fiché dans la moulure du plafond. Elle retire sa main et pousse un soupir. Il faut vraiment qu'elle mette hors circuit cette surveillance paternelle. Elle sait que le système est coupé, mais le seul fait que la caméra soit au-dessus d'elle la refroidit instantanément.

Si elle veut qu'un garçon entre un jour chez elle, elle devra s'en débarrasser. Ou alors, elle finira vieille fille. Avec sa vertu accrochée sous son nombril, comme disait Gauguin ! Tu parles d'un tableau !

Brigitte

Brigitte est en nage. Elle a couru pour être à l'heure à son deuxième rendez-vous. Pour rien au monde elle ne le manquerait. Elle en est sûre, elle a enfin trouvé la compagne qu'elle cherchait depuis longtemps. L'idée de s'asseoir à nouveau devant elle, de sentir ses mollets chauds sous la table du bar, d'admirer ses lèvres charnues laquées en vermillon, de se laisser étourdir par son charmant accent, de se laisser envahir par son regard ténébreux, ses grands yeux sombres cernés de khôl, la fait fondre. Elle a en mémoire cette poitrine fantastique, agressive, que la fille a posée, la première fois, sur la table. Avec son bustier qui laissait deviner le haut des aréoles rosées de ses seins. Et ses mains aux doigts démesurés, parfaitement manucurés. Comment peut-on être aussi bien foutue ?

Brigitte n'a plus qu'une envie : que ces mains pressent sa chair, qu'elles la sondent, qu'elles fouillent son corps.

Et c'est là, le problème. Elle va arriver après sa foutue journée de travail, défraîchie, puante peut-être, un vrai tue-l'amour ! Comment une personne aussi merveilleuse que Sue peut-elle avoir le béguin pour elle ? Un mystère. C'est comme si elle ne remarquait ni son âge ni son teint de bidet. Comme si son allure misérable de serveuse de bistrot lambda n'avait pas joué contre elle. Comme si elle bénéficiait d'un atout caché qu'elle ne connaissait pas elle-même.

À l'instant où Brigitte débouche sur le trottoir, Sue lui fait un signe de la main. Elle n'a rien changé : même ensemble noir et blanc, même bustier, même jupe moulante ultra courte, même coupe de cheveux, même maquillage… Brigitte ne peut se retenir, elle crie son nom. La fille éclate de rire et lui tend les bras.

Tableau de famille

En pénétrant dans les jardins de la Pagode, Tuan se demande encore pourquoi Sandra lui a fixé rendez-vous ici. Il sait que sa fille adore cet endroit depuis qu'il l'y a emmenée, petite, mais la démarche l'intrigue. Pourquoi la grande nouvelle qu'elle doit lui annoncer a-t-elle besoin de ce décor ? Il lui a proposé de passer dîner à la maison, elle a refusé. Elle a insisté pour qu'ils se rencontrent dans ce bout de terre vietnamienne. Bon père, il a donc pris sa voiture. Il ferait tout pour Sandra. Il irait au bout du monde si elle le lui demandait. Alors, dix bornes pour rejoindre la Pagode, si c'est pour satisfaire sa fille, ce n'est pas la mer à boire.

Le gardien est absent. Sans doute le manque de visiteurs l'a-t-il incité à rentrer chez lui. Il reviendra probablement ce soir pour fermer les grilles. Ou pas. Trois nuits sur sept, les jardins ne sont pas bouclés. Même les deux temples restent ouverts. En presque un siècle d'existence, personne n'y a jamais commis de dégradations. L'endroit a échappé aux tags et aux graffitis qui saccagent régulièrement les édifices de la région.

Tuan s'avance dans la lumière du soleil couchant. Il jette un coup d'œil à sa montre. Sandra doit déjà être arrivée. Il avale quatre à quatre les marches du grand escalier et tourne à droite derrière le gigantesque bouddha couché. Il sait où la trouver. Près du pagodon.

Elle est assise, un livre à la main.

Tuan la surprend en débouchant dans son dos.

– Papa ! Tu m'as fait peur.

– Qu'est-ce que tu lis ?

– Regarde.

Elle lui présente la couverture.

– Oh ! Tu viens ici lire un guide du Viêt-Nam. Ma parole, t'es mordue.

Elle lui montre la page qu'elle était en train de lire :

– Lang Son, Cao Bang... La Route coloniale n° 4, c'est bien là que grand-père a été blessé, la première fois, non ?

– Oh ! T'as pas oublié !

– J'ai relu récemment les scans que tu as fait de ses carnets de campagne. Ça m'a mis les larmes aux yeux. Je ne les ai pas lâchés pendant des nuits entières.

– Et alors, la RC4, t'en fais quoi ?

– C'est là que je vais monter mon premier voyage pour Empire d'Asie. Je vais faire découvrir l'endroit aux touristes et leur raconter cette page fabuleuse de notre histoire.

Tuan en reste bouche bée.

– Je vais les emmener jusqu'aux calcaires de Coc Xa, poursuit Sandra. Là où quatre-vingt-dix pour cent des camarades de grand-père ont été massacrés. Ensuite on rejoindra Haiphong pour visiter l'ancien hôpital militaire français, puis on prendra un vol pour Diên Biên Phu. On ira voir les points d'appui où il s'est battu, Huguette et Éliane. Et le PC du général de Castrie et celui du général Giap. La totale !

– Alors, c'est ça que tu prépares...

Tuan a la voix qui tremble. Ainsi, sa fille chérie s'apprête à organiser ce qu'il a rêvé de faire des années durant. Bon sang ne saurait mentir. Elle va raviver le souvenir de ce père extraordinaire qui a guidé toute sa vie à lui. Cette gamine est un cadeau du ciel. Elle va transmettre à d'autres la mémoire de ces heures glorieuses. Pour cacher son émotion, Tuan détourne la tête. Il regarde vers la nécropole élevée aux anciens d'Indochine qui jouxte le domaine de la Pagode. Tous les copains de son père tués là-bas y sont ensevelis. Même lui, mort des années plus tard à Fréjus, et dont on a répandu les cendres sur le carré réservé aux rescapés qui ont souhaité rejoindre leurs camarades tombés au champ d'honneur de cette guerre d'Indo.

Invitation

Sue a été comme Brigitte l'espérait. Aussi attentionnée que la première fois. Elle lui a posé plein de questions sur son job, sur ses patrons, sur les clients, sur sa famille aussi.

Brigitte s'était promis de ne pas jouer les Cosette. Elle a donc répondu simplement, a dit qu'elle était complètement transparente dans son travail, qu'elle n'avait aucun lien avec sa patronne ni avec ses clients, tous des vieux cons qui carburaient dès 7 heures du mat' au café-calva avant de s'arsouiller à partir de midi au pastis jusqu'à plus d'heure. Quant à sa famille, elle lui a expliqué qu'elle n'en avait plus de nouvelles depuis la prison et qu'elle ne le regrettait pas. Avec des parents chômeurs professionnels qui ne sortaient de chez eux que pour aller pointer aux diverses aides sociales, et deux frères disparus depuis des années sans qu'elle sache s'ils étaient encore en vie, ce n'était pas reluisant. Une page de son existence sans importance, qu'elle avait tournée à jamais.

– La même chose pour moi, lui a confié Sue en approchant ses lèvres des siennes. Des gens sans intérêt que j'ai fini par oublier.

Puis Sue a commandé deux planchas espagnoles et elles ont avalé les tranches de serrano et de chorizo sans se quitter des yeux. Sue a juste mentionné, quand Brigitte le lui a demandé, qu'elle travaillait dans le cinéma. Brigitte a souri, puis repris sa mastication.

En terminant sa tartine de *pan con tomate*, Brigitte attend la suite. Sue enserre ses jambes dans les siennes. Sa chaleur l'envahit doucement. Elle sent l'odeur de ses seins, quelque chose de musqué avec une touche de noix de coco, et ça lui fait tourner la tête, bien plus que les trois verres de rouge catalan qu'elle vient de s'enfiler.

Elle est pressée de quitter le bar. Elle ne sait pas encore ce que Sue va lui proposer, mais elle est décidée à tout accepter. Elle a envie d'elle et voudrait que tous les gens qui les entourent puissent disparaître d'un coup. Pour être seule avec Sue. Pour se donner complètement. Son fantasme : faire l'amour dans des toilettes de restaurant. Si elle pouvait réaliser avec Sue, ce serait magique.

Elle regarde encore les mains de Sue décortiquer le gras de la dernière tranche de jambon de sa plancha et sent une chaleur agréable cogner contre ses tempes.

– Allez, on termine et je t'emmène en discothèque, lui dit Sue.

Cela fait des années que Brigitte ne les fréquente plus. Pas assez d'argent. Personne avec qui y aller.

– Tu vas voir, c'est plein à craquer, mais c'est comme si on était chez soi face à des gens virtuels sur un écran vidéo.

– Je saisis pas.

– Il faut connaître. C'est important. Un endroit original. J'adore.

Derolle

L'immeuble des parents d'Émilie Janson est une petite barre des années 1980, modeste. Quatre étages, des balcons à chaque fenêtre, et des grilles séparant les parkings extérieurs des rues environnantes. Aucun groupe de jeunes tenant les murs. Pas de signes de dégradations, pas de tags, pas de flaques de pisse sur le bâtiment. Une résidence simple où l'on s'attend à rencontrer des gens sans histoires.

– Le ciel va leur tomber sur la tête, murmure Derolle en se penchant vers son adjoint.

La psychologue, qui a entendu, lève une main en direction du commandant :

– Si vous voulez bien, je vais annoncer moi-même la nouvelle, puis vous donnerez quelques explications. Le minimum. Pas de détails. Ensuite, je reprendrai l'entretien en fonction de leur réaction. Il va falloir parvenir à les dissuader de se rendre à la morgue pour voir le corps, sans rien leur dire de son état.

– C'est ennuyeux, car la procédure veut qu'un des proches de la victime vienne la reconnaître.

– Non, objecte la femme. On ne peut pas imposer cela aux parents. De toute façon, on est déjà certains de son identité, on a son empreinte dentaire, non ?

– On l'a…

– Alors, je vais gérer. Je trouverai bien un argument pour qu'ils ne demandent pas à voir le corps.

– Bon courage, lâche Derolle.

Sa collègue lui adresse une moue silencieuse.

La famille Janson habite le troisième étage. En sortant de l'ascenseur, Derolle s'assure encore que la psychologue prendra l'initiative. Il ne se voit pas annoncer la nouvelle. Il exècre ce genre de situation et, aujourd'hui, tout courage l'a abandonné. L'image du corps martyrisé ne le quitte pas, il ne pourra rien dire, il n'y arrivera pas. Dans la voiture, il a réfléchi aux mots qu'il faudrait employer, il n'a rien trouvé, la première phrase qu'il prononcerait lui resterait dans la gorge, il le sait.

La psy a parfaitement conscience de son trouble. Il faut juste le décharger de cette horrible tâche pour lui redonner confiance en lui. C'est son métier. Presque une formalité, après plus de dix ans de pratique. Elle sait comment s'y prendre. Quel que soit le profil de la famille.

À ses côtés, Derolle n'arrête pas de trembler. Elle le tranquillise en posant son index sur la sonnette.

– Vous verrez, ça va aller. Restez derrière moi avec le lieutenant.

Elle sonne.

La porte s'ouvre sur une femme à la cinquantaine élégante. Grande, mince, discrètement maquillée. Immédiatement, Derolle note la ressemblance avec les photos de la victime. Derrière elle, un grand salon ensoleillé apparaît meublé avec goût.

– Madame Janson, commence la psychologue, c'est la police. Pouvons-nous parler un moment ? Avec M. Janson, s'il est là ?

Étonnée, la femme dévisage la psy, Derolle et le lieutenant, puis leur fait signe d'entrer avant d'appeler son mari.

– Charles ! Trois personnes de la police. Tu veux venir, s'il te plaît ?

Lui aussi porte la cinquantaine distinguée. Comme si une visite de la police était naturelle, il fait signe aux trois fonctionnaires de s'asseoir sans prononcer une parole. Derolle compte les secondes. Il voudrait que sa collègue se décide. Le silence qui s'installe le crucifie. Il n'ose pas regarder son adjoint qui doit être dans le même état que lui. Il pose le bord d'une fesse sur le grand canapé installé devant la baie vitrée. La lumière l'éblouit.

M. et Mme Janson s'assoient dans des fauteuils, face à eux, alignés sur le sofa. Il est clair qu'ils ne se doutent de rien. Ces trois policiers chez eux, peut-être une histoire de contravention, un problème de voisinage, une demande de témoignage… Ils n'ont pas l'air inquiet.

Dans le contre-jour, Derolle ne distingue plus leurs traits. C'est heureux, se dit-il. Il n'a pas envie de voir la catastrophe s'abattre sur eux. Il ne veut pas se souvenir un jour de la souffrance qui va leur déformer le visage, leur tordre les mains. Il aura bien assez des cris et des lamentations.

– Votre fille, Émilie, a perdu la vie…

La phrase de sa collègue a été prononcée doucement, d'une petite voix qui se voulait empreinte de compassion. Puis, le silence à nouveau. Derolle sait à cet instant que la psychologue attend la première réaction des parents pour développer. Il a les paumes trempées de sueur. Floutant à dessein son regard très loin par-delà la fenêtre, il ne voit plus que les contours des visages des Janson. Il note qu'il n'entend plus leurs respirations. Contre toute attente, il n'y a pas un cri, pas un geste. Le père demande seulement à sa collègue de répéter.

– Votre fille, monsieur Janson, est décédée. Nous avons, mes collègues et moi, la charge éprouvante de vous l'annoncer. Je vous présente nos condoléances. Le commandant Derolle, à ma droite, vous expliquera comment. Moi, mon rôle est de vous faire accepter cette épouvantable nouvelle. Je suis là pour discuter avec vous. Pour vous soulager un peu, si tant est que cela soit possible.

– Un accident ? interroge le père.

Derolle fixe maintenant ses chaussures.

– Non, dit la psychologue. Le commandant vous résumera ce que nous savons. Mais avant, ce serait mieux de parler d'elle. Un peu.

Émilie

Comment des parents sont-ils capables de ne pas s'effondrer à l'annonce de la mort de leur enfant ? Comment peuvent-ils garder l'entière maîtrise de leur corps et de leurs émotions ? Les questions tournent en boucle dans le cerveau de Derolle. Sa relation paternelle avec ses filles est-elle différente ? Pas mieux, se répète-t-il, comme pour se convaincre que les Janson ne sont pas des monstres, mais différente. À moins que lui-même soit fabriqué autrement… Trop fragile, trop possessif, trop papa poule…

Quand elle était adolescente, les rares soirs où elle n'était pas rentrée à l'heure, il faisait péter les standards de tous les commissariats et de tous les hôpitaux de la banlieue ouest de Paris. Il ne tenait plus en place. Il avait une fois enfermé son arme de service dans un tiroir et donné la clé à sa femme, sachant que si le pire arrivait rien ni personne ne l'empêcherait de se coller une balle dans la tête.

Sa sensibilité exacerbée lui a souvent joué des tours dans son métier. Il ne le sait que trop, mais n'y peut rien. Et c'est sans doute la raison pour laquelle ses collègues l'appréciaient tant et que ses chefs se méfiaient de lui.

La psychologue a enfin cessé son babillage. Il lui faut prendre la relève. Par où va-t-il commencer, bon Dieu ?

Il se met plus au bord du canapé, au risque de tomber, croise les doigts et se lance, essayant d'accrocher, à tour de rôle, les regards de la mère et du père de la victime.

– Madame et monsieur Janson, il s'agit d'un homicide.

Mais la remarque s'envole dans la pièce.

Derolle sent la main de sa collègue qui lui tapote la cuisse pour l'enjoindre à continuer.

– Émilie a été assassinée. Vous comprenez ? Elle n'est pas décédée suite à un accident. On l'a tuée. Nous recherchons l'auteur du meurtre. Et s'il y a une chose que je peux vous promettre, c'est que nous l'arrêterons. Nous y mettrons tous les moyens possibles, parce qu'il s'agit d'un assassinat hors du commun et donc d'un assassin également hors du commun. Un serial killer qui recommencera.

– Comment Émilie est-elle morte ?

C'est la mère qui vient de poser la question. D'une voix à peine audible.

Derolle est frappé par la neutralité du ton employé par la femme et son immobilité. Une statue de cire.

Sur le tissu du pantalon de Derolle, les auréoles de sueur se sont élargies sous ses mains. La chaleur du salon lui devient insupportable. Et la lumière qui l'éblouit à travers la fenêtre, intolérable. Il sent son crâne pris dans un étau qui se resserre lentement, de seconde en seconde. L'une des migraines qu'il redoute vient de faire son apparition. Après les tempes, elle migrera vers le cervelet puis les globes oculaires. Dès lors, il sera dans l'impossibilité de bouger et de parler. Il faut qu'il en finisse.

– Un crime sexuel…

Alors, Mme Janson se redresse d'un coup, comme si un uppercut l'avait atteint au menton.

– Un crime… quoi ?

– Un crime sexuel, madame. Les premières constatations du légiste l'ont établi formellement.

Derolle a compris qu'il doit poursuivre. En racontant le minimum, comme la psychologue lui a demandé.

– Votre fille a manifestement été enlevée. Séquestrée ensuite pour être violée. Puis son cadavre a été déposé en bordure de l'A86. Mes policiers de la BAC se trouvaient à proximité. Ils ont aperçu la camionnette du tueur présumé. Nous possédons une partie de l'immatriculation. Sans ce hasard, votre fille n'aurait pas été retrouvée avant plusieurs jours.

– Où pouvons-nous la voir ? demande le père.

– Ce n'est pas une bonne idée, monsieur, répond Derolle.

– Pourquoi ? Qu'est-ce qu'on lui a fait ?

– Selon le légiste, elle est morte depuis cinq jours. Dans des circonstances de violence. Et nous avons une règle qui veut que nous ne présentions pas les défunts aux familles dans ces cas-là. Vous comprendrez… Il vaut mieux vous concentrer sur la dernière image que vous avez de votre enfant vivante. C'est de cela dont j'aimerais parler avec vous, d'ailleurs. Je sais que le moment est difficile, mais nous sommes dans une course contre la montre, si nous voulons réunir toutes les chances d'attraper le prédateur. Émilie avait-elle un petit ami ? Fréquentait-elle beaucoup de gens, des jeunes de son âge et d'autres plus vieux ? Nous avons besoin d'obtenir le maximum d'informations sur ses relations. Il nous faut des noms, des adresses… Tenait-elle un journal intime ? Savez-vous si elle conservait des lettres ? Il nous faut également l'accès à sa boîte mail et à son, ou ses comptes Facebook si elle en avait. Il faut faire tout cela maintenant, monsieur et madame Janson. Sans attendre.

Flora

En l'espace d'une heure, de longs nuages gris filandreux ont recouvert le ciel, transformant la lumière. Les immeubles, les arbres et les terrains vagues ont pris une teinte monochrome. Métallisée. Par endroits, des flaques claires éclaboussent encore le paysage, comme si elles disputaient à la désolation ambiante le sol qui disparaît dans un demi-jour sinistre.

Flora est satisfaite. La météo n'avait pas menti. Elle va pouvoir faire les photos prévues. Un mixte de Depardon et de McCullin qui assurera à son travail une des meilleures notes de la classe.

Elle pédale aussi vite qu'elle le peut pour rejoindre les quartiers nord de Colombes. La vitesse que prend son vélo dans la rue Paul Bert, qui descend vers l'A86, la grise littéralement. Elle est pressée d'arriver. Cet éclairage de fin du monde ne va pas durer. Une heure ou deux, pas davantage. Ensuite, l'obscurité recouvrira tout. Elle montera du sol et ce sera plus difficile de photographier.

La foule, qui anime d'habitude le quartier, a disparu. Même la terrasse du dernier bistrot arabe, après l'avenue de l'Europe, est déserte. Des chaises ont été abandonnées, renversées par terre.

Flora a le temps de distinguer des verres de thé, laissés à moitié pleins sur une table. Comme si l'imminence d'une catastrophe avait chassé les clients. Elle redouble d'efforts sur ses pédales. Encore trois cents mètres et elle sera à l'embranchement de la francilienne. Elle obliquera alors sur sa droite pour prendre le chemin qui longe la voie express et il lui restera moins d'un kilomètre à parcourir avant de pouvoir poser son vélo près du boulevard d'Achères. Et elle sera enfin sur le no man's land qu'elle a choisi, au milieu des immeubles de bureaux vides, des pavillons murés avec, en fond de tableau, les barres de HLM de la rue du Président-Kennedy. Le bonheur !

Facebook

Le père d'Émilie Janson n'a pas hésité une seconde. Il s'est aussitôt levé et a ouvert la chambre de sa fille aux deux policiers pendant que la psychologue prenait sa femme en charge.

De retour au commissariat, Derolle a confié à son équipe les noms et adresses des amis de la victime à contacter. Depuis, il explore les centaines de courriels reçus et envoyés sur la boîte mail de cette dernière.

Au fur et à mesure qu'il remonte dans le temps, rien de notable n'apparaît. C'est une succession de courriels adressés à son école, à des administrations gouvernementales, à des musées… Quelques achats en ligne de livres, de vêtements… Même pas de mails envoyés à des amis. Quant aux spams, elle devait les éliminer régulièrement, puisque seuls une cinquantaine étaient encore lisibles. Que des pubs pour des sites de voyages, des sociétés de prêt à la consommation, des organismes de mutuelles étudiantes.. Rien de ce qu'elle a reçu ou écrit ne présente le moindre intérêt.

Derolle s'était donné jusqu'à 18 heures pour terminer le travail. Il est à peine quinze heures et c'est fait. Il ouvre alors le Facebook d'Émilie Janson grâce aux identifiants trouvés sur un minuscule carnet récupéré dans l'un des tiroirs de son bureau. Quand il en aura terminé avec cette facette de sa vie, il ne restera plus que le journal intime à examiner.

Le cahier d'écolier à spirale était planqué sous le matelas. Derolle l'a fourré immédiatement dans sa serviette, décidé à le lire en dernier. Par expérience, il sait que ce genre de document ne recèle pas d'informations fracassantes chez les personnes normales. Et jusqu'à présent, tout porte à considérer Émilie Janson comme une personne sans histoires. Sans histoires jusqu'à son meurtre… Huit personnes sur dix sont assassinées parce qu'elles étaient au mauvais endroit au mauvais moment. Juste pour ça. Des vies plates et ordinaires qui basculent alors que rien ne les y prédisposait.

Or, la première chose que constate Derolle, en se loguant sur le compte Facebook, lui fait émettre un long sifflement entre les dents.

Les photos identifiant sa page de garde renverraient plutôt au compte d'une fille pour le moins dessalée. Le carré, en haut à gauche, est une paire de seins pressés entre deux mains en forme de conque. La grande, au-dessus, aurait pu laisser croire à des dunes de sable. Mais il s'agit en réalité d'une macro image, faite à fleur de peau, d'un pubis jusqu'à l'extrême limite des tétons d'une poitrine. C'est le sable fin, dont le corps est imprégné, qui donne cette impression de grève mouvementée. C'est très beau, mais pour le moins étrange et inattendu.

La galerie de photos, qui en contient une centaine, ne cède rien à la singularité des deux premières. Toutes ont rapport au corps et au sexe. En général, de très gros plans qui invitent au premier coup d'œil à s'interroger sur ces représentations, pour ne laisser plus aucun doute sur leur vraie nature. Un trait fin, ourlé de deux ombres. Un bourgeon rosé, à moitié dissimulé dans son capuchon. Deux mamelons rebondis, séparés par une ravine sombre. Puis d'autres vallons, d'autres cavités, d'autres sillons qui ne sont que le résultat d'une exploration ultra resserrée de formes féminines. C'est extrêmement graphique, mais complètement obsessionnel. En bas, à droite de chaque image, apparaît un petit *watermark* composé de deux lettres : E et J.

Il ne faut pas être Sherlock Holmes pour comprendre qu'il s'agit des œuvres de la victime. Derolle émet pour la seconde fois un long sifflement. La petite coquine, se dit-il. Peut-être ne s'est-elle finalement pas trouvée au mauvais endroit et au mauvais moment par hasard.

Derolle regarde la liste de ses amis. Le compteur en indique 1 200. Rien que ça ! râle-t-il. En balayant le tableau récapitulatif sur son back office, beaucoup s'avèrent être à l'évidence des pseudos, illustrés autrement que par des photos personnelles. Des chats, des oiseaux, des masques de carnaval ; des objets les plus divers, comme des objectifs de caméra, des chaises vides, des paires de menottes, des préservatifs aussi, des avants de motos, des cordes de pendus…

Derolle décroche son téléphone et appelle son lieutenant :

– Je crois que la demoiselle n'était pas l'oie blanche présentée par ses parents. Son Facebook donne largement à réfléchir. On va s'y mettre à deux. Tu vas me trouver les adresses IP d'une cinquantaine de ses *followers*. Ceux qui se présentent avec des pseudos et des images à la con. Fais-toi aider par les services de l'Internet. Appelle le proc' de ma part pour qu'il émette une réquisition.

Puis le commandant s'attèle à la lecture des derniers posts. Tout tourne autour de son travail d'étudiante en histoire de l'art. De la thèse qu'elle préparait sur les motifs de licence les plus pornographiques liés à l'art sacré qu'on peut voir dans les chapelles, églises et cathédrales de France. Un sujet aussi incroyable qu'original. Elle y travaillait, selon elle, depuis deux ans. Encore récemment, elle avait passé en Bretagne une quinzaine de jours pour répertorier les scènes de luxure les plus osées, tant le sanctuaire breton aurait été influencé au cours des âges par la symbolique sexuelle hindoue. « On y découvre des seins, des fesses, des vulves et des phallus, dont sont affublés de petits personnages lubriques, s'y côtoyant dans des rondes infernales. Ils courent partout. Sur les tympans, sous les voûtes, le long des sablières, sur les chapiteaux… Ce sont des femmes qui se font téter la poitrine par des serpents ou des crapauds, des hommes qui tendent le cul à de concupiscents compagnons de jeu, des filles qui ouvrent leur sexe ou des garçons qui exhibent leur vit. Ils forniquent ou se masturbent. Entre eux ou avec leurs animaux. Quand ils ne sont pas représentés épuisés aux portes de l'Enfer, tenant le rôle de victime expiatoire et cathartique que leur a dévolu la symbolique religieuse dans sa condamnation des sept péchés capitaux », écrivait-elle.

Vaste programme ! marmonne Derolle. Cette fille était quand même un brin fêlée.

Évidemment, ce genre de publications a fait le buzz. Des dizaines d'internautes les ont *likées*. Quelques-uns y ont répondu. Parfois dans un souci de clarification, d'apporter un complément d'information. Le plus souvent pour rajouter des détails ou des commentaires salaces.

Sur le carnet qu'il a ouvert devant lui, Derolle a tracé deux colonnes. La première pour y inscrire les noms de ces derniers, qui n'offrent pas d'intérêt immédiat. Le genre libidineux qui surfe d'un site à l'autre pour y exposer son attrait du vulgaire. Par expérience, le commandant sait que ceux-là restent enfermés chez eux. Qu'ils se contentent d'intellectualiser le sexe. Ce sont des cérébraux, qui ne passent pas à l'acte parce qu'ils ne se découvrent jamais. Dans la deuxième colonne, il a répertorié les adresses URL de certains commentateurs. Il ne sait pas encore ce qui le pousse à mettre ces noms de côté, mais il a déjà l'intuition que l'un d'eux pourrait un jour lui donner la clé de l'affaire en cours.

Il rappelle son lieutenant :

– Je vais t'envoyer par mail plusieurs noms de gens. C'est ceux-là qu'il faudra loger en priorité.

Sue

La boîte est un repaire de gouines. Pas un mec, et c'est tant mieux, songe Brigitte. En revanche, les filles arborent un genre qui la surprend. Elle ne s'attendait pas à trouver autant de lesbiennes cuir pur et dur. Perfectos, pantalons de vacher à ficelles, casquettes en peau de croco ou de zébu surmontées de bandes lumineuses, gros trousseaux aux ceintures, Santiag ou Pataugas militaires… Les copines ne font pas dans la dentelle. Ce n'est pas un club pour midinettes amatrices de belles poitrines douces. Ici, elles sont portées sur le gazon et le sexe anal. Quelques-unes l'affichent sans aucune ambiguïté. Les godes qu'elles portent, attachés à leurs bras ou à leurs cuisses, ou les fentes qui ouvrent l'arrière de leurs falzars en témoignent sans qu'on puisse s'y tromper.

Brigitte reste un instant, interdite, devant le spectacle. Sue s'en aperçoit et lui serre le poignet aussi fort qu'elle le peut :

– Ça te choque ?

Brigitte hésite. L'odeur de musc et de sueur qui emplit l'endroit la fait suffoquer. Il lui faut retrouver son souffle avant de répondre. Elle regarde à nouveau autour d'elle. Les pinceaux de lumière émanant du plafond noir criblent le sol de taches blanches qui augmentent le contraste avec le reste de la pièce. Les filles apparaissent une fraction de seconde sous les spots, avant de s'évanouir dans l'opacité du reste de la salle.

– Non ! assure-t-elle en amorçant un sourire. Je me suis jamais trouvée dans un lieu pareil. Ça me plaît vachement, mais j'ai pas trop le genre, non, avec ma jupette et mon chemisier de serveuse…

Sue éclate de rire.

– T'en fais pas, ma belle. Quand on descendra au sous-sol, t'auras pas besoin de conserver tes frusques. En dessous, on est en général habillées que de sa fourrure.

– À poil ?

– Complètement à poil, ouais. Pour les petits jeux de rôle qu'on monte entre nous…

– C'est quoi ?

– Des trucs qui nous envoient au septième ciel direct.

Brigitte se rapproche de Sue.

– Dis-moi quoi. T'as les yeux qui brillent…

– Tu verras bien, mais viens danser d'abord, lui murmure Sue en collant son buste contre le sien.

A86

Il fait nuit, maintenant. Flora n'a pas récupéré sa bicyclette. Elle se trouve à plus de trois kilomètres de l'endroit où elle l'a garée. À la limite de Gennevilliers. Il n'y a plus, autour d'elle, que ce gigantesque terrain vague dont les limites se fondent avec la grisaille du ciel. Au loin, les appartements des barres de HLM brillent comme des lucioles dans le noir.

Elle court à perdre haleine. Elle court vers les lumières. Si elle parvient à atteindre les immeubles, elle appellera à l'aide.

C'est la troisième fois qu'elle tente de les rejoindre. Mais à nouveau, les phares s'allument devant elle. Le moteur rugit et le véhicule fait un bond dans sa direction avant de s'arrêter net. Comment une camionnette peut-elle avoir autant de reprise ? se demande Flora. Elle fait demi-tour vers l'A86 comme si elle avait le diable aux trousses. Le diable !

Le mot cogne dans sa tête. Ce bolide, sans conducteur visible, la pourchasse depuis une heure. Joue avec elle. La fait tourner en rond.

C'est sa mère qui, dans une dernière tentative de la dissuader d'aller dans cette zone pourrie, lui a dit qu'elle y rencontrerait le diable.

Elle a mal aux bras et au dos, Flora. Aux mollets aussi. Sans ralentir, elle passe une main sur la blessure de son biceps. Sa paume en ressort maculée de sang. Sous sa peau, elle a senti la boule laissée par le projectile. Avec quoi l'homme l'a-t-il canardée ? Ça n'a fait aucun bruit. Seulement cette douleur violente comme une piqûre d'abeille. Le haut de ses reins offre la même aspérité. Sa main est trempée de sang.

Elle s'épuise. La course, la peur… Elle va finir par chuter. Elle ne pourra pas se relever.

La camionnette a fait le tour du terrain vague et lui barre l'accès à la francilienne. Elle espérait sauter par-dessus la rambarde métallique et faire des gestes aux conducteurs. Raté ! Les deux phares viennent à nouveau de l'épingler. Elle rebrousse chemin et reprend sa course folle vers les bâtiments, au loin. Ils lui paraissent s'être encore éloignés.

Le véhicule ronfle derrière Flora. Il avance au ralenti, projetant une ombre démesurée devant elle. Cela fait longtemps que son Nikon est tombé à terre. Les larmes brouillent sa vue. Le cri de sa mère résonne encore dans sa tête : « Tu vas y rencontrer le diable ! » Elle essaie d'accélérer, mais ses chaussures collent à la terre. Le combi s'est encore rapproché. Il la talonne. Le pare-chocs est contre elle. Elle n'entend plus le moteur. C'est comme si le monstre filait désormais au point mort, sur sa lancée, pour la percuter en douceur.

Une seconde avant de ressentir le choc dans ses jambes, elle entend une voix lui fredonner sur un air de comptine :

– Inutile de cavaler, petit lapin, le chasseur t'a attrapé.

SM

En plus de sentir la transpiration, la cave du club pue un peu les pieds. Sue indique à Brigitte des sticks dans des corbeilles posées sur les banquettes installées le long des murs.

– T'en as à l'eucalyptus, à la menthe, à la framboise… Tu t'en colles un trait sous les narines et tu sentiras plus rien. C'est vrai que certaines ont l'orgasme odoriférant, on dirait les coulisses de l'Alcazar. Ça peut aussi sentir le fond du jardin avec les rapports anaux, si tu vois ce que je veux dire !

– Le cul ?

– C'est ça, ma jolie, le cul ! Ça te branche, toi, le cul ?

Brigitte pique un fard qui ne se voit pas dans la pénombre.

– Moi, j'aime tout, tant que ça me fait du bien.

– Alors, tu seras pas déçue, lui chuchote Sue à l'oreille. Ici, on explore les endroits les plus secrets. On décortique chaque parcelle de notre libido. On va chercher au plus profond pour jouir un maximum. Ici, pas de complexes, pas de tabous, rien que du plaisir.

Une dizaine de filles à moitié nues sont déjà installées autour de ce qui ressemble à une mini piste de danse. Sue regarde sa montre.

– On va bientôt commencer. Viens t'assoir avec moi.

Trois matrones ont poussé au milieu de la pièce une fille entièrement déshabillée. Elles l'allongent. L'une lui tient les avant-bras. Les deux autres, chacune une cheville.

Comme un moustique pris dans le rayon d'une lampe torche, Brigitte ne bouge plus, incapable d'esquisser un geste.

– Qu'est-ce qu'on va lui faire ?

Sue pose un index en travers de ses lèvres, comme pour intimer à Brigitte l'ordre de ravaler sa question.

– Pas ce qu'on va lui faire, mais ce qu'elle a demandé qu'on lui fasse. Elle-même. Ici, tout se fait librement. Rien n'est imposé. On veut un truc, on le demande et on le reçoit. Ou on propose et quelqu'un nous le donne. C'est la règle. Regarde-la, elle veut être fouettée et violée. Elle leur a donné carte blanche pendant dix minutes.

– Sans déconner ! s'exclame Brigitte.

– Tu verras le pied qu'elle prend. Ça va te faire déjanter.

– Tu l'as déjà fait, toi ?

– J'ai tout fait, moi, affirme Sue.

Émilie

La liste de noms est encore étalée sur le bureau de Derolle. Manifestement, l'un d'eux sort du lot. Il l'avait sélectionné dans un premier temps en raison de son pseudo (Arès) et des deux photos de sa page personnelle : un point d'interrogation pour la petite et une flaque pour la grande sans qu'on sache vraiment s'il s'agissait d'une mare de sang ou du reflet du soleil couchant dans une mare d'eau. Dans un cas comme dans l'autre, c'était assez dérangeant pour qu'on s'intéresse à lui.

La psychologue, avec qui il en a parlé, le lui a confirmé : Facebook est censé n'être qu'un lien social sur lequel on apparaît sous son nom et avec sa photo ou celle d'un objet ou d'un lieu qui vous définit le mieux. Quand les internautes commencent à jouer avec des pseudos, et des images à double ou triple sens, on est alors en droit de se poser des questions.

La deuxième raison qui a fait mettre en haut de la pile l'adresse URL du correspondant anonyme caché derrière un point d'interrogation est la nature de ses messages envoyés à Émilie Janson. Non content d'avoir *liké*, dans la catégorie « J'adore », chaque image à caractère érotique postée par la victime, il l'a souvent abreuvée de commentaires. Sur son mur, il s'agissait d'avis très tranchés sur les explications données par Émilie. Mais sur sa messagerie privée, on pouvait parler de harcèlement continu. Arès demandait à la jeune fille de publier davantage. De rajouter encore et encore plus d'histoires de sexe. Plus de détails. Il voulait qu'elle lui décrive ses séances de prises de vue et les objets qu'elle utilisait… Une véritable obsession.

Derolle surligne au stabilo les dates d'envoi. La série commence un an et demi plus tôt. Elle s'achève une semaine environ avant la découverte du corps d'Émilie Janson avec une proposition de lui faire découvrir des scènes érotiques cachées dans certaines églises de la banlieue parisienne. Aucune réponse d'Émilie et plus rien depuis, alors que le correspondant écrivait quasiment chaque jour.

Derolle passe la main dans ses cheveux et se gratte l'arrière du crâne. Il essaie de faire le point. D'un côté ce type – ou cette femme – qui construit jour après jour une relation équivoque, fondée sur l'attrait au sexe, en parvenant à soutirer à la future victime un maximum de détails et d'informations personnels au fil du temps, et de l'autre cette jeune femme qui se laisse progressivement enfermer dans ce rapport malsain. Avec, en point d'orgue, la proposition très claire de la rencontrer au moment où celle-ci va être assassinée. Ensuite, le silence. Comme s'il avait enfin obtenu ce qu'il attendait et décidé que leur histoire s'arrêtait là.

Alors que Derolle se demande, la tête entre les mains, où cette correspondance va bien pouvoir le mener, son regard est attiré par le coin de son bureau. Sous une pile d'impressions qu'il a effectuées à partir du compte Facebook d'Émilie Janson, dépasse le cahier à spirale. Bon dieu, éructe-t-il, le journal intime confié par son père… Comment ai-je pu l'oublier ?

Il s'était promis de le lire et l'a totalement zappé. Il explore depuis plus de six heures son compte, et il a négligé de jeter le moindre coup d'œil à sa littérature secrète.

Le cahier, assez mince, est rédigé d'une écriture fine et volontaire, aux caractères très serrés. Il a été commencé quatre ans plus tôt. Immédiatement, Derolle l'ouvre à la dernière page. Elle a été écrite une semaine auparavant.

Ce qu'il y découvre lui assèche la gorge.

Flora

À l'intérieur de la camionnette, un scanner diffuse en continu les messages radio des forces de police locales. La table à laquelle Flora a été ligotée est lisse et glaciale. L'intérieur de l'habitacle est plongé dans l'obscurité. Elle voudrait hurler, elle en est incapable. Sa gorge la brûle. Aucun son ne peut en sortir. Elle ne sent plus ses membres. Elle croit être nue, elle n'en est pas sûre. Elle devine qu'elle est recouverte d'une étoffe très légère comme de la soie, ou du papier crépon. Une lourde fatigue s'est emparée d'elle. Ça lui rappelle sa dernière intervention chirurgicale. La table, l'anesthésie, l'épuisement. Des taches multicolores dansent devant ses yeux. Elles filent à toute vitesse d'un bord à l'autre de l'écran noir de son champ de vision. Une épouvantable migraine lui paralyse le cou et lui plombe le cerveau.

Ses larmes lui ont soudé les paupières. Flora écoute les bruits autour d'elle. Le véhicule avance lentement, le moteur tourne à bas régime. Parfois, des coups de klaxon rageurs se font entendre et d'autres bruits de moteur recouvrent celui du camion.

Flora essaie encore de bouger, ses extrémités sont comme mortes. Une respiration chaotique soulève sa poitrine.

Tout à coup, son estomac plonge vers ses talons. Elle devine que le véhicule vient d'entamer une montée. Il grimpe et tourne, à droite, à gauche, lentement. Le moteur se fait plus bruyant. Où y a-t-il une telle côte, dans la région ? s'interroge Flora. Elle cherche dans sa mémoire. Mentalement, elle revit ses balades en famille. Les bords de Seine, de l'Oise. Elle revoit ces étendues monotones et plates. Il faut aller en direction de Chauvry pour commencer à gravir les collines qui mènent au Vexin. Mais elle ne roule pas depuis assez longtemps pour être aussi loin. Elle réfléchit encore.

La camionnette n'en finit pas de monter. Elle a encore diminué sa vitesse, comme si elle allait s'arrêter prochainement. Flora voudrait faire le vide dans sa tête. Mille pensées, mille images s'y bousculent. Son école, ses parents, son copain, ses photos, les masures de Colombes, les friches industrielles de Gennevilliers, le ruban lumineux de l'A86 dans la nuit, le dernier bain qu'elle a pris avant de partir photographier les quartiers pouilleux de sa commune, le cri de sa mère, son haussement d'épaules… Oh ! Mon Dieu, faites que ce soit un cauchemar.

Soudain, le moteur se tait. Brusquement. On aurait pu croire que le véhicule avait calé. Mais Flora perçoit nettement le bruit du frein à main que le conducteur enclenche. Au travers de ce qui la recouvre, Flora aspire une grande goulée d'air. Son rythme cardiaque vient encore d'accélérer. La peur s'est transformée en panique incontrôlable.

La portière arrière du camion s'ouvre, le temps de laisser entrer quelqu'un, et se referme sans bruit. Aussitôt, une lumière violente inonde l'habitacle, le drap qui la recouvre est retiré d'un coup. Flora découvre son kidnappeur, un blond trapu aux biceps phénoménaux. Quand les mains de l'homme commencent à malaxer ses cuisses, son ventre et sa poitrine, elle comprend enfin qu'elle a été entièrement dévêtue et qu'elle va vivre les dernières minutes de sa vie.

Les mêmes images repassent en accéléré devant ses yeux : sa mère, ses copines, son petit ami, son école, sa chambre… Et une galerie de personnages se penchent sur elle comme autant de mauvaises fées sur un berceau : les portraits grimaçants aux regards emplis de douleur ou de colère des photos de McCullin. Comme les témoins de la fin d'un monde, le sien.

Une histoire de violence

La dernière phrase écrite par Émilie Janson dans son journal intime ne laisse aucune incertitude sur ce qui l'a conduite à son calvaire.

Trop fort, ce mec ! a écrit Émilie. Je cède. Il est certes bizarre, ce John, mais il en connaît un sacré rayon sur les sculptures votives. Espérons que le rendez-vous sera à la hauteur de ses promesses. Je le saurai tout à l'heure.

Derolle remonte dans la lecture du journal. Deux jours plus tôt, Émilie a encore évoqué plusieurs coups de fil du dénommé John. Ce qu'elle a griffonné laisse penser que son correspondant insiste depuis un moment pour la rencontrer. Les pages précédentes qui courent sur plusieurs mois le confirment. En marge de ce que l'homme lui a envoyé sur sa messagerie Facebook, il l'a appelée régulièrement pour lui proposer de lui faire découvrir une face cachée des églises d'Île-de-France, inconnue du grand public.

Il reste désormais un élément à contrôler pour Derolle. Il rappelle son lieutenant :

– Dis-moi, tu as reçu l'analyse du compte rendu de son opérateur téléphonique ?

– Ça commence à venir, mais rien depuis une semaine, depuis qu'elle a disparu. Comme si le téléphone avait été déconnecté. Elle passe un dernier appel à Saint-Leu-la-Forêt, puis l'appareil devient muet.

– Qui a-t-elle appelé ?

– C'est assez étrange. Le numéro n'existe pas. Une sorte de relais automatique, qui n'aboutit nulle part. Le même avec lequel elle a été régulièrement en liaison les dernières semaines.

– Elle a bien composé un numéro, tout de même.

– Sans son mobile, on ne peut rien tracer.

– Que dit l'opérateur téléphonique ?

– Ce que je viens de t'expliquer. Il a enregistré un numéro qui ne correspond à rien, ni en France ni ailleurs en Europe.

– Et merde !

– Le numéro fantôme dont tu parles, l'opérateur l'a repéré quand, la première fois ?

– Dès le début de son abonnement, il y a trois ans.

Derolle réfléchit un moment. Trois ans, ça remonte peu ou prou aux premiers posts Facebook de la victime sur l'érotisme dans l'art religieux. Arès, lui, apparaît plus tard. Deux ans plus tard, de mémoire. C'est curieux.

Le regard du commandant se perd sur un objet abandonné en haut d'une armoire de son bureau. Soudain, il se redresse et tape du poing sur son clavier. Bordel ! hurle-t-il. Arès, comme le nom du village du bassin d'Arcachon. Là où…

L'objet est une photo dans un cadre. Le portrait d'un homme au visage buriné et fatigué qui lui adresse un pâle sourire. Son vieux pote tué à la frontière birmano-thaïlandaise. Derolle en est retourné. Ému au point de devoir sécher les larmes qui commencent à couler sur ses joues. Ainsi, il existe bien un lien entre cette vieille affaire et l'assassinat d'Émilie Janson. La panique qu'il avait éprouvée, à l'hôpital, devant le corps de la victime était bien fondée. Il a sur les bras le genre d'enquête qui a coûté la vie à son ami journaliste.

Le voilà au cœur du merdier.

Il se lève, tend le bras jusqu'à la photo et la retourne brutalement. Putain, maugrée-t-il, tu fais chier, arrête de me tourmenter. Ne reviens pas, reste où t'es. J'ai pas envie de ça.

La porte claque contre le mur quand il pénètre chez son adjoint.

– Arès, lui crie presque Derolle, c'est un petit village au fond du bassin. Le gars qui se planque derrière le pseudo, tu te souviens de l'affaire de crimes en série, il y a cinq ou six ans ? Tous les meurtres, là-bas, les femmes horriblement assassinées devant des caméras. C'est là qu'il faut chercher. C'est lui.

Le ton de sa voix monte crescendo.

– Mon meilleur ami y a laissé la vie. Je t'en ai parlé cent fois. Si le putain de salopard qu'on cherche s'est planqué derrière le nom de ce bled, c'est qu'il a encore une activité ! Prends contact avec la gendarmerie du coin…

L'adjoint, la tête penchée sur le côté, le regarde avec inquiétude. Comme il le ferait avec une personne débitant des inepties.

– Mais Michel, ils sont tous morts dans cette affaire ! Ton pote a été éliminé et le tueur aussi ! Comment veux-tu qu'il refasse surface dans une nouvelle affaire aujourd'hui ? C'est absurde, sauf ton respect…

Derolle ne se formalise pas de la remarque du lieutenant. Il insiste :

– Écoute, l'affaire des *snuff movies* n'a jamais trouvé d'épilogue. Contrairement à ce que tu avances. Ok, l'assassin a été buté, le journaliste aussi, mais après eux d'autres témoins et d'autres enquêteurs. Il n'y a jamais eu de poursuites, jamais de procès. Peut-être qu'Arès est une sorte de marque de fabrique…

– Une quoi ?

– Tu m'emmerdes. Le lieu d'où se trame toute cette saloperie.

– On a affirmé, à l'époque, que c'était l'œuvre des triades chinoises.

– Et alors ? Elles avaient des ramifications jusqu'à Arcachon. Ça, on l'a formellement établi. Je te dis qu'il faut gratter autour d'Arès.

Le lieutenant gonfle ses joues et souffle à travers ses lèvres à peines entrouvertes :

– Notre victime a été refroidie dans le coin. Arcachon, c'est quand même à plus de sept cents kilomètres, non ?

– Je m'en fous, l'interrompt Derolle. Cherche là-bas. Priorité.

L'amour

Sue a raccompagné Brigitte chez elle. La séance spéciale dans la boîte de lesbiennes a fasciné la serveuse. Sue a laissé les choses se mettre en place doucement. Elle a commencé par inviter à leur table toutes les protagonistes de la soirée, la violée, les amatrices de tortures, les dominatrices… Brigitte a discuté avec elles et, en apparence, beaucoup appris. Ensuite, elle a murmuré à Sue que tout ça l'excitait énormément. Que ça lui ouvrait des perspectives inattendues sur les sources et les conditions du plaisir. Sue l'a serrée dans ses bras, lui a caressé les seins et lui a répondu que si elle l'invitait chez elle, elle l'initierait.

– Tu vas éveiller tes sens, a-t-elle ajouté. Tu ne seras plus jamais la même. Avec moi, tu signeras un pacte pour la vie.

Brigitte n'a rien compris à ce charabia, mais elle a gloussé et dit avec empressement :

– Viens, allons-y.

Le studio est misérable. Une soupente nichée sous les toits d'un immeuble du XIXe, sans ascenseur, avec les toilettes sur le palier. Un mauvais lit, une table et une chaise meublent la pièce. Le plafond et les murs présentent pour seules décorations d'immenses taches d'humidité. Les vêtements de Brigitte, propres et sales, sont empilés dans un coin. Sur une étagère placée au-dessus d'un évier crasseux ont été posés une timbale en plastique, une brosse à dents et un savon noirâtre. Des odeurs de graillon épicé et des cris d'enfants montent des étages inférieurs.

– Ma pauvre chérie ! constate Sue.

– Ouais, et ça me coûte pas loin de cinq cents balles par mois, cette saloperie !

Sue l'attrape par la taille, l'embrasse dans le cou et commence à la déshabiller.

– C'est déjà du passé, tout ça. Crois-moi.

Cybercriminalité

Le capitaine a décidé de venir voir Derolle, toutes affaires cessantes, jusqu'à son commissariat d'Asnières quand ce dernier lui a fait le même topo qu'à son adjoint, la jeune femme victime de multiples tortures sexuelles retrouvée abandonnée sur un terrain vague une semaine plus tôt, et ce qu'il a cru établir comme lien avec l'ancienne histoire de *snuff movies* qui, à l'époque, avait mis en émoi tout ce que le pays comptait comme spécialistes de la criminalité sur Internet.

Le fonctionnaire, trente ou trente-cinq ans, est un homme affable, courtois, calme, doué d'une qualité d'écoute relativement hors du commun. En poste depuis plusieurs années à la brigade de lutte contre la cybercriminalité, Germain Dessanges a entre les mains depuis quarante-huit heures le dossier transmis par l'adjoint de Derolle. Il pensait, jusque-là, avoir affaire à une enquête de routine, remonter des adresses URL, identifier des pseudos. L'appel que lui a passé dans la matinée le commandant d'Asnières a changé la donne. Après un point rapide avec sa hiérarchie, le patron de la brigade lui a donné carte blanche pour qu'il se mette à sa disposition de manière permanente si tant est que cette histoire en vaille vraiment le coup.

Le meurtre de l'A86 devient presque une affaire d'État.

Après avoir terminé de lui exposer tout ce qu'il sait, tout ce qu'il croit savoir, Derolle étend ses jambes devant lui.

– T'en penses quoi ?

Le capitaine est demeuré immobile. Les pieds rangés sous sa chaise, les bras croisés sur son torse. Sur son visage, rien ne bouge. Il fixe Derolle, les yeux réduits à deux fentes.

Les secondes s'écoulent. Derolle attend. Puis la voix du capitaine emplit la pièce, sans que son corps, son visage ou ses yeux n'aient amorcé le moindre mouvement :

– On va se trouver une nouvelle fois face à une affaire de crime vidéo sans pouvoir en apporter la preuve, c'est rageant. On a la victime, la nature des tortures, une ressemblance frappante avec l'histoire précédente, mais sans criminel, sans matériel, sans clients, on continuera de faire rire autour de nous.

– Précédemment, des séquences filmées avaient été découvertes dans l'affaire asiatique…

– Je sais, mais tout ça a disparu. Je me trompe ?

– Non, Germain, mais on a les premiers témoignages du journaliste qui s'y était retrouvé mêlé.

– Tu sais très bien que son testament s'est volatilisé avec les témoins auxquels il l'avait confié. Toi, tu n'avais rien reçu de lui, n'est-ce pas ?

À son tour, Derolle prend son temps pour répondre. Le fameux dossier de son pote… Oui, il le sentait encore au creux de ses mains des années après, ça continuait de le brûler. Il avait fallu l'avalanche de morts mystérieuses qui avait frappé l'entourage de son ami et la trouille qui s'était emparée de lui pour lui faire garder le silence. Mais comment expliquer tout cela ? Derolle se remet à transpirer. À la moindre contrariété, désormais, il se transforme en fontaine. Tout ce qu'il s'est efforcé d'oublier lui revient en mémoire, les images abjectes des crimes, les photos des clients coffrés à Bangkok, l'horreur des témoignages recueillis sur place par son ami et les révélations du tueur blessé à mort, que le journaliste avait enregistrées dans la jungle birmane… Il n'est pas fier de ce qu'il a fait, Derolle. Il a manqué de confiance dans ses chefs. Il a eu peur, il a planqué pendant des jours l'enveloppe arrivée par la poste, puis il a fini par la détruire. Aujourd'hui tout revient. Comme un coup de poing en pleine figure.

– Non, finit-il par avancer. Rien d'autre que nos conversations par téléphone. Je n'ai jamais rien eu de concret entre les mains. Mais je suis sur la même longueur d'ondes que toi, persuadé qu'on a remis le doigt dans cette fange et qu'il faut aller de l'avant. Même au risque d'être éclaboussés.

– Si c'est par du sang et de la merde, ça va. Si c'est par un grand éclat de rire de la Maison Poulaga, je ne serai pas ton homme, rechigne le capitaine Dessanges.

– Tu doutes encore ?

Le capitaine prend un air embarrassé.

– Mes recherches sur les URL n'ont rien donné depuis deux jours et elles ne donneront rien, je le sais.

– Ah ! J'espérais qu'avec les moyens modernes dont vous disposez à la brigade, vous pourriez nous mettre rapidement sur une piste.

– Ça viendra peut-être, mais c'est pas dans la poche. Derrière le pseudo Arès, il y a une moulinette qui change régulièrement les adresses IP des ordinateurs qui envoient les messages. Et je te parie que toutes celles qu'on parviendra à récupérer seront fausses. Elles ne nous mèneront nulle part.

– Voilà au moins la preuve qu'on a affaire à un mec pas net…

– Ça fait pas de lui un assassin, ni de ton enquête une histoire de *snuff movies*.

– Alors ?

– Alors, il va falloir qu'on examine tous les échanges sur la page Facebook de la victime jusqu'aux plus anciens pour tenter de déceler des corrélations avec de vieux messages qui, eux, n'auraient pas été protégés par les algorithmes qui nous foutent dedans. Il n'y a pas d'autre solution. Il faut aller à la pêche. La pêche à la grenade. On balance, on attend, ça explose et on voit ce qui remonte.

Sandra

Sandra finit de rédiger, sur un document PowerPoint, le programme qu'elle doit présenter à Empire d'Asie. Sa directrice lui a demandé le maximum de détails, des photos des sites à visiter, des propositions d'hôtels qui seront à confirmer une fois sur place, des appréciations de touristes passés par les mêmes endroits, des informations météo, des contacts de guides locaux, des estimations de temps de trajet entre les divers endroits à visiter… Bref, une foule de renseignements que le tour-operator connaît forcément déjà, mais sur lesquels il souhaite mettre Sandra à l'épreuve. Elle en a parfaitement conscience. Ça l'amuse plutôt. Il faudrait être le dernier des manches pour ne pas trouver de tels renseignements sur Internet. L'important n'est pas là. La valeur ajoutée qu'apporte Sandra, c'est sa connaissance livresque et familiale de l'histoire commune de la France et du Viêt-Nam, et ce qu'elle est capable d'en transmettre aux touristes.

Pour chacun des points clés du voyage, elle rédige une petite note. Facile à lire, à comprendre et à retenir, même pour les plus ignorants de ceux qui l'accompagneront. Elle veut ses fiches didactiques, mais ludiques aussi, attractives et captivantes.

Elle a étalé devant elle quelques-uns des meilleurs ouvrages qu'elle a lus sur le sujet. Nul doute que la visite de Diên Biên Phù, de l'ancien camp 113 du commissaire politique français pro-Viêt-Minh Boudarel, de Lang Son, de Coc Xa, de Cao Bang et de tous les autres lieux de mémoire des combats des forces du Corps expéditionnaire français en Extrême-Orient passionnera ceux qui l'accompagneront.

La nuit est tombée depuis longtemps lorsque Sandra relève le nez de son ordinateur. Mais le vent qui s'engouffre par la baie vitrée ouverte de son salon est encore chaud. Cet été indien qui dure la ravit. Sandra déteste le froid, l'automne et l'hiver. C'est une fille des saisons chaudes. Sandra ne se sent jamais mieux que dans la chaleur et l'humidité. Et, autant qu'elle s'en souvienne, elle s'était rarement autant amusée que lors des pluies torrentielles de 2010, qui avaient noyé tout le département du Var. Il faisait une chaleur à crever, il y avait de l'eau partout, parfois jusqu'au deuxième étage des maisons, ça ressemblait aux inondations en Asie, il y avait eu des dizaines d'habitations endommagées, des exploitations agricoles dévastées, elle en avait tout à fait conscience, mais elle avait adoré ce déluge tragique.

Elle jette un coup d'œil au calendrier de son Mac. Dans une semaine, elle sera au Viêt-Nam. Dix jours de félicité absolue payés par Empire d'Asie pour mettre la dernière touche à son programme. Ensuite, elle se louera une chambre dans une *guest house* pendant un mois dans le Sud, à Saïgon ou à Phan Thiet, elle ne sait pas encore, avant de revenir prendre en charge les gens qui auront acheté le voyage. Puis quinze jours à nouveau sur place avec eux. Elle reviendra en France pour Noël passer les fêtes avec sa famille et elle proposera à son employeur de nouveaux thèmes d'excursion au Viêt-Nam, la visite des minorités des Hauts Plateaux, ou de celles de la frontière avec la Chine.

Peut-être la descente du Mékong sur les traces de l'enfance de Marguerite Duras…

Une joie indéfinissable emplit son cœur. Elle tend ses jambes devant elle, se cambre sur le dossier de son fauteuil, croise les mains derrière sa nuque et regarde par la fenêtre. Elle a encore du mal à réaliser le bonheur qui est le sien.

Darknet

Sue est allongée, nue, contre Brigitte. Ce qu'elle vient de lui faire lui a donné tant de plaisir que la serveuse de bistrot a complètement effacé de son esprit l'ambiance délabrée de sa mansarde. La table crasseuse, la chaise bancale et le papier peint défraîchi se sont transformés en palais. Les lumières de la pièce ont été éteintes quand les deux filles se sont mises au lit. L'éclairage diffus provenant de l'extérieur a fini par gommer la misère de la piaule.

Sue a conservé autour de sa taille la ceinture prolongée du gode dont elle s'est servi. Elle a également laissé sur les bords du sexe de Brigitte les petites pinces qui l'ont écarté. Elle caresse sa croupe doucement. Elle l'effleure du bout des doigts.

Pendant que la pulpe de son majeur suit les lignes violacées laissées par les coups de ceinture qu'elle lui a administrés, elle lui dit qu'elle ne savait certainement pas que la douleur pouvait engendrer le plaisir…

Brigitte acquiesce. Le sourire qui a animé son visage pendant leurs ébats est encore sur ses lèvres. Elle respire moins bruyamment maintenant. Sa respiration se calme, mais l'extase est toujours là, Sue se penche vers son oreille :

– Tu sais que tu pourrais en plus gagner plein d'argent…

Brigitte se retourne paresseusement pour lui faire face.

– En plus de quoi, chérie ?

– En plus de prendre du plaisir en te faisant fouetter, pardi !

Sue laisse s'installer un silence pendant lequel Brigitte, qui ne cesse de la regarder, plisse les yeux comme pour demander davantage d'explications.

– Moi, j'ai franchi le pas il y a belle lurette, reprend Sue. Aujourd'hui, j'ai plein d'argent que je gagne en travaillant quelques heures par… par semaine, ma chérie. Et en prenant de plus en plus de plaisir. Mes orgasmes valent de l'or, tu sais.

– Allez, dis-moi !

Sue se remet à califourchon sur le lit, saisit d'une main le gode qui pend entre ses jambes et le masturbe de l'autre. Ses dents brillent dans la lueur de la lune. Elles éclatent de blancheur derrière le sourire qui lui fend les joues.

– Le jour où j'ai décidé de me faire enfiler par ce manche devant une caméra, ça été le début du jackpot.

– Devant une caméra, pour quoi faire ?

Sue se dit qu'elle est tombée sur une vraie gourdasse mais n'en laisse rien paraître. Elle enfourne le gode entre les seins de Brigitte et prend sa tête dans ses mains.

– Mais, ma chérie, pour tourner de petites vidéos qu'on met sur des sites sado-maso, à destination de clients qui paient pour voir. C'est un peu comme ce que tu as regardé au club, ce soir, mais on le fait pour le Web. T'as jamais vu ça ?

– Jamais.

– Ma chérie, il faut que je fasse toute ton éducation ! Ce sont des sites spécialisés répertoriés sous le sigle BDSM, comme bondage, domination et sadomasochisme. Il en existe des centaines. Pour les filles, pour les garçons. On peut voir gratuitement quelques extraits des vidéos, mais pour tout regarder on paie. C'est pas cher, mais les clients sont tellement accros qu'ils y laissent du fric. Et comme ils sont des centaines de milliers à travers le monde à être mordus, c'est des fortunes au final, qui tombent dans notre poche. On tourne nos jeux de rôle entre copines. Parfois avec un pote qui joue le méchant, on s'éclate comme des folles, on prend le fric, on va dans les meilleurs restos après, puis dans les meilleures boîtes, on passe des week-ends au bord de la plage dans les meilleurs hôtels, on a les bagnoles qu'on veut, tous les bijoux dont on rêve... Bref, le paradis, quoi ! Chaque séance de quelques dizaines de minutes me rapporte dans les quatre mille euros. J'en tourne sept ou huit par mois. C'est net d'impôt. Parce qu'en plus je suis inscrite au RSA...

Et là, Sue part dans un long fou rire, les yeux révulsés, le corps secoué de spasmes. Brigitte s'assoit et lui saisit les épaules.

– Tu gagnes entre vingt-huit et trente-deux mille balles net par mois pour montrer à des mecs que tu ne croiseras jamais comment tu prends ton pied ?

Elle tremble de tous ses membres.

– Mais pour la moitié, même pour le quart, je recommencerais tout ce qu'on a fait ensemble, ajoute-t-elle. Et plus encore.

Sue lui caresse la tête. Elle regarde sa montre et se lève.

– Eh bien voilà, tu es engagée. Il se fait très tard et je dois repasser chez moi avant demain matin. J'ai une valise à récupérer pour une petite excursion de deux jours en province. Retrouvons-nous samedi soir au même café, à la même heure. D'ici-là, donne ton congé à tes patrons à la con.

Elle finit de se rhabiller, fouille dans son sac, et tend mille euros à Brigitte en plaçant un doigt sur ses lèvres.

– Surtout ne dis rien. Considère ça comme une avance, chérie.

Sue a à peine refermé la porte de l'immeuble qu'elle saisit son téléphone au fond de son sac. Elle compose un numéro et s'éloigne dans la rue en parlant anglais.

– *Hi* John ! J'ai attrapé le petit oiseau. Elle a la trentaine, mais en paraît au moins cinq de moins. Jolie, pulpeuse, cochonne, prête à tout… Elle va nous rapporter un blé incroyable sur le *darknet*, celle-là. Je l'ai pas trop abîmée ce soir, elle sera parfaite la semaine prochaine.

Au bout du fil, son correspondant exulte.

– *Wonderful* ! Avec la cliente que j'ai en ce moment, ça fera le quota réclamé par nos Chinois. On va pouvoir souffler un peu. Je te bise, ma salope.

Flora

La lampe l'éclaire en pleine face, empêchant Flora de distinguer clairement ce qui l'entoure dans la camionnette. Elle n'a pas encore vu la caméra. Elle écarquille toujours les yeux, incapable de se détacher de la masse impressionnante de l'homme, de sa largeur d'épaules, de la forme disproportionnée de ses biceps, de l'épaisseur de ses mains.

Lui attend qu'elle soit enfin en mesure de parler. Les effets de l'anesthésiant devraient maintenant se dissiper. Il veut lui relater par le menu le sort qu'il lui réserve. Lui exposer tout le scénario de sa mise à mort. Il va falloir qu'elle parle. Qu'elle pose des questions. Qu'elle s'affole. Qu'elle hurle et qu'elle supplie.

– Tu as froid, ma belle ? demanda-t-il.

Flora tente de répondre qu'elle ne veut pas mourir, mais les mots se dissolvent au bord de ses lèvres.

– Comment ? Articule, ma belle. Tu as la chair de poule, tu as froid, n'est-ce pas ?

Flora tourne la tête vers la lumière. Elle voudrait pouvoir s'évader à l'intérieur d'elle-même. La violence de la lampe lui brûle les yeux. L'horrible sensation d'être au bord d'un gouffre, de se tenir au bord du vide, va crescendo. L'homme n'a pas bougé d'un centimètre. Il continue à détailler son corps nu. Puis le son de sa voix la ramène à la réalité :

– Tu aimes avoir mal, ma belle ?

La question prend Flora par surprise. Elle se voyait mourir étranglée, étouffée, peut-être d'une balle dans la tête, et l'homme lui annonce qu'elle va souffrir !

– Tu aimes avoir mal à ta petite chatte ?

Flora est interloquée. Pour elle, le sexe est encore tabou. Elle le pratique depuis quelques mois avec son copain. Souvent rapidement, mais simplement, de manière un peu égoïste, pressés d'en finir. Elle s'est souvent demandée si elle avait déjà joui. Sans imaginer que le simple fait de se poser la question valait réponse négative. En fait, elle n'a pas encore vraiment conscience de tout le plaisir que son corps peut apporter, alors la douleur c'est juste inimaginable. À part la première fois, évidemment. Mais elle s'y attendait, quelques-unes de ses amies l'avaient prévenue. Qu'est-ce que l'homme sous-entend par avoir mal à sa petite… chatte ? Flora se met à pleurer. Les larmes collent ses cheveux sur son visage. Ses sanglots lui soulèvent la poitrine.

– Tu as de beaux nichons, tu sais ! Je vais bien m'en occuper. Comme de ta petite fente. Tu vas être la vedette d'un film, ma belle, un film spécial. Qui mettra en scène les tortures que je vais t'infliger. Va falloir être une bonne partenaire. Va falloir me montrer que t'as mal. Hurler, te tortiller dans les liens, supplier…

Des images se bousculent à nouveau dans le cerveau de Flora. Des sons, des odeurs aussi. Elle revoit des scènes sans importance de ces derniers jours, une promenade avec sa mère jusqu'au Monoprix, un brunch pris en début de semaine au café devant son école, sa dernière reconnaissance des quartiers bordant l'A86 avant d'y revenir aujourd'hui. L'exposition des photos de McCullin découvertes à Perpignan, un an plus tôt. Elle repense à un conciliabule entre ses parents, à son sujet. Puis elle entend des cloches sonner à toute volée. Sa tête va exploser. On dirait que le parfum capiteux de sa mère envahit progressivement l'endroit où elle se trouve. Elle appelle sa mère. Elle peut enfin parler. Elle crie. Une odeur de chien crevé a remplacé la fragrance maternelle. Elle demande enfin à l'homme d'avoir pitié et de la laisser partir.

– Dans une heure, si tu as été gentille. Une heure. Encore une heure, et tu te seras envolée. Vers les anges, ma belle.

Chair fraîche

Les images défilent sous ses yeux. La pauvreté des vidéos le laisse confondu. C'est la première fois que Derolle se logue sur un site pornographique SM, les filles sont d'une vulgarité infernale, les jeux de rôle d'une bêtise à peine imaginable. Il relève la tête vers le capitaine Dessanges et le gratifie d'une moue explicite.

– Continue, fait Dessanges. Putain, tu n'as rien vu encore, continue.

– On n'y croit pas une seconde à leur cinéma ! Elles sont là à se faire donner des coups de martinet en papier, on leur introduit des phallus en plastique pas plus gros que des tubes de maquillage et, en plus, elles déclarent toutes, en fin de séquence, qu'elles ont adoré et qu'elles en redemandent. Pas sérieux.

Le capitaine tire une chaise à lui et s'assoit face à Derolle.

– Je t'explique, mon gars, sauf ton respect, ce que tu viens de regarder, c'est la partie immergée de l'iceberg. Ce que les gangs qui tiennent le marché offrent gratuitement aux milliers de mateurs pour les décider à franchir le pas, c'est-à-dire à payer pour en voir plus longtemps et davantage.

– Qu'est-ce tu me racontes ? Longtemps, davantage, c'est pareil, non ? Ça veut dire qu'on va avoir droit à dix ou quinze minutes de la même foutaise. Ça nous mène où ?

Dessanges devrait être dans ses petits souliers, pourtant ce n'est pas le cas. Derolle peut bien s'énerver et contester tout ce qu'il cherche à lui apprendre, il n'en a rien à battre.

– Vous êtes bien tous les mêmes, à la PJ, vous comprenez vite, mais faut vous expliquer trois fois. Ce que je me tue à te dire, c'est que certains de ces sites fonctionnent comme la bande annonce du *darknet*, en quelque sorte. Tu piges ?

– Toujours pas.

Le capitaine se rapproche de manière à se placer face à l'écran. Il inscrit une adresse URL sur Google et, lorsque le site est logué, clique sur une image qui le renvoie aussitôt à un autre site sur lequel il clique à nouveau. Puis, c'est un troisième site. Un quatrième et un cinquième.

Dessanges tourne alors vers Derolle un visage ravi.

– Là, en moins de deux minutes, nous nous sommes connectés sur un portail flottant.

– Sur quoi ?

– Un site auquel aucun moteur de recherche te fera accéder, quels que soient les mots-clés que tu utilises. Pourtant, on est toujours sur Internet.

– Bon sang ! gronde Derolle.

– Sur ce site, poursuit le capitaine, tu as accès à des scènes beaucoup plus hard. Je vais sélectionner maintenant une des rubriques parmi les plus trash. Tu vas voir…

Le curseur hésite un instant entre *dilatation* et *ultimate surrender*, et coche la première ligne. Aussitôt apparaît à l'écran un sexe féminin que des instruments ont tellement écarté qu'on pourrait y enfoncer les deux poings. Derolle s'exclame :

– Pas possible, c'est truqué !

– Pourquoi truqué ? Quand les femmes mettent les enfants au monde, c'est pareil, non ?

Derolle détourne le regard.

– J'ai pas assisté à la naissance de mes filles, donc j'peux pas dire. Mais, tout de même, ce qu'on voit là, c'est pas naturel...

– Précisément, sinon ça n'intéresserait pas les détraqués qui s'abonnent à ce genre de sites.

– Bon. Et après ?

La photo d'une fille attachée en croix avec un homme entre les jambes vient de s'afficher. Le capitaine avertit Derolle qu'il va désormais falloir entrer un code ou le numéro de sa carte visa pour aller plus loin.

– Alors, on est coincés. On ne va quand même pas payer. Et pour voir quoi ?

Le capitaine retient un gloussement.

– Vous êtes des marrants à la PJ. Vous croyez qu'on se gratte les couilles toute la sainte journée devant de vieux magazines pornos en étudiant les numéros de téléphone des petites annonces ? On est abonnés à des centaines de sites, mon vieux. Grâce à ça, on a pu répertorier quelques milliers d'acteurs et d'actrices qu'on a mis en fiche, et pour certains et certaines tamponnés. On est allés les interviewer parfois jusqu'en Australie. Avec à la clé, des putains de renseignements, crois-moi.

Derolle affiche une mine septique. Son visage vient de se fermer. Cette histoire lui paraît totalement invraisemblable. Depuis quand les flics vont-ils en Australie interviewer des actrices porno ? Il regarde Dessanges à la dérobée en se demandant quel genre de loustic il est allé pêcher là. À première vue, le capitaine a l'air d'un brave gars, sérieux, urbain. Pas le genre de cow-boy déjanté qu'on rencontre dans les séries policières modernes.

– En Australie ! répète Derolle.

– En Australie..., confirme Dessanges en secouant la tête nerveusement.

– Et pour trouver quel genre de renseignements, tu dis ?

– Eh ben toutes sortes de trucs pour remonter jusqu'aux clients.

Derolle le fixe comme s'il avait affaire à un débile mental.

– Tu sais, lui dit-il, si j'étais en train de t'auditionner, tu m'énerverais…

– Pardon ? fait le capitaine en sursautant.

– Ça fait une plombe que j'essaie de comprendre exactement ce que tu cherches et ce que tu trouves, et tu continues de me balader avec des histoires de voyages dans le Pacifique et d'amateurs de sites porno que tu veux identifier. Ça mène où ? Ça me mène où, à part apprendre qu'il existe des collègues à qui on paie des voyages extraordinaires pour aller flirter avec des salopes à moitié tarées ? Comme si y'en avait pas assez ici ?

À son tour, le capitaine se met à considérer Derolle comme un crétin parfait.

– D'abord, je t'ai déjà expliqué que ce commerce était essentiellement d'origine anglo-saxonne. Y'a quasiment pas de Françaises sur le coup. Ou alors dans le domaine du misérable blog porno où on se met en scène chez soi pour rencontrer des partenaires. Ensuite, si on trouvait quelques actrices bien de chez nous dans le domaine du hard, tu crois qu'elles nous refileraient des tuyaux sur des clients ? Jamais de la vie, mon gars ! Elles n'entreraient pas non plus en contact avec des mecs qu'elles risqueraient de croiser en bas de chez elles.

– J'vois toujours pas, se désespère Derolle.

– Bon, certains sites mettent en scène des actrices à l'air ultra juvénile. Genre préado, à qui on donnerait treize ou quatorze ans. Tu me suis ?

– Vaguement.

– En fait, les filles sont majeures, mais elles offrent l'avantage de laisser croire aux internautes qu'ils matent des petites qui font des trucs de grandes.

– Ouais…

– Putain, Michel ! T'es bouché ou quoi ? D'un côté, t'as des sites qui font dans la pseudo pédopornographie sans rien risquer légalement ; de l'autre, t'as les plus tarés des tarés, qui se connectent pour les voir subir tout un bordel de saloperies qu'on n'imaginerait, nous, même pas faire à leurs grandes sœurs…

Une lueur vient de s'allumer dans le regard de Derolle. Le capitaine s'en aperçoit et continue :

– Dans la plupart des cas, ces gars-là, qui surfent sur le Net, plus ou moins planqués, donnent une foule de renseignements sur eux quand ils parviennent à *chatter* avec l'une de ces actrices. Il nous suffit d'avoir de bons indics, et crois-moi on a aujourd'hui un putain de réseau. Des gonzesses comme ça, qui nous lâchent des infos, on en a en Grande-Bretagne, aux Pays-Bas, en Allemagne… et en Australie, précisément. Une vraie mine d'or !

– Ok, fait Derolle. J'ai pourtant pas entendu parler, ces dernières années, de coups de filets retentissants chez les connards amateurs de chair fraîche…

– Si. On a arrêté pas mal de monde mais on communique pas, bien sûr ! On va pas avertir le lapin qui gambade dans la prairie que le chasseur est là, non ?

Derolle se lève pour s'étirer.

– Je suis content pour toi que t'arrives à gauler des amateurs de touche-pipi grâce à des fictions consternantes, dit-il. Mais ça nous fait pas avancer d'un poil concernant notre affaire.

Le capitaine hoche la tête d'un air entendu.

– Je vois. Tu pensais que j'allais te sortir de l'ordinateur des adresses de sites en te disant : « Tiens, c'est ici qu'on assassine les filles de la région parisienne. Et tiens, sur celui-ci, on trucide les nanas de Marseille… » Si c'était aussi simple, y aurait plus de meurtres depuis longtemps. Pour le moment, je te montre comment on navigue au milieu de cet enfer. Comment une photo particulière d'un site te renvoie à un autre, et comment, d'étape en étape, tu passes de ce qui a pignon sur rue à ce qui n'est pas à destination du grand public. Tu piges ?

– Tu veux dire les *snuff movies* ?

– Non. Seulement l'antichambre. A priori, tant qu'on reste sur le Net légal, y a rien de tout ça. On le saurait, sinon. Là, je te parle du *darknet*. Mais ce n'est pas impossible qu'il y ait une passerelle entre les productions franchement dégueulasses auxquelles on n'accède qu'en payant, assez cher d'ailleurs, et les trucs hallucinants qu'on peut parfois trouver sur la partie underground du Net.

Derolle se frappe le front du plat de la main.

– Franchement, j'y comprends rien. Il est jamais question de *snuff movies* et je sais même pas si t'y crois toi-même. Tu me parles de multiples réseaux avec des passerelles dignes d'un roman d'espionnage, et ça conduit toujours nulle part…

– C'est ton interprétation.

– Bordel, Dessanges, dis-moi si tu crois qu'on a l'ombre de la moitié d'une chance d'établir un lien entre mon enquête et l'existence d'une organisation criminelle fonctionnant sur le Net ?

– On va déjà essayer d'y trouver des images de ta victime. Si on a de la chance. Ensuite, il faudra essayer de la repérer parmi les centaines de sites ouverts.

– Mais, si on l'a assassinée dans le cadre d'un *snuff*, on ne la retrouvera jamais sur un des sites à la con que je viens de regarder…

– Pas sûr, objecte le capitaine. Il se peut que le meurtre ait été commis en deux temps. Une première vidéo anodine avec son consentement, et sa mise à mort ailleurs. Si c'est le cas, évidemment, ce serait le jackpot, car on aurait enfin le moyen de remonter à la source.

Dessanges s'interrompt un instant avant d'ajouter :

– Mais franchement j'y crois pas. Pas une seule putain de seconde !

Triades

L'homme a regagné la route principale et refait le chemin en sens inverse. La camionnette redescend vers Saint-Prix. Il traversera ensuite Ermont pour rattraper l'A115, puis la bretelle vers l'A15 en direction de la francilienne pour rejoindre la zone commerciale des Chanteraines, où il sait qu'il pourra accrocher la liaison ADSL en accès libre que Decathlon ne ferme jamais.

Il est satisfait de sa soirée. La deuxième partie du contrat est presque remplie. Quand il aura transmis la vidéo, l'affaire sera bouclée. La fille repose maintenant dans un trou au fond de la forêt de Montmorency. Celle-là, les flics ne sont pas prêts de la découvrir. L'opération s'est déroulée sans problèmes. En repensant à la précédente, il se demande encore comment il a failli se faire serrer par la patrouille de la BAC. Son scanner n'avait pourtant fait état d'aucun mouvement de police à proximité. Les poulets lui sont tombés dessus à l'improviste. S'il n'y avait pas eu l'accident sur l'A86 et le bouchon ensuite, il ne s'en serait jamais sorti.

Des gouttes de sueur perlent à la racine de ses cheveux. La peur rétrospective… Il connaît, et même s'il l'a souvent ressentie, à l'armée comme dans le civil, ça le met toujours en colère. Après il lui reste dans la bouche un goût de terre long à s'estomper. Il déglutit. Cette impression fangeuse est revenue. Un méchant relent marécageux qui remonte jusqu'aux narines.

S'il avait dû faire le coup de feu avec la BAC, jamais ses commanditaires ne lui auraient pardonné. La règle fixée par les Chinois est aussi simple que catégorique : tuer des filles, les faire disparaître et ne jamais laisser de trace du matériel vidéo. Quant à lui, il n'existe pas, ne fait jamais de vagues, ne crée aucun incident, ne montre jamais son fric. Ses comptes en banque sont off-shore. Il pratique le tir comme n'importe quel citoyen lambda, mais sous un faux nom. Il ne divulgue rien de ses antécédents militaires, il est un retraité de l'armée britannique avec une identité d'emprunt. Il s'invente une existence de célibataire dans une autre région que celle où il pratique son sport. Son adresse est en poste restante. Il n'a ni femme ni gosses. Pas de frère, pas de sœur, plus de parents… rien qui permette de remonter jusqu'à son passé. Enfin, il ne laisse aucune trace écrite de ses contacts, il a tout mémorisé. Et il s'organise pour pouvoir disparaître d'une heure à l'autre.

L'homme conduit lentement pour laisser sa tension se rétablir. Le flux sanguin gonfle encore les veines de son cou. Avec un peu de chance, se persuade-t-il, le cadavre abandonné à Gennevilliers ne mènera nulle part. La triade ne saura jamais rien de cette erreur de parcours. Il pourra toujours prétendre que la victime a été, elle aussi, enterrée au fond des bois qui surplombent la vallée de la Seine. Les Chinetoques ne vont pas venir de Hong Kong pour vérifier !

Le véhicule respecte scrupuleusement les limitations de vitesse, 30 km/heure dans les villages, 50 à l'extérieur, l'important est de parvenir aux Chanteraines sans se faire remarquer. Dans vingt minutes, il y sera.

Il se garera derrière le Decathlon et se connectera à la ligne ADSL. À cette heure avancée de la nuit, personne ne viendra le déranger. Il connaît par cœur l'horaire des rondes des employés de la société de surveillance qui gère la sécurité du site. Il lui faudra à peine quinze minutes pour transmettre son fichier crypté. Il aura même le temps d'attendre la confirmation de la réception de la vidéo avant de repartir.

Avec ses huit gigas de RAM, le PC entièrement reconstruit travaille à une vitesse vertigineuse. Rien dans cette machine n'a été acheté en Europe. Toutes les pièces ont été envoyées séparément d'Asie. Il n'y a aucun numéro de série, elles ont toutes été montées avec des gants de latex. L'ordinateur lui-même est recouvert de film étirable. Personne d'autre que lui ne l'a manipulé. Une fois le fichier envoyé, il sera effacé en mode sécuritaire. Les seuls éléments qu'on puisse trouver à l'intérieur sont des fiches techniques sur le tir sportif. Même sa boîte mail n'existe pas. Il la recrée dès qu'il en a besoin, avec une adresse tournante, et la détruit aussitôt après.

Après avoir fait glisser l'icône de son fichier vers le logiciel de transmission, l'homme pose le PC sur le siège passager, le recouvre de son blouson, quitte la camionnette et s'éloigne vers la zone non éclairée du parking.

Il s'écarte d'un pas léger. Le travail est presque achevé. Quand il en aura la confirmation, il lui restera à terminer la commande avec la gonzesse levée par Sue. Ensuite il s'occupera de la gamine dans le Sud. Il la soignera particulièrement, celle-là. Il aura ainsi, en réserve, une prod toute faite pour le jour où les Chinois lui referont signe. Ça lui permettra de prendre les devants pour se mettre au vert en attendant la commande.

Les problèmes se sont accumulés ces dernières semaines et il n'est pas tranquille. Il a besoin de prendre le large. Quand tout aura été accompli, il transmettra encore une vidéo aux Chinois et essayera de se faire oublier au Moyen Orient. Il changera une fois encore d'identité et bien malins seraient ceux qui parviendraient à le retrouver. Là où il sera, personne n'y arrivera.

Les Chinois lui passeront un nouvel ordre de mission. Comme d'habitude, cela tiendra en une lettre et deux nombres. Un rituel bien rôdé. Par exemple W, 20, 15.

W pour *White*, 20 pour *twenty years old* et 15 pour *fifteen minute video*. Avec un B, les commanditaires demanderaient une Black. Avec un A, une Asiatique. On ne pourrait pas faire plus simple. On ne lui précise jamais le scénario des mises à mort, ses employeurs savent d'expérience que les profondeurs de son imagination et ses capacités à faire souffrir sont abyssales. Le meilleur bourreau jamais recruté depuis le Français tué en Birmanie par le journaliste six ans plus tôt.

Mais pour la première fois, il n'honorera pas la commande.

Tout doit avoir une fin. Les récents événements lui ont laissé croire que la chance avait peut-être tourné. Il doit maintenant organiser sa fuite dans les meilleurs délais.

Sans doute les maîtres de la Triade n'apprécieront-ils pas sa désertion après l'avoir tiré d'affaire, à la suite d'une sale histoire de scandale sexuel lorsqu'il était en poste à l'ambassade du Royaume-Uni de Hong Kong. C'était l'année de la remise des clés de la colonie britannique aux autorités de Pékin par Londres. Ensuite, couvert d'or. Non, ils n'apprécieront pas.

Ils voudront se venger.

John le sait, il n'aura aucune excuse, rien ne le couvrira. Or John s'en balance comme de son premier cadavre. Au fond, se dit-il, il ne doit rien à ces enfoirés de bridés. Il leur a fait gagner des fortunes, grâce à son talent. C'est bien parce qu'il effaçait sans sourciller de la surface de la terre hommes, femmes ou enfants, lorsqu'il était en Irak et en Afghanistan avec les SAS de Sa Majesté, que la Triade l'avait recruté. Il était aussi doué pour refroidir un rebelle à 2 000 mètres avec son fusil à lunette qu'au corps-à-corps à l'arme blanche.

D'ailleurs, John n'était-il pas entré par la grande porte dans l'organisation criminelle de Hong Kong ? On lui avait déroulé le tapis rouge. Il avait été l'exécuteur des basses œuvres de la

Triade le mieux payé. Mais totalement à sa botte, avec au bout du compte comme seule perspective la mort. La sienne. Parce que les Chinois ne tolèrent aucun faux pas et qu'on fait toujours, dans une vie, des erreurs. Les derniers jours venaient de le lui prouver.

Plusieurs cas de ruptures brutales de contrats avaient émaillé ces dernières années. John en avait été informé comme tous ses alter ego. La sanction était toujours la même : la mort. John n'avait aucune envie de risquer de jouer un jour, comme ses victimes, les figurants dans une vidéo.

Désormais, le temps pressait.

Le cadavre de l'étudiante en histoire de l'art avait été retrouvé. Cette connasse de toubib avait refusé de lui tamponner sa licence et il risquait de perdre son autorisation de détention d'armes. *Fuck !* Que lui fallait-il de plus pour se décider à mettre les voiles ?

Dans deux jours, il se sera occupé de la serveuse de bar. Et en fin de semaine, de la fille dans le Sud.

Après, il foutra le camp. Un groupe de rebelles irakiens l'avait contacté.

Une nouvelle vie.

D'autres macchabées.

Et encore des dollars à la pelle.

Derolle

Ils n'ont pas vu le temps filer. Quand ils décrochent enfin les yeux de leur ordinateur, le commandant Derolle et le capitaine Dessanges ont la vague impression d'avoir couru un marathon. Cela fait des heures qu'ils explorent les dernières productions de ce que la Toile peut offrir en matière de sexe et ils sont rompus.

Le deuxième thermos de café est vide depuis un moment. Derolle appuie sur l'interphone et demande au planton de leur en apporter un autre.

– Je vais y aller, Michel, marmotte Dessanges en refusant la énième tasse. J'ai accepté de te suivre cette nuit, mais ça ne mène nulle part.

– Reste encore un peu, objecte Derolle.

– Non, je suis rincé. Tu t'emballes, tu t'emballes, mais autant chercher une aiguille dans une botte de foin. Ce serait un miracle si l'on tombait sur la petite Émilie Janson. Vu ce qu'on lui a fait subir, je te répète qu'on ne la trouvera pas sur le Net. Ça ne sert à rien de continuer à éplucher tous ces sites de merde Laisse travailler la brigade. On va se recentrer sur les éléments que tu nous as fournis, les URL de ses « amis » louches, et on finira bien par dénicher une piste pour remonter jusqu'à l'un de ses correspondants. C'est là-dessus qu'il faut bosser.

– Tu m'as expliqué toi-même que certains de ces sites SM pouvaient être la vitrine de trucs plus hard, insiste Derolle. Tu me l'as dit. Alors ?

– J'ai pas dit les choses comme ça, putain ! À la PJ, vous êtes toujours prêts à déformer ce qu'on vous raconte pour aller dans le sens qui vous intéresse, j'ai dit…

– Ça va ! le coupe Derolle.

– Non, ça va pas. Faut que t'arrêtes de te focaliser là-dessus. Je comprends pas ton acharnement à vouloir trouver une preuve de l'existence des *snuff movies*. Mais tout le monde s'en branle, putain ! Qu'est-ce qu'on a, aujourd'hui ? Le cadavre d'une jeune fille atrocement mutilé et plusieurs personnes ultra louches, qui tournaient autour d'elle et dont il faudrait trouver les identités. Qui te dit qu'elles mèneraient à des *snuff* ? Tu parles ! Si tant est que la mort de ta gamine ait été filmée, ça doit dormir au fond d'un coffre. Tu vois vraiment un mec coller ça sur Internet ? Mais pour quelle raison à la con, bon sang ?

– Pour le fric. Le fric ! Quoi d'autre ?

– Non. Plus de nos jours.

Derolle referme l'écran d'un coup sec et retient le capitaine par le pan de sa veste.

– Enfin, j'ai pas rêvé ! C'est la première chose que tu m'as expliquée, les années que tu avais passées à bosser sur les *snuff*…

– Je t'ai dit que c'était une hypothèse de travail. Rien de plus.

– Tes six mois à Tijuana, par exemple, c'était une hypothèse de travail ?

– Oui. Reste que pour le moment, on n'a toujours rien trouvé.

Derolle s'emballe.

– Y a quand même des vidéos épouvantables sur ce que t'appelles le *darknet*, non ? On en a regardé ensemble…

– Et qui ne sont pas nécessairement des *snuff movies*, corrige Dessanges. C'est très crade, hyper violent, tout ce que tu veux, mais de là à en faire des *snuff*, y a une marge. J'ai d'ailleurs de plus en plus de difficultés à croire à leur existence.

– Et pourquoi ?

Dessanges lève les bras au ciel.

– Parce qu'avec l'apparition de Daech, n'importe qui peut visionner en trois clics des décapitations, des exécutions par balles, au couteau, ou au pain de plastic. On voit des mecs cramés vifs, d'autres pendus à des croix, d'autres bouffés vivants par des chiens… Et c'est gratuit et ultra facile d'accès !

– Rien à voir avec ce qui nous occupe, réagit Derolle. Quand les djihadistes filmeront leurs viols et les meurtres qui s'en suivent, on en reparlera. Pour le moment, c'est pas des crimes sexuels qu'ils mettent en ligne.

– Soit. Mais je te répète qu'il faudrait une chance de cocu pour identifier sur un site lambda une de nos victimes. Et ça prouverait rien. En tout cas pas que les gens qui auraient fabriqué la vidéo soient les assassins. Ne crois pas avoir affaire à des cons.

– On verra bien, conclut Derolle. On verra bien.

Le solitaire

Willy vient de terminer le ménage à l'intérieur de sa camionnette. Il ne supporte pas que les objets ne soient pas à leur place. Une maniaquerie, héritée de l'époque des revues de paquetage de ses années d'armée, qui tourne au toc pur et simple.

Le parachute, plié et vérifié, est rangé dans un caisson sous le siège conducteur, prêt à être enfilé pour le premier saut qui se présentera, parce que Willy trouve désormais moins de satisfaction à se balancer d'un avion. Comme les tireurs civils, les parachutistes qui n'appartiennent pas au monde militaire ont fini par l'ennuyer. Aussi s'est-il reconverti au *base jump*, le saut à partir d'une falaise, d'un pont ou d'un immeuble. Il a repéré des dizaines de spots à travers la France. Quand la météo et son emploi du temps le lui permettent, il ne rate jamais une occasion de s'élancer du haut des parois rocheuses ou des murs de béton.

Ses vêtements sont enfermés dans deux petites valises sanglées sur une étagère installée en haut de l'habitacle et ses paires de chaussures disposées à côté. En dessous, le coin toilette réunit le strict minimum dont il a besoin, un lait hydratant qui lui sert à la fois de savon, de mousse à raser et de shampoing, un rasoir, un peigne et une serviette. À côté de la douche, sous le réchaud à gaz, sont regroupés des boîtes de corn flakes, des bouteilles de lait, un litre d'huile et des conserves de maïs et de sardines.

Enfin, sous la planche métallique qui fait office de bureau, de table à manger et de sommier, il a enfermé dans un coffre blindé sa carabine de précision 408 Cheytac, ses jumelles, sa lunette à visée thermique, la caméra Caldwell Ballistic Precision, elle-même équipée d'une visée nocturne, sa tablette, son ordinateur, tout l'attirail de nettoyage et ses boîtes de munitions. Le tapis de sol sur lequel il tire, et dort aussi, est roulé à l'intérieur.

Après avoir donné un dernier coup de balai sur le plancher, Willy appelle le cabinet médical le plus proche trouvé sur Google pour demander un rendez-vous en urgence. Il annonce au téléphone un début de sciatique puis raccroche après avoir obtenu satisfaction. Il vérifie que sa licence de tir est dans son portefeuille, se met au volant et prend la direction de l'adresse du médecin.

Sandra

Sandra est assise sur le canapé de son salon, face à la copine débarquée chez elle pour prendre le thé. Elle est ravie de cette visite. Agnès est une amie d'enfance. Sa meilleure. Elles ont fait toute leur scolarité dans les mêmes classes, elles ont pratiqué ensemble le tennis et la natation. Elles ont partagé leurs premières confidences sur les garçons. Elles sont allées à leurs premières soirées bras dessus, bras dessous. Elles ont vécu leurs premières aventures amoureuses côte à côte… Elles ne se sont jamais quittées. Et Sandra ne pouvait décemment pas s'envoler pour le Viêt-Nam sans raconter sa joie à Agnès.

– Tu vas me manquer, là-bas, dit Sandra.

– On s'enverra des textos et des mails.

– Ça ne change rien, ce sera la première histoire que je vais vivre sans toi. Tu vois, c'est la seule ombre au tableau. J'aurais tellement aimé qu'on soit ensemble !

Agnès avale une lampée de thé vert, et balaie la pièce d'un regard rapide. Elle s'arrête un instant sur la gigantesque carte d'Asie suspendue à l'un des murs, sur un chapeau conique en feuilles de latanier posé sur la bibliothèque, puis sur un petit cadre renfermant une dizaine de décorations militaires, accroché derrière un guéridon laqué rouge.

– Tu es déjà là-bas, constate-t-elle.

Sur la carte, des endroits ont été entourés au stylo.

– C'est quoi ?

– Ce sont les endroits où mon grand-père s'est battu. Où je compte organiser mon voyage pour le TO qui m'emploie. Si tu savais combien j'ai hâte d'y être ! Dans chacun de ces secteurs, papy a mené des combats héroïques. Les médailles, dans le cadre, ce sont les siennes. On a oublié tout ça, ici, aujourd'hui. Ce n'est pourtant pas si ancien. D'où mon idée d'en faire un sujet de voyage touristique.

– Tu fais dans le post colonialisme ?

– Ah, pas du tout ! rectifie Sandra. C'est bien que le Viêt-Nam ait gagné son indépendance. Il a assez souffert pour la mériter. Mais ça ne retire rien à ce que les Français ont vécu et fait sur place. On doit s'en souvenir et en être fiers.

Agnès rejoint Sandra sur le canapé et l'entoure de ses bras.

– C'est bien toi, ça. Je te reconnais là. Ton côté sang mêlé. Un pied ici, un pied là-bas, pour le meilleur. C'est merveilleux. Ta chance, c'est ta famille, au fond. Tout ce que t'ont transmis ton père et ton grand-père…

Sandra pose la tête sur l'épaule d'Agnès. Son amie ne voit pas l'ombre qui vient de ternir son regard. Elle voudrait penser à autre chose, elle a honte de ce qu'elle va dire, mais elle n'a jamais rien caché de ses sentiments à Agnès.

– C'est aussi pour m'éloigner de mon père que j'ai choisi ce métier et que je suis si contente de partir la semaine prochaine, articule-t-elle péniblement, à voix basse.

Agnès sursaute.

– Comment ?

– Ne te méprends pas. J'adore papa, mais je ne supporte plus ses lubies, ses obsessions, son caractère.

Agnès s'est dégagée et observe Sandra. S'ensuit un bref silence.

– Papa ne vit plus que pour le tir. Il y passe trois ou quatre jours par semaine. Quand il n'est pas dans ses armes ou ses munitions, il renforce les murs de la maison, il rajoute des bouteilles d'eau ou des conserves aux centaines qu'il stocke déjà dans la cave. Il possède des dizaines de kits de première urgence. Il additionne les piles et les batteries dans une armoire spéciale. Même les masques de protection contre les ambiances chimiques ou bactériologiques. Il a démonté les tuiles du toit de sa maison pour les remplacer par des panneaux solaires de façon à ce qu'elle fonctionne entièrement de manière autonome.

– Pourquoi ?

– Il est devenu complètement parano.

– Comme ça ? Tout seul ?

– C'est depuis qu'il s'est acoquiné avec une bande de survivalistes…

– De quoi ?

– Les mecs fondus, tu sais, ceux qui croient à l'imminence d'une troisième guerre mondiale, qui disent et répètent qu'il y aura une guerre civile ici, et qui se préparent à vivre en autarcie. T'en as entendu parler, non ?

– Oui, un peu. Comme dans *La Route*, le bouquin de McCarthy ?

Sandra acquiesce.

– Papa, c'est pareil. Une vraie misère !

– Mais ce n'est pas encore la guerre !

– Eh ben oui, ma grande, c'est pas encore la guerre, mais lui sera prêt, comme il dit. Ça devient dingue.

Agnès s'est reculée sur le fauteuil de manière à mieux détailler Sandra. Elle observe sa bouche crispée, ses doigts serrés et ses genoux qui tremblent. Elle se demande ce que Sandra va lui annoncer. Elle le redoute, car elle sait combien son amie est une fille d'ordinaire enjouée, au tempérament toujours positif, et à l'esprit filial plus développé que dans bien des familles.

Sandra vient de croiser les mains sur sa poitrine, comme si elle cherchait à se protéger d'une agression imaginaire.

– Tu es toute pâle, Sandra. Qu'est-ce qui se passe ?

– Je n'aurais jamais dû raconter à papa une crise d'angoisse qui m'a prise un soir après mon jogging. Tu sais, je cours régulièrement. En face de l'appart'. J'adore le chemin qui monte vers les collines. Au début du printemps, je me suis rendue compte que j'étais suivie. Il y avait quelqu'un derrière moi, qui ne me lâchait pas. Et pas sur la piste. La personne avançait en parallèle, à l'intérieur de la futaie, à couvert. J'ai rappliqué fissa chez moi. Le lendemain, même topo. Du coup, j'ai cessé d'aller courir pendant plusieurs jours. Et puis, j'ai eu l'impression d'être épiée ici, à travers la baie vitrée...

– Tu t'es fait des idées.

– Non. Je ne me suis pas trompée. Je ne peux pas te raconter en détail, j'ai essayé d'oublier, mais je t'assure qu'on m'a espionnée. C'était si flippant que j'en ai parlé à papa.

– Et alors ! T'as bien fait.

– Non, il est entré dans un délire de malade. Je ne le reconnaissais plus. Il a décidé de placer l'appart sous surveillance électronique. Il a planqué des caméras miniaturisées dans les moulures du salon, de l'entrée, de la cuisine et de ma chambre. Y'a que la salle d'eau qui y échappe. Et tout ce bordel est relié à son téléphone portable. Je sais bien qu'il ne passe pas son temps à me mater, mais c'est invivable. Il a installé des interrupteurs qui font fonction de bouton d'alerte. Il n'est censé se connecter que si je les actionne, mais au fil des semaines la présence des minuscules objectifs, dans les plafonds, m'a complètement perturbée. J'étouffe. En plus, papa m'appelle de plus en plus souvent. À chaque coup de fil, il me demande quatre ou cinq fois de suite si ça va. Je n'en peux plus.

Agnès l'a écoutée avec attention. Sandra est dans un tel désarroi qu'elle ne sait plus si elle doit changer de sujet, ou dédramatiser. Elle réfléchit un instant et opte pour la seconde option.

– Il a fait tout ça pour te rassurer, c'est tout. Mon père à moi se serait contenté d'une main courante à la gendarmerie, assure-t-elle en s'esclaffant. Quand t'es-tu aperçue la première fois qu'on te suivait ?

– Au cours du printemps. Quatre ou cinq mois de ça.

– Et ton alarme, elle est branchée en permanence ou tu peux l'éteindre ?

– Je peux déconnecter le système, oui.

– Eh bien ! Je ne vois pas où est le problème. Et dis-moi, tu es retournée courir ?

– Plusieurs fois.

– On t'a encore suivie ?

– Non, pas que je sache.

– Et autrement, on espionne toujours tes fenêtres ?

Sandra jette un coup d'œil à sa baie vitrée. Elle réprime un sourire.

– C'est de l'histoire ancienne. À croire que j'avais rêvé, même.

– Donc, tu n'as plus peur ?

– Tellement plus que je me balade tout le temps à poil chez moi, alors tu vois…

Derolle

Une jeune femme entièrement nue est attachée par les poignets à une poutre dans ce qui ressemble à un vaste hangar agricole. Ses talons ne touchent pas le sol. Elle est en extension, la position gonfle les muscles de ses jambes, de ses reins et de ses bras. Elle est filmée de dos. Sous sa chevelure noir jais, on devine son profil asiatique. Sur le dos et sur les fesses, sa peau très blanche est constellée de petits cercles rouge sang.

Après trois heures de sommeil encombré de cauchemars, Derolle s'est remis au travail. Il a attendu que sa femme et ses filles quittent l'appartement du quai de Seine pour rallumer l'ordinateur. À présent, il se demande quelle connerie il vient encore de dénicher. À gauche de l'écran, un homme masqué et ganté la canarde avec des *airsoft* guns qui semblent plus vrais que nature. À chaque impact, la fille se cambre et pousse un cri. Le tireur vide chargeur après chargeur. Lorsque la vidéo s'achève au bout de huit minutes, la fille a bien dû ramasser trois cents billes. De la moitié du dos jusqu'au bas des cuisses, sa peau n'est plus qu'une plaie. Derolle copie l'adresse URL du site sur un post-it et va poursuivre son exploration de la galaxie SM de la Toile quand son portable se met à jouer les premières notes de l'Internationale, indiquant un appel de son adjoint. La décision de l'identifier à l'aide de la musique d'Eugène Pottier remontait à une vieille conversation au cours de laquelle son lieutenant avait affiché sans détour sa sympathie pour ce qu'il osait encore appeler la « cause ouvrière ». Entendre ces conneries dans la bouche d'un jeune officier de police, Derolle avait failli ne pas s'en remettre. Puis il l'avait associé à l'air de la Commune.

– Ouais ! aboie Derolle.

– Michel, tu devrais changer de musique avec moi, ça te rendrait plus aimable.

– J'espérais que tu me foutes la paix jusqu'à ce soir…

– On a un problème. Un gros problème.

– Concernant ?

– Une disparition inquiétante. D'autant plus inquiétante dans le contexte actuel.

– Vas-y…

– Une étudiante d'une école de photo partie, il y a trois jours, faire des prises de vue dans les quartiers pourris entre Colombes et Asnières et que ses parents n'ont plus revue depuis.

Cette saloperie de zone périurbaine ! Immeubles de bureaux à l'abandon, locaux commerciaux fermés, barres de HLM murées, terrains vagues… Dire qu'un peu plus d'un siècle plus tôt, on y a peint les plus belles toiles impressionnistes ! C'est à pleurer, pense Derolle. Même sans chercher si loin, ces environs de Paris étaient encore un havre de paix tout à fait charmant à l'orée des années 1970. Mais les gentils sont partis et les méchants sont restés…

– J'arrive.

Death.com

Au début elle a compté ses orgasmes, puis elle a cessé. Ils se sont enchaînés comme des coups de tonnerre sans fin, transformant le bas de son ventre en fournaise. Elle a le rouge aux joues, Brigitte. Son cœur bat encore la chamade. Elle ne parvient pas à se calmer. Pourtant, Sue lui a demandé d'avoir l'air épanoui et calme pour enregistrer le message de clôture de la vidéo. Mais Sue est un démon. Ce qu'elle lui a fait, l'autre nuit, chez elle, n'était qu'un hors-d'œuvre. Et pourtant, Brigitte était persuadée d'avoir enfin atteint le nirvana. Erreur ! Le paradis, c'est ici qu'elle y est entrée. Elle ne pense même plus à l'argent que doit lui donner Sue, ces quatre mille euros pour la première prestation de sa nouvelle carrière d'actrice porno-SM.

Elle se demande si son maquillage n'a pas coulé, si ses cheveux ne sont pas collés à son front. Elle sent ses mains et ses pieds moites de plaisir.

D'un signe de tête, Sue lui demande de revenir sur terre et de s'asseoir correctement devant la caméra.

Brigitte a appris par cœur le message qui sera diffusé. Trois questions, trois réponses. Elle remplit ses poumons et sourit à l'objectif.

– C'est la première fois, n'est-ce pas, que tu pratiques ces jeux sexuels ? lui demande Sue.

– C'est une découverte incroyable pour moi.

– Parle-nous du plaisir que tu as ressenti.

– Inimaginable. Je suis une nouvelle personne. J'ai découvert combien la douleur pouvait engendrer le bonheur. Le fouet, les pinces, les cordes, je croyais que c'était réservé aux vilaines filles, mais peut-être suis-je une vilaine fille. En tout cas, merci à pain.com.

– Tu es prête à recommencer ?

– Tout de suite. Je voudrais que ça ne s'arrête plus jamais !

Brigitte se fend d'un sourire plus large et plus racoleur encore. Elle croise sagement les mains sur son ventre et attend. Sue interrompt la vidéo, s'avance vers elle, l'attrape par les cheveux avant de lui renverser la tête en arrière.

En une fraction de seconde, Brigitte est à nouveau entravée. Ses poignets sont reliés à une poulie qui la hisse au-dessus d'une croix de Saint-André. Sue lui écarte les jambes en fixant ses chevilles au cadre en bois. Il lui faut à peine quelques secondes pour terminer de l'accrocher.

Elle se recule et la contemple en silence.

Étonnée par la suite du scénario qui n'était pas prévue, Brigitte se remet à sourire sur un mode interrogatif. Puis le sourire s'estompe. Sue a changé d'expression. Son visage est devenu dur. Le blanc de ses yeux a disparu. Ses prunelles foncées ont envahi ses orbites. Elle a le nez pincé comme un mort, et un mauvais rictus vient d'apparaître aux coins de ses lèvres.

– Qu'est-ce qu'il y a ? interroge timidement Brigitte.

Sue semble maintenant habitée par une force que ne parvient pas à identifier Brigitte. Un éclat mauvais brille dans son regard.

– Tu vas rencontrer le big boss, ma chérie. Pour une ultime séance. Une seule. La dernière. Et tu donneras du plaisir aux clients au-delà de tout ce que tu as pu envisager.

Un froid glacial s'empare de Brigitte. C'est étrange, dans cette pièce surchauffée la voilà gelée. Elle va exiger d'être détachée, mais Sue la devance.

– Nous allons remplacer tout ce qui était en plastique ou en tissu par du métal. Du métal brûlant. Pour te faire crever à petit feu, pauvre conne, et tourner une de nos meilleures productions…

Une porte s'ouvre derrière Brigitte, qui s'agite sans pouvoir tourner la tête. Un pas lourd s'approche. Deux mains gigantesques se posent sur elle.

– Je te présente John, ma chérie. *The big boss*. Le meilleur bourreau que je connaisse. Il faudra être bien gentille avec lui. Il faudra hurler. Hurler et supplier autant que tu en seras capable. Jusqu'à ce qu'il décide de souffler ta vie comme la flamme d'une petite chandelle. Bienvenue sur death.com, ma belle.

Snipers

C'est la pagaille au commissariat d'Asnières. En plus des deux dernières affaires dont les fonctionnaires se seraient bien passés, des techniciens du ministère de la Santé ont déboulé pour évaluer la dangerosité des locaux. On a découvert par hasard – mais était-ce vraiment un hasard – des quantités astronomiques d'amiante dans une cloison attaquée la veille à coups de pied par un petit crachou du Luth, amené pour une garde à vue. Autrement dit, un de ces délinquants minables qui pullulent dans la pire des cités du nord de la ville. Derolle les a baptisés ainsi, il n'a pas trouvé mieux, des crachats, des résidus d'être humain.

Choqué par ce terme à rebours du politiquement correct, le proc avait remis le gamin en liberté, séance tenante, et tiré une gueule pas possible à Derolle. La suite de leurs relations ne s'était pas arrangée, surtout lorsque le commandant avait fait savoir autour de lui que ce connard de procureur était dans le camp des crachous en question.

Au commissariat, un policier, qui avait remarqué la texture fibreuse émergeant de la partie défoncée par le voyou gardé à vue, a aussitôt donné l'alerte auprès de son syndicat.

Chacun sait, ici, qu'il s'agit du fonctionnaire le plus mal noté. Mais qu'importe, le gars avait le brelan d'as en mains. En deux temps trois mouvements, il a réussi à se faire octroyer une suspension de travail pour causes réelles et dangereuses. Ses potes lui ont emboîté le pas, et lorsque Derolle a déboulé sur les chapeaux de roues, ivre de fatigue, il n'a pu que constater l'ampleur des dégâts. La moitié du commissariat avait obtenu de la hiérarchie la possibilité d'exercer son droit de retrait.

– La décontamination risque de prendre des semaines, lui annonce son adjoint. On va devoir migrer sur le commissariat de Bois-Colombes si on veut récupérer nos effectifs.

Derolle est furieux. Parfois ce métier le met au bord de la crise de nerfs. Il faut toujours qu'un incident interne vienne perturber le déroulement des enquêtes, comme si ce n'était pas déjà assez compliqué. Un jour, c'est un planton qui découvre son pare-balles moisi et refuse de prendre sa vacation ; un autre, c'est un chargeur qui ne rentre pas dans une arme trop vieille et on est reparti pour des palabres interminables ; un autre encore, c'est une roue crevée sur le Renault Master sérigraphié, quand ce n'est pas la famille d'un crachou interpellé, qui envahit le commissariat en se roulant par terre, accompagnée d'un avocat. Derolle en a marre. C'est encore sur lui que tout ce tapage va retomber. Sa commissaire ne va pas lui faire de cadeau. Il l'imagine déjà se pointer dans son bureau, perchée sur ses quilles interminables, la gueule en coin, pour lui reprocher de ne pas avoir pris les mesures de sécurité élémentaires, la veille, avec le connard du Luth, alors qu'elle est la première à répéter qu'il faut traiter civilement tous ces sales empaffés que ses hommes passent leur temps à arrêter et que les juges relâchent aussitôt.

– Je me fous de l'amiante, rétorque-t-il. As-tu avancé sur Arès ?

Son lieutenant semble débarquer de la lune.

– Arès ?

– Le pseudo du dernier correspondant d'Émilie Janson. Tu te rappelles ?

– Ah ! On attend un rapport de la gendarmerie locale. Ce n'est pas pour ça que je t'ai téléphoné.

– Je sais, mais Arès, c'est la seule piste qu'on a. Faut rien lâcher. C'est quoi, l'affaire de la disparue ?

– Je t'ai préparé le dossier, dit le lieutenant en lui tendant une chemise aussi fine qu'un papier à cigarettes.

Derolle l'ouvre. Le dossier de son adjoint se résume à une quinzaine de lignes. Son nom, son adresse, son âge, sa taille, son poids (approximatif), sa couleur de cheveux, les signes particuliers, les derniers vêtements qu'elle portait (sans garantie), son occupation, sa dernière destination connue (à vérifier), le jour et l'heure de son départ. Suivent quatre noms d'amis proches avec leurs numéros de téléphone. Voilà tout ce qu'est capable de réunir la famille pour une fille de vingt ans envolée dans la nature – c'est à pleurer.

Derolle considère un moment les photos de Flora Calvès. C'est une jolie blonde aux traits réguliers et fins. Avec un curieux tatouage sur l'épaule droite, comme un oiseau multicolore, une sorte de quetzal, prenant son envol. On distingue mal.

– Où sont les parents ? demande-t-il.

– À la réception. Tu les as forcément croisés.

Effectivement, il se souvient d'un couple entre deux âges, agité, tournant à l'unisson la tête vers tout nouvel entrant comme pour quémander quelque chose, un regard, une aide, une marque d'intérêt ou de compassion.

– Damned ! s'exclame-t-il. Je vais les rencontrer. Mais il faut d'abord que j'appelle quelqu'un au sujet de notre première affaire.

Il roule la feuille A4 et la chemise, et enjambe les tas de gravats pour rejoindre d'abord son bureau.

Dans la pièce, sa table et les deux chaises ont été poussées contre l'armoire pour laisser aux techniciens l'accès au plafond. Plusieurs plaques de Panocell ont déjà été enlevées. Ce sera bientôt Stalingrad, ici, ronchonne-t-il. Puis il se dirige vers la cour en pianotant sur son mobile. Tuan décroche dans la seconde.

– Lagrange à l'appareil.

– Tuan, c'est Michel. Derolle. Je te dérange ?

– Oh ! Qu'est-ce qui t'amène ?

– Le tir longue distance.

– Oh ! Tu pars au GIGN ou quoi ?

– Non, les armes et moi, ça fait deux, tu sais bien. Je voudrais juste un coup de main, on a souvent parlé ensemble du petit monde très fermé des tireurs adeptes des cartons à longue distance. C'est quoi, leur profil, en général ? Quels genres de mecs ?

À l'autre bout de la ligne, Tuan fronce les sourcils. Encore un qui se pose des questions sur le tir sportif. Que son médecin préféré, Natacha, ait quelques préjugés, il peut l'admettre. Une vie entière à soigner les plaies et les bosses peut nourrir des a priori contre les armes et les tireurs, il le comprend. Mais si son copain flic s'y met, c'est la fin des haricots, comme disait souvent son paternel ! Que lui répondre ?

– Oh ! Comme partout, Michel, il y a de tout. Jeunes, vieux, sympas, pas sympas, doués, pas doués. Des fanas et des touristes… Qu'est-ce que tu veux que je te dise ! Moi, je fréquente ceux du Var. Fréjus et Canjuers. J'ai aucune idée de comment ils sont ailleurs, mais je suppose que c'est pareil qu'ici, même si, chez nous, c'est plus pro qu'ailleurs.

Derolle fonce les sourcils. Il est embarrassé. Il doit lui poser la question qui lui brûle les lèvres depuis le matin sans trop savoir quelle pourrait être la réaction de son ami. Tuan est un bon copain, gentil, mais avec un caractère de cochon. Pas sûr qu'il apprécie le terrain où il va l'entraîner.

– C'est un peu compliqué, dit Derolle. Tu les connais bien, les pratiquants ?

– Ceux d'ici, je te répète, et encore pas tous. Une dizaine sur la cinquantaine. Le reste, c'est bonjour, bonsoir. Où veux-tu en venir ?

Tuan est maintenant sur la défensive. Derolle le perçoit aussi bien que s'il était face à lui. S'il en avait les moyens, il interromprait la conversation, sauterait dans un avion et irait prendre un pot chez Lagrange, à Fréjus. Ce serait plus facile. Mais comme chacun sait, la police française est pauvre et peu encline à laisser ses fonctionnaires traverser le pays pour aller recueillir de simples impressions auprès de gens qui ne sont ni des témoins ni des auteurs dans une enquête en cours.

– Dis-moi, parmi tous ces mecs, tu n'aurais pas entendu dire un jour que certains étaient amateurs de films sado-maso ?

Cette fois-ci, Tuan manque de s'étouffer.

– Oh ! Michel, tu déconnes, là ? C'est une blague ?

– Négatif, Tuan, c'est tout ce qu'il y a de plus sérieux. J'ai besoin de savoir. Peut-être tes potes t'ont-ils un jour raconté une histoire comme ça, concernant des tireurs qui ne sont pas forcément chez vous…

– Mais Michel, on est presque deux mille licenciés !

– Et ?

– Et j'en connais dix, je t'ai dit, et franchement, je ne crois pas qu'ils fassent dans les saloperies dont tu parles. Basta.

Derolle lui décrit alors brièvement la vidéo qu'il a visionnée le matin, la fille truffée de plomb, le tireur avec ses fusils extraordinaires. Puis il lui parle de l'état du cadavre d'Émilie Janson. Il essaie d'être le plus précis, mais le plus sobre et le plus didactique possible, aussi. Il voudrait que la même idée qu'il a eue germe également dans la tête de son ami Lagrange.

– Alors, si je comprends bien, t'as trouvé un mec sur Internet qui s'amuse avec une fille manifestement consentante, t'as un cadavre découvert en banlieue parisienne et tu me demandes si mes potes, ici, à mille kilomètres de chez toi, sont amateurs de SM ! Je vois pas le rapport.

– Tout de suite, moi non plus, confesse Derolle. Et pourtant, on a un mec déguisé en Rambo, qui plombe une fille avec des armes au look relativement extraordinaire. C'est pas anodin. On trouve pas ça partout...

– Tu déconnes complètement, rétorque Tuan. Ton affaire, c'est une histoire d'amateur d'*airsoft*, un de ces abrutis qui joue à la guerre tranquillement dans son jardin ou dans sa cave. Il faut que je te mette au parfum ?

– Vas-y !

– Oh ! Je le crois pas ! Tu veux que je t'explique le petit monde des tarés qui jouent à la guéguerre ?

– Pourquoi tu le prends sur ce ton ? demande Derolle en essayant de rester neutre.

– Mais bordel, tu fais pas la différence entre les mecs qui tirent des billes avec de l'air comprimé et ceux qui balancent des pruneaux qui peuvent te stopper un camion à plus de cinq cents mètres ? Tu sors d'où, Derolle ? L'*airsoft*, c'est la galaxie des recalés du monde militaire, des crevards en mal de sensations fortes, des fans de *Rambo* et de *Police Python 357*. Des mecs qui se branlent sur *Raid* et *Soldiers of Fortune*. Tous ces paumés qui dépensent leur allocs en tenues camouflées et matériels tactiques de pacotille pour ressembler aux warriors des forces spéciales. C'est l'univers du carton-pâte et du plastique. De la merde. Des ringards. Et tu oses faire un parallèle avec ceux qui tirent au 338, au 375, au 408... Au calibre 50 ! Non, mais je rêve...

– T'as fini ? demande simplement Derolle.

– Que dalle ! J'arrive pas à croire que la merde visionnée sur Internet te ramène chez nous ! Comme si on avait pas assez de problèmes !

– Ah oui ?

– Tu sais très bien de quoi je parle, cette psychose des politiques concernant les détenteurs d'armes, les sportifs et les chasseurs aussi, tous les Français qui possèdent un truc un tant soit peu sérieux. C'est marrant, d'ailleurs, car personne ne va emmerder les tireurs d'*airsoft*, alors que, manifestement, c'est là qu'il faudrait gratter, si j'en crois ce que t'as regardé sur le Net.

Pas bêtes du tout, ses arguments, se dit Derolle, mais quelque chose, de confus encore, le pousse à ne pas abandonner sa piste. Et si les mondes que décrit Tuan n'étaient pas aussi hermétiques qu'il le prétend ? Pourquoi un mec qui tirerait sur ces cibles en carton en mode sniper ne serait-il pas capable de truffer de billes une gonzesse avec des répliques d'armes de guerre en attendant de faire mieux, avec du vrai matos, pour s'entraîner, pour les besoins d'une histoire un peu compliquée ?

– Allez, te fâche pas, fait Derolle. Je tourne, je retourne les éléments dont je dispose, je réfléchis, je cherche des pistes et des idées, j'explore, je fouille, je gratte… Tu connais la musique !

– Pas celle que t'es en train de me jouer.

– Mais si ! Je ne pose aucune accusation, tu le sais, je me renseigne.

– C'est assez dérangeant. Ou alors, c'est ta façon de poser les questions…

– Je veux juste connaître le statut général des gens qui pratiquent ta discipline. Il y a beaucoup d'anciens militaires, n'est-ce pas ?

– Ça y est, ça recommence !

– Réponds.

– Ben moi, par exemple.

Derolle ignore le ton de plus en plus cassant de son ami.

– Et nombre d'entre eux ont des états de service hors norme, non ?

– Tu veux dire qu'avant de tirer sur des cibles en carton ils ont fumé des mecs ? ironise Tuan.

– C'est ça.

– Je vois. Ça n'en fait pourtant pas davantage des assassins en puissance que les rigolos qui s'envoient de la peinture ou des billes en plastique. Mais bon, je t'en veux pas. Je connais les flics, ça remue la merde en permanence.

Derolle préfère rire de la remarque de Tuan. Il ne va surtout pas s'en offusquer, lui qui est aussi policier dans l'âme que fils d'archevêque. Il a aussi parfaitement conscience que l'armée et la police n'ont pas toujours fait bon ménage en France. Et puis Tuan est un écorché vif. C'est un homme de passion. Le tir et les tireurs, pour lui, c'est pareil. On ne dit pas de mal de ce qu'on aime. C'est clair, il a été vexé par la démarche.

À y réfléchir, les clubs de paintball et d'*airsoft guns*, c'est aussi une piste à ne pas négliger, se dit Derolle. Raison pour laquelle il décide de charger un peu plus la barque de son lieutenant. Il va lui incomber, en plus du reste, de dresser la liste des clubs, des associations, de tous les groupes identifiés. Et lui, Derolle, continuera à fouiller la Toile pornographique pour tenter de débusquer une très hypothétique piste qui l'aide à résoudre le mystère de l'assassinat d'Émilie Janson.

Flora Calvès va attendre un peu.

Souvenirs

Willy apprécie les autoroutes. Ces interminables rubans d'asphalte, encaissés dans la végétation, vides parfois sur des kilomètres, lui rappellent les longues routes désertes de Croatie, quand plus personne n'osait s'y aventurer à la fin du conflit. Le moteur du combi ronronne doucement, l'aiguille du compteur calée sur 125 km/heure. En bridant sa vitesse à cinq points de moins que celle autorisée, il est tranquille. Lorsqu'il faisait la route entre Zagreb et Bosanski Brod, il poussait son Dodge rarement plus vite, pour pouvoir contourner à temps les trous laissés par les impacts d'obus et de mortiers. Il adore ces paysages de fin du monde, libres de toute présence humaine.

Les Pink Floyd lui tiennent compagnie. C'est toujours la même musique qu'il écoute, *This is the end, my friend*, pas très original, mais il adore. Il fredonne les paroles, il tapote du bout des doigts sur son volant les notes qui s'envolent par la fenêtre entrouverte.

Les mille bornes avant de parvenir à destination le laissent indifférent. Il en ferait le double si c'était nécessaire. Sans jamais ressentir le besoin de se reposer. Willy appartient à cette espèce d'humains qui dorment rarement. Trois heures par nuit, quand il y pense. Quand ses activités lui en laissent l'opportunité.

Il roule avec, toujours, son sempiternel sourire réservé qui lui tend à peine les lèvres. La route lui permet de s'échapper. Son esprit se perd dans les méandres de sa mémoire. Il navigue de Bosanski Brod à Travnik, de Travnik à Sarajevo, de Sarajevo à Foča. Il fait un bond vers l'Irak, revoit la grande plaine menant à Falloujah, les routes défoncées par les tirs d'artillerie, les derniers kilomètres en direction de Bagdad. Puis ce sont les pistes afghanes qui bordent l'Hindou Kouch, il remonte les vallées profondes des zones pachtounes, longe les *wadi*, pénètre dans les faubourgs dévastés de Kandahar…

Peu à peu, des visages se dressent derrière ses paupières, comme des pipes de fêtes foraines. Ils surgissent à chaque étape de son voyage dans le passé. Parfois ils posent sur lui un dernier regard. Ils sont loin et proches à la fois. Ils sont dans le réticule de sa lunette. Ils se lèvent, un par un. Ils apparaissent une fraction de seconde et basculent.

Willy jette un coup d'œil sur ses mains qui enserrent le volant, sur le chiffre tatoué à l'intérieur de son poignet gauche. 0332. Autant de visages qui jaillissent et se transforment en fleurs rouge orangé.

Peur sur la ville

Le bureau qui lui a été octroyé à Bois-Colombes n'est pas désagréable, mais Derolle ne s'y sent pas à l'aise pour surfer sur des sites de sexe. Il a reconstitué son équipe de baqueux, vérifié que son adjoint n'était pas mal logé non plus, puis a discuté un moment de l'affaire Émilie Janson avec les collègues de la police judiciaire, avant de reprendre sa voiture et de rentrer chez lui.

Les mêmes scènes de torture, de bondage, de soumission, défilent sur son écran. Il a fini par connaître par cœur le catalogue des perversions proposées sur la Toile. Il déplace maintenant le curseur du time code pour aller plus vite et ne visionner les images que lorsqu'un personnage nouveau entre en scène. Il se concentre sur les visages des filles un instant et passe à une autre vidéo après avoir entré les codes d'admission donnés par le capitaine Dessanges.

Les films en accès libre ne présentent aucun intérêt. C'est en s'enfonçant dans les méandres des sites payants qu'il pourra peut-être dénicher une piste.

Il va se déconnecter, après plusieurs heures de recherche, lorsqu'une image retient son attention. Il n'a encore jamais rien vu de tel. La séquence n'a pas été tournée dans un studio anonyme, violemment éclairé, mais en extérieur et de nuit. Une sorte d'étendue sombre, un grand jardin ou un terrain vague avec, en fond, des rais de lumière qui la traversent de gauche à droite. Le titre de la vidéo indique : Peur sur la ville.

Derolle déplace le curseur de sa souris et clique sur le petit triangle.

Aussitôt un rugissement de moteur propulse les pinceaux lumineux de deux phares vers une forme qui court comme un lapin pris au piège. La caméra doit être fixée sur le capot ou derrière le pare-brise du véhicule. Derolle frissonne. Incapable de s'expliquer si c'est dû à la fatigue, la température de la pièce ou l'impression désagréable qu'ont instillé en lui les premières secondes de la scène.

La voiture fait un bond vers la personne qui cavale en agitant ses bras de manière désordonnée. Elle la contourne et la surprend de face. C'est une jeune fille dont on n'aperçoit pas le visage, parce que l'éclairage la saisit seulement des pieds jusqu'au haut du torse. Elle trébuche, perd une chaussure et se relève pour reprendre sa course folle. Le bruit du moteur se fait de plus en plus fort. On entend nettement les accélérations et les coups de frein lorsque le bolide stoppe contre sa proie.

La fille chute encore, se redresse et repart, le diable aux trousses, vers le fond de l'image. Le long ruban multicolore se précise, et Derolle interrompt un instant la vidéo. Il en reste stupéfait. Cette file de voitures, les tours noires à l'architecture caractéristique qu'on distingue à peine à l'arrière de l'image, le terrain plat et vide, devant, il connaît ce décor par cœur.

Il relance la lecture. À la seconde où la fille semble être happée par le véhicule, elle serre ses bras contre sa poitrine, les mains devant son visage. Une de ses épaules, que laisse deviner son débardeur, reçoit de plein fouet la lumière de l'un des phares.

Ce que découvre Derolle le laisse interdit longtemps après la fin de la vidéo.

Il reprend la fiche constituée suite à la disparition de Flora Calvès et se penche sur ses photos. Le tatouage qu'elle porte à l'épaule droite ressemble à s'y méprendre à ce qu'il vient de voir en haut du corps, dévoilé une fraction de seconde par les phares de la voiture.

Il relance les dernières secondes du film et se met en pause au moment où l'on aperçoit le mieux le buste de la fille.

Il en mettrait maintenant sa main à couper, il s'agit du même tatouage.

De la même personne.

Snipers

Une brume bleutée s'étale paresseusement dans le fond des vallons. Les tireurs prévus pour cette journée du samedi arrivent à la queue leu leu sur le dernier parking avant le poste de garde. Le service de sécurité du camp les connaît tous. Certains, anciens militaires, tirent ici depuis une quarantaine d'années. Le plus minot, comme disent ses camarades, qui affiche pourtant bien quarante piges au compteur, a été admis au club trois ans plus tôt. Autant dire qu'ils ont, dans l'ensemble, une connaissance de l'endroit bien plus affinée que n'importe quel planton.

Mais le règlement est le règlement. Il ne viendrait à l'idée de personne d'essayer de le contourner. Donc, après la vérification de la liste des personnes prévues pour les tirs du jour, chacun échange une pièce d'identité contre un badge, avant de se regrouper près de la carcasse de l'antique AMX 30 pour rejoindre le polygone de tir situé près de la boucle de l'Artuby.

Le convoi roule au pas. Comme souvent, Tuan ouvre le cortège. Il est pressé d'arriver, pressé de commencer, même s'il sait qu'il ne tirera sans doute pas plus de trois séries de trois cartouches.

Histoire de vérifier une fois encore que les calculs balistiques, qu'il s'applique à noter chaque semaine depuis une vingtaine d'années, sont toujours aussi efficaces.

Aujourd'hui, il est prévu un tir à 1 000 mètres. Une rigolade pour lui. Le propos n'est même plus de toucher le centre du carton mais de rentrer les impacts dans un carré de la taille d'une boîte d'allumettes. Une petite, pas le modèle familial, bien sûr. Ensuite il observera ses copains faire des trous un peu partout, pas toujours sur leur cible, parfois sur celle du voisin, et ça alimentera les rires, les blagues et la conversation jusqu'à la fin de l'après-midi. Ses potes lui demanderont encore des tonnes de conseils, sur le mode : « Hé, shooter, avec ce canon et de la poudre suisse, tu rechargerais à combien ? 168 ou 175 grains ? » Ou encore : « Putain de Viêt, c'est dans les rizières que t'as appris à tirer comme ça ? » Une belle journée en perspective !

Tuan va oublier l'emmerdement de la retraite, le train-train quotidien, la pension trop légère, les fins de mois difficiles et l'angoisse de voir sa fille grandir, de la savoir sur le départ vers ce pays si lointain où il rêve d'aller lui-même depuis des années, ce saut dans l'inconnu auquel il ne participera pas et pour lequel il ne lui sera d'aucune aide.

Une séance ne commence jamais sans café. Les tireurs sortent les thermos des 4×4 et forment un demi-arc de cercle face au réceptacle pour indiquer aux copains où ils ont l'intention d'installer leurs cibles.

– L'Anglais ne vient plus ? demande quelqu'un, et tous les regards se tournent au même instant vers Tuan.

Personne n'a oublié l'altercation, quinze jours plus tôt. Certains n'y ont accordé aucune importance, d'autres la regrettent. Les avis sont partagés. Mais comme toujours dans ce genre de situation, les plus contrariés par l'incident l'emportent. Ce qu'ils pensent et disent devient essentiel, même s'ils ne représentent qu'une minorité.

Cette fois-ci, leurs remarques tombent à plat. Tuan s'en amuserait presque s'il n'y avait eu, depuis, l'interlude hallucinant avec Derolle. Il entend encore ses questions sur le profil des adeptes du tir sportif et sent revenir la colère, celle qui l'avait pris au fur et à mesure que le commandant insistait lourdement.

– Vos gueules, fait-il à l'attention de ses copains pour passer à autre chose, mais le cinoche que lui a fait Derolle l'habite encore.

Il n'a fait que mettre l'histoire entre parenthèses. Essayer d'évacuer à la fois l'image du flic et celles des deux ou trois fondus du groupe auxquelles les questions de Derolle l'avaient inévitablement ramené. Des mecs bizarres parmi les tireurs ? Évidemment ! Comme partout ! Mais de là à s'épancher auprès d'un flic… Pas son genre ! Même pour lui confier tout le mal qu'il pense de l'Anglais. Trop facile !

La réaction de ses potes, aujourd'hui, le persuadent qu'il a eu raison de n'en rien faire. Dieu seul sait comment Derolle aurait réagi, tellement ce connard de Willy réunit tout ce qu'il faut à un policier pour transformer un mec ordinaire en suspect idéal. En trois coups de cuillère à pot, ce serait fait.

Certes, Willy est le contraire d'un mec ordinaire mais, merde, son passé plaide pour lui, aussi, nom d'un chien ! Tuan se marre intérieurement. Willy the killer ! Et pourquoi pas les deux autres cons qui viennent parfois tirer, Octave le muet, qui ne salue jamais personne, ou le sergent du 1er RPIMa, complètement branché cul, mais cul sale, à tel point qu'on lui a plusieurs fois demandé de fermer sa gueule de raie ? En voilà des mecs tordus. Est-ce que ça en fait pour autant des clients pour Derolle, ces gars couverts de médailles, même le jeunot de Bayonne ?

Reste un truc que Tuan n'a pas décrypté. Qu'est-ce qui a amené son pote Derolle à s'engager sur ce terrain-là ? Qu'a-t-il entre les mains pour s'intéresser aux tireurs ? En plus de son histoire bidon d'amateurs d'*airsoft* ?

En vérifiant le planning de la journée, Tuan découvre que ni Octave ni le sergent ni Willy n'en feront partie, et c'est tant mieux, pense-t-il, furieux contre lui-même de rester troublé par sa conversation avec Derolle. C'est comme s'il faisait l'autruche, se dit-il, et cela le met mal à l'aise comme rarement.

Il devrait oublier cet entretien et les remarques désobligeantes de Derolle, et il n'y parvient pas.

Comme si celles-ci contenaient un fond de vérité.

Absurde.

Il avale son café et déclare l'ouverture de la séance. S'ensuit un cortège de cris et de vitupérations qui lui assèchent la gorge. Entre ceux qui vont se faire du Viêt, du fellouze ou de la grosse, la journée démarre comme Derolle se l'imaginait.

Une bande d'originaux, campant sur d'anciennes frustrations, qui vont tuer quelques vieux souvenirs.

Qui sont inquiétants.

Que personne ne maîtrise.

Et dont on ne connaît, somme toute, pas grand-chose.

Flora

Derolle a du mal à se contenir. Il aurait pu se satisfaire des félicitations du patron de Dessanges, laisser le gras du bide reprendre la main sans broncher, et passer à autre chose en accrochant ses états d'âme au vestiaire.

Mais Derolle n'est pas fait de ce bois-là. L'occasion de se battre contre la hiérarchie lui était offerte sur un plateau, il l'a saisie. Le plus curieux est que tout le monde le connaît de réputation. Quel crétin a pu imaginer qu'il ne résisterait pas ? C'est pourtant ce qu'avait tenté de faire la Maison Poulaga, et Derolle ne décolère plus.

Le sketch s'est joué en trois actes.

Il y a d'abord eu la découverte de la vidéo mettant en scène Flora, la jeune fille disparue près de l'endroit où avait été retrouvé le cadavre d'Émilie Janson.

Puis le coup de fil de Derolle à Dessanges pour lui annoncer la nouvelle, et la stupéfaction de ce dernier. Putain, avait répété dix fois le capitaine, t'as mis ton putain de doigt dessus, j'en reviens pas ! Avait suivi un concert de louanges. Dessanges avait été réellement bluffé par la découverte de la vidéo de Flora. Il l'avait dit et redit à Derolle. S'il y avait bien une chose qu'on ne pouvait retirer à Dessanges, c'était, malgré sa rudesse et son côté bourru, son extrême gentillesse. C'était un brave garçon, certes mal embouché, mais vraiment généreux. Il aurait pu se vexer qu'un collègue du commissariat mette au jour, en si peu de temps, un lien aussi évident entre une affaire de disparition inquiétante et un site appartenant à la nébuleuse pornographique de la Toile, alors que lui, dont c'était le cœur du métier, y travaillait d'arrache-pied depuis des années sans rien avoir jamais décroché de tel. Il avait été sincèrement épaté et heureux de la découverte de Derolle. Voilà la preuve qu'on cherche depuis des lustres, avait-t-il reconnu. La preuve qu'on ne perd pas notre temps. Si l'on retrouve un jour le cadavre de cette malheureuse, on pourra enfin dire qu'on a découvert le premier *snuff*. Grâce à toi, Michel. Encore bravo. Il n'en était pas resté là, ajoutant que, sans vouloir paraphraser quelqu'un, le petit pas que venait d'accomplir Derolle était un pas de géant dans l'histoire des enquêtes criminelles. Même si cet élément n'était encore qu'un début, même s'il s'agissait d'une sorte de produit d'appel, d'une sorte de bande-annonce d'un matériau qu'il restait à exhumer des profondeurs du *darknet*.

Au début, Derolle y avait cru. C'était très rare de s'entendre féliciter de cette manière. En vingt ans de carrière, ça ne s'était jamais produit, en tout cas pas ainsi. Ses collègues lui avaient souvent tapé sur l'épaule, ils l'avaient complimenté pour le travail accompli. Il leur était même arrivé de l'applaudir lors de pots organisés pour célébrer la conclusion de certaines enquêtes, mais on ne lui avait jamais tenu de tels propos. Derolle avait cru à tout le bla-bla de Dessanges.

Mais lorsqu'on en était arrivé au troisième acte, Derolle avait enfin flairé l'embrouille pour ne pas lui laisser le privilège de sa découverte. Et comment on avait décidé de faire de lui le maillon faible de cette énorme affaire. Témoin principal aussitôt dépossédé du dossier, puis comme son ami l'avait été en d'autres temps, dans le cadre de l'enquête d'Arcachon, contesté, rejeté, traqué, et pour finir, assassiné...

C'est le patron du capitaine Dessanges qui s'était fendu d'un coup de fil afin de mettre les choses au point. À peine une minute et demie pour exiger le secret absolu sur l'affaire. De n'en rien dire même à son équipe. L'enquête sur la disparition ayant migré sur Internet, il la reprenait à son compte avec sa brigade. Il ordonnait que toutes les pièces concernant l'affaire Flora Calvès lui soient transmises, qu'il ne reste rien derrière, que Derolle lui donne ab-so-lu-ment tout, que rien n'aboutisse chez son patron, pas même les rapports d'enquête. Il exigeait de faire place nette.

– Vous n'avez pas l'impression, monsieur le commissaire, de vouloir me piquer une affaire que je ne suis pas en mesure de vous céder sans une décision de mon autorité ? a râlé Derolle.

– Pas ça, non ! s'est défendu le commissaire.

– Mais si ! Comment pouvez-vous réclamer que l'enquête soit détournée au profit de votre seul service ? Va bien falloir en parler avec ma boss, non ?

– Derolle, ne commencez pas à me faire chier. Je ne marcherai pas dans une de vos combines, moi. Cette affaire, qui relève maintenant d'une enquête sur le Net, nous concerne. Point. Refilez-nous le dossier et laissez tomber cette histoire de vidéos foireuses. Cela ne nous mènera nulle part.

– Ah ? s'étonne Derolle. Si vous n'y croyez pas vous-même, monsieur le commissaire, que voulez-vous faire de mes éléments ?

– Je n'ai rien à vous cacher, Derolle, se radoucit le commissaire. Nous allons d'abord vérifier que la gamine de la vidéo est bien celle donnée comme disparue. Puis s'assurer qu'elle n'est pas en train de se goberger au milieu d'une bande de copains apprentis réalisateurs, qui se seraient amusés à fabriquer des jeux de rôle...

– Pardon ?

– Des jeux de rôle comme dans *Vendredi 13*, le film d'horreur, vous l'avez vu, vous vous en rappelez ?

– Ah, parfaitement, monsieur le commissaire. Je me souviens qu'ils sont tous morts, dans ce film.

– Bon, c'est un mauvais exemple. Mais je parlais des jeux de rôle, on peut avoir affaire à des jeunes qui nous fabriquent un petit film… N'oubliez pas que cette… Comment s'appelle-t-elle déjà ?

– Flora Calvès.

– Que cette Flora Calvès est étudiante dans une école de photo. Les jeunes sont friands d'images, et il ne faudrait pas que vous vous montiez la tête, au risque d'être, par la suite, très déçu, commandant Derolle.

Salopard, avait songé Derolle, j'aimerais bien savoir qui t'a demandé de décrocher ton téléphone pour me servir cette merde.

– Faut être gonflé, commissaire, pour soutenir de tels arguments.

– Je n'affirme rien, je réfléchis et je classe des hypothèses de travail, Derolle. Ne me faites pas dire ce que je n'ai pas dit.

– Vous l'avez sous-entendu tellement fort que je considère que vous l'avez dit.

– Alors là, mon garçon, couine le commissaire, vous êtes vraiment le mouton noir de la police qu'on m'a décrit. Vous allez changer de ton avec moi, ou je vous colle un rapport au cul dont vous vous souviendrez.

Derolle soupire dans le combiné. Il poursuit sans même relever le menace :

– Vous a-t-on dit si elle était le genre de fille à fuguer, monsieur le commissaire ?

– Je n'en sais foutre rien, mon garçon.

– Moi, si, monsieur le commissaire. D'après ses parents, ce n'était pas du tout le cas.

– Alors ?

– Était-elle du genre à ne pas rentrer chez eux à l'heure prévue ?

– Qu'est-ce que je peux en savoir ?

– Moi, je sais, comme le reste, parce que j'ai demandé à ses parents. C'était une fille obéissante. Et particulièrement respectueuse des horaires. Ses parents l'ont confirmé.

– Qu'est-ce qu'ils ont dit, exactement ?

– Ils ont particulièrement insisté sur ce point. C'est d'ailleurs la raison pour laquelle ils sont venus porter plainte et qu'une information a été ouverte. Quant à votre histoire de copains d'école, de jeux de rôle, de petit film, je n'y crois pas un instant. Elle travaillait sur autre chose. J'ai tout le détail dans le dossier. Et mon rôle à moi, monsieur le commissaire, c'est de savoir pourquoi elle est apparue sur le Net dans la situation où on l'a vue.

– Je vous répète qu'on va vérifier qu'il s'agit bien d'elle.

– Alors, là, on tourne complètement en rond...

– Pourquoi ?

– Parce que, si ce n'est pas elle sur Internet, elle a tout de même bien disparu.

– C'est ce que je me tue à vous dire, elle a peut-être disparu sans pour autant que ce soit elle que vous ayez aperçue sur la vidéo.

– Mais monsieur le commissaire, le capitaine m'a félicité, il a reconnu lui-même que j'avais réussi un coup de maître...

– Il est gentil, Dessanges...

– Gentil ! Et vous prenez la peine de me téléphoner, monsieur le commissaire, je ne comprends pas.

– Parce que, vu la manière dont le capitaine m'a résumé les choses, je considère qu'il ne faut pas vous laisser vous aventurer sur de fausses pistes...

– De fausses pistes ?

– Oui, de fausses pistes qui pourraient se révéler particulièrement marécageuses. Je voudrais vous épargner cela.

Le commissaire raccroche. Derolle regarde le combiné, dans sa main. Une rage énorme monte en lui.

Un tsunami de colère.

Un de ces sentiments qui vous fait croire que vous êtes possédé et qui, une fois parti, vous laisse anéanti.

Sous un fouillis de papiers, son portable fait vibrer la table. Le nom de Dessanges s'affiche. Derolle hésite, puis finit par répondre :

– Tu peux être fier de toi !

– Putain, j'pouvais pas faire autrement. C'est la règle de notre service, on laisse rien filer à l'extérieur.

– Tu le savais quand t'as commencé à m'aider ?

– Mais je croyais qu'il s'agissait de recherches simples, sur les URL par exemple, comme on nous en confie plusieurs dizaines par mois. Ensuite… t'as trouvé ta putain de vidéo !

– Ton patron m'a affirmé que c'est bidon.

– Bah, il…

– Il, quoi ? Il m'a assuré que t'y croyais pas une seconde toi-même.

Dessanges tousse à l'autre bout de la ligne.

– Avoue que t'es bien emmerdé, continue Derolle.

– J'suis surtout emmerdé de t'avoir mis dans cette situation.

– Moi ? Ça va plutôt bien, tu sais, Dessanges. On a une gonzesse, jeune et sexy, qu'est allée faire le zouave dans un quartier à la con dont elle devait revenir avant la nuit, et qu'on attend toujours, soixante-douze heures plus tard. On découvre, pardon, *je* découvre qu'elle apparaît, entre-temps, sur une vidéo super glauque, tournée à l'endroit merdique en question et dont on pense, en haut lieu de la Maison Poulaga, qu'il ne s'agit pas d'elle, et qu'elle doit en ce moment se faire tirer quelque part par des potes. Eh bien, bon sang, j'aimerais pas être à sa place ni à celle de ses parents. En revanche, j'suis ravi d'être à la mienne, ravi de ne pas être à la tienne. Vous voulez récupérer mon dossier ? Je vais en faire cinquante doubles.

Dessanges accuse le coup.

– Y'aura pas de querelle entre nous, Michel. Et je vais aller plus loin, on va maintenant trouver la deuxième partie de la vidéo, et plus personne contestera l'existence des *snuff movies*. À commencer par moi. Grâce à toi.

– À commencer par toi ?

– On va pas se raconter d'histoires, tous les deux. J'ai jamais fait mystère de mon scepticisme. J'ai fait comme tout le monde, j'ai pas voulu aller contre l'avis général, j'ai eu peur qu'on se foute de ma gueule, putain t'imagines pas comme j'en suis désolé.

– Et ton patron ?

– Laisse tomber, Michel. Y va plus foutre son putain de nez là-dedans. C'est moi qui vais gérer, seul. Et je jure de te tenir au courant des développements. Et encore bravo !

– C'est un peu exagéré, non ? N'en fais pas trop ! grogne Derolle, mais le capitaine a déjà coupé la communication.

Derolle prend soudain conscience qu'il vient enfin de réparer la faute morale commise contre son ami journaliste, des années plus tôt. Le dossier qu'il a détruit dans l'évier de sa cuisine, comme l'aurait fait un vulgaire malfrat d'un paquet compromettant. Il peut enfin relever la tête. Il n'aura jamais plus la crainte de se trahir. Cette histoire va définitivement effacer l'ancienne. Il n'y aura plus jamais de statue du Commandeur dans ses cauchemars. Il fera éclater la vérité au grand jour. Il cessera de s'en vouloir pour sa lâcheté de naguère.

Il faudra que j'aille un jour au cimetière lui parler de tout ça, marmonne-t-il.

Reste le capitaine Dessanges et son pourri de commissaire. Il va se protéger, comme l'a fait autrefois son pote, avec des tas de copies des éléments réunis. Mais contrairement à lui, il sera armé et sur ses gardes si on lui tend une embuscade, se dit-il en vérifiant le chargeur de son Glock.

Le mal jaune

Un silence sépulcral entoure Sandra. Elle n'aurait pas rêvé mieux pour déambuler entre les hauts murs du mémorial. Chaque fois qu'elle y revient, elle ne peut s'empêcher de frissonner. Les vingt mille corps qui y reposent sont une présence qu'elle ressent au plus profond d'elle-même.

Elle vient de terminer son projet de voyage au Viêt-Nam. Elle ira, évidemment, à Khe Sanh, sur l'ancienne base américaine qui subit soixante-dix-sept jours de siège lors de l'offensive du Têt, en 1968. Elle fera un détour par Pleiku pour visiter le site de la bataille de Ia Drang où s'affrontèrent entre le 14 et le 18 novembre 1965, dans les premiers combats d'importance, Américains et Forces nordistes. C'est la lecture du magnifique *We Were Soldiers Once... And Young*, de Harold G. Moore et Joseph L. Galloway, qui l'a persuadée qu'elle devait s'y rendre. Elle ne prépare pas une expédition sur le thème de la guerre américaine, mais elle s'est convaincue que la guerre de l'Oncle Sam et l'histoire du conflit franco-vietnamien sont intimement liés. Elle passera donc quelques jours sur les lieux où se sont battus les GI, avant de remonter vers le nord, vers Tuyen Quang, Diên Biên Phu et la RC4, pour se consacrer à l'Indochine française.

Le cœur de son projet.

L'histoire de sa propre famille.

Celle de son grand-père paternel.

C'est ici, entre ces murs où ont été inhumées les dépouilles des héros tombés au cours des neuf années de la guerre d'Indochine, qu'elle convoque le plus facilement l'image de ce vieux monsieur qui, durant les dernières années de sa vie, a su lui communiquer avec tant de force l'amour de cette terre lointaine.

Sa terre. Sa deuxième patrie.

Le grand-père qui s'amusait devant ses yeux bridés.

Ils le sont autant que ceux de ta grand-mère, avait-il l'habitude de lui dire, bien plus que ceux de ton père !

La veille de son décès, quelques jours avant le seizième anniversaire de Sandra, son grand-père lui avait confié :

– Je le savais en te voyant grandir.

– Quoi ? avait demandé Sandra.

– Je savais que tu ressemblerais comme une sœur jumelle à cette jeune fille que j'ai épousée à ma sortie de l'hôpital d'Haiphong. Tu as sa beauté, tu as sa grâce, mon ange.

Puis il avait tiré de son portefeuille une image jaunie, aux bords racornis. Le portrait de cette grand-mère vietnamienne que Sandra n'avait pas eu le temps de connaître.

Sandra en était restée sidérée.

– C'est moi ! avait-elle admis.

– C'est ta grand-mère. Elle avait l'âge que tu as aujourd'hui. Je l'ai rencontrée au cours des dernières semaines du siège de Diên Biên Phu. Elle faisait partie de ces dizaines de jeunes filles, de la minorité des Thaïs blancs, venues soigner les soldats français dans la cuvette. La chance a voulu qu'elle parvienne à rejoindre l'arrière, au cours des derniers jours. Quand elle a su que j'avais été gravement blessé et que j'allais être rapatrié sanitaire, elle est partie, à pied, avec quelques camarades vers Hanoi. Puis, elle m'a cherché pendant des semaines jusqu'à ce qu'elle apprenne mon hospitalisation à Haiphong. Et voilà, la première chose que nous avons faite, lorsque j'ai pu quitter mon lit, a été de nous marier. Elle est tout de suite tombée enceinte de ton père. Quelques mois plus tard, j'ai été démobilisé, nous avons pris le bateau pour Marseille, elle a accouché alors que nous étions en vue des côtes françaises.

Diên Biên Phu avait été un crève-cœur pour son grand-père, l'épilogue tragique d'une grande aventure commencée quelques années plus tôt dans les rizières cochinchinoises avec les troupes du général Leclerc. Mais dont l'épisode le plus dur avait été le drame qui s'était déroulé entre Lang Son et Cao Bang, le long de la RC4, à la mi-octobre 1950.

Les deux mille morts français abandonnés sur cette route coloniale n'avaient jamais cessé de le hanter. Ils continuaient de palpiter dans sa mémoire à vif. Comme des braises encore rouges sous la cendre. Son grand-père avait maintes fois raconté cette débâcle à Sandra, les pilonnages, les embuscades, les décrochements, les combats d'arrière-garde, les retraites hallucinées dans la jungle épaisse sous les trombes d'eau de cet hiver tonkinois, l'épuisement, la faim, la soif, et le piège infernal dans le cirque de Coc Xa, les milliers de *bo doi* les encerclant, les soldats qui dévissaient du haut des falaises… Il n'avait jamais compris par quel miracle il s'en était sorti.

Et il avait dit un jour à Sandra :

– J'aurais aimé y retourner. En pèlerinage. Mais quelque chose que je ne maîtrise pas m'en empêche. Ton père n'a jamais pu faire ce voyage, il faudra que ce soit toi qui y ailles.

Sandra caresse la pierre surchauffée des murs du mémorial. Elle s'imprègne des vibrations du lieu. Dans quelques jours, elle sera à Coc Xa.

Willy

Depuis le réceptacle à 1 000 mètres où il se trouve avec les tireurs, Tuan se rend compte qu'une personne est arrivée sur le pas de tir et qu'elle se tient à l'écart du copain laissé sur place pour garder le matériel. La distance la réduit à une silhouette minuscule. Il est impossible de la distinguer clairement. Elle est apparue comme par enchantement, a fait quelques pas le long des armes, puis s'est confondue rapidement avec les touffes de végétation.

– Oh ! fait-il à l'intention des tireurs appliqués à relever les impacts dans leurs cibles, y a un gazier qui vient de se pointer là-haut. C'est quoi, ce bordel ? Quelqu'un a une paire de jumelles ?

Au même instant, toutes les têtes se tournent vers la butte qui domine le vallon. Chacun regarde avec les mains en visière au-dessus du front. Le soleil, qui frappe les cibles, brûle les yeux.

– Alors, réclame de nouveau Tuan, qui a des jumelles ?

C'est le genre de situation qu'il déteste : le randonneur qui a ignoré tous les panneaux d'interdiction d'entrée sur le terrain militaire, qui a franchi toutes les barrières de sécurité, et qui se pointe pendant une séance de tir après avoir traversé les quatre ou cinq kilomètres qui séparent le polygone de la route où aucun véhicule n'est censé s'arrêter. Que ce soient des écolos venus dans l'intention de pourrir la journée des tireurs, des promeneurs perdus affolés par les rafales de coups de feu ou de simples curieux décidés de venir voir malgré les multiples mises en garde, ça se passe toujours mal. Il faut appeler le poste de garde pour qu'une estafette vienne récupérer l'intrus, et c'est, à chaque fois, une somme d'emmerdes en perspective, avec, au mieux, la séance du jour en croix.

Tuan est furieux. Il rejoint sa voiture pour remonter au pas de tir quand son téléphone vibre à l'intérieur de sa poche poitrine. Le tireur resté en haut, avec les armes, lui annonce que Willy vient d'arriver.

– C'est ce connard de rosbif, crie-t-il à la cantonade. Y'a vraiment que lui pour se foutre du règlement du camp, bordel !

Tuan claque sa portière à la volée et lance son moteur comme s'il devait disputer la *World's greatest drag Race*. L'Audi bondit. Elle est déjà parvenue à l'aire de parking que la poussière qu'elle a soulevée sur la piste n'est pas encore retombée.

Assis en tailleur, sa Cheytac posée sur les cuisses, Willy ne lui accorde pas un regard. Il examine les chiffres lumineux qui s'affichent sur le Kestrel, planté à côté de lui, en même temps qu'il remplit un chargeur de munitions.

À chaque fois qu'il est là et que je dirige le tir, se dit Tuan, il faut un incident. Cet Anglais est incapable de se plier aux moindres règles. Aujourd'hui, il débarque une fois la séance fermée ; un autre jour, il tire sur les cibles amovibles neuves réservées aux militaires ; un autre encore, il balance un pruneau après le coup de sifflet indiquant la fin des tirs, et ainsi de suite. Une vraie plaie. Non seulement il se ramène plus de cinq heures hors délai mais en plus il manipule son flingue face aux potes encore debout devant les cibles !

– Oh ! éclate Tuan en se campant devant lui, qu'est-ce que tu fous là à cette heure ? T'étais plus prévu aujourd'hui.

Willy ne bouge pas la tête d'un centimètre, toujours tournée vers le Kestrel. Seuls ses yeux pivotent dans les orbites en direction de Tuan. Il ne répond pas. Il continue à enfourner les cartouches dans un troisième chargeur.

– C'est pas un moulin, ce club, continue Tuan sur le même ton. Le rendez-vous était à 8 heures 30. Comme d'habitude. Et une fois de plus, bon sang, on t'a attendu, t'as donné aucune nouvelle, et c'est en milieu d'après-midi que tu surgis. On peut pas accepter ça, on t'a sorti de la liste. Comment t'as fait pour entrer ?

Willy baisse la tête et aligne les chargeurs à côté de la Cheytac. Il rejette un coup d'œil au Kestrel, comme pour vérifier une ultime fois les données de l'appareil et donne dix clics à gauche sur la molette latérale de sa lunette. Tuan fait un pas en avant, met un genou à terre et va pour poser la main sur l'arme.

– *Don't touch my gun*, le Viêt !

– Oh ! Toi, tu touches pas à l'arme, bordel ! explose Tuan. Y a encore des mecs aux cibles. T'as même pas retiré la culasse de ton bordel. Tu te fous de moi ? Interdiction totale de manipuler les armes quand les tireurs sont au réceptacle, on te l'a dit cent fois. T'as oublié ?

Tuan hurle maintenant. Les premières voitures revenues des cibles se sont garées. Les tireurs s'approchent. Ils forment un cercle autour de Tuan et de Willy.

Les mines qu'ils affichent sont sévères. Ils aiment bien Willy, ils ont de l'admiration pour sa carrière de l'autre côté de la Manche, pour toutes les épreuves qu'il a traversées, de la commisération pour son air toujours triste et sa manière de poser sur les gens des regards comme autant d'appels au secours, de la pitié aussi pour sa vie solitaire, son incapacité à avoir fondé une famille, mais il y a des limites à tout. Ses incartades à répétition au règlement du camp mettent l'existence même du club en péril. Ils ont tous cette pensée en tête et attendent maintenant une réaction appropriée de la part de Tuan.

– Donne-moi une seule raison de ne pas demander à la sécurité de te foutre dehors, séance tenante, lui lance Tuan d'une voix chargée de colère.

Willy extirpe de son portefeuille sa licence avec la validation médicale toute neuve.

– Celle-là, peut-être ? répond-il dans un souffle.

Tuan regarde la carte sans y toucher.

– Bon Dieu, Willy, c'est pas ce que je te demande.

– Si. Tu m'as déjà viré à cause de cela.

– Ça, c'est la loi. Je te parle du reste, du règlement du camp. Nous sommes pas chez nous, ici. Nous sommes invités. À condition de respecter les règles fixées par l'administration militaire. Nous avons la chance de pouvoir utiliser toutes leurs infrastructures, tirer jusqu'à 3 000 mètres si ça nous chante. Quand un polygone de tir est occupé ou fermé, on peut verser sur un autre. On est sur un site absolument magnifique. Et tu mets tout ça en danger. Oh ! je te répète : donne-moi une seule raison de te garder parmi nous.

– Tiens, fait Willy en se redressant d'un bond, je te la prête…

Il est debout, presque contre Tuan. Les autres tireurs agrandissent leur cercle. Il désigne, à Tuan, sa Cheytac de l'index.

– Tu as plus de vingt mille dollars entre les mains avec ça, reprend-il. La meilleure carabine de sniper au monde. Réglée par mes soins sur la grosse souche à 1 500 mètres, au-dessus des cibles à droite. Ce qui nous fait une distance de tir de 2 500 mètres, précisément. Tu me demandes de te donner une raison, la voilà ! Voilà ce que je peux faire.

Un murmure parcourt le cercle des tireurs. Une 408 Cheytac, certains n'en auront jamais entre les mains de toute leur vie. L'arme légère mythique… Mais Tuan repousse l'offre.

– Non, c'est sympa, mais trop facile.

– *What ?* Facile !

Willy prend les autres à témoin :

– Je propose au Viêt de se servir de ma Cheytac et il dit que c'est trop facile ! Cette putain de carabine fait partie de moi, c'est un prolongement de mon corps, c'est comme un bras. Est-ce qu'on prête son bras comme ça ?

– Écoute, mon gars, je ne désire pas t'embrouiller. Je veux juste que tu t'engages à suivre le règlement, c'est pas compliqué ! Ta Cheytac, elle est parfaite, mais il n'était pas prévu qu'elle tire à 2 500 mètres aujourd'hui. Le programme, c'est 1 000 mètres. Tu vois, tu es toujours hors limite. Tu m'annonces un tir à 2 500 alors que tu nous as tous vus nous exercer à 1 000. C'est ce que j'appelle du foutage de gueule. Donne-moi ta parole devant tous les potes que tu te conformeras dorénavant aux ordres du directeur de tir. Donne-moi ta parole de soldat et on tire un trait sur l'incident.

– Ok, accepte Willy en plantant ses yeux dans ceux de Tuan. Ma parole de soldat britannique.

– Bien, dit Tuan d'un air excédé. On s'en tient là. Je vais pas rajouter un problème à ceux que j'ai déjà. Entre les écolos qui nous cherchent des poux dans le keffieh, ma femme Léa qui se plaint chaque jour que le tir nous ruine et ma fille qui va partir à l'autre bout du monde, j'ai ma dose. Pas besoin d'autres emmerdes avec toi.

Willy déplace son arme, ajuste la lunette sur la distance appropriée et prend la visée sur le plus petit des gongs du réceptacle à 1 000 mètres.

– Voilà, fait-il à l'intention de Tuan. Ce ne sera pas plus difficile qu'un tir dans une baraque foraine pour moi mais ça va aller. Pour te montrer ma bonne volonté. Pour qu'on ne se querelle plus jamais. Je ne voudrais pas te causer davantage de tracas que ton épouse et ta fille. Elle part où, ta fille ?

– Elle part au Viêt-Nam.

– Bientôt ?

– Dans trois jours.

– Pourquoi c'est un problème pour toi ?

– Parce que je me fais un sang d'encre à l'idée de ce voyage. Je m'inquiète toujours à son sujet. Je m'inquiète quand je la sens pas près de moi. Je m'inquiète quand elle appelle pas. Je m'inquiète de tout ce qui pourrait lui arriver…

Willy présente à Tuan une moue compatissante.

– À ce niveau, c'est grave. Toi aussi, tu devrais aller consulter…

Tuan sourit faiblement.

– Elle est grande, non ? continue Willy.

– Vingt-deux ans, mais pour moi elle est restée la petite fille espiègle de ses dix ans qui sautait partout et qui me faisait rire du matin au soir. Je l'ai pas vue grandir. C'est idiot, je sais, mais j'y peux rien. Elle est toute ma vie. Elle est ma raison de vivre.

– Je croyais que c'était le tir, ironise gentiment Willy.

Tuan découche sa thermos et lui tend une tasse de café.

– Oh, le tir, c'est pour les nerfs. Et pour conserver un pied dans la maison militaire.

– Les nerfs ?

– Maintenant, oui. Disons que depuis que Sandra a quitté la maison. Depuis que je passe mon temps à gamberger.

– Que veux-tu qu'il lui arrive ?

Tuan écarquille les yeux en pinçant les lèvres.

– Tu peux pas comprendre, t'as pas de gosse, t'as pas de fille…

– Ah ! les filles… Je sais quand même un peu. On les élève, on les chouchoute, et elles disparaissent du jour au lendemain. C'est moche !

Tuan va pour répondre, mais les premiers coups de feu claquent, l'obligeant à remettre ses bouchons dans les oreilles. Il prononce une phrase qui se perd dans la pétarade. Willy le gratifie d'un grand sourire et s'allonge contre sa Cheytac.

Les jardins de la Pagode

Sandra a vu le vieux Tonkinois se diriger vers la grille de la Pagode. Il a jeté autour de lui un dernier regard. Avec ses yeux de batraciens complètement myopes, il lui était impossible de l'apercevoir. Elle n'a pas bougé. Elle est restée silencieuse, derrière l'une des divinités en stuc qui bordent l'allée du grand bouddha allongé, attendant que le gardien mette un tour de clé à la porte et s'en aille brasser d'autres souvenırs chez lui, dans la petite cagna où il loge depuis presque sept décennies.

Elle connaît Dinh depuis sa prime enfance. Elle l'adore. Il est l'un des derniers témoins directs des événements d'Indochine qui lui a raconté l'histoire de son pays. Il avait quinze ans au moment de la tragédie des colonnes Charton et Lepage. Il a vécu les heures tragiques du corps expéditionnaire sur la RC4 quand sa famille habitait encore à proximité de la frontière chinoise et qu'il gardait le buffle de ses parents. Il a recueilli les soldats perdus dans la débâcle, ces gamins français à peine plus âgés que lui. Il les a guidés à travers la jungle vers les postes qui résistaient encore, au sud de Dong Khê. Il a aidé les blessés. Il les a soignés, il a partagé avec eux ses boulettes de riz. Il a enterré les morts à mains nues.

Il a raconté toute cette histoire à Sandra, et comment, devenu orphelin quatre ans plus tard après la chute de Diên Biên Phù, il a rejoint seul le Sud avec les catholiques pour chercher un embarquement vers la métropole.

Sandra l'aime comme s'il était son grand-père, mais elle veut rester un moment encore dans les jardins de la Pagode pour profiter des derniers rayons du soleil. Pour méditer sur le sort des héros de cette guerre qui n'a jamais dit son nom, pour s'imprégner encore des listes interminables, unité par unité, des soldats et des lieux de leur mort qu'elle vient de lire sur les plaques de marbre de la nécropole, pour réfléchir à son voyage et à ce qu'elle dira plus tard à ceux qui l'accompagneront.

Un vent frais court entre les arbres et ça lui fait du bien. Elle est heureuse et détendue.

Il y a peu, elle se croyait livrée à un destin étriqué. Elle pensait avoir fait des études pour rien. Redoutant le monde du travail. Persuadée qu'il ne la mènerait pas plus loin que la banlieue de Fréjus. Et le miracle s'est produit. Elle va s'expatrier et marcher sur les traces des explorateurs qu'elle admire tant. Elle va renouer avec ses racines profondes qui cherchent leur terre. Aller là où coule une partie du sang qui palpite dans ses veines. Faire enfin le lien entre les deux mondes qui sont les siens. Elle pourra regarder la France de loin, telle qu'elle a été pour ses aïeux, et l'aimera davantage, elle en est sûre.

Elle pense aux régions encore indomptées qu'elle traversera, aux sampans qu'elle regardera glisser sur les rivières, aux rizières noyées dans la brume, à tous ces paysages époustouflants de la haute région. Elle pense aux villages endormis où elle s'arrêtera, au premier repas qu'elle prendra dans la première paillote où elle fera halte, aux premiers visages qu'elle verra et aux premiers sourires qui les illumineront. Elle a déjà l'odeur du riz et de la sauce de poisson dans les narines, le goût du thé vert dans la bouche, tout ce qui n'était, jusque-là, que des mots formant les récits des anciens et que des photos dans des livres.

Elle rouvre, où elle a inséré le signet, le pavé de Lucien Bodard qu'elle tient entre ses mains et se replonge dans la lecture.

Derrière elle, à une centaine de pas, quelqu'un a bougé. Sandra n'entend pas, le vent retient les bruits. Son esprit est ailleurs. La personne se déplace en silence. Elle la contourne à l'abri des bâtiments. La lumière baisse. Les ombres de la fin du jour envahissent l'endroit. Seul le visage du grand bouddha est encore éclairé. Dans quelques minutes, son sourire aussi s'éteindra lorsque le soleil aura définitivement basculé derrière la presqu'île de Giens et que l'obscurité aura recouvert l'ensemble du domaine.

Darknet

Émilie fixe Derolle. Sa photo a été prise alors qu'elle regardait l'objectif et il a l'impression qu'elle lui adresse un clin d'œil.

En vérité, la malheureuse est toujours dans le frigo de l'institut médico-légal où elle a été transférée depuis la fin de semaine. Elle n'en sortira sans doute qu'une fois l'enquête bouclée, et Derolle se dit que ce n'est pas près d'arriver.

Officiellement, les premières investigations n'ont mené nulle part. Après en avoir discuté avec son collègue, ce qui a été trouvé sur le compte Facebook et dans le journal intime de la victime a été passé sous silence. Le lien probable entre l'assassin d'Émilie Janson et l'histoire ancienne du bassin d'Arcachon ne doit filtrer en aucun cas. Le lieutenant a très bien compris pourquoi Derolle ne voulait pas qu'on en parle, même s'il a été plutôt avare d'explications.

Derolle n'a pas du tout aimé la remarque du procureur à propos des *snuff movies*, quand il en a évoqué la piste possible, à l'hôpital devant le cadavre d'Émilie Janson, et encore moins le coup de fil du commissaire de la brigade de recherche sur le Net. Sans doute est-ce à cause de sa parano naturelle, mais il a de plus en plus l'impression d'avoir été mis sous surveillance, de courir comme un hamster dans sa roue. Il se répète que le procureur a tenté de le piéger en lui laissant l'enquête. À bien y réfléchir, il lui semble que le bonhomme avait un moment travaillé sur l'affaire. S'il ne se trompe pas, il doit s'attendre à de très gros soucis.

Donc autant dire que pour la hiérarchie il en est au point mort, il n'a pas progressé d'un iota. Et si ça gueule, tant pis, ce ne sera pas la première enquête qui patinera. Il continue à brosser l'environnement de la victime et à interroger quelques-unes de ses connaissances. Il avance dans son travail comme un enfant le ferait avec un jeu de Lego, il émet quelques notes de service, passe du temps aux archives et retourne parfois à l'institut médico-légal discuter avec le toubib. Mais, dès qu'il se retrouve chez lui, il se remet à surfer. Il dispose maintenant des codes nécessaires pour pénétrer le *darknet.* Il continue d'explorer les entrailles de la Toile. Il a arrêté une liste de centaines de mots-clés. Qui finira par payer un jour. Il doit y croire parce que la méthode complètement expérimentale est aussi incertaine que chronophage. Il passe au commissariat en coup de vent, ne s'alimente plus, délaisse sa femme et ses filles depuis des jours, et ne dort plus. La tension monte autour de lui, comme le ferait le mercure d'un thermomètre posé sur un radiateur. À la maison, ses filles ne lui adressent plus la parole et son épouse ne lui parle plus qu'en hurlant. Au bureau, sa commissaire additionne les messages de plus en plus vachards.

Une histoire de femmes ! se rassure-t-il en faisant tourner entre ses doigts la photo d'Émilie Janson. Tu vas finir par me fâcher avec toutes les autres… puis il repose l'image à l'envers dans le dossier, hausse les épaules et prend son mobile pour rédiger un SMS à sa chef de service : « Commissariat de Bois-Colombes pas facile pour enquête en cours. Ne reviendrai pas avant plusieurs jours. Joignable 24/24 à ce numéro. Respectueusement. »

Sue

Le vibreur de son portable tire Sue d'une nuit agitée. Une bouteille de whisky traîne sur la table de chevet, vide. Dans une coupelle, des olives ont séché. Une épouvantable migraine lui comprime le cerveau. Ses yeux sont encore collés par le sommeil. Elle n'a pas envie de les ouvrir. Elle tire sur le drap du lit et le remonte sur son visage.

Elle voudrait dormir encore un peu. Juste replonger dans le néant pour échapper au goût amer que lui laissent, au réveil, les cauchemars qu'elle fait maintenant de plus en plus souvent. Elle ne s'en libère qu'au lever du jour. Alors elle grappille une heure supplémentaire de repos, elle replonge dans une somnolence lourde et moite. Elle tente d'évacuer les images de sang qui la hantent. Elle enfonce sa tête dans l'oreiller pour ne plus entendre les cris des victimes. Elle fait défiler derrière ses paupières les chiffres de ses comptes en banque comme d'autres compteraient les moutons, et se rendort pour quelques heures.

Son père apparaît parfois, toujours à contre-jour. La masse impressionnante de son corps la recouvre. Elle voudrait qu'il s'évanouisse, comme les cauchemars. Il lui arrive de gémir lorsque la main glisse sur sa peau. Elle essaye de la repousser. Mais la main continue son voyage vers son ventre. Elle a dix ans, elle dit à son papa de se relever, de quitter la chambre, de la laisser tranquille. Le corps l'étouffe. Elle ne peut plus bouger. Elle pleure, elle hoquette. La main poursuit son chemin, se fait plus pesante. La petite Sue est paralysée. Elle a déjà mal, elle a la mémoire de la douleur.

Des années ont passé, la main est morte désormais, mais elle revient et Sue a encore mal.

À côté d'elle, le téléphone continue de vibrer. Elle l'attrape, le glisse sous le drap et regarde l'écran. La lettre « J » brille sur le fond sombre du mobile. Au-dessus, l'horloge indique 7 heures 02. C'est rare que John appelle si tôt. Elle décroche.

– Sue ? demande son correspondant.

– Hum…

– Premier TGV pour Les Arcs-Draguignan. Le reste te parviendra comme d'habitude, annonce John avant de raccrocher.

Sue regarde encore un instant l'écran qui vient de s'éteindre. Elle le laisse tomber dans le lit et se masse les tempes. Puis elle cherche à tâtons, sur la table de chevet, la boîte de comprimés et le verre d'eau. Il faut qu'elle se lève. Chaque seconde compte maintenant. Elle rassemble ses idées. Si elle ne se trompe pas, Les Arcs-Draguignan se trouve dans le Sud, dans le Var. C'est loin. Combien y a-t-il de trains par jour ? Elle n'en sait foutrement rien ! Mais elle n'a plus le temps de se rendormir. Elle doit se lever, attraper son sac de voyage toujours prêt, et filer gare de Lyon. Après, elle verra bien… John lui enverra un message codé et elle saura où et comment le retrouver.

Il n'a pas demandé d'instruments spéciaux. Donc il se prépare quelque chose de nouveau dont elle n'a pas la moindre idée et cela l'effraie, elle a déjà des papillons dans le ventre. Ses intestins commencent à grogner. Elle transpire. Il faudrait au moins qu'elle prenne une douche, mais le compte à rebours est enclenché.

Comme à chaque fois que John réapparaît dans sa vie, Sue mesure à quel point son compatriote lui fait peur. Chaque fois davantage. Il est l'homme qui a fait sa fortune, mais aussi celui qu'elle déteste le plus. Celui qui a fait resurgir d'outre-tombe l'image de son père, et réanimé sa main, la nuit, sur sa peau.

Willy

La lanterne du bistrot jette, dans la nuit, une lueur bleutée qui ne parvient pas à éclairer l'ensemble de la terrasse. Au-delà de quelques mètres, l'obscurité reprend ses droits. Le groupe de soldats venu du camp de Canjuers est attablé sous un tilleul, devant une avalanche de pintes de bière. Les militaires les sifflent les unes après les autres. C'est rare qu'on leur offre à boire et ils en profitent.

Dans l'ombre qui dévore les visages, l'éclat de leurs regards augmente au fur et à mesure de l'alcoolisation. Assis au milieu du groupe, Willy raconte aux garçons ses campagnes depuis plus d'une heure.

Comme eux, il porte son verre à ses lèvres, avant de le ramener entre ses jambes, s'étirer sur sa chaise, et verser le liquide à ses pieds dans le massif de cistes roses planté en bordure de l'allée menant au parking. Il repose ensuite la chope sur la table, serrée dans ses mains gigantesques, de manière à ce qu'aucun de ses invités ne s'aperçoive qu'il ne les accompagne pas dans leur beuverie. Puis il recommande une nouvelle tournée générale.

Les soldats ne posent plus de questions. Ils prennent les bières, les vident, et attendent la suite du récit. Willy leur parle de guerres anciennes et actuelles, Irlande du Nord, Bosnie, Irak… Il les entraîne dans ses aventures passées, il les ferre l'un après l'autre en avançant son buste jusqu'au milieu de la table.

Il se rapproche, son visage contre leur visage. D'une voix grave et douce, que son accent de la banlieue de Birmingham rend mélodieuse, il leur parle de ses combats. De son regard délavé et glacial, il les fixe, tour à tour, accentuant l'étrange tonalité de ses paroles. Des histoires de sable brûlant, de pistes sans fin, de poussière, de tension, de fatigue, de flammes et de fumée, de faim et de soif, de bruits et de cris, de sang et de mort, de copains disparus, de chagrin, de désespérance… Et d'honneur et de médailles, aussi.

Le visage ordinaire de la guerre que ces garçons ne connaîtront jamais. Et que Willy a inscrit profondément en lui.

Willy les a choisis pour cette raison, les trois cuisiniers engagés pour la gamelle, au propre comme au figuré. Trois pauvres gars qui, après leur contrat de cinq ans, retourneront au chômage d'où ils sont venus. C'est tout ce que vomit Willy, mais, ce soir, c'est le public dont il a besoin. Ce sont les idiots utiles qui lui permettront d'accomplir son projet.

Il lui faut le calendrier d'exercices du camp pour les deux jours à venir. Les pas de tir qui seront ouverts, ceux qui seront fermés. La liste des unités engagées sur le terrain, celles qui seront maintenues en alerte. Et les horaires de toutes ces activités. En résumé, il veut savoir quels polygones de tirs les militaires utiliseront de nuit dans les prochaines quarante-huit heures. Et par quel itinéraire il pourra s'y rendre, puis en repartir clandestinement.

Willy n'allait évidemment pas s'adresser aux gars du club pour le renseigner. Ces *fucking bastards* étaient les derniers qu'il aurait pu solliciter, sauf à vouloir s'attirer une foule de problèmes.

Snuff movies

Derolle n'a plus aucun doute, il vient d'ouvrir les portes de l'enfer.

Les images scintillent encore dans sa tête. La forêt, la caméra au ras du sol, la végétation touffue, la petite silhouette qui court à perdre haleine, la caméra qui la poursuit, les feuillages qui cinglent l'objectif, la tache colorée du manteau de la fillette qui disparaît et réapparaît dans sa fuite éperdue, le fatras de racines qui ralentit sa course, les morceaux d'horizon entre les branches, la lumière dorée de la fin du jour, et le gros plan sur la main qui va saisir l'enfant…

Derolle a encore le son dans les oreilles : les cris de la fillette, aigus comme ceux d'une souris qui serait prise dans la gueule d'un chat ; les halètements, les grognements et les jappements ; le bruit des pas qui talonnent l'enfant ; le claquement sec des branches retournées, comme la détente de la corde d'un arc ; les cris, encore, qui se transforment en hurlements lorsque la bête se jette sur sa petite proie terrorisée.

La silhouette est celle d'une gamine d'une dizaine d'années. De type caucasien. On ne distingue pas tout de suite son visage parce qu'elle court dans la lumière crépusculaire pour échapper à ses poursuivants mais ses cheveux blonds, presque blancs, ne laissent aucune incertitude sur ses origines. C'est quand la caméra s'approche, presque à la toucher, qu'on découvre ses grands yeux bleus emplis de terreur.

En bas de l'écran, une main retient encore le chien un instant, puis elle lâche la laisse…

Ensuite, Derolle a détourné le regard. Il a en mémoire trop de scènes atroces. Sa vie professionnelle n'est qu'une litanie d'horreurs qui se sont empilées, l'une après l'autre, jusqu'à faire naître en lui un état de tristesse et de dépression chroniques. « Vous n'avez pas fait la guerre, mais vous avez développé un vrai syndrome post-traumatique, lui a expliqué un jour son toubib, lors d'une de ses visites médicales. Vous êtes lessivé, au bout du rouleau. Il serait temps de vous prendre en main et de vous faire soigner. »

Derolle n'a pas regardé la mise à mort de l'enfant, mais n'a pu échapper au son. C'est quand l'image s'est obscurcie qu'il a, de nouveau, tourné les yeux vers l'écran de l'ordinateur.

La scène a disparu dans un fondu au noir et un idéogramme doré envahit l'image.

Derolle a compris qu'il vient de visionner l'une des vidéos dont avait parlé son ami journaliste dans son testament. Le film est à l'évidence incomplet, mais il ne peut pas se tromper. À force de pianoter, d'essayer les centaines de mots-clés sélectionnés, de basculer d'un site à l'autre, de chercher des points d'entrée à l'intérieur des images comme le lui a suggéré le capitaine Dessanges, il a fini par trouver quelque chose. Même si la simple minute qu'il vient d'extraire des profondeurs du Net ne donne qu'un avant-goût de cet assassinat, il sait où il est.

Au cœur de la *snuffosphère*.

Il fait aussitôt une capture d'écran de la dernière image avec la lettre chinoise, mémorise l'adresse URL de la vidéo, change de page, colle l'adresse enregistrée et clique sur la touche « entrée » de son clavier. Il veut pouvoir confirmer la validité de l'identifiant uniformisé de ressource du site. Or la manœuvre débouche sur « une erreur de type 404 ». « Aucune vidéo enregistrée à cette adresse ou vidéo supprimée. »

Derolle a du mal à croire ce qu'il lit. Vidéo supprimée alors qu'elle est encore sur la page d'à côté ? Comment est-ce possible ?

Il revient à sa première page pour revoir l'adresse web du programme. Le champ URL est vide.

Il clique à nouveau sur le triangle pour relancer la séquence mais n'obtient rien d'autre que la disparition subite de la vidéo, puis le même message d'erreur.

Hormis la capture d'écran qu'il a effectuée, il ne conserve plus rien de ce qu'il a trouvé.

Plus aucune preuve.

Sue

Le paysage défile, monotone, derrière les vitres du TGV. Sue s'est calée dans le siège, la tête légèrement renversée en arrière. Le fichu qu'elle porte, serré, pourrait laisser penser à un voile islamique s'il n'y avait les mèches noires de sa perruque qui s'en échappaient.

Le plastron siliconé, qui lui fait une poitrine énorme, le fond de teint ambré et les Ray-Ban réfléchissantes finissent de la rendre méconnaissable. Les caméras du métro et celles de la gare de Lyon n'auront enregistré que l'image d'une personne au déguisement unique.

Comme toujours, une fois l'opération terminée, les faux cheveux, la coiffe, l'imperméable et les lunettes seront détruits. Sue redeviendra elle-même, une jeune femme travaillant en intérim dans la vente d'objets de luxe. Elle retournera dans les plus belles boutiques d'Opéra ou des Champs-Élysées, en fonction des remplacements qu'on lui proposera. Elle redeviendra Susan, la gentille vendeuse originaire du quartier orangiste de Belfast, amoureuse du faste à la française. Pour tout le monde, pour ses employeurs, pour ses copines de bar et de boîtes de nuit, pour ses voisins, elle sera cette fille-là, cette grande rousse filiforme et plate comme la bourse d'un pasteur, à la peau laiteuse et diaphane, au regard brûlant comme un brasero, dont les éclats de rire illuminent le visage tout au long des jours et des nuits que Dieu fait.

Une belle plante, un peu exotique, libérée et adorable.

En vérité, Sue est l'inverse. Elle est toujours l'enfant de la chambre du fond de la maison de Shankill Road. Elle est cette fillette terrorisée à l'approche de la nuit qui tombe sur cette misère du quartier loyaliste. Celle qui voudrait disparaître au fond de son lit, ou s'échapper parmi les fleurs jaunies du vieux papier peint, qui voudrait pouvoir s'élever jusqu'au plafond comme les morts quand ils quittent enfin leur corps meurtri. Elle est cette petite qui appelle en vain sa mère. Celle qui supplie son père : *Daddy, don't !*

Elle est la gamine qui court au milieu des soldats de Sa Majesté pour leur vendre les beignets et les sodas préparés chaque jour dans la cuisine de la maison. Et c'est toujours la même image qui revient au terme de sa réflexion, le militaire assis sur le capot de son véhicule blindé, qui l'interpelle et lui saisit le poignet pour lui embrasser la main. Après, tout est flou. Elle ne parvient pas à se rappeler des premiers mots de John. Elle sait qu'elle a pris les pièces de monnaie, qu'elle est souvent revenue le voir, qu'elle lui a confié sa détresse, qu'elle a pleuré et qu'il l'a consolée. Elle sait qu'il a tué son père et qu'il l'a fait partir étudier dans une pension à Londres. Elle ne s'en souvient plus très bien. Comment est-ce arrivé ?

Les années qui ont suivi sont un trou noir dans sa mémoire. Les lettres de John, ses coups de fil, ses quelques visites, le départ pour la France, les filles, l'argent facile, la drogue, le champagne, les séjours à la mer et à la montagne, les premières photos et vidéos pour s'amuser… elle mélange tout. Elle voudrait mettre des dates et des lieux sur ces événements, mais n'y parvient pas.

Quand toute cette folie a-t-elle éclaté ? Elle cherche. Depuis des années, elle cherche en vain.

Elle tourne vers elle son avant-bras et vérifie si le fond de teint masque les traces de piqûre. On ne distingue rien. Pas même le dernier shoot de ce matin.

Sue a la tête lourde. Elle fixe l'horizon, elle regarde aussi loin qu'elle le peut pour ne plus voir les visages qui se collent à la vitre, une fraction de seconde avant de se désintégrer. Ils la harcèlent depuis la nuit des temps. Pas un ne manque à ce carrousel monstrueux. Lorsque la tête de la serveuse surgira, le manège infernal recommencera depuis le début. Elle sait qu'il n'aura jamais de fin. Les mortes continueront à danser, une à une, devant elle partout où elle ira, partout où elle s'assoupira. Derrière le velux de sa chambre, dans les tunnels du métro, contre les hublots des avions… Et quand elle fermera les yeux, quelques-unes parviendront encore à se glisser sous ses paupières.

Sue consulte l'application Telegram de son portable. John n'a encore envoyé aucun message. Elle regarde sa montre. Encore trois heures de voyage. Il faudrait qu'elle quitte son corps, qu'elle tombe dans un sommeil anesthésique.

Émilie

Si Dessanges n'avait pas accepté de donner à Derolle ses codes d'accès à un forum d'amateurs de déviances sexuelles fonctionnant sur des sites cryptés, jamais il n'aurait découvert la vidéo des sévices infligés à Émilie Janson avant qu'on ne la tue.

Pour brouiller les pistes, la vidéo avait été mise en ligne sur une autre application protégée. Il fallait y penser, tout était dans la démarche d'approche de ces milieux corrompus jusqu'à l'os.

Partant du principe que les fans de SM hors norme peuvent s'interroger et se donner des tuyaux comme n'importe quel passionné, que ce soit de parachutisme, de planche à voile, d'armes ou de philatélie, il fallait accéder au cercle des initiés, donc poser les bonnes questions.

Derolle avait d'abord cherché sur la Toile classique. Évidemment, rien n'était tombé. Pas le moindre site d'échange d'informations.

Si Dessanges avait parlé plus tôt à son patron de la découverte par Derolle des images de la disparue Flora Calvès, les choses ne se seraient pas déroulées ainsi. Le commissaire aurait aboyé après

Dessanges, lui interdisant formellement de répondre dorénavant à la moindre sollicitation de son collègue d'Asnières. Et il aurait décroché son téléphone plus tôt pour que Derolle ne vienne plus emmerder sa brigade avec ses histoires à dormir debout. Et tout serait rentré dans l'ordre, Dessanges n'aurait pas commis l'erreur d'accéder à sa requête, et Derolle aurait été obligé de cesser de fouiller le Net sans aucun moyen d'en percer les secrets.

Cela pour la théorie. Mais où a-t-on vu que la théorie gouvernait la pratique ? Les hommes sont ce qu'ils sont et ni Dessanges ni Derolle n'échappaient à la règle. Enclins à la procrastination, vaniteux, avides de compliments, intéressés, manipulateurs, ils avaient aussi cette détestable habitude de croire aux promesses qu'on leur faisait.

C'est cet ensemble de défauts humains d'une banalité affligeante qui avait conduit Dessanges à en dire plus qu'il n'aurait dû. La première réaction du capitaine, lorsque Derolle lui avait demandé un coup de main, avait été de refuser de partager ses codes.

– Confidentiel, avait-il rétorqué avec cet accent supérieur dans la voix qu'il prenait parfois et qui énervait Derolle instantanément.

– Tu ne vas pas me faire cette entourloupe, avait réagi Derolle. On travaille ensemble ou pas ?

– Écoute-moi bien, Michel, ce boulot relève de ma brigade uniquement. Nous avons mis des mois à construire notre réseau, à parvenir à se lier avec ces connards, ça nous a pris du temps et de l'argent, il ne s'agirait pas gâcher tout ce travail…

– Mais à quoi ça sert, si on n'utilise pas ce potentiel dans une affaire comme la mienne ?

– Putain, c'est ce que nous sommes en train de faire, ne va pas penser qu'on se branle dessus !

– Vous en faites quoi, précisément, de vos contacts ?

– On les suit, putain de bon dieu. Au jour le jour. On remonte des pistes, on cible des internautes, on cherche à mettre des noms et des adresses sur les plus tarés de ces enfoirés.

– Et ?

– Et quand on obtient ce qu'on cherche, on les serre, nom de Dieu !

– Mais qu'est-ce que vous cherchez, bordel, qui ne soit pas en relation avec ce qu'on fait en ce moment ? avait fini par s'énerver Derolle.

– Tu le sais parfaitement, Michel. Notre priorité, c'est de démonter les réseaux de trafic de stups, d'armes et d'êtres humains.

– Trafic d'êtres humains, ah ! Ce n'est pas ce qui nous occupe ?

– Non...

– Comment ça, non, bordel ?

– Ça concerne essentiellement la pédophilie.

– Mais nous sommes dans une affaire qui nous y conduit direct.

– Depuis quand ?

– Tu verras, une des prochaines victimes sera une enfant...

– Ouais, ben on n'y est pas encore.

– Écoute, tu m'as dit toi-même que je venais de franchir une étape colossale.

– J'ai dit ça ?

– Quelque chose comme ça, oui ! C'est bien toi qui a, le premier, parlé de preuve de leur existence de...

– Ta gueule, Michel, putain ! hurle le capitaine, laissant son coéquipier interloqué.

– Ça, alors, c'est fort de café, suffoque Derolle.

Mais Dessanges avait continué à pousser des cris, puis s'était calmé devant le silence pesant de Derolle.

– Y a des termes qu'il vaut mieux ne plus employer, avait-il ajouté.

Il lui avait ensuite donné l'accès à deux forums relayés par l'application Telegram en lui faisant promettre de ne jamais dire que l'info venait de lui.

– Bon sang, qu'est-ce que tu crains ? avait demandé Derolle.

– J'voudrais pas qu'on me le reproche un jour.

Derolle avait gloussé :

– Tu te fais un cinéma pas possible, mon vieux, à force de rester derrière ton écran.

– Y a la hiérarchie, putain, oui, mais aussi tous les connards que tu vas tamponner.

– Je comprends pas.

Dessanges lui avait alors donné quelques conseils, l'enjoignant à lire les messages dans un premier temps, histoire de se familiariser avec le langage de la communauté, et dans un deuxième temps à entrer dans leurs conversations en s'appliquant à respecter leur style.

– Tu vois, avait-il dit, s'ils reniflent le moindre loup, ils te dégageront et basculeront sur une autre appli et on mettra encore des mois à remonter jusqu'à eux. Salope pas le travail, s'il te plaît.

En lisant les posts des dizaines d'adhérents de l'application dont les hommes de la brigade avaient rejoint les comptes, Derolle avait senti son sang bouillir dans les veines. Certains des membres des forums passaient leurs journées entières à partager leurs vices, à échanger les plans les plus ignobles qui soient. Ils comparaient leurs outils de torture, commentaient les effets obtenus. Certains essayaient de chiner des instruments improbables en vogue aux temps de l'Inquisition, d'autres le matériel utilisé par les unités spéciales lors des guerres d'Algérie ou d'Indochine, par exemple, ou par la police politique de régimes autoritaires comme à l'époque des dictatures au Portugal ou en Grèce, ou encore à la mode dans certains pays d'Amérique latine. C'était incroyable. Ils voulaient tout savoir des expériences des autres. Les messageries fonctionnaient vingt-quatre heures sur vingt-quatre et réunissaient des gens du monde entier.

Quand il fut sûr de lui, Derolle avait rédigé ainsi son message : « Mateur recherche bonne blonde, un peu grassouillette, la vingtaine, ficelée aux poignets et aux chevilles pour endurer le pire. Vidéo de moins de 15 jours parce que plus anciennes déjà vues. Pas de limite de violence, pas de limite de prix. Sexuellement. »

Deux à quatre heures plus tard, la réponse arrivait de Russie, de Chine et de Belgique. Avec, pour chacune d'elles, un commentaire. Les correspondants, une douzaine au total, avaient visionné la même vidéo. Ils l'avaient appréciée, lui attribuant presque tous la note maximale. Ils l'invitaient à rejoindre une adresse sur l'application Jiwix, l'une de celles utilisées par la mouvance islamiste pour diffuser ses contenus et échanger ses projets d'attentat.

La somme à payer pour visionner un extrait d'une minute se montait à cent euros.

Derolle avait rentré son numéro de carte bancaire, la date d'expiration et les trois chiffres du cryptage, puis avait lancé le programme. Devant les premières images, il s'était pincé pour être sûr de ne pas rêver. Non, c'était un cauchemar éveillé, la jeune blonde replète n'était autre qu'Émilie Janson.

Malgré la peur qui lui tordait les traits, il s'agissait bien de sa victime. L'extrait était une sorte de mise en bouche ultra violente, mais non létale. Elle seule apparaissait sur la vidéo. La main qui tenait les instruments de torture était rarement coupée au-dessus du poignet.

La version de plus d'une demi-heure coûtait cinq cents euros supplémentaires. Derolle cliqua à nouveau sur le lien de paiement sécurisé et attendit.

Comme il s'en doutait, l'échelle des tortures montait crescendo. Des images d'une brutalité inouïe. Tout le registre SM y passait. À plusieurs reprises, Émilie Janson tournait de l'œil, aussitôt réanimée à l'aide d'un jet d'eau sur le visage et la poitrine. Puis une piqûre. De la lidocaïne sans doute, afin de la maintenir en vie tout en lui conservant sa faculté à souffrir. Elle hurlait et demandait grâce, n'obtenant pour réponse que les rires d'un homme et d'une femme, qui éclataient hors du champ.

Ce fut dans les dernières scènes que son tourmenteur apparût. Toujours de dos et vêtu d'une combinaison sombre qui l'enveloppait des pieds à la tête, mais avec les manches retroussées sur des avant-bras aussi larges que des mollets de footballeur.

Quelques secondes avant que ne s'achève l'enregistrement, un sous-titre indiquait que le bouquet final serait accessible sur le deuxième Net. Pour la modique somme d'un millier d'euros, pour une consultation unique.

Derolle n'a pas levé les yeux de son ordinateur. L'écran vient de se mettre au noir, mais il continue de le fixer. Les soubresauts du corps de la petite Janson cherchant désespérément à se défaire des liens sont restés imprimés sur ses rétines, ses cris vibrent encore dans ses oreilles.

Il sait maintenant comment est morte la victime de l'A86. Ce qu'on lui a fait subir pendant presque une heure. Nul besoin d'aller rechercher le bouquet final, il imagine trop bien que l'équipe d'assassins ne réclame pas mille euros pour seulement mettre un terme à la vie de cette pauvre fille. Saturé de violence, Derolle refuse d'en voir davantage.

Il repense à Émilie Janson, couchée sur la table de l'institut médico-légal ; il revoit son visage défiguré, ses plaies épouvantables à la poitrine et au ventre ; les os de ses membres fracturés. Pour parvenir à ce degré de barbarie, l'homme qui l'a torturée est un pro parmi les pros. Travail de spécialiste.

Émilie Janson aura mis le temps à trouver la paix. Mais elle a livré le secret de sa mort.

Derolle tient maintenant une piste ténue qui le conduira un jour ou l'autre à son bourreau, ce type dans sa combinaison grise, petit, râblé, doté d'une musculature exceptionnelle, de race blanche et opérant accompagné d'une femme au rire juvénile.

Il passera au crible tous les fichiers concernant de près ou de loin les types mêlés à des histoires de sexe, les clients des prostituées, ceux des clubs échangistes, des pipe shows et des théâtres porno, les collectionneurs de photos obscènes, ceux qui ont fait l'objet d'une plainte pour harcèlement, pour exhibitionnisme, les abonnés aux magazines X, les clients de sex shops… Il mettra toute son équipe sur le coup. Il battra le rappel de tous les indics possibles.

D'aucuns diraient que c'est bien maigre tout ça, mais il en est certain, il finira par le trouver. Si Dessanges consent à explorer ces pistes de son côté, ils dénicheront quelque chose.

Une heure plus tard, Derolle est encore devant son ordinateur. Il a passé mille fois en revue les éléments dont il dispose, et mille fois il s'est demandé s'il ne fait pas fausse route. Il oscille entre optimisme et pessimisme. Combien de temps cette recherche va-t-elle lui prendre ? Son équipe, déjà accablée de boulot avec les affaires courantes, est-elle réellement en mesure de le suivre dans ce jeu de piste infernal ?

Sandra

Depuis la colline qui domine la résidence, la baie vitrée du salon brille dans la nuit. C'est, à cette heure tardive, la seule fenêtre de l'immeuble encore éclairée. En raison de la chaleur persistante, les vantaux sont ouverts. Les rideaux n'ont pas été tirés.

L'homme, que sa tenue camouflée confond définitivement avec les taillis environnants, est allongé, les mains serrées sur sa paire de jumelles. Le grossissement de l'optique dévoile les moindres détails de la pièce. Il serait installé sur la terrasse de l'appartement qu'il ne verrait pas moins bien.

Rien de ce que fait Sandra ne lui échappe.

Quand elle s'est déshabillée, il l'a vue plier son tee-shirt et son pantalon après les avoir ôtés. Il s'est amusé à la regarder défaire son soutien-gorge. Elle a des seins ronds et fermes comme ceux d'une adolescente. Elle respire la santé. Il y a, sur son visage, une expression de bonheur simple qui semble ne devoir jamais s'effacer.

Un moment, l'homme a cru à la présence d'une tierce personne avec la jeune femme. Quelqu'un qui aurait été dissimulé à son regard par un pan de mur ou qui se serait trouvé dans la chambre, mais les minutes passant il a compris que Sandra est seule. Elle est comme un enfant qui sourit aux anges. Parfois, elle s'assoit pour regarder un livre, elle tourne les pages et repose le livre à terre ou le range dans un sac de voyage ouvert à ses pieds. Elle prend son temps. Elle le fait avec une grâce inouïe. Cette fille dégage quelque chose que l'homme n'a jamais rencontré.

Pas une seule de ses proies n'avait ce charme discret, capable de vous séduire dans l'instant. Celle-là est hors compétition. Personne ne lui arrivera jamais à la cheville. Elle les ravalera toutes au rang d'objets sexuels dans ce qu'ils peuvent être de plus commun et de plus vulgaire. Il émane d'elle une force et une fragilité à la fois, qui émeuvent immédiatement.

Qui pourrait émouvoir.

Tout le monde, sauf lui.

Ce constat le fait ricaner. Lui, rien ne pourrait plus pour l'attendrir mais il devine trop bien ce que la locataire du premier étage doit inspirer au quidam ordinaire. Elle fait partie de ces femmes dont la beauté presque surnaturelle bloque les sens, celles qui donnent l'envie de s'en repaître, de respirer leur parfum, d'entrer dans leur ombre, l'envie de les protéger avant de penser à leur faire l'amour.

Savoir qu'elle sera à lui avant deux jours l'amuse. Le compte à rebours est enclenché. Il faut penser à la vidéo. Ce sera la meilleure de sa carrière, la plus originale, la plus inattendue. Elle va ouvrir une ère nouvelle. Les Chinois n'en reviendront pas, le jour où il se décidera à la leur fournir.

Après cela, il sera en mesure de disparaître.

Il allume la caméra déjà installée à côté de lui et commence à filmer.

Derolle

Derolle veut jouir encore de la tranquillité de son appartement. Ses filles sont parties réviser leurs cours chez des amies, et sa femme, de service de nuit à l'hôpital, ne rentrera pas avant le lever du jour. Il faudrait qu'il dorme un peu, mais il ne s'y résout pas. Pas à dix heures du soir ! Même après deux nuits presque blanches. Il le sent, il touche au but et va profiter de l'absence des siens pour continuer ses recherches.

Les tirages A4 des captures d'écran qu'il a effectués tout au long de la soirée s'étalent sur le bureau.

Enfoncé dans son fauteuil, il ressasse des réflexions sans fin, au milieu du désordre des photos et des tasses de café vides. Son regard passe d'une image à l'autre, s'attachant au moindre détail qui pourrait le faire avancer, mais c'est toujours le cadre général des scènes qui s'impose. Le corps d'Émilie Janson arc-bouté dans sa souffrance, la chair humide qu'on devine poisseuse, l'endroit confiné où elle a été amenée pour vivre ses dernières heures.

Il ne se rappelle pas avoir jamais vu une victime mutilée dans de si terribles conditions.

En fabriquant et en postant sa vidéo, le tueur n'a rien livré d'autre qu'une vague silhouette, que ses avant-bras musclés et blancs et que les secousses d'un rire fou qui, au fond, n'est pas le timbre véritable de sa voix, c'est une certitude.

Derolle replonge dans une perplexité totale. Peut-il mobiliser toute son équipe sur aussi peu d'éléments ? À l'instant où il ouvre le tiroir de la table pour y récupérer le paquet de cigarettes abandonné depuis plus de deux années, l'ordinateur lui indique l'arrivée de plusieurs mails. Les sempiternelles pubs liées aux cookies qu'il n'a jamais refusés et, au milieu de cette avalanche de pollution, un message de Tuan.

Comme cela lui arrive régulièrement, son ami de Fréjus vient de lui envoyer les résultats de ses derniers tirs effectués à plus de 1 400 mètres avec son arme de prédilection, une Barrett MRAD en calibre 338 LM, un vrai canon capable de grouper à cette distance les impacts dans une cible de la taille d'une tête. Sur le carton représentant une forme humaine assise, trois balles ont frappé le centre du visage, une a touché l'épaule droite et une autre est allée se perdre un peu plus bas, à une dizaine de centimètres de la cuisse. Sur son commentaire, Tuan avoue un coup de doigt malencontreux.

La deuxième image représente une nouvelle cible sur laquelle les cinq munitions ont atteint la tête. La prochaine fois, explique le texte, tir à 2 000 mètres pour tester le rechargement des cartouches avec des ogives de 300 grains et la nouvelle poudre suisse rapportée par des potes. Le challenge : mettre trois coups sur cinq dans le buffet du gars ! Les autres pièces jointes sont des photos des membres du club, couchés ou assis derrière leurs armes, des visages rivés aux lunettes de tir, des freins de bouche fumant, des empilements de douilles vides, quelques-uns des paysages grandioses du camp de Canjuers. Les tireurs sont tous vêtus d'uniformes militaires. À l'exception des gros plans, c'est une ligne de types costauds, entre deux âges pour ce qu'on en distingue, concentrés sur leurs cibles installées de l'autre côté de la vallée.

Un dernier commentaire accompagne le message : « Comme tu peux le constater, on n'est pas une bande de trous du cul qui jouent à la guéguerre avec des armes en plastoc. » Derolle se demande quel genre de réponse attend Tuan.

Jusqu'à leur dernière conversation, leur relation était amicale, franche et simple. Le tir ne leur posait pas d'autre problème que le refus de Derolle de s'y mettre, malgré l'insistance de Tuan, qui continuait inlassablement à lui envoyer, une à deux fois par mois, ses résultats assez extraordinaires. Tuan savait parfaitement que son copain ne franchirait jamais le pas. Surtout en région parisienne, où les champs de tir ne dépassent pas 400 mètres ! Il aurait fallu qu'il se fasse muter dans le Sud et ce n'était pas à l'ordre du jour. Le rejoindre de temps à autre dans son club, son salaire de commandant de police ne le lui permettait pas. Quant à l'achat de l'arme, où trouverait-il sept ou huit mille euros ? Et l'argent des munitions ? À presque trois euros la cartouche en 300 Winch Mag, une seule saison de tir ruinerait sa famille. Et les balles de 338 LM à plus de dix euros l'unité, on les tire parce qu'on a dégoté un sponsor.

Le cas de Tuan, justement.

Mais après leur dernière conversation téléphonique assez houleuse, Derolle ne pensait pas avoir des nouvelles de son ami aussi vite.

Il jette un dernier coup d'œil aux photos de Tuan, ouvertes sur son écran, et les pousse vers la corbeille sans se rendre compte tout de suite qu'une alerte vient de sonner au fond de son cerveau.

Sue

C'est un hôtel minable, situé en périphérie de la ville. C'est John qui a retenu la chambre pour Sue. Elle en a reçu les coordonnées dans le train. Il est presque vingt-trois heures lorsque le taxi la dépose devant la réception.

Après un dîner avalé sur le pouce dans l'arrière-salle d'une pizzeria et une séance de cinéma au Vox, elle arrive, éreintée, devant la porte de l'hôtel. Il ne se passera plus rien ce soir. Dans son dernier message, John lui a demandé d'être prête pour le lendemain à l'heure du dîner. Elle n'aura qu'un repérage du lieu de l'opération à effectuer en début d'après-midi. Jusque-là, elle pourra dormir et tenter d'oublier sa vie de merde.

Faire le tour du cadran au fond de son lit, ça lui convient bien. Avec une bonne dose de médicaments, elle devrait s'enfoncer dans un sommeil proche de la mort, sans rêves, sans cauchemars. Elle ouvre son sac pour vérifier la présence de la boîte de somnifères, prend dans son portefeuille un billet de vingt euros qu'elle tend au chauffeur et quitte la voiture sans attendre la monnaie.

L'hôtel a été construit en limite d'une voie rapide, contre un rideau d'arbres plantés sur un talus. Un parking à ciel ouvert le sépare d'une zone industrielle que des lampadaires au sodium, installés tous les cent mètres, éclairent faiblement. Le taxi, qui a tourné pas moins de dix minutes pour trouver l'entrée, repart sur les chapeaux de roues. Sue regarde les feux arrière de la voiture disparaître dans la nuit puis se décide à faire mouvement vers la porte de la réception.

La chaleur de la journée commence à peine à retomber, Sue aimerait attendre que la fraîcheur s'installe vraiment avant de rejoindre sa chambre, mais l'isolement et la tristesse de l'endroit la poussent à entrer.

La vérité, c'est que Sue a peur du noir. Comme elle a peur du vide. Elle déteste le silence et l'obscurité. Elle a besoin de bruit et d'animation. Elle a besoin de sentir la vie bouillonner autour d'elle, d'en respirer les odeurs, d'en percevoir les mouvements. Et quand il n'y a plus rien, comme ce soir, elle est désemparée.

Derrière le comptoir somnole un gros Maghrébin mal rasé. Sue presse le bouton de la sonnette. L'Arabe sort lentement de sa torpeur et pose sur elle, une fraction de seconde, un regard fatigué avant de fourrager aussitôt dans le tiroir de son petit bureau.

– Vous voulez ? demande-t-il d'une voix éteinte.

Sue donne le numéro de la réservation.

– Seule ? ajoute le réceptionniste.

Sue remue la tête pour que sa perruque déborde sur son visage. Elle a conservé ses lunettes de soleil et a conscience de n'offrir à la vue de l'homme que le minimum, une partie du front, le nez et la bouche dont le rouge à lèvres à transformé la forme naturelle.

Un instant, elle fixe les mains de l'employé qui continue à remuer, derrière le comptoir, des objets qu'elle ne voit pas. Il paraît si concentré qu'il semble ne devoir jamais relever la tête.

– Oui, je suis seule, dit-elle. Et pressée de dormir.

Alors le réceptionniste relève la tête vers elle et la fixe un moment, mais le regard absent, comme s'il observait un objet inanimé.

Intérieurement, Sue bout d'impatience. Elle voudrait déjà être dans sa chambre, elle voudrait dormir, se laisser glisser dans un sommeil de plomb, tout oublier.

Le réceptionniste pousse la clé de la chambre devant lui, puis retombe aussitôt dans sa somnolence.

Sue lui jette un dernier regard, elle sait à ce moment qu'il n'aura aucun souvenir d'elle, il l'a à peine vue, il s'est à peine réveillé.

La chambre est à l'image du reste de l'hôtel, exiguë, poussiéreuse, et triste à pleurer. Le lit monoplace a la taille d'un lit d'enfant. Un plateau de bois gondolé et sellé au mur fait office de table. Il n'y a pas de chaise. Sans doute faut-il pousser le lit pour s'asseoir en face. Dans un coin, un lavabo finit de meubler l'endroit. Un écriteau, accroché au-dessus du miroir, indique que les toilettes se trouvent au fond du couloir.

Sue se penche pour contempler son reflet. Elle a sa mine des mauvais jours. Cette opération ne lui dit rien qui vaille. Elle doit voler une voiture, enlever une fille dans des conditions rocambolesques, la conduire jusqu'à John… Jamais il ne lui a imposé un scénario aussi compliqué. Tout ça lui paraît très risqué.

Ça pue.

Derolle

Tuan aime bien son copain, mais parfois sa mentalité policière et la manière dont il ne lâche jamais rien, jamais aucune piste, aussi foireuse soit-elle, en avançant pas à pas, en harcelant les témoins, le fait voir rouge. Derolle n'abandonne jamais une idée avant d'en avoir fait trente-six fois le tour, quitte à multiplier les dommages collatéraux, à pourrir l'existence de dizaines de personnes qui ont eu le malheur d'être liées même de très très loin à ses affaires. C'est sa façon de travailler. Celle qui lui a été enseignée à l'école de police et qu'il n'a jamais voulu remettre en question. Il reste droit et raide dans ses chaussures à clous, le commandant Derolle. Toujours prêt à faire passer au tourniquet même ses meilleurs potes, si la situation l'exige. Il a beau le raconter en rigolant et en le regrettant dans les dîners en ville, il a toujours procédé de la même manière.

Et cette fois encore…

Tuan en fait l'expérience, la deuxième fois en vingt ans d'amitié, et il est en colère.

Quelle idée, aussi, a-t-il eu de lui parler un jour de Canjuers et de sa bande d'amateurs de gros calibres et de sniping ! Et quelle idée de lui avoir envoyé ces dernières photos des séances de tir ! Tout ça pour lui prouver qu'il a tort, qu'il fait fausse route, que ses potes sont des sportifs avant d'être des passionnés d'armes.

Comme si Derolle pouvait se laisser convaincre !

Comme si son cerveau de flic n'était pas un énorme ordinateur, doué d'une mémoire colossale !

Comme s'il n'avait pas déjà prouvé son incapacité à laisser de côté la moindre piste, aussi improbable fût-elle !

S'il n'était pas allé se vanter des prouesses de ses copains, s'il n'avait pas raconté à Derolle les états de service de certains, toutes leurs guerres passées et leur fascination pour quelques soldats mythiques comme Chris Kyle, le sniper américain détenteur du score de tirs létaux le plus élevé, réalisé au cours du conflit irakien, il n'en serait pas là. Il n'aurait pas Derolle sur le dos. Et un tas d'emmerdements à l'horizon.

Ce qu'il ne parvient pas à comprendre, c'est comment Derolle en est venu à faire une véritable fixation sur les gars qui pratiquent le tir longue distance. Comment son cerveau de flic a pu ranger dans la case des individus à risque les amateurs d'armes et de performances de tirs pas ordinaires. Là est le mystère. Quelles peuvent bien être les enquêtes en cours qui l'ont conduit à ce genre de réflexion ?

Il a sur les bras des cadavres retrouvés en banlieue parisienne et il cherche des criminels à l'autre bout de la France !

Tuan soupire en relisant le dernier message de Derolle. Il lui réclame davantage de photos des tireurs. Le maximum. De face, de dos. Au printemps et en été. En tenue légère, short et tee-shirt. Qu'est-ce que ça veut dire ? Qu'est-ce que ce foutu flic a derrière le crâne ?

Manifestement, Derolle cherche à retrouver un détail aperçu ailleurs. Mais pourquoi ici, à plus de mille bornes de chez lui ? Tuan ne comprend pas. Pire, il ne comprend pas non plus où cette histoire va le mener.

Sa première réaction est de ne pas répondre. Sa deuxième, de lui écrire d'aller se faire foutre. Mais il connaît l'animal. Un clebs qui a flairé un truc et ne renoncera pas. Demain il recevra de lui trois SMS. Après-demain, dix. Et si ça se trouve, son copain lui enverra un OPJ du coin pour saisir son disque dur. Il en est capable. Tuan imagine le bordel que ça provoquera dans la région et les conséquences sur ses activités. Il faut qu'il cède. Il n'a pas le choix.

Derolle veut des photos, parfait. Il va en avoir pour son compte. Tuan va lui balancer tout ce qu'il a, c'est à dire trois ou quatre téras d'images. Ça prendra le temps qu'il faudra par WeTransfer, mais il aura la paix ensuite.

Tuan ouvre le logiciel de lecture d'images et commence à faire défiler, dossier par dossier, les centaines de clichés. Tout a été classé méthodiquement, année par année, saison par saison. Des dossiers particuliers ont été consacrés aux concours.

Tuan clique sur certaines images. Il y a tout le gratin que compte le tir longue distance, tous ceux capables de dégommer, du premier coup, une pièce d'un euro à plus de 1 000 mètres. Rien que des spécialistes comme il l'a été lui-même à une certaine époque. D'anciens militaires ou des militaires encore en activité qui tirent avec des calibres particuliers comme le 338 LM, le 375 ou le 408 Cheytac. Tous sont rechargés par leurs soins après des mois de tests pour être utilisés dans des armes personnelles, que des Customs faits sur mesure au micron près avec des canons de 28 ou de 30 pouces sur lesquels ils ont monté des lunettes dernière génération de chez Schmidt & Bender. Des bijoux de technologie dont aucun n'est accessible à moins de quinze mille euros.

Si ce genre d'arme était employé sur les terrains de guerre actuels, les talibans et autres connards du prétendu califat de l'État islamique pourraient se faire du souci. Pas un objectif, traité à moins de 2 500 mètres, n'y résisterait.

En voyant défiler des photos de Willy, Tuan ne peut s'empêcher de sourire. Un sacré emmerdeur, mais la meilleure gâchette au monde depuis la disparition tragique de Chris Kyle ! Même si Willy s'est toujours refusé à participer à la moindre compétition, personne n'a jamais tiré mieux que lui. Une légende vivante que le culte du secret a fait grandir dans le cercle très restreint des passionnés et qui en joue de manière insupportable, mais ce point de détail regarde-t-il le commandant ? Assurément non ! Qu'il se démerde avec les photos. Tuan sélectionne le premier dossier et l'envoie par WeTransfer. Il regarde sa montre et fait la grimace, il n'est pas couché…

Sandra

Ses affaires sont étalées sur le sol du salon. Deux pantalons de trekking en toile légère, trois paires de chaussettes, une paire de Gore-tex, une paire de claquettes, cinq tee-shirts, cinq culottes, un bikini, un chapeau de brousse, un pancho, un pull léger et ses lunettes de soleil. Rien d'autre pour s'habiller. Sandra emporte le minimum. Elle rajoute sa trousse de toilette et quelques médicaments. Ça tient dans un petit sac, c'est parfait.

Et puis une dizaine de livres et un tas de notes puisées sur Internet, le tout converti en fichiers PDF enregistrés sur une tablette A5.

Elle va partir ultra légère. Son père pourra être fier d'elle. Si l'on met de côté le matériel guerrier, un commando des forces spéciales n'aurait pas fait mieux. Sandra vérifie une dernière fois que rien d'essentiel n'a été oublié. Le passeport, les devises et sa carte Visa sont, avec la tablette, dans son sac à main. Après avoir fermé la porte, elle laissera demain les clés de l'appartement et celles de la voiture à ses parents.

Elle les quittera pour la première fois. Elle en souffrira, elle le sait, mais elle gagnera enfin sa liberté. Elle entrera dans la vie d'adulte. Elle n'aura de comptes à rendre qu'à elle-même.

Sa mère pleurera et son père chéri se fera un sang d'encre. Ils ont déjà tellement mal vécu son éloignement du domicile familial que ce départ pour l'Asie ne les laissera pas en paix un seul instant, elle en a parfaitement conscience, mais que peut-elle y faire ?

Elle les adore, elle les bénit chaque jour pour l'amour qu'ils lui ont prodigué et ce qu'ils lui ont enseigné sur ses origines, mais elle ressent maintenant un besoin vital de prendre le large, de couper les ponts.

Ensuite, qu'y a-t-il encore ? Ses deux derniers petits amis n'étaient pas franchement à la hauteur. Il lui aura fallu à chaque fois quelques mois pour le comprendre. Elle a rompu, mais est revenue, ces derniers temps, sur ce qui restait de ces histoires d'amour avortées : les photos des jours heureux, les premières lettres reçues, et tout ce qu'elle avait bêtement conservé, tickets de cinémas où ils allaient davantage pour s'embrasser que pour regarder les films, cartes des restaurants où elle avait été invitée et les petites attentions dont elle avait été couverte comme un tube de rouge à lèvres, un flacon de vernis à ongles, une montre Swatch bas de gamme, un stylo à plume marrant acheté en grande surface, un CD d'un chanteur ringard, ou encore un petit cadre avec une image de chatons espiègles.

C'était pitoyable, elle en avait conscience, mais elle avait accumulé ces objets au fond d'un tiroir, sans doute comme l'évidence que d'autres pourraient compléter sa collection quand elle aurait trouvé la bonne personne avec qui partager sa vie. Ce n'était que de la superstition, Sandra le savait, mais elle n'avait rien jeté. Jusqu'à aujourd'hui.

Elle attrape les photos et les déchire. Puis c'est au tour des lettres et des cartes postales. Elle se dit à ce moment-là qu'elle a également quelques SMS et quelques mails à effacer de son téléphone et de son ordinateur. Elle vide le contenu du tiroir dans la poubelle de la cuisine, qu'elle descendra avant de quitter l'appartement, puis elle ouvre son mobile pour détruire les messages.

L'opération est rapide, il n'en sera pas de même sur le MacBook.

Elle a chaud. La température de la journée a très peu baissé. Sandra se déshabille avec l'intention de prendre une douche, mais quelque chose l'attire vers la terrasse, l'envie de sentir le vent tiède sur sa peau. Elle éteint la lumière, franchit la baie vitrée et rejoint, nue, le balcon. Personne ne peut l'apercevoir depuis le parking. Au-delà, le rideau d'arbres masque le chemin en contre-bas de la résidence. Ensuite, c'est la garrigue, un fatras de ronces et de végétation touffus, et plus loin, la colline boisée. Un vrai no man's land, le « djebel » comme l'appelle son père, personne ne pourrait la surprendre. Elle fait encore un pas et se colle contre la vitre du garde-fou. Elle se cambre et plaque son bassin sur le verre Securit.

Elle redresse la tête et ferme les yeux. Elle voudrait que le vent sèche la sueur qui inonde son corps. Le carrelage de la terrasse a déjà pris la fraîcheur du soir, elle la sent sous ses plantes de pieds. C'est comme un avant-goût des nuits asiatiques dont parlent ses auteurs préférés, Bodard, Hougron, Malraux, Maugham, Saul, Zweig… Il ne manque que les bruits et les odeurs. Elle aimerait se trouver encore à la Pagode, dans les parfums d'encens, contre le grand bouddha couché, à observer la nuit ensevelir un à un les bâtiments.

Encore deux jours et elle sera là-bas.

Elle sert, dans ses doigts, la balustrade et implique à son bassin un lent mouvement de bas en haut contre la vitre, essayant de contrôler les battements de son cœur. Elle est au bord de la jouissance. Elle doit réfréner l'envie de se laisser aller. Quand elle rouvre les yeux, il n'y a plus autour d'elle que l'écran opaque de la nuit. Elle est comme isolée au bord du monde.

Mais à cinq cents mètres à peine sa silhouette brille comme en plein jour dans le réticule de la lunette Vulcan à intensificateur d'image. Posté sur les hauteurs de la colline, l'homme la scrute depuis la tombée du crépuscule. Elle lui apparaît, dans sa nudité totale, auréolée d'une lumière verte comme en produisent les systèmes de vision nocturne que montent les militaires sur leurs fusils de précision.

L'homme détaille chaque partie de son corps. Sa gorge, ses épaules, ses bras, ses cuisses, son ventre, son sexe… Il la caresse du regard. Il touche enfin au but. Il est rassuré. Dans quelques heures, elle sera entre ses mains, elle sera à lui. Il réalisera la plus belle opération de sa carrière de prédateur. Rien ni personne ne pourra l'en empêcher.

Il n'a jamais tiré de cibles de cette nature. Elle sera le plus beau carton de sa longue carrière.

Obsession

Les photos envoyées par Tuan sont maintenant dans l'ordinateur. Derolle a mis autant de temps pour charger tous les dossiers que son ami pour les lui transmettre. Le PC a planté trois fois. Le commandant est d'assez mauvaise humeur.

Il se demande si le Viêt ne s'est pas foutu un peu de lui en le submergeant littéralement avec ses milliers d'images.

À la première lecture, la très grande majorité ne va rien lui apporter. Aucun des éléments qu'il recherche. Et d'ailleurs, que recherche-t-il exactement ?

Il a un cadavre sur les bras et un autre, il en est certain désormais, en train de pourrir quelque part en région parisienne. Leur point commun ? Avoir été les victimes d'un professionnel de la mise à mort. Pas par un sadique lambda, mais le genre de tueur débusqué quelques années plus tôt, à Arcachon, par son pote journaliste. Un ex-militaire des forces spéciales, comme tous ceux qui travaillaient pour la Triade chinoise, d'ailleurs.

Voilà ce qui l'a conduit vers les pratiquants du tir longue distance. Et Tuan peut dire ce qu'il veut, il peut s'étonner qu'il cherche une piste si loin du lieu où les meurtres ont été commis, les adeptes de cette discipline ne se trouvent que dans le Sud. Derolle l'a vérifié, ces gars-là ont peu de terrains de jeux en France, à part l'Auvergne, les Landes et le Var. Et le seul club constitué se trouve bien à Canjuers. Ailleurs, ce ne sont que des domaines de chasse qui organisent parfois des séances de tir sportif. Chercher à obtenir des fichiers des tireurs de passage ne mènerait nulle part. Si l'on considère que le tueur peut appartenir au monde des snipers, c'est donc parmi les copains du Viêt qu'il faut le chercher. Mais comment expliquer cela à Tuan sans tortiller, sans louvoyer ? Sans compromettre une amitié de quinze ans ?

Le souvenir de certaines conversations sur la bizarrerie, parfois, de ce petit monde très fermé, a fini par convaincre Derolle qu'il ne faisait pas fausse route. Ces discussions anciennes avec son ami ont fini par remonter à la surface et l'obséder.

Derolle se lève et file se faire un café, le onzième de la journée. Il en tremble. Il perçoit à présent très nettement les battements désordonnés de son cœur. Il est épuisé, mais ne veut rien lâcher. Pas encore. Il n'a pas passé de vraie nuit depuis des lustres. Que des moments d'assoupissement sur le canapé du salon, ou affalé devant sa table de travail, lorsque la fatigue ne lui permettait même plus de quitter sa chaise pour rejoindre le divan.

Derolle n'a plus conscience de l'heure. Il s'en moque. Il ne porte d'ailleurs même plus sa montre au poignet et ne regarde plus l'horloge de son ordinateur qui scintille en haut à droite de son écran.

Il a organisé les photos qu'il pense être les plus intéressantes. Trois dossiers. Des portraits de face ou de profil dans le premier, des plans américains sur lesquels on distingue les bras et les mains des tireurs dans le second, et des prises de vue plein pied de face, de profil ou de dos qui donnent une idée de la taille et de la corpulence des membres du club dans le troisième dossier.

Rien ne le relie à ses affaires, mais il s'entête. Malgré toutes les objections du capitaine Dessanges lorsqu'il lui a confié qu'il essayait de découvrir une correspondance entre un amateur de tir de précision et l'un des personnages des séquences vidéo du *darknet*. Son collègue a commencé par éclater de rire, puis il lui a clairement fait comprendre qu'il perdait son temps.

En attendant, Émilie Janson dort dans le casier réfrigéré de l'institut médico-légal et la petite Flora Calvès n'a pas refait surface.

Dans quelques heures, Émilie Janson va être enterrée et avec elle une partie de l'enquête. Quant à Flora Calvès, elle va se décomposer dans un endroit anonyme, livrée au ballet infernal des *calliphora* et des *lucilia* jusqu'à ce que le travail des bactéries et des sucs digestifs émis par les larves la liquéfie. Après le passage des coléoptères et des lépidoptères, les acariens se régaleront des dernières humeurs du corps. Puis les *aglossa caprealis*, ces vers immondes, termineront le festin. Il ne subsistera de la jeune fille qu'un tas d'os noircis qu'un promeneur découvrira sans doute un jour. Les tests ADN permettront de mettre un nom sur les restes. On obtiendra alors confirmation de sa mort, peut-être le *modus operandi*, mais on n'aura pas davantage d'éléments pour remonter la piste de l'assassin que pour Émilie Janson.

Derolle pense à ses filles. Il suffoque et se précipite vers la salle de bain. Le jet de bile éclabousse le lavabo et le mur autour. Il vomit toutes ses tasses de café jusqu'à ce qu'il n'ait plus rien à régurgiter, mais la douleur le plie en deux. Les contractions de son estomac le clouent au sol. La tête lui tourne. Il a mal au crâne comme jamais. Il a fermé les yeux.

Quelqu'un est entré dans la pièce derrière lui qu'il n'a pas entendu venir. Une main se pose sur son épaule.

Derolle glisse sur le sol et perd conscience.

Tuan

Léa ne parvient pas à contrôler le tremblement qui l'agite désormais toute entière. Comme si elle éprouvait subitement un froid intense.

Tuan s'est arrêté de parler. Il lit dans ses yeux une peur qui est allée croissant depuis qu'il lui détaille l'enquête de son ami Derolle. Léa est livide. Tuan n'imaginait pas une seconde que cette histoire l'effrayerait à ce point.

– Oh ! Remets-toi, ma belle, ça se passe à mille bornes de chez nous ! lui murmure-t-il doucement pour tenter de la calmer.

Rien n'y fait. L'angoisse la submerge. Elle ouvre la bouche sans parvenir à émettre un son, et Tuan s'en veut maintenant d'avoir abordé le sujet avec elle. Mais s'il l'a fait, c'est que lui aussi est préoccupé.

La dernière demande de Derolle l'a agacé, avant de l'inquiéter lorsqu'il s'est mis à y réfléchir plus avant. Car il a fini par comprendre la démarche de son ami. Ça aurait dû lui sauter aux yeux dès que Derolle l'avait interrogé la première fois sur les snipers, après lui avoir rapidement parlé de son enquête sur le meurtre de la jeune femme et des recherches qu'il effectuait sur Internet. Pour Derolle, c'était un *bis repetita placent* de la vieille affaire du bassin d'Arcachon dont ils avaient vaguement discuté à l'époque, juste avant que son ami ne détruise les éléments envoyés par le journaliste impliqué dans l'histoire. Tuan n'avait pas immédiatement repensé au tueur abattu en Birmanie. Il avait complètement oublié qu'il s'agissait d'un ancien des forces spéciales. À la place de Derolle, il aurait cherché dans la même direction. Cette évidence lui serre les intestins.

D'un coup, Tuan a l'impression de s'enfoncer dans un bain d'eau glacée. La vérité s'impose à lui, les Triades qu'on croyait démantelées ont repris du service, un nouveau tueur à gages a été recruté, lequel pourrait bien faire partie de sa petite bande. Puis il se ravise. C'est stupide, les salopards capables de commettre ce genre de crimes ne sont pas forcément issus des commandos. Chaque jour des meurtres épouvantables sont le fait de types totalement étrangers à ce milieu. Pourquoi faudrait-il nécessairement que l'assassin recherché par le commandant soit un ancien des services spéciaux ? Celui du bassin d'Arcachon n'était pas enregistré à la Fédération française de tir, qu'il sache ! Et même si les Triades chinoises manifestent un intérêt particulier pour ce profil, rien ne dit qu'elles auront sélectionné le dernier en date parmi les tireurs sportifs du coin.

Tuan cogite à toute allure, à s'en faire péter les méninges. Il cherche toutes les bonnes raisons pour se démarquer de la réflexion de son ami Derolle. Mais une petite voix continue à murmurer au fond de son crâne que cela reste, malgré tout, une hypothèse à considérer, et il en perd sa salive. Sa bouche est aussi sèche que celle d'un mort, ses traits sont crispés. Il faudrait qu'il se lève pour aller marcher un peu dans le jardin, pour respirer un grand coup, mais il en est incapable. Une force inconnue le retient sur sa chaise. Il n'a jamais éprouvé un tel degré d'abattement.

Ce sont les sanglots de son épouse qui le ramènent à la réalité.

– Pourquoi tu pleures, ma belle ?

Elle secoue la tête sans répondre. Il insiste et elle lui fait alors cette remarque qui va lui gâcher définitivement la soirée :

– Je pense à Sandra. Imagine qu'on s'en prenne à elle…

L’enquête

Derolle n’a pas reconnu tout de suite son épouse. Il s’assoit et se frotte l’arrière du crâne, sa chute lui a laissé une belle bosse.

– Qu’est-ce qui t’arrive ? interroge sa femme. Qu’est-ce que tu faisais au milieu de la salle de bain ? Tu as vomi ? Tu as une mine épouvantable, on dirait que tu as vu un fantôme…

Derolle se relève péniblement. Il regarde les éclaboussures de bile qu’il a laissées sur le carrelage, puis les ignore. C’est dégueulasse, mais il lavera toute cette merde plus tard.

– Je l’ai pas vu, je l’ai entendu…, articule-t-il d’une voix pâteuse.

– Tu as entendu quoi ?

– Le fantôme…

– Quoi ? Qu’est-ce que tu racontes ?

– J’ai entendu sa voix.

Sa femme l’aide à se redresser. Elle s’accroche à sa veste et le tire vers elle. Elle est aussi effarée qu’en colère.

– La voix de qui, mon Dieu ? Tu délires, Michel ! Tu es en train de passer de l’autre côté…

– Tu sais, mon pote journaliste, tué dans une embuscade à la frontière thaïlandaise, il y a six ans.

– Lui !

– Oui, lui…

– Mais, il est mort, je ne comprends rien à ton histoire.

– Il est mort, mais il est revenu et il ne me quitte plus.

Sa femme décide d'ignorer sa remarque. S'énerver ne servirait à rien dans l'état où se trouve son mari.

– Tu devrais prendre une douche et te reposer, lui dit-elle. Ça fait combien de temps que tu n'as pas dormi ?

Derolle écarte la proposition d'un geste las.

– Comment pourrais-je me coucher avec ce qui m'arrive ?

– Ce qui t'arrive ?

– L'enquête…

Sa femme plonge un gant sous le jet du robinet du lavabo et le lui passe sur le visage.

– Michel, tu es en train de te tuer au travail.

– Il faut que j'avance.

– Enfin ! Tu peux faire ton travail pendant les heures de bureau et le mettre de côté quand tu rentres à la maison…

– Impossible.

Le visage de sa femme se crispe. Elle ferme les yeux et écarte les narines pour respirer un grand bol d'air. La colère revient et elle doit se maîtriser, à tout prix.

– Si, c'est possible. C'est même ce que font tous tes collègues qui ont encore une vie sociale et familiale. Tu n'as pas oublié ?

– Je…

– Michel ! Je te demande si tu as oublié que tu as une famille.

Derolle se recroqueville, comme un malade confronté à ses terreurs intérieures. Il s'est dégagé des mains de son épouse et serre ses bras autour de sa poitrine en baissant le menton.

– T'as pas idée de ce que j'ai découvert, finit-il par articuler.

– Qu'importe. Tu ne peux pas continuer ainsi, tu t'enfonces. On s'en rend compte, avec les filles. Tu es là sans être là, tu ne nous adresses plus la parole, tu ne te laves plus, tu recommences à fumer, tu vides les bouteilles d'alcool et les pots de café… Tu as pris dix ans en quelques jours, Michel ! Regarde-toi dans le miroir, tu fais peur.

Derolle s'essuie le visage et rejoint le salon pour se rassoir devant l'ordinateur, son épouse sur les talons.

– Tu ne veux rien me dire ? insiste-t-elle.

– Te dire quoi ? soupire Derolle. Que j'ai sur les bras un cadavre de jeune fille sauvagement mutilée et une disparue certainement dans le même état ? Que ces filles ont fait l'objet d'une mise à mort abjecte soigneusement filmée pour que des tarés puissent s'en délecter ensuite ? Que cette enquête dérange ? Que je subis une pression inimaginable au bureau ? Et que cette saloperie me ramène des années en arrière vers mes propres fantômes ?

Sa femme s'agenouille devant lui, et lui attrape les mains pour les presser dans les siennes.

– Vas-y. Dis-moi tout. Libère-toi, ça te fera du bien.

Derolle la regarde, hésite, et finit par s'abandonner. Depuis leur rencontre, son épouse a toujours été son soutien le plus sûr. Amante, compagne et amie, elle lui a prodigué des conseils quand il en cherchait, du réconfort quand il en avait besoin, de l'espoir dans les moments de doute et de la tendresse dans les heures difficiles. Dévouée corps et âme à son conjoint, elle n'a jamais varié dans son attitude. Discrète quand il le fallait, présente quand la situation l'exigeait. Et aujourd'hui elle a compris que son mari perd pied.

– C'est ta hiérarchie, le plus difficile ?

Derolle esquisse un sourire désabusé :

– Non. J'ai déjà touché le fond avec ma patronne. C'est pas ça. Les problèmes hiérarchiques, j'en ai fait mon affaire depuis longtemps. C'est l'enquête. J'ai jamais vu un truc aussi pourri. Ça dépasse largement le cadre de la hiérarchie policière. Je mets les pieds là où mon pote a mis les siens autrefois et j'ai la trouille.

J'ai la trouille de ne pas rendre aux victimes la justice qu'elles méritent, et j'ai la trouille de découvrir la vérité aussi, parce que j'ai la trouille pour moi, pour toi et pour les filles. Voilà où j'en suis.

– Allez, reprends-toi. Raconte-moi calmement ce qui s'est passé et on examinera ensuite, ensemble, ce qu'il convient de faire.

Derolle rallume son PC.

– Il faut que je te montre une image. Sans quoi, tu n'aurais aucune idée de l'horreur de cette histoire. On pourrait en parler pendant des heures, mais si tu ne vois pas ce qui est arrivé, tu ne comprendrais pas, je suis désolé !

Alors, son épouse plisse les yeux, comme si elle voulait déjà se protéger de ce qu'elle s'apprête à regarder.

– Ce n'est pas joli, joli, s'excuse encore Derolle.

Il déplace le curseur de la souris sur l'écran jusqu'à un dossier estampillé de couleur rouge, puis clique deux fois, avant de répéter la manœuvre sur la première image contenue à l'intérieur.

– Voilà ce qu'on a découvert, l'autre matin, le long de l'A86, avec les gars de la BAC, murmure-t-il, tandis que la photo d'Émilie Janson tassée dans la poubelle s'affiche en grand format.

Sa femme a conservé une main dans les siennes, et il sent la pression s'accentuer brusquement. Elle le serre à lui broyer les doigts. Elle n'a pas dit un mot mais, quand il tourne la tête vers elle, il la découvre bouche bée, les yeux réduits à deux fentes, le visage devenu subitement blanc comme si tout le sang avait reflué d'un coup.

Puis il clique sur une autre image. Cette fois-ci, le cadavre est allongé sur la table métallique de l'institut médico-légal, inondé de la lumière crue du scialytique. La photo a été faite en plongée, à 90°. Émilie Janson apparaît dans sa nudité complète, offrant à l'objectif l'ensemble de ses blessures, la moitié de son visage ravagée par les coups, les marques noirâtres des liens aux poignets et aux chevilles, les membres fracturés, les multiples traces de brûlures sur la poitrine, et la bouillie de son sexe.

– Ça, c'est le début de l'enquête, annonce Derolle. Nous avons cette jeune morte, qui a été torturée de manière inouïe. Jusque-là, en dehors du caractère odieux des images, on pourrait se dire qu'il s'agit d'un crime particulièrement sadique et se lancer dans une enquête classique avec recherche d'ADN, de traces diverses et variées, empreintes de chaussures, de pneus, et que sais-je encore, sur le lieu où a été trouvé le corps. On pourrait chercher des objets abandonnés sur place, essayer de recueillir des témoignages. Pour nous mener, comme dans quatre-vingt pour cent des cas, dans une impasse. Sauf qu'il y a autre chose.

Derolle ouvre une troisième image. Une capture d'écran.

– Regarde bien, chérie. C'est une capture d'image d'une vidéo sur laquelle j'ai mis la main après des centaines d'heures de tâtonnements. Elle a été extraite d'un petit film trouvé sur un site porno.

On y voit Flora Calvès prise au piège dans la lumière des phares d'une voiture.

– Quel rapport avec la fille de la poubelle ? demande sa femme.

– Celle-là, c'est la disparue. Flora Calvès. Une étudiante en photographie, qui s'est volatilisée pas très loin de l'endroit où a été découvert le cadavre de la première. Elle a fait l'objet d'une petite vidéo à laquelle on accède assez facilement et qui n'est qu'un produit d'appel pour regarder la suite.

– Où ça ?

– Sur le *darknet*, la face cachée de la Toile. On y trouve tout ce qui est illégal, faux papiers, produits stupéfiants, armes de guerre et, je le sais désormais, des *snuff movies*. En général, ça renvoie à des comptes ultra sécurisés auxquels on accède à partir de certaines applications cryptées. Je n'ai pas encore découvert celle concernant la disparue, mais j'ai trouvé celle mettant en scène le meurtre de la gosse de la poubelle. Regarde !

Derolle ouvre la quatrième image, une autre capture d'écran. Émilie Janson apparaît, ficelée sur un chevalet comme l'Inquisition devait en utiliser au Moyen Âge, le visage tordu par la douleur.

– Tu la reconnais ?

L'épouse de Derolle inspire un grand coup.

– Et ça provient d'une vidéo ?

– Oui.

– On a filmé sa mort ?

– Oui.

– Tu l'as regardé ?

– Plusieurs fois ! Pour être certain qu'il s'agissait bien d'elle, mais, comme t'as pu le constater, il n'y a aucun doute. J'avais jamais vu de scènes d'une telle brutalité. L'assassin a enregistré sa mise à mort dans les moindres détails. Ça a duré presque une heure. C'est exactement ce qu'avait découvert mon pote, assassiné en Birmanie. Quand j'ai jeté le dossier qu'il m'avait envoyé, j'étais convaincu que le réseau criminel ne referait plus parler de lui. Malgré toutes les morts violentes qui avaient suivi, je pensais qu'il s'agissait seulement de protéger quelques personnes, mais que ce genre de meurtres ne recommencerait pas. Et puis, il y a eu cette gamine, Émilie Janson…

Derolle fait une pause dans son récit, puis reprend :

– Le pire est que je viens de comprendre qu'un autre de mes très bons copains détient peut-être la clé de l'énigme. J'ai découvert, au cours de l'enquête, que la victime avait été piégée par l'un de ses correspondants sur Facebook. Il se faisait appeler Arès. Et Arès, c'est un petit bled au creux du bassin d'Arcachon. C'est ça qui m'a mis sur la piste des *snuff movies*. Le lien avec la première affaire était trop évident. Or je me suis trompé. Je l'ai compris, y a quelques jours. Arès, dans la mythologie grecque, c'est le dieu de la Guerre. Le pseudo faisait donc référence non pas au bassin, mais à une personne appartenant au petit monde très fermé des anciens combattants d'exception…

– C'est quoi, un combattant d'exception ? demande sa femme.

– Le genre forces spéciales. Ce n'est pas seulement une hypothèse de travail, d'autres indices glanés sur le Net et le *darknet* m'incitent à penser que j'ai raison.

– Qu'est-ce que ton ami a à voir avec eux ?

– Lui-même est un ancien militaire. Parachutiste de haut niveau, sniper chevronné, il grenouille maintenant dans le milieu des adeptes sportifs du tir longue distance. Il les connaît presque tous, il surfe non-stop sur les forums d'anciens quand il ne tire pas, il y passe des heures. Complètement accro, le mec. Autant dire qu'il possède une somme d'infos incroyables qui, si elles étaient mises bout à bout intelligemment, me conduiraient sans doute à la personne que je recherche.

– Tu es sûr de toi ?

– Absolument. Je suis même certain que s'il avait travaillé sur la première affaire du bassin, à l'époque, il aurait permis de découvrir l'assassin avant le journaliste.

– Pourquoi ça n'a pas été le cas ?

– Sans doute parce que rien, au début, ne laissait supposer qu'on avait affaire à un ancien commando. Ni le procureur ni les policiers en charge du dossier n'ont pensé une seconde que leur serial killer pouvait appartenir à la Grande Muette. Comme si c'était juste inimaginable.

– Ça n'explique pas pourquoi tu crois qu'il faut toujours qu'il y ait un militaire derrière ces crimes ?

– Pas du tout, j'en fais pas une généralité.

– On dirait, pourtant.

– Non, je pense simplement que, face à des crimes exceptionnels, il faut rechercher des tueurs exceptionnels. Et puis, dans le cas de l'affaire d'Arcachon, il s'agissait bien d'un ancien commando. Je l'ai pas inventé…

– Et cette fois-ci, tu y crois encore ?

– J'en suis convaincu.

– Alors je suis d'accord avec toi.

– Ah ! Tu vois.

– Je ne suis pas d'accord pour cette dernière raison, mais pour ce que tu as dit auparavant, précise sa femme.

– Quoi ?

– Que tu vas t'exposer à de très gros problèmes.

La femme de Derolle se redresse ensuite pour aller se blottir dans le canapé. Son mari ne bouge pas. Il reste assis sur sa chaise, devant l'ordinateur, et continue de tripoter la souris.

– Qu'est-ce que tu vas faire, maintenant ? demande-t-elle.

– Il faudrait que je le rencontre.

– Qui ?

– Ben mon copain Tuan. Pour parler des forums de discussion, justement.

– Tu vas le convoquer ?

– Non, je peux pas. Ce serait à moi de me déplacer, et ça, c'est une autre paire de manches. J'obtiendrai jamais le feu vert de ma hiérarchie.

– Tu ne vas quand même pas y aller à tes frais !

– Je vais essayer d'en discuter avec lui par téléphone, mais c'est pas gagné. Il n'apprécie pas du tout le tour que prend l'enquête, il est comme tout le monde, il protège son institution…

– Tu m'as dit qu'il était à la retraite…

– C'est vrai, mais militaire un jour, militaire toujours, tu sais… Et puis, au fond, il n'y croit pas, il en est incapable, je peux pas lui en vouloir.

– Et ?

– Et je suis dans un cul-de-sac. Si j'insiste, je sens bien que je vais me brouiller avec lui, en même temps que…

La remarque reste en suspens. Derolle se retourne sur sa chaise et fixe sa femme.

– J'ai mis le doigt dans un engrenage infernal, ma chérie, reprend-il.

Des larmes apparaissent dans les yeux de sa femme.
– Laisse tomber, soupire-t-elle.
– Je peux pas. Je peux malheureusement pas.
– Pourquoi ?
– À cause du fantôme de mon pote.

Sandra

La réflexion de Léa lui a gelé le sang dans les veines. Tuan s'est toujours inquiété pour leur fille, mais sans que cette inquiétude revête un caractère particulier. Cette dernière a suivi le cours des âges de Sandra et tout ce qui pouvait la menacer de l'enfance à l'adolescence, les accidents ménagers, les coups de froid, les dangers de la circulation, puis les garçons, les mauvaises fréquentations plus tard avec leur corollaire obligé, l'alcool et la drogue… Tout ce qui constituait les accidents de parcours ordinaires de l'évolution de leurs rejetons que n'importe quels parents connaissaient.

Tuan a toujours veillé au grain, sans doute davantage pour réfréner l'angoisse qui le rongeait que pour éviter à sa fille des problèmes, dans la mesure où son existence hyper protégée la mettait de fait à l'abri du moindre rhume comme de la plus ordinaire des expériences malheureuses de la jeunesse.

Lorsque Sandra avait pris son indépendance, ses craintes s'étaient précisées. Tuan s'était mis à avoir peur qu'on lui fasse du mal, mais sans vraiment imaginer quelles formes pourraient prendre ces agressions. Jamais il n'avait envisagé qu'on puisse attenter à son intégrité physique en la transformant en un simple objet de plaisir sexuel pour déviants. Il y avait une frontière que son imagination se refusait à franchir. Sa fille chérie ne pouvait se retrouver au centre d'un de ces faits divers monstrueux. Le système de surveillance qu'il avait installé chez elle aurait dû le rassurer.

Ce n'était plus le cas.

Les paroles de Léa le tétanisent. Il repense au récit de Derolle et visualise pour la première fois la scène de meurtre décrite par le policier. Être au mauvais endroit, au mauvais moment, se répète-t-il. Qu'est-ce qui empêcherait Sandra de croiser un jour la route du tueur ? Le fait de vivre à mille kilomètres de l'endroit où l'horreur s'est produite ? Pas suffisant pour se rassurer, se dit-il. Si, comme Derolle le croit, le tueur se déplace, il pourrait tout aussi bien tuer demain à Bordeaux, à Marseille, à Lille qu'à Fréjus.

Tuan attrape son portable.

– Tu appelles Sandra ? demande Léa.

– Je ne comprends pas pourquoi elle ne veut pas passer les deux derniers jours avec nous.

– Insiste !

– Je vais essayer.

– Dis-lui…

– Quoi ?

– Dis-lui que ça nous ferait tellement plaisir de l'avoir rien que pour nous avant son départ.

– Elle dit qu'elle ne peut pas, annonce Tuan, la voix lasse, en raccrochant.

– Elle ne peut pas pourquoi ? s'étonne Léa.

– Elle dit qu'elle n'a rien préparé encore. Qu'elle va passer des heures à réunir sa doc. Que…

– C'est sérieux, ça ?

– Que veux-tu que je te réponde, ma belle ? J'ai encore essayé et elle a refusé.

– Tu n'as pas assez insisté.

– Bien sûr que si, tu as entendu, mais elle ne veut pas. Je le regrette, mais on en est là. Elle passera nous embrasser avant d'aller à l'aéroport.

Obsession

La femme de Derolle a compris que rien ne le ferait changer d'avis. Il a son métier dans la peau. L'affaire d'Arcachon n'aura été qu'une parenthèse malheureuse, plus rien ne l'empêchera d'accomplir son devoir, quels qu'en soient les risques.

Elle sèche ses larmes avec le revers de sa manche et quitte la pièce. Inutile de torturer davantage son mari. Lui soutirer d'autres souvenirs et d'autres regrets ne ferait que compliquer son travail.

Elle lui jette un dernier regard avant de refermer la porte du salon, il est déjà penché sur son dossier.

Derolle a dans les mains trois captures d'écran, trois photos sélectionnées parmi les milliers transmises par Tuan. Chacune représente un tireur photographié de face, debout devant sa cible. Tous trois ont approximativement la même taille, moyenne, la même corpulence, tout en muscles. Seul leur âge diffère. Deux sont des seniors, le troisième semble beaucoup plus jeune, sans doute dans la trentaine. Il étale les tirages devant lui et compose le numéro de Tuan sur son portable en se demandant si ça va encore sonner dans le vide, comme les deux derniers jours, et s'il se décidera, ou non, cette fois-ci à laisser un message au Viêt. Mais, contre toute attente, son ami décroche.

Derolle perçoit aussitôt dans sa voix un timbre différent. Ce n'est plus le ton excédé qu'employait son ami. Il y a comme une résignation. Comme s'il attendait ce coup de fil.

Mais Derolle veut agir en douceur, ne surtout pas fâcher Tuan.

– Je sais trop bien ce que tu penses et j'en suis navré, mais j'ai encore besoin d'éclaircissements.

– Ça va.

– Écoute-moi jusqu'au bout. Surtout ne raccroche pas…

– Ça va, je te dis. Je ne vais pas me défiler.

– T'es prêt à tout entendre ?

– Tout ? Je sais pas. J'ai pas mal réfléchi, ces dernières heures.

– T'es pas en colère contre moi ?

– Si, mais je vais faire avec. Malheureusement ta démarche n'est pas aussi conne que je le pensais. Même si j'espère de tout mon cœur que tu fais fausse route.

– Qu'est-ce qui t'a fait changer d'avis ?

– Ça, mon gars, ça dépendra de tes questions.

– Je ne te suis pas…

– On verra bien si tes questions recoupent les miennes…

– Vas-y, dis-moi…

Immédiatement, le ton de Tuan devient plus dur :

– Alors là, non ! C'est pas moi qui mène l'enquête. Soit tu lèves le même lièvre que celui auquel je pense et je te déballe ce que je sais et tout ce qui me trotte dans la tête, soit c'est pas le cas et on en reste là.

– Bon. Dis-moi qui, parmi tes adhérents, militaire d'active ou à la retraite, a été engagé au feu.

– Sans blague ! C'est ça que tu veux savoir ?

– Commençons par là.

Tuan se racle la gorge.

– Pour ce que j'en sais, il y a une grosse vingtaine d'anciens militaires parmi nous et cinq ou six qui portent encore l'uniforme qui correspondent à ce profil.

– Des gars qui se sont battus ?

– Ouais. On n'est plus dans les années 1970 où on branlait le mammouth. Rien qu'en Afghanistan, c'est plus de trente mille gars qui y sont allés, et je dois être loin du compte.

– Parmi tes mecs, combien qui ont été snipers ?

– Quasiment tous.

– Tu peux être plus précis ?

– Écoute, tous ont eu une formation de tireur d'élite. Les plus vieux sur le FRF1, les plus jeunes sur le FRF2 ou sur du matériel américain récemment. Ils viennent tous d'unités d'élite qui n'ont pas chômé.

Une fraction de seconde, Derolle se dit qu'il n'aura pas de réponse satisfaisante. Il étouffe un juron et cela s'entend à l'autre bout du fil.

– Allez, dis-moi ce que t'as en tête, continue Tuan. Pas la peine de prendre des gants. Je crois qu'on est maintenant sur la même longueur d'ondes.

– Qui, parmi tous ces types, a effectivement joué le rôle de nettoyeur ? Opérations commando, opérations spéciales, tu vois ?

Tuan laisse s'installer un silence, puis livre à Derolle le fruit d'une réflexion personnelle qui l'agite depuis le début de la soirée :

– J'ai déjà fait le compte, figure-toi. Il y a six anciens et un des jeunes qui nous a rejoints il y a trois ans. Celui-là, on le voit rarement. Quand il n'est pas en mission et qu'il a une perm', il vient s'entraîner avec les nouveaux calibres en 6 millimètres. C'est un ours, trente ans, célibataire, tireur hors pair qui sert au 1er RPIMa de Bayonne, un de nos meilleurs régiments. Les vieux ont servi au 8, au 13, au 1er aussi. Et un autre chez les rosbifs. Les Français ont été de toutes les opérations en Afrique et au Moyen-Orient. Un a bourlingué en ex-Yougo et en Afghanistan, au début de l'intervention. L'Anglais a fait ses classes en Irlande du Nord, tardivement, autant que je sache, puis il a fait la guerre du Golfe, également la Bosnie, l'Afghanistan et le début de l'Irak. Voilà ce dont je suis sûr. Mais il y en peut-être d'autres dont les CV m'échappent.

– Physiquement, à quoi ils ressemblent ?

– Comme toi et moi...

– T'es con !

– C'est ta question qu'est conne. Que veux-tu que je te dise ? Le gars d'active, c'est une grande perche, assez maigre, excellent sportif qui fonctionne sur les nerfs. Les autres, ils accusent leur âge.

– C'est à dire ?

– Ils sont dans la cinquantaine ou la soixantaine. Voire plus pour l'un d'entre eux.

– Les plus vieux, comment sont-ils, grands, forts, petits, costauds ?

– Taille moyenne, d'anciennes forces de la nature qui ont conservé de beaux restes. Tu sais, chez les paras ou dans les forces spéciales, à part les Wallisiens, on a toujours eu tendance à recruter entre 1 mètre 70 et 1 mètre 75. Question de poids et d'encombrement dans les avions et dans les véhicules. Voilà, les miens n'ont pas échappé à la règle.

– Psychologiquement, tu dirais quoi de tes vétérans ?

La question fait tousser Tuan. Il espérait qu'elle ne vienne pas, mais Derolle l'a posée. Rapidement, Tuan fait défiler devant ses yeux les visages des tireurs dont il vient de parler.

Les trois anciens du 13e RDP sont de braves gars qui ne chercheraient querelle à personne. Leur passé militaire est derrière eux. Ils en parlent d'ailleurs rarement. Ils ont fait leur taf, autrefois, point barre. Maintenant, ils se consacrent à leurs enfants et leurs petits-enfants et, quand ils ont le temps, ils viennent au club saluer les copains et faire quelques trous dans des cibles en carton. Ensuite, il y a Marini. Pierre Marini, son ami de jeunesse avec qui il a effectué toute sa carrière. Un bon vivant, adorable, toujours prêt à rendre service, qui se pointe chaque fois avec une histoire drôle et sans lequel le club de tir fonctionnerait sur trois pattes. Comme pour lui, l'armée a été sa famille. Il le connaît par cœur. C'est comme un frère jumeau. Puis, il y a Octave, l'ancien légionnaire. Octave comment déjà ? Il n'arrive jamais à retenir son blase. Un nom basque à coucher dehors. Celui-là, c'est un psychorigide égocentré, misogyne, complètement replié sur lui-même, complètement mutique. Bonjour, bonsoir, rien d'autre, un peu comme le jeunot du 1er. Toujours seul, un mec qui n'a jamais partagé un repas ni un verre avec les autres, qui n'a d'intérêt que pour ses armes. À se demander pourquoi il est encore là. À une époque, le médecin avait préconisé de ne pas lui reconduire sa licence, mais ses états de service exceptionnels avaient eu raison de l'avis défavorable émis par Natacha. Il s'était dit qu'elle avait seulement voulu le punir de ne pas aimer les femmes et on en était resté là. Le président du club avait arrangé l'affaire. Tuan, aussi, avait plaidé pour qu'on ne le vire pas. Par esprit de corps ou pour garder un œil sur ce vieux soldat qui partait à la dérive, il ne savait plus trop… Enfin, il y a l'Anglais, cet emmerdeur de Willy. Encore un cas, celui-là ! Bref, que dire à Derolle ?

– Alors ? s'impatiente le commandant.

Tuan ne sait plus quoi répondre. Il se débat comme un gosse empêtré dans ses mensonges. Il redoute les conséquences de ce qu'il pourrait dire, comme si le fait de parler pouvait tout à coup faire apparaître le personnage que recherche Derolle. Il le voudrait et le redoute à la fois.

– Ce sont des mecs merveilleux, tu sais. Des sacrés mecs, vraiment des sacrés mecs.

– Tous ? insiste Derolle.

– Affirmatif, tous. Ils ont eu des parcours hors du commun. Ils n'ont jamais fait de problèmes, ici.

– Ah ! fait Derolle d'une voix songeuse. J'ai entre les mains trois photos que tu m'as envoyées. J'aimerais que tu me brosses rapidement un portrait complet des gars. Je te donne les numéros des images : IMG_0236, IMG_4525 et IMG_7893.

Tuan soupire :

– Il faut que j'allume l'ordinateur et que je les retrouve. Ça va prendre un moment.

– Fais-le, s'il te plaît.

Sue

Dans la salle de bain de la chambre de son hôtel, Sue (enregistrée comme Brenda Madisson, quarante-quatre ans, née à Londres, selon son faux passeport) finit de rassembler ses tubes et ses poudres pour refaire son maquillage. Elle a encore une heure devant elle. Le boss attend son compte rendu pour la fin de la soirée. Elle a localisé sur Google Maps l'endroit où vit la cible. Un bus y mène direct, à peine une demi-heure de trajet. Elle aura ensuite largement le temps de repérer les lieux pour que sa mission soit accomplie au quart de poil. Une fois de plus, ce que lui demande John relève d'un véritable scénario de polar américain.

Elle penche sa tête en arrière, ferme les yeux et prend une large inspiration. Un jour, c'est sûr, il exigera d'elle l'impossible. Comment gérera-t-elle alors la situation ? On ne peut rien refuser à John, c'est là le problème.

Sa perruque, de travers sur son crâne, le blush sur les joues et le rose sur la pointe du nez, qu'elle vient d'étaler grossièrement, lui font une mine de clown triste. Sue contemple un instant son reflet dans le miroir et essaie de lire ce que ses yeux renvoient. Elle regarderait le lac du Lough Neagh, ce ne serait pas moins sombre ni moins mystérieux. Un élément liquide, ombreux et mélancolique, qui décourage toute tentative d'approche. Les jours où elle n'a pas envie de faire d'efforts, son regard clouerait sur place n'importe quel Samaritain. On n'y perçoit qu'une chose : sa détestation du monde et la fureur qui bout en elle.

Aujourd'hui, elle voudrait nucléariser la planète. Elle aimerait que toute présence humaine et animale soit effacée de la surface terrestre. Rien ne la retient à la vie. Pas même l'idée qu'une nouvelle créature, ordinaire et stupide, va trépasser entre les mains du boss. Au-delà du scénario prévu pour la capturer, elle ne sait d'ailleurs rien de ce qu'il lui fera subir. Exceptionnellement, elle n'y assistera pas.

Sue termine de se grimer et revient dans la chambre. Elle ouvre son sac et vérifie une nouvelle fois que son petit Smith & Wesson est bien chargé à blanc. Il n'y a que John pour avoir ce genre d'idée, mais la réflexion ne la fait pas sourire. Elle est lasse, dégoûtée. Avec de vraies munitions, elle aurait pu le tuer, et s'enfuir avec la fille.

Elle y pense seulement maintenant et hausse les épaules. Au fond d'elle-même, elle sait bien qu'elle ne tirerait jamais sur John.

A-t-on jamais vu quelqu'un essayer de tuer la mort ?

Suspects

Tuan regarde les photos dont Derolle lui a communiqué les numéros. Ce qu'il redoutait est arrivé. Il a sous les yeux les trois tireurs les plus insaisissables du club, le sergent de Bayonne, le taré d'Octave et l'emmerdeur de Willy. Pourquoi Derolle s'est-il fixé sur eux ? Les gars ne livrent rien sur les images. Pas un trait de caractère, pas un sentiment. Ils sont inexpressifs, neutres. Qu'est-ce qui a bien pu conduire le policier vers eux ? Qu'est-ce qu'il sait que lui, Tuan, ignore encore ? En même temps, il ne peut y avoir trois personnes concernées par l'enquête de Derolle. Tuan cherche à se rassurer mais plus il gamberge, plus il s'inquiète. Il voudrait appeler sa fille. Il voudrait vraiment que Sandra vienne dormir chez eux les deux dernières nuits avant son départ.

Sa femme, qui ne l'a pas quitté des yeux pendant qu'il fouillait l'ordinateur, fixe maintenant les photos.

– Qui sont ces hommes ? demande-t-elle.

Tuan hausse les épaules.

– Trois membres du club.

– C'est ton ami policier qui veut des renseignements sur eux ?

Tuan acquiesce. Il aurait aimé inventer une histoire pour rassurer son épouse, et se rassurer lui-même, mais il est sec. Rien ne sort. Il a du mal à déglutir. Il s'enfonce tout éveillé dans un cauchemar dont il sait déjà qu'il lui gâchera la vie pour des années. Si l'un de ses tireurs était mêlé de près ou de loin à l'enquête, le scandale l'éclabousserait, le commandement militaire ne pardonnerait pas. Lui et ses amis n'auraient plus jamais accès aux polygones de tir de Canjuers. Le club serait fermé. Qu'est-ce qu'il ferait de sa vie si, du jour au lendemain, on le privait de la seule chose qui le passionne ? Il faut qu'il gagne du temps.

Émilie

C'est toujours le même costume noir, élimé, légèrement trop étroit désormais, que Derolle enfile pour les grandes occasions. Il le sort de la penderie, le pose sur son lit, et attrape la seule cravate sombre qu'il possède. Une sorte de pelle à tarte des années soixante-dix héritée de son père. C'est un camaïeu vert fait de motifs floraux entrelacés. La note générale est plutôt grise, ça ira donc parfaitement pour la cérémonie funèbre.

Derolle a mal dormi. Il s'est interrogé une partie de la nuit sur l'opportunité d'être présent à l'église, puis a fini par y renoncer. Ce n'est pas là qu'il aura une chance d'apprendre quelque chose. Telles qu'ont été organisées les funérailles d'Émilie Janson, ce sera le cercle familial qui assistera à la messe. Les parents, deux oncles et une tante, le dernier des grands-parents encore de ce monde, et cinq ou six amis proches de la victime, ses meilleurs copains et copines de l'École du Louvre. Une poignée de gens pour remplir la basilique Notre-Dame-des-Victoires, mais ce n'est pas là que Derolle attend un coup de théâtre. Sa longue expérience lui a appris qu'il ne se passait jamais rien dans les édifices religieux. Les cimetières, en revanche, sont propices aux découvertes inattendues. À l'apparition de personnes inattendues.

Et il espère que l'enterrement de la jeune fille ne fera pas exception à la règle.

Le faire-part indique que l'inhumation aura lieu à côté de Paris, dans le caveau familial de Lizy-sur-Ourcq, en Seine-et-Marne. Ça fait tout de même presque soixante-dix kilomètres, Derolle consulte sa montre, il faut se presser. Il veut arriver sur place avant tout le monde, histoire de faire tranquillement un petit tour entre les tombes pour jalonner l'environnement et repérer la moindre présence suspecte. Avant ça, il photographiera les plaques de chaque voiture garée à proximité du cimetière pour les transmettre au fichier concerné, on ne sait jamais. Les entrées du parc mortuaire sont équipées de caméra de surveillance et il a déjà demandé qu'on lui transmette les bandes vidéo en fin de journée. Il n'est pas dit que l'assassin se pointe pas après l'enterrement, une fois la famille repartie chez elle, ça s'est déjà vu.

Comme d'habitude, il a été incapable d'ajuster correctement sa cravate. Elle est trop longue et pend lamentablement devant la braguette de son pantalon. Il essaie de boutonner sa veste, mais l'épaisseur de son holster n'arrange pas l'affaire.

La deuxième tentative est pire encore. Trop court, le nœud a transformé la cravate en bavoir.

Derolle jure. Il ne va tout de même pas se présenter devant les parents attifé comme l'inspecteur Colombo ! Et avec ses chaussures qui n'ont pas vu de cirage depuis des lustres, la journée commence mal. Il dénoue sa cravate une deuxième fois et la jette sur le lit. Après tout, le costume noir et la chemise blanche, col ouvert, iront très bien si ses mocassins brillent à nouveau. Il fouille dans le dressing et finit par trouver une vieille boîte de Baranne incolore.

Maintenant, il faut qu'il répète ce qu'il dira aux parents. Il va falloir trouver les mots pour… dans quel but, d'ailleurs ? Apaiser leur colère ? Les consoler ? Leur dire d'être patients ? Les convaincre de garder foi en la police de leur pays ? Les assurer que justice leur sera rendue ? Et tout ça devant le cercueil de leur fille !

Heureusement qu'il reste la religion !

RC4

Pour la vingtième fois, Sandra relit la page d'histoire qui aura eu raison du sort de l'Indochine française, le drame qui se joua dans les premiers jours d'octobre 1950, à la frontière de la Chine, le long de la route coloniale numéro 4, entre les petites villes de Lang Son et de Cao Bang. Le massacre par les troupes vietminh des colonnes Charton et Lepage composées pourtant des meilleurs soldats du corps expéditionnaire. Des centaines de tués, de disparus et de prisonniers. Et au milieu de ce désastre, quelques miraculés parvenus à s'extraire du piège infernal tendu par les rebelles. Un fait d'armes incroyable, inimaginable dans la confusion de la bataille que son grand-père vécut à la tête de sa section de goumiers du 11e Tabor.

Elle suit du doigt sur la carte le périple des soldats : Dong Dang, Na Cham, Déo Cat, That Khe, Lung Phaï, Napa, Nam Nang, Na Keo et la souricière de Coc Xa…

Les rares photos de la tragédie montrent des postes détruits, des villages en flammes et des reliefs chaotiques noyés sous une mousson diluvienne, écrasés sous un ciel bas et uniformément gris, et des soldats exténués, en loques.

Des cinq mille hommes engagés dans l'opération « Thérèse », trois mille n'en reviendront pas. Ce n'était pas la guerre, avait noté son grand-père dans son carnet de marche, c'était une boucherie inconnue jusqu'alors, rien de comparable avec la campagne d'Italie et celle de France.

Sandra a entouré en rouge les lieux-dits Lung Phaï, Coc Xa et That Khe. C'est là qu'elle emmènera plus tard ses touristes. C'est là qu'elle passera quelques jours pour préparer les visites. Les images actuelles de ces endroits trouvées sur Internet tranchent avec les vieilles photos. Le ciel est bleu, il y a du soleil, des paysans souriants devant leurs paillotes. Tout est propre et lisse, enchanteur presque. Mais derrière ces cartes postales idylliques, elle connaît dans le moindre détail le drame qui s'est déroulé pendant une longue semaine d'octobre 1950.

Il n'y a qu'une chose qu'elle n'arrive pas à se représenter : le désarroi des soldats devant la mort. La peur animale qu'ils ont dû éprouver à l'instant d'être tués. Leurs dernières pensées devant les bouches des fusils. Les armes lui ont toujours fait peur. Elle n'a jamais compris le culte que son père leur voue.

Contrairement à lui, elle n'a jamais cru au grand soir, à la révolution qui approche, à la catastrophe annoncée. Son obsession pour la sécurité l'a toujours effrayée. Les centaines de litres d'eau et de boîtes de conserve dans le garage, les milliers de cartouches stockées dans la cave et ailleurs, avec d'autres armes encore..
Au fil des années a crû, dès lors qu'elle a été assez grande pour comprendre, une angoisse dont elle ne s'est jamais dessaisie. Elle a vu son père s'enfermer dans sa marotte, accumuler les denrées, les fusils et les munitions, les matériels de transmission et de surveillance. Elle l'a vu couper les ponts avec une partie de la famille, se lier avec de nouvelles personnes plongées dans les mêmes délires. Parfois, elle a assisté à leurs réunions et aux conversations anxiogènes qui pouvaient les tenir éveillés des nuits entières. Comme sa mère, elle a été le témoin de cette dérive et de cette radicalisation sans parvenir à la canaliser. Elle n'a pu qu'évi-

ter de se laisser entraîner elle-même. Quand son père a décidé d'installer chez elle un mouchard, elle a compris qu'il venait de franchir un cap irréversible. Même si l'impression désagréable d'avoir été épiée et suivie depuis des jours l'avait effrayée, ça ne valait pas de la mettre sous surveillance, mais elle a accepté pour ne pas créer davantage de problèmes. Et parce qu'il y avait des émotions que rien ne pouvait effacer : son amour et sa fascination pour lui, aussi bizarre qu'il était devenu.

Ce qui les unissait était plus fort encore que le lien maternel. Il l'avait fait grandir, l'avait guidée dans ses premiers pas, lui avait tiré ses premiers mots, lui avait offert ses premiers jouets. Il lui avait raconté ses premières histoires, lui avait fait apprécier la vie. Il lui avait tout enseigné, l'alphabet, l'écriture, la géographie, les maths, l'histoire... C'est à lui qu'elle devait ce qu'elle savait. Bien plus qu'à l'école. Il lui avait fait lire ses premiers romans, il lui avait fait découvrir ses premiers héros, il avait modelé son ADN. Avec lui, elle avait étudié l'arbre généalogique de la famille, elle s'était promenée à travers les siècles, les régions et les pays, et quoi qu'elle en pense aujourd'hui il avait fait d'elle une magnifique jeune fille, saine, sportive, cultivée et aventureuse. Sans lui, elle ne s'apprêterait pas à vivre cette expérience vietnamienne qu'elle pressentait comme le point de départ d'une existence hors du commun.

Pourtant, elle vient de refuser de passer les deux dernières nuits chez ses parents.

Quand son père lui a téléphoné pour lui faire part de l'inquiétude qui les rongeait, sa mère et lui, elle en a ri. Mais elle est en colère. C'est comme si son père venait lui gâcher son départ, son envol. Quand elle lui a demandé la raison de cette anxiété, il a vaguement évoqué des faits extrêmement graves liés à l'enquête d'un ami policier parisien sans donner plus de détails. C'était absurde et incompréhensible, elle a promis de rappeler le lendemain et a raccroché brutalement.

Elle aimerait être déjà le lendemain soir, à la veille de son embarquement pour Hanoi, tant elle sent que les heures qui vont suivre seront compliquées. Sa valise est faite. Ses bouquins et ses cartes sont rangés. La prochaine journée sera longue, mais elle résistera et ne retournera pas chez ses parents. Elle fera la sieste, appellera quelques copines, fouillera encore le Web à la recherche d'informations de dernière minute sur son prochain périple. Demain soir, elle passera un coup de fil à ses parents pour les embrasser et les rassurer, puis elle mettra son réveil sur 5 heures du matin. C'est certain, elle ne fermera pas l'œil de la nuit, bien trop excitée à l'idée de s'envoler enfin vers son deuxième pays mythique.

Elle range son dossier sur l'épopée de la RC4 et va dans la cuisine se préparer un bol de riz allongé d'un bouillon de bœuf à la sauce sucré-salé. Elle sourit. Dans deux jours, ce sera sur les trottoirs d'Hanoi qu'elle dégustera cette cuisine à laquelle l'a initiée son père. Pho, rouleaux de printemps, poulet à la citronnelle… Elle goûtera à tout. Elle s'en remplira l'estomac. Elle ne s'imposera aucune limite.

Tout ce qu'a vécu son grand-père, elle l'essaiera. Tout sauf la guerre, évidemment, tout sauf la fureur des armes, tout sauf le sang et les larmes.

Heureusement, les temps ont changé. Elle a la chance d'être une fille de son siècle. Une époque de paix, de découvertes et de plaisirs.

Derolle

Il fallait s'y attendre, la route pour Lizy-sur-Ourcq est un calvaire. À cette heure, la voie express est bouchée dans les deux sens. Les véhicules avancent au pas. Derolle tape nerveusement sur son volant. Si la circulation ne se débloque pas d'ici un quart d'heure, il arrivera en retard à la cérémonie. Or, il sait d'expérience que les entreprises funéraires et les familles sont toujours ponctuelles. À croire que les uns et les autres sont pressés de se débarrasser des morts, alors que ces derniers seraient peut-être assez satisfaits de profiter encore un peu de la chaleur et des bruits de la vie. Qui ne voudrait pas rabioter un peu sur l'heure d'aller dans le trou, bordel ? se demande Derolle. Même la petite Émilie Janson, même dans l'état où son assassin l'a abandonnée. Si on lui demandait de refaire un dernier tour de piste avant de plonger définitivement dans le noir absolu, évidemment qu'elle accepterait. Mais, si ça se trouve, elle est déjà à la porte du cimetière.

Derolle s'impatiente. Les parents ont fixé rendez-vous à la famille à midi précise et le GPS indique une heure d'arrivée à peine un quart d'heure plus tôt. Il n'aura pas le temps d'effectuer son tour d'horizon. Il va débouler en même temps que les oncles et les tantes, les anciens amis de la morte, les anciens collègues des parents, c'est vraiment la merde.

Alors, il lui reste à faire ce qu'il aurait voulu éviter : sortir le gyrophare et mettre la sirène.

En approchant de Lizy-sur-Ourcq, l'horizon s'obscurcit d'un coup. De véritables rideaux d'eau dégringolent du ciel. Il ne manquait plus que ça ! marmonne Derolle, les mains crispées sur le volant. C'est une mauvaise pluie d'été qui noie tout aux alentours. Au-delà de vingt mètres, Derolle ne distingue plus rien. Un vrai temps de chien.

Les automobilistes avancent désormais au pas ; lui file toujours aussi vite sur la bande d'arrêt d'urgence. Dans dix minutes, il devrait parvenir au cimetière. Il ne doit surtout pas penser à la jeune fille qui attend dans son cercueil d'être mise en terre. Le souvenir de la morte, nue sur la table de dissection, revient régulièrement. Ça s'intercale avec les images découvertes sur la Toile. Ça ne le quitte pas. Ça lui a collé une boule dans l'estomac dont il ne parvient pas à se débarrasser. L'idée que toute cette merde pourrait se terminer dans cette grisaille lui arrache un soupir qui ressemble à une plainte. Cette histoire est trop épouvantable. Il lui faut évacuer la vision morbide du corps d'Émilie Janson coincé entre quatre planches. Il doit décompresser et réussir à se détacher de ces scènes macabres. Alors, seulement, il sera en mesure de continuer à travailler, de regarder autour de lui, de chercher et de trouver de nouveaux éléments pour faire avancer l'enquête.

Il est midi quand Derolle aperçoit enfin le cimetière planté au milieu des barres de HLM qui ajoutent au cafard de l'endroit. Trois voitures attendent sur le parking. Une nappe de gaz rampant au ras du sol indique que les occupants ont conservé leurs moteurs allumés. Comme si cette journée n'était pas assez pourrie, il a fallu que le froid s'invite. La température n'a cessé de chuter depuis le matin. On se croirait maintenant en automne.

Le seul élément positif est l'absence de convoi funéraire. À première vue, celui-ci n'est pas encore arrivé. Derolle, qui a rangé son gyrophare et éteint la sirène, traverse au ralenti l'aire de stationnement et remonte vers le nord pour garer son véhicule loin des autres. Il reviendra à pied, planqué sous son parapluie. Ça lui permettra de débouler incognito au milieu de la famille et des curieux réunis pour l'enterrement.

Mais la pluie persistante a confiné tout le monde dans les voitures. Derolle n'a plus qu'à attendre dans la sienne que le corbillard se présente avant de se risquer à affronter les éléments. L'idée que l'assassin puisse se trouver sur les lieux l'a quitté. Quel connard se risquerait sous ce déluge, au milieu d'une foule réduite au minimum, pour assister à la mise en terre de sa victime ? Plus il y réfléchit, plus il se convainc que c'est impossible et qu'il est sans doute venu pour rien.

Tout à coup lui revient en mémoire l'enterrement de son copain journaliste auquel il avait assisté de loin, planqué derrière ses jumelles. La même pluie battante, le même désert, la même ambiance à couper au couteau. Il voudrait s'extraire de cette réminiscence, mais les images s'imposent. Il sort de sa voiture, remonte le col de sa veste, ouvre un minuscule parapluie et pénètre dans le cimetière par la porte haute.

C'est l'arrivée du corbillard qui lui indique où va se dérouler l'inhumation. La voiture précède une demi-douzaine de personnes que Derolle distingue recroquevillées sur elles-mêmes pour tenter d'échapper à la pluie qui redouble de violence.

Dans la plus stricte intimité… La phrase jaillit dans sa tête et s'impose dans son esprit. Qu'est-ce qui pourrait être plus intime que ces dix ou douze personnes se traînant derrière les vitres opaques du véhicule mortuaire ? Comment une jeune fille peut-elle arriver au seuil de sa dernière demeure avec si peu de gens pour l'accompagner ?

Derolle vient de repérer son père et sa mère à la suite du prêtre. Derrière eux, deux femmes, qui semblent également âgées, leur ont emboîté le pas. Puis trois jeunes gens, et les employés des pompes funèbres. Il a beau fouiller du regard le reste du cimetière, personne d'autre n'est venu. C'est sûr, maintenant, que la cérémonie ne s'éternisera pas. Il va attendre qu'on sorte le cercueil du fourgon, puis il se rapprochera des parents, leur présentera une nouvelle fois ses condoléances et essaiera de les rassurer sur la progression de l'enquête.

Mais plus il y pense, plus il se sent au fond d'un long tunnel plongé dans l'obscurité. Il cherche une lumière, et celles qui se sont allumées clignotent faiblement avant de s'éteindre dès qu'il essaie de s'en rapprocher. C'est un calvaire. Comment expliquer cela au père et à la mère de la gamine ?

Le petit groupe vient de s'arrêter au bord d'une fosse. Au sol, les flaques d'eau reflètent la grisaille du ciel et transforment le cimetière en un paysage désolé où les pierres tombales semblent flotter et glisser vers l'horizon, dans un ballet où tout bouge, les nuages, les arbres, les bâtiments…

Derolle s'arrête au bord du trou béant et se fait la réflexion que le cercueil va être déposé à l'intérieur d'une véritable piscine. Les parents ont les yeux fixés sur le fourgon. Les croque-morts ont enfilé des capelines cirées noires qui les font ressembler aux policiers des années 1950. Derolle toussote légèrement pour tenter d'attirer l'attention de la maman à côté de laquelle il s'est installé. Elle ne l'aperçoit pas. Comme son mari, elle ne quitte pas des yeux la boîte de chêne laqué. Derolle regarde autour de lui. Les deux femmes sont serrées l'une contre l'autre sous leur mauvais parapluie. À côté, le prêtre a les mains crispées sur son bréviaire qu'il tente de protéger de l'eau qui ruisselle de ses épaules et des bords de son chapeau. Les trois jeunes sont allés se mettre à l'abri contre un caveau voisin.

Les employés des pompes funèbres se décident enfin à extraire le cercueil du corbillard. Ils le posent sur les deux planches qui ont été jetées en travers de la fosse et regagnent précipitamment l'intérieur de leur camionnette.

En moins de trois minutes, le curé expédie la cérémonie. Les croque-morts reviennent, descendent le cercueil et distribuent des roses pour que les participants les jettent dessus. Pas un mot n'a été prononcé sur les circonstances de la mort d'Émilie Janson. L'eau continue de remplir le trou que personne ne referme. Les employés municipaux ne sont pas là. Sans doute attendent-ils quelque part la fin de l'averse pour installer la pierre tombale et la sceller. Derolle voudrait bien dire aux parents qu'il y a obligation de refermer la tombe avant de quitter les lieux, mais il s'abstient. Qui viendrait voler un cercueil sous ce déluge ? Quel dingue aurait envie de s'enfuir avec une morte dans l'état où on a laissé Émilie Janson ?

Il est encore plongé dans sa réflexion quand le père lui attrape le bras :

– Merci d'être venu.

Derolle se retourne et aperçoit le visage de l'homme, à quelques centimètres du sien. Ravagé par les larmes. Le père ne fait rien pour les contenir. Il ne cherche même pas à les sécher.

– Vous avez du nouveau ? demande-t-il.

Derolle attend avant de répondre. Il voudrait que la mère se joigne à la conversation, mais elle ne bouge pas, elle ne tourne même pas la tête. Elle campe devant la tombe et continue de fixer le cercueil que l'eau engloutit peu à peu.

– C'est compliqué, dit Derolle.

– Vous n'avez pas avancé ! s'exclame le père.

– Si.

– Alors ?

– Il faut encore tout vérifier. Ce sera long, hasarde Derolle.

Le père lui reprend le bras.

– Faut pas laisser tomber, commandant…

– Il est hors de question que nous abandonnions, mais il s'agit d'un homicide très particulier. Nous avons des éléments nouveaux qui nous mettent sur des pistes qu'il convient d'explorer à fond avant d'aller plus loin.

– Plus loin que quoi ? Plus loin que ce trou où l'on vient d'enfouir ma fille ?

La pression sur le bras devient douloureuse. Derolle n'imaginait pas que le vieil homme ait autant de force en lui. Il lui adresse un sourire avant de poursuivre :

– Plus loin, cela veut dire procéder à des interpellations.

– Vous en êtes là ?

– Peut-être avons-nous découvert l'assassin. Il faut encore trouver son identité exacte, où il loge et l'arrêter. Ensuite, il faudra le confondre.

– Comment pouvez-vous avoir trouvé l'assassin sans connaître son identité ? Je ne comprends pas.

Derolle s'aperçoit qu'il en a trop dit. Il ne peut décemment pas parler du Net ni évoquer les images qu'il a vues. Il ne peut pas non plus rétropédaler, il lui faut inverser la problématique.

– Allons nous mettre à l'abri, dit-il. Allons dans votre voiture.

Alors que l'homme lui emboîte seul le pas, Derolle fait un signe interrogateur vers sa femme.

– Elle veut attendre qu'on ait refermé le trou, répond le père.

– Mais elle va attraper la… Elle ne peut pas rester sous la pluie indéfiniment. Où sont les types de la mairie ?

– Ils nous ont dit qu'ils interviendraient au pire juste avant le déjeuner. Ils sont dans le petit bureau, à l'entrée sud du cimetière.

– Ça vous choque pas ?

– Non. Pas du tout. Je m'en fous complètement. Une seule chose m'importe maintenant, qu'on mette la main sur le salopard qui…

– On ne peut pas quitter le cimetière sans que cette tombe soit sécurisée.

– Elle le sera. Allons dans ma voiture si cela vous gêne de rester là, sous la pluie.

Derolle perçoit nettement le reproche, mais préfère passer outre. Dans quel état d'esprit serait-il à sa place ? Il a deux cents mètres pour trouver une échappatoire afin d'apaiser le vieil homme.

– Votre fille a-t-elle participé à des castings ? demande-t-il une fois dans la voiture.

– Quels genres ?

– Des castings photo ? Des étudiants font cela, parfois, pour gagner de l'argent.

– Oui, mais quoi, précisément ?

– Dans la mode, la lingerie, le charme… Pour joindre les deux bouts. C'est un classique de nos jours. On voit ça souvent. Elles peuvent poser pour des artistes, dans des ateliers, ou sur des sites en ligne…

Derolle a parlé sans regarder son interlocuteur. Il attend sa réaction. Ce sera soit la stupéfaction, soit la colère, soit peut-être un complément d'informations si le père sait quelque chose et s'il accepte de le reconnaître.

– Ma femme n'est au courant de rien, dit-il. Notre petite a fait un book avec un Anglais, il y a plusieurs mois. Je suis tombé dessus par hasard. Ça m'a foncièrement déplu, mais, comme vous dites, elle a argué que d'autres de ses amies l'avaient fait et que ça rapportait pas mal d'argent, et qu'elle serait peut-être engagée plus tard pour de la mode.

– Vous avez encore ces photos ?

– Non ! Je ne les ai pas retrouvées. Je ne sais pas ce qu'elle en a fait.

– A-t-elle obtenu ensuite le job qu'elle espérait ?

– Non, et elle a été assez déçue. Elle m'a confié plus tard qu'elle n'avait plus jamais eu de nouvelles du photographe. Ça n'a pas marché.

– Et l'Anglais, c'était qui ? Elle vous en a parlé ?

– Un certain John. Un gars que lui avait présenté une de ses relations, une autre étudiante. Une fille assez vulgaire qui agissait un peu comme rabatteuse, pour ce que j'en ai compris.

Derolle émet un sifflement entre ses dents.

– Vous avez conservé ses coordonnées ? Vous connaissez son nom ?

– Émilie a dû me le dire, mais j'ai oublié. Mais si on regarde le trombinoscope de son école, je la reconnaîtrai. Ça vous intéresse ?

Derolle se retient de ne pas hurler. Son cœur a fait un bond dans sa poitrine. Il faut qu'il se calme : il inspire, 331, 332, 333…, reste en apnée, 331, 332, 333…, expire, 331, 332, 333…, reste les poumons vides et recommence. Plusieurs fois.

– Je passe chez vous cet après-midi, lâche-t-il avant de quitter la voiture. Vous allez me montrer le trombinoscope.

Parano

Tuan est assis dans son garage devant le coffre à armes grand ouvert. À l'intérieur, sur le râtelier, sont rangés côte à côte le Sig, la Ranch Ruger Mini 14 et l'AR15 Colt en calibre 223 ; la Nea et le Dragunov en 7,62 Otan ; la Sako en 308 ; la 300 Winch Mag , la Barrett en 338 LM, et, enfin, le Hécate 2 avec ses mini-obus de 12,7 mm. Un véritable arsenal qu'il a mis des années à réunir.

À chaque fois que l'horizon s'assombrit, à la moindre mauvaise nouvelle, il ressent le besoin de sortir ses armes une à une pour les vérifier, les nettoyer et les sécuriser à nouveau. Un reportage sur la progression de l'islam politique en France, sur la montée des mouvements insurrectionnels gauchistes, sur la débâcle de l'économie et les risques bancaires pour les petits épargnants… et c'est reparti ! Après les derniers attentats, les victimes innocentes et l'impéritie des autorités à enrayer la montée du terrorisme, le niveau de panique de Tuan a atteint des degrés insupportables.

Il y a des années, il avait écouté l'interview d'un correspondant de guerre qui mettait en garde la population, en France, contre le risque d'une extension prochaine du domaine des combats. « Pour l'instant, avait dit le reporter, je prends l'avion pour aller couvrir les conflits. Bientôt, je pourrai y aller en train ou en voiture. Et un jour, je n'aurai plus qu'à ouvrir ma fenêtre. Vous verrez, ça arrivera chez nous. »

Il ne veut pas y croire, et pourtant il s'y prépare. Comme ses grands-pères, comme son père, jadis, il possède la science des armes et de la guerre. Comme eux, il s'est battu pour protéger sa terre et sa famille. Mais ce qui se profile à l'horizon ne ressemble à rien de ce qu'ils ont connu.

Ses grands-pères et son père avaient combattu au Viêt-Nam pour la grandeur de l'empire. Désormais, tout a été ramené à un mouchoir de poche. Tout se passera ici.

Tuan s'endort. Ses pensées s'alourdissent et se mélangent. Les facéties de son grand-père maternel, le mandarin lettré qui marchait sur ses courtisans pour accéder à sa salle de dévotion ; les aventures de son père, l'adjudant de la coloniale, héros de Na-San, de Lang-Son, de Diên Biên Phu et son incroyable histoire d'amour avec sa mère, la petite infirmière tonkinoise, qui l'épousera à l'hôpital, après la chute de la cuvette ; sa fille qui va découvrir ce pays où il fut conçu, mais où il n'a jamais remis les pieds…

Il se dit qu'il faudra, après le départ de Sandra, qu'il aille chez elle upgrader la vidéo surveillance qu'il a installée et qui est reliée en permanence à son portable. Le système hyper sophistiqué laisse à sa fille l'intimité qu'elle désire, quand elle en a besoin. Seuls l'entrée, le salon, la terrasse et la cuisine sont sous contrôle électronique. La salle de bain, les toilettes et la chambre n'ont pas été équipées de mouchards, mais Sandra peut tout de même, si elle le désire, couper le circuit général, et ça, il ne le supporte pas. Même si le branchement permet d'avertir que la fermeture de la surveillance a été effectuée. Sandra le fait trop souvent, ce qui le fait enrager. Il y mettra un terme. Sandra pourra toujours penser qu'elle se déconnecte, elle restera sous contrôle. Comme ça, quand elle reviendra, au cas où le cinglé que cherche Derolle n'aurait pas encore été arrêté, elle ne risquera plus rien.

Le cinglé… Tuan rouvre les yeux. Le rythme de son cœur s'est accéléré. Derolle se trompe. Son histoire ne tient pas debout. Cette fois-ci, il en est certain.

Il tire de sa poche son portable pour appeler Sandra. Il ne comprend pas qu'elle ait refusé de passer les deux derniers jours avec eux. Elle devait bien se douter que cela leur aurait fait plaisir. Après tout, ils vont être séparés plus de deux mois !

Mais le téléphone sonne dans le vide. Personne ne décroche.

Un instant, Tuan est tenté de sauter dans sa voiture pour aller serrer Sandra dans ses bras, puis il se ravise. Il la connaît trop, elle n'apprécierait pas du tout.

Sue

Le break Citroën n'a pas résisté longtemps à la technique éprouvée de voleuse de voitures de Sue. Parking désert, temps de chien, tombée de la nuit… Le véhicule est maintenant entre ses mains.

Elle quitte l'aire de stationnement feux éteints, au ralenti, faisant attention à ne pas faire hurler le moteur, avant d'emprunter une allée menant à une zone industrielle. Les bâtiments s'espacent. Elle est bientôt au milieu de nulle part, comme elle aime se le répéter lorsqu'elle ne voit plus aucun signe de vie.

Elle immobilise alors le break, laisse le moteur tourner et sort ouvrir le coffre. Elle installe deux paires de liens en nylon au châssis métallique, et vérifie que le tapis de sol soit assez épais pour que rien ne puisse blesser la fille. Il ne faudrait pas qu'elle soit amochée avant que John la récupère. Tout le scénario imaginé par le boss repose sur l'idée que sa prochaine victime parvienne entière et intacte avant l'heure. Il faut qu'elle croit jusqu'à la dernière minute que l'intervention impromptue de John la sauve d'une histoire de fou. C'est tiré par les cheveux mais Sue se dit que John sait ce qu'il fait. La presque totalité des histoires qu'il a échafaudées ces dernières années ont toujours relevé de plans improbables, mais toutes ont donné lieu à des productions hallucinantes qui ont rapporté beaucoup d'argent.

Le coffre refermé, Sue se rassoit au volant et sort de son sac le Smith & Wesson pour le glisser dans la boîte à gants. L'arme est chargée à blanc. Ça fera beaucoup de bruit lorsqu'elle s'en servira contre John dans la course-poursuite qui doit avoir lieu entre sa voiture et la sienne, mais sans le moindre risque ni pour lui ni pour la fille.

La fille…

Quand il lui a montré sa photo, Sue a senti son épine dorsale traversée par une décharge électrique. Jamais elle n'avait rencontré une telle beauté, l'harmonie du corps, l'ambre de la peau, la perfection du visage, la délicatesse des traits… Une splendeur absolue. Et dans le reflet du regard arrêté par l'image, tout un monde qu'elle se serait fait une joie de décortiquer, de mettre au jour, de posséder et de réduire à sa merci. Elle en est sûre, elle aurait soigné sa misère et son cafard avec la détresse de cette créature. Tout, dans cette fille, respire le bonheur. Le bonheur simple de la jeunesse, de la confiance en soi, des projets… Comment est-il acceptable qu'une telle félicité existe en lisière de sa vie à elle ?

Sue tremble. Ses mains s'agitent sur le volant sans qu'elle puisse en stopper le mouvement. Elle n'aura qu'une dizaine de minutes avec la fille, un quart d'heure peut-être, juste le temps de l'enlever et de la livrer à John. À peine le temps de la mettre en panique, de la toucher, de l'attacher, de renifler son parfum, et il lui faudra la laisser disparaître. Si elle avait une once de courage, Sue garderait la fille pour elle. Elle s'enfuirait avec elle dans la montagne et accomplirait elle-même la mise à mort. Elle s'offrirait l'orgasme le plus intense de sa chienne d'existence.

Elle réfléchit. Qu'adviendra-t-il ensuite ? Quel sort John lui a-t-il réservé ? Si elle a correctement pris la mesure des derniers mois, si elle ne s'est pas trompée dans l'analyse de la situation, ce meurtre semble être le point d'orgue de sa longue carrière de prédateur. Elle sait qu'il doit quitter la France immédiatement après le meurtre. Elle a compris que sa collaboration avec la Triade touche à sa fin. Elle n'en connaît pas les raisons, mais il a laissé derrière lui des éléments qui ne trompent pas. Que fera-t-il d'elle ? La laissera-t-il seulement en vie ? Elle pourrait prendre les devants en s'échappant avec la fille. La perspective de passer une nuit entière avec elle, une seule nuit, lui bloque la respiration. Depuis que l'idée s'est emparée d'elle, plus rien ne peut la refouler. Elle regarde ses mains s'agiter sur ses cuisses. Le tremblement ne cesse pas. Elle transpire. Elle serre les jambes sans parvenir à réduire l'émotion qui la submerge.

Elle hésite.

Les dossiers de l'enquête

Derolle a étalé devant lui les impressions des captures d'écran des tortionnaires des vidéos SM. Il cherche des détails qui pourraient l'aider à identifier le ou les hommes, maintenant qu'il a compris que rien ne lui permettra de remonter jusqu'à la source des mises en ligne, les sites concernés n'ayant pas d'hébergeur attitré.

Son collègue de la Crim' informatique le lui a confirmé : la société qui les produit passe par un système compliqué de re-routage du matériel informatique, grâce à des codes ultra sophistiqués permettant de modifier indéfiniment les adresses IP des serveurs. Peut-être grâce à TailsOS, une distribution live qui peut être lancée à partir d'une VM ou d'une clé USB, avec l'avantage de ne laisser aucune trace sur la machine. Les vidéos sont chargées sur la Toile de manière aléatoire, tantôt d'Amérique du Sud, tantôt d'Asie du Sud-Est. Un vrai labyrinthe !

Ensuite, Derolle l'a déjà expérimenté, des informations contenues dans les images renvoient aux fichiers lourds hébergés sur le *darknet* auxquels on accède de différentes manières, en général par des logiciels de partage type I2P (*Invisible Internet Project*), qui procèdent par encapsulation, chaque couche révélant la suivante. Donc tout ce qu'il peut espérer est de remarquer un détail dans la voix, dans les gestes ou sur les parties visibles du corps du ou des bourreaux qui le conduisent un jour vers une personne qu'il aura ciblée ailleurs.

Autant chercher une aiguille dans une botte de foin, il en a conscience, mais il en est là.

Il examine les images.

À première vue, rien ne transparaît. Les acteurs de ces scènes ont occulté tout ce qui pourrait aider à les identifier. Le plus navrant dans cette histoire est que l'emballement exprimé par Dessanges, au début, semble s'être sérieusement réduit. Lors de leur dernière rencontre dans l'arrière-salle d'un café, le capitaine de la cybercriminalité ne lui a pas caché son découragement.

– Faudrait des dizaines de collègues et des mois pour éplucher les milliers de vidéos cryptées, a-t-il plaidé. Sans aucune garantie de choper l'ombre d'un indice qui puisse conduire à la récupération d'un *snuff*. Trois années du budget de la brigade y seraient englouties. Faut bien admettre qu'on en n'a pas les moyens.

– Les moyens financiers ? avait demandé Derolle.

– Évidemment ! Quoi d'autre ? s'était agacé Dessanges.

Bref, il laissait Derolle se démerder avec ses captures d'écran. C'est toujours la même rengaine quand les choses deviennent compliquées dans une enquête de police : pas assez de personnel, pas assez de temps, pas assez de moyens, on ne classe pas l'affaire, mais on la met entre parenthèses en attendant des jours meilleurs.

Dans le cas présent, Dessanges pouvait raconter ce qu'il voulait, il le faisait sur ordre. Il ne prenait pas, seul, la décision de planter l'enquête. Il agissait à la demande de son patron, Derolle en aurait mis sa main à couper.

La question, maintenant, s'interroge Derolle, est de savoir pour le compte de qui le commissaire décidait de rester les bras croisés.

Il gamberge, Derolle.

Qui la hiérarchie cherche-t-elle à protéger ?

Que risque-t-il, lui-même, à poursuivre l'enquête ?

Pourrait-on l'empêcher, physiquement, d'accéder à la vérité ? Dans l'affaire d'Arcachon, les contre-feux ont été allumés à une vitesse éclair. Son pote tombé dans une embuscade à la frontière birmano-thaïlandaise ; les témoins dépositaires de son testament éliminés l'un après l'autre, dans des conditions dignes des pires scénarios de la guerre froide… Le grand ménage, comme seules les officines spécialisées dans le meurtre d'État savent le faire !

Un frisson traverse Derolle de la tête aux pieds. Il n'aura fallu que quelques heures pour le mettre, l'air de ne pas y toucher, devant un choix cornélien : s'entêter au risque d'y laisser des plumes, ou renoncer en sachant que d'autres victimes s'ajouteront prochainement à la liste.

Foutus salopards, gronde-t-il. Le pire est de ne pas savoir où ces ordures se planquent. Dans quel bureau, dans quel service, sous quelle dorure de la République ?

Il va devoir jouer serré.

Il lui reste à rencontrer la camarade d'Émilie Janson, une certaine Maud Vincourt. Pour ne pas donner l'alerte, il lui a fixé rendez-vous, près de chez elle, dans un bistrot situé à l'entrée du métro Quatre-Septembre. À deux pas de l'école de l'étudiante.

Derolle a parfaitement conscience que sa démarche est limite hors des clous, mais rien dans cette enquête n'est normal. Il a seulement pris les garanties minimales en indiquant à la jeune fille qu'elle pouvait venir accompagnée de ses parents si elle le souhaitait. Précaution qui a fait rire l'étudiante. Les hommes ne l'avaient jamais inquiétée, fussent-ils de la police, lui a-t-elle répondu. Même le fait que le rendez-vous soit lié à la disparition de son amie n'a pas eu l'air de l'ébranler.

Lorsque le père d'Émilie Janson la lui a montrée sur le trombinoscope de l'école de sa fille, Derolle a su instantanément qu'il aurait affaire à une gamine délurée, volontaire, égocentrique, sans trop de principes. Tout dans son regard reflétait l'insolence, l'avidité, et une force de caractère peu commune.

Une chose au moins le rassure, c'est qu'elle ne semble nourrir aucune appréhension à l'égard des flics.

Elle a, elle-même, déterminé l'heure du rendez-vous et indiqué qu'elle aurait une trentaine de minutes à lui consacrer. Leur conversation au téléphone n'était pas allée au-delà de quelques phrases. Comme si elle s'attendait à ce coup de fil. Elle a raccroché en lançant un : « Allez, salut ! » ridicule. Si l'objet de cet entretien n'avait pas été si grave, Derolle en aurait pouffé de rire.

Qu'est-ce que tu crois, ma grande ? Qu'on est potes ? Qu'on est en train de s'amuser dans un jeu vidéo à la con ? Que ta copine va revenir de chez les morts ? Et si tu te faisais buter en même temps que moi à la terrasse du café ?

Derolle est fébrile. Il souhaiterait être déjà à ce rendez-vous. S'il en avait les moyens, il enverrait sa femme et ses filles à la campagne, chez ses parents. Il fermerait à double tour la porte blindée de son appartement, baisserait les stores de toutes les fenêtres et se blottirait au fond de sa penderie, son Glock entre les mains. Il est obligé de l'admettre : jusqu'à la veille, il était en colère. Depuis le coup de fil du commissaire et sa dernière conversation avec Dessanges, la peur a pris le dessus.

Ça a commencé par un état d'anxiété larvé, indéfinissable, puis il a ressenti des papillons dans le ventre, jusqu'à l'apparition de cette terreur sourde. Combien de temps va-t-il tenir avant de tomber en catalepsie et d'être cloué au sol ? Ses mains ont laissé des traces humides sur le plateau de son bureau. Cette Maud Vincourt est peut-être la clé de l'histoire et elle lui paraît, à ce moment-là, absolument hors de portée. Elle n'a pas hésité une seconde à accepter de le rencontrer et il s'en méfie déjà.

Il va devoir la manier en douceur. Pas question de la brusquer. Pas question de lui révéler un millimètre de l'enquête. Pas question de l'emmener sur le terrain des *snuff movies*. Pas question de sous-entendre qu'elle pourrait, même indirectement, y être mêlée.

Derolle est conscient qu'il devra, une fois qu'il aura rencontré ce témoin, assurer sa protection. À moins que ce soit elle, se dit-il, qui soit désignée pour me régler mon compte.

Il cogite encore un instant. À la terrasse d'un café ? Non ! se rassure-t-il.

1 000 mètres

Dans son camion blindé, l'homme prépare le matériel nécessaire à sa dernière séance de tir. Il ne doit rien oublier. Une fois la fille chargée, il lui faudra rejoindre rapidement le camp de Canjuers. Il n'y aura pas de retour possible sur Fréjus. Tout doit être dans le camion, prêt pour ce qui sera le point d'orgue de sa carrière de tueur.

Il pose sur la couchette, à côté de sa carabine 408 Cheytac, le silencieux, l'amplificateur de lumière, la trentaine de cartouches rechargées par ses soins, la caméra de contrôle de cible et la tablette bluetooth, le trépied et deux talkies-walkies.

Puis il rajoute le tréteau métallique équipé d'anneaux et de menottes qu'il a bricolé dans la journée. Deux énormes fers à béton le fixeront au sol. Il sort d'un sac un marteau, une chaîne et deux cadenas.

Il vérifie que son HK 45 ACP, également équipé d'un silencieux, dispose bien d'un chargeur plein. On ne sait jamais, isolé dans la campagne comme il le sera, il ne faudrait pas qu'il fasse de mauvaises rencontres. Il se pourrait que des randonneurs venus de nulle part se pointent. Ce ne serait pas la première fois que des crétins d'écolos bravent tous les panneaux interdisant l'accès du champ de tir. Jusqu'à 600 mètres, la situation est sous contrôle. Il n'y a pas de risque de voir apparaître un étranger dans la trajectoire des balles, mais au-delà de 1 000 mètres, pour des tirs sauvages, tout devient possible. On canarde dans la campagne, il y a des buissons, des rochers, des tas d'endroits d'où peut surgir un abruti. Ce n'est pas la perspective d'en plomber un qui l'ennuie, mais la possibilité qu'un petit groupe animé de mauvaises intentions lui tombe dessus par derrière. Ce pourrait, d'ailleurs, être aussi bien une patrouille militaire et ce serait le même tarif, un pruneau pour chacun des troufions. Au fond, il n'a jamais porté dans son cœur les soldats français.

Cette armée, partout où il l'a croisée – en Bosnie, en Irak, en Afghanistan –, lui a toujours posé des problèmes. Il déteste ses us et coutumes, la proximité des hommes du rang avec les sous-officiers, et des sous-officiers avec les officiers. Pour lui, ce n'est rien d'autre qu'un ramassis de soudards aux traditions issues de leur putain de Révolution, toujours prompts à célébrer leurs défaites comme autant de faits d'armes exceptionnels.

Depuis Alésia, sans doute, ils se sont glorifiés de toutes les raclées reçues. Après ça, la liste est longue : la guerre de Sept ans, Trafalgar, la campagne de Russie, Waterloo, Camerone, Diên Biên Phu… Et les deux Guerres Mondiales où les Français n'auraient rien obtenu sans l'aide des Anglais !

En laisser trois ou quatre, raides morts sur le terrain, cette nuit, ne lui déplairait pas, mais son objectif est ailleurs. Seule la fille compte ce soir. Une fois sa mission remplie, il tournera la page. Il laissera derrière lui le cadavre de cette dingue de Sue, histoire de mobiliser toutes les forces de police du coin pour régler tranquillement son compte à la progéniture chérie de ce salopard de Viêt, puis il s'échappera vers d'autres horizons. Il est riche. Il le sera plus encore lorsqu'il aura vendu cette dernière production aux Chinois. Et il poursuivra son œuvre de misanthrope au Moyen-Orient. Sous une nouvelle identité, avec de nouveaux moyens et de nouvelles victimes en perspective. Beaucoup, beaucoup de victimes, mais celles-ci, armées, sur des terrains de guerre.

Sa vie.

Toute sa vie.

Il se met au volant et prend la direction de l'appartement de Sandra Lagrange.

Une nuit chez Maud

La lune monte entre les toits de Paris. C'est un spectacle dont ne se lasse pas Derolle. C'est comme un puits de lumière blafarde dans le ciel sombre. Il n'arrive toujours pas à concevoir qu'on ait pu marcher là-haut… Combien donnerait-il pour aller y faire un tour ? Derolle s'est souvent posé la question. Tout son argent jusqu'au dernier centime ainsi que le reste de sa vie. Même avec un *one way ticket*, il le ferait. Quel extraordinaire dernier voyage !

Mais pour le moment, il s'agit de mieux cerner celui d'Émilie Janson.

Trouver qui l'y a embarquée.

Derolle se demande si l'apprentie garce qu'il a eue au téléphone sera au rendez-vous. Il marche vite. Sous sa veste qui cache le holster fixé à sa ceinture, sa chemise lui colle à la peau. La ville est une étuve. La chaleur s'accroche aux pavés, aux murs des immeubles, elle empêche de respirer. Dans le quartier, les terrasses ont fait le plein de clients. Des types qui se sont arrêtés pour siffler une bière sur le chemin du retour du boulot, des couples qui préparent leur soirée, les hommes sont en bras de chemise, les femmes en robes légères. On se croirait encore à la veille des vacances.

Des notes de musique s'échappent des cafés. Il règne une atmosphère d'insouciance qui tranche avec les derniers attentats. À croire que les Parisiens ont oublié les massacres à la kalachnikov. Derolle fait lui aussi de son mieux pour ne pas y penser, malgré ce qu'il a vu, il n'y a pas six mois. Malgré les arrestations de réseaux terroristes qui se multiplient, malgré les mises en garde réitérées du ministre de l'Intérieur, malgré la certitude que tout recommencera sans qu'on sache où ni quand.

Après un tour d'horizon à l'intérieur du bistrot, il s'installe à la dernière table libre à proximité de l'entrée, et pose en évidence devant lui le *Libé* du matin comme il en a convenu avec Maud Vincourt.

Il est en train de faire fondre le sucre dans sa troisième tasse de café quand une petite boulotte s'assoit face à lui. Elle n'a pas hésité une seconde.

– Salut.

Alors, seulement, Derolle la reconnaît. Le regard et la bouche sont bien ceux de la fille du trombinoscope. Pour le reste, il l'avait imaginée différente. Plus grande, plus musclée, plus jeune aussi. Le col de son tee-shirt laisse deviner une forte poitrine, tandis que son short moule une énorme paire de fesses qui débordent de la chaise. Elle porte aux pieds une paire de sandalettes qui exhibe des orteils vernis de toutes les couleurs, alors que ses doigts présentent des ongles nus, mais rongés. Il se dégage d'elle des effluves de parfum bon marché, et curieusement une sensualité débordante. Accentuée par la façon qu'elle a de croiser et décroiser les jambes, de jouer avec l'échancrure de son débardeur et de se passer la main dans les cheveux.

– Alors ? poursuit-elle, vous croyez que j'ai quelque chose à voir avec la disparition d'Émilie, c'est ça ?

Derolle lève une main en signe d'apaisement.

– Peut-être indirectement, ne vous inquiétez pas. Sinon, vous seriez au commissariat, en garde à vue.

La réponse est tombée le plus calmement que Derolle a été capable de le faire.

– Ce n'est même pas comme témoin que j'ai souhaité vous entendre, ajoute-t-il. Je ne veux pas vous impliquer directement dans mon enquête. Je voudrais juste que vous m'aidiez à comprendre certaines choses.

– Par exemple ?

– D'abord, la personnalité d'Émilie Janson. Son mode de vie, ses habitudes, ses relations…

– Vous croyez que ça fera avancer votre affaire ?

– Ça pourrait m'éclairer un peu, oui.

Maud Vincourt fait une mimique perplexe.

– Vous pensez parvenir un jour à résoudre l'énigme ?

– Pourquoi demandez-vous cela ?

– Eh bien, elle a disparue. C'est toujours compliqué, non, avec les gens qui s'évanouissent dans la nature ?

À cet instant, Derolle comprend qu'elle ne sait rien de la fin tragique d'Émilie Janson. Les médias n'en ont pas parlé. Rien n'a filtré dans la presse. Et Maud Vincourt semble sincère. Si elle était au courant du meurtre, elle ne pourrait ignorer que la police le soit également.

– Il faut espérer qu'elle réapparaisse un jour, dit-elle.

Derolle hoche la tête. Selon ce qu'il arrivera à tirer d'elle, il lui annoncera plus tard la mort de sa camarade.

– Mais peut-être ne connaîtrons-nous jamais la vérité, continue-t-elle.

– On finit toujours par tout savoir

– Ah ! Vous croyez ?

– Toujours. Parfois, des années après les faits.

– Il me semblait qu'il y a une foule d'histoires jamais résolues, j'ai lu ça quelque part.

– Elles le seront un jour. D'une manière ou d'une autre.

Puis Derolle se penche vers Maud Vincourt.

– C'était quel genre de fille ?

– Pourquoi dites-vous : c'était ? Vous l'avez déjà enterrée ?

– Façon de parler... Que pouvez-vous m'apprendre sur elle ?

– Mon Dieu, c'est vaste comme question ! Par où pourrais-je commencer ?

– Plutôt extravertie ou le contraire ?

– Émilie, c'est une fille passionnée. Qui s'intéresse à tout. Avec une volonté de réussir incroyable. Prête à beaucoup de choses pour y arriver.

– Réussir, c'est quoi ? Gagner de l'argent ?

– Non, c'est terminer ses études dans la botte et obtenir ensuite le meilleur poste dans sa spécialité. Elle a tout mis en œuvre pour ça.

– C'est à dire ?

– Ben, elle a mobilisé le ban et l'arrière-ban, les contacts avec les profs, le bureau des élèves, les réseaux sociaux... Toujours prête à payer de sa personne, vous voyez ?

Derolle fronce les sourcils.

– Pas très bien, non. Enfin, ça ne m'éclaire pas beaucoup. Tout ça relève aujourd'hui du b.-a.-ba, quand on est étudiant et qu'on cherche à s'en sortir. Avec les élèves, c'était quoi, par exemple ?

– N'avoir que des amis et profiter de leurs relations. C'est pas toujours le cas dans nos écoles, il y a un tas de connards arrogants et prétentieux qui pensent toujours pouvoir se démerder tous seuls. Émilie est le contraire.

– Et les réseaux sociaux ?

– Une accro à Facebook ! Avec plusieurs comptes et des amis très ciblés et séparés sur chacun d'eux.

– Comment le savez-vous ?

– Parce que c'est une excellente copine. C'est la raison pour laquelle j'ai accepté de vous rencontrer, d'ailleurs.

– Vous avez accès à ces comptes dont vous me parlez ?

Maud Vincourt sort un téléphone de son sac à main.

– Attendez ! fait-elle. Je vais vous montrer.

Elle pianote sur le clavier et tend à Derolle le portable.

– Jans92, EJarchi, c'est elle aussi, en plus de son compte classique, ouvert sous son nom complet. Sur Jans92, elle ne parle que de la manière de se faire de la tune, des petits boulots quoi. Elle dit que c'est son compte « pompe à fric ». Sur EJarchi, elle a réussi à se lier avec des historiens et des architectes célèbres. Pas seulement des Français, non, des mecs du monde entier pourvu qu'ils soient francophones ou anglophones !

– On peut surfer dessus ?

– Non. Je ne fais pas partie de ses amis sur ces deux comptes. Je lui ai réclamé plusieurs fois pour le premier, elle n'a jamais accepté. Va savoir pourquoi... Quant à l'autre, c'est facile de comprendre que je n'y ai pas accès. Dans dix ans peut-être, si je deviens une meuf importante en histoire de l'art.

Devant la moue déconfite du policier, Maud Vincourt part d'un éclat de rire qui lui secoue les épaules.

– Il y a beaucoup mieux, s'empresse-t-elle d'ajouter en reprenant le téléphone.

Elle tape une nouvelle recherche dans le champ adéquat et fait défiler l'ascenseur.

– Voilà, dit-elle. P666. P comme perverse, ou pute, comme tu veux.

Maud Vincourt s'est mise à tutoyer Derolle. Elle a même insisté sur le « tu » en lui remettant son portable dans les mains. Elle l'a fait, l'air de rien. Une fraction de seconde, il est tenté de lui demander pourquoi elle tombe dans la familiarité en abordant l'histoire de sa camarade sous l'angle du cul, mais se retient in extremis. Maud Vincourt s'est avancée sur la table pour se rapprocher de lui en même temps qu'elle a baissé la voix.

– Je pourrais ajouter P comme pisse, ou encore comme piment… Au choix.

– C'est curieux comme commentaire.

– Non, c'est du cent pour cent Émilie. Elle m'en a toujours parlé en ces termes. Ça l'éclate d'avoir une double vie.

– Expliquez-moi.

– Eh ! C'est pas sorcier à piger. Face, c'est la brillante étudiante en histoire de l'art. Pile, c'est la déjantée du cul qui monnaye ses charmes assez cher.

Derolle accuse le coup. S'il y a bien une chose à laquelle il n'a pas pensé, c'est la morte dans le rôle de la michetonneuse *on line*.

– Et ce profil bien sûr, on n'y a pas accès…, hasarde-t-il.

Un immense sourire éclaire le visage de Maud Vincourt.

– Regarde ! fait-elle en ouvrant la page P666. Émilie sait que je suis branchée sexe, elle ne pouvait pas me refuser comme amie sur ce compte. Après tout, c'est moi qui l'ai initiée avec le portfolio que je lui ai fait faire. T'es au courant pour les photos, je suppose.

– Affirmatif. Son père m'en a parlé.

– Il te l'a montré ?

– Il ne l'a pas retrouvé dans les affaires d'Émilie, mais il a insisté sur le fait que la disparition de sa fille pouvait être liée à ces photos.

– Conneries !

– Pourquoi ?

– Parce que c'était plutôt gentillet. Sauf à admettre que ces photos sont à l'origine de tout le reste, la création de sa page P666 et les extras qu'elle enchaîne depuis, ça n'a rien à voir.

– Qui lui a fait le book ?

– Justement, un mec sympa. Genre gros nounours. Un photographe anglais que j'ai rencontré il y a trois ou quatre ans lors d'un after un peu original. Il cherchait des modèles, je pouvais lui présenter des filles, on s'est liés de cette manière.

Maud Vincourt s'interrompt subitement en mettant ses mains à l'équerre.

– Pouce. Je vais reprendre un verre de rouge. Tu m'accompagnes ?

– Un kir, plutôt. Donc, Émilie a posé pour lui, et après ?

– Elle a encore fait deux ou trois trucs avec lui, d'autres photos, d'autres vidéos, et elle a mis tout ça sur le Net pour se trouver des clients d'un soir ou d'un week-end. Elle a fait du *chat* payant, aussi. Tu sais, la conversation téléphonique rémunérée.

– Bon, et l'Anglais, c'est qui au juste ?

– Ce que je t'ai dit, un mec marrant, une sorte d'itinérant, toujours en balade avec sa caméra et ses appareils photo. On a été très copains pendant plusieurs mois, puis je l'ai perdu de vue.

– Et il s'appelle… ?

– John. J'ai jamais su son nom complet.

– Ça ne m'aide pas.

– Oui, mais je sais rien de plus sur lui à part, à part…

Elle trempe ses lèvres dans le verre de vin, semble réfléchir et claque des doigts, comme si elle se rappelait soudain quelque chose.

– J'ai une photo de lui sur ma tablette, je crois. Attends !

Elle clique sur la galerie et remonte les images.

– Tiens, regarde !

C'est une chambre dans laquelle une fille est assise nue dans un fauteuil, au milieu de la pièce.

– Ton John, c'est une nana ?

La déconvenue du policier fait rire Maud Vincourt.

– Regarde dans le coin, le reflet dans le miroir. C'est lui. J'ai fait la photo à son insu, il détestait ça. Curieux pour un professionnel, d'ailleurs, ça m'a toujours étonnée.

Elle agrandit l'image et présente l'appareil à Derolle. John a été pris de trois quart arrière. On le voit en pied, les mains sur les hanches. C'est un homme trapu, dans la cinquantaine athlétique et entretenue. Il regarde quelque chose qui se trouve à l'extérieur du champ. Il n'a manifestement pas conscience de la photo.

– Il habitait où à cette époque ?

– Mais je l'ai dit, nulle part. C'était un itinérant. Je crois qu'il créchait dans un camion, un camping-car, les British adorent ça. C'est connu. Ils traversent l'Europe au volant de leur maison roulante pour dépenser le moins d'argent possible. Ils ont toujours eu des oursins dans les poches, ces gens-là. Sauf que lui pouvait donner pas mal de fric pour obtenir ce qu'il voulait. Il payait les books autour de cinq cents euros pour une petite heure de pose, et ses vidéos cochonnes plus de deux mille. À moi, il me refilait trois cents euros pour chaque fille que je lui présentais.

– Combien de temps ça a duré ?

– Un peu plus de deux ans. Jusqu'au printemps dernier. Depuis, plus de nouvelles.

Maud Vincourt fait une pause et reprend :

– Et me demande pas si j'ai essayé de le joindre, j'ai jamais eu son numéro de téléphone. Pas plus que son adresse mail ou autre chose. C'est toujours lui qui me contactait. Tu veux voir ce qu'Émilie a posté sur P666 ?

– Allons-y.

Maud Vincourt cherche un court instant et sélectionne une vidéo. Elle est attachée, nue, sur une croix de Saint-André et se contorsionne sous des coups imaginaires, en poussant des soupirs de satisfaction. On ne distingue pas son visage.

– Faut reconnaître que c'est assez ringard, commente Maud Vincourt, mais c'est grâce à ça qu'elle récupère ses clients. Si tu regardes attentivement sa page, les commentaires de ses suiveurs, tu verras qu'il y est question de rencards.

– Vous les connaissez, ces gens ?

La question amuse la fille.

– Pourquoi je les aurais rencontrés ? C'est pas mon truc de coucher avec les vieux dégueulasses. Et Émilie cloisonne très bien sa vie.

Maud Vincourt replonge le nez dans son verre et secoue la tête.

– Non, vraiment pas mon truc…

Elle vient de poser, sans doute par mégarde, ses pieds qu'elle a ôtés de ses sandales sur ceux de Derolle. Il ramène doucement ses chaussures sous sa chaise, sans que la situation n'ait l'air de gêner la fille le moins du monde. Elle le regarde, attendant qu'il relance la conversation.

– Bon, et vous, c'est quoi votre truc ?

Maud Vincourt a l'air déçue.

– Ça vous dérange que je vous le demande ?

– Ça serait plus facile de répondre si tu me tutoyais… Moi, je te dis « tu » depuis un quart d'heure et tu continues sur le mode des conventions très policées. J'ai l'impression que c'est le monde à l'envers. D'habitude, c'est le flic qui tutoie, non ?

Derolle émet un bruit rauque du fond de la gorge, sans la quitter des yeux.

– Ben oui, poursuit-elle. Puisque je suis pas témoin, pas suspect, et qu'on en est au stade des confidences, ce serait plus facile.

– Alors ? C'est quoi, dis-moi ?

Derolle s'est lancé en posant sa main sur le bras de Maud Vincourt. Elle ne bouge pas, mais avance de nouveau ses pieds vers le policier.

– J'ai rien à voir avec les cochonneries d'Émilie. Ce qui me branche, c'est de me taper un mec qui me plaît. Et gratuitement. C'est tout. Tu saisis ?

La réponse interloque Derolle. Le pas que vient de franchir Maud Vincourt le sidère. Elle est en train de lui proposer de coucher avec lui. Mais il n'a jamais fait d'extras conjugaux, jamais trompé son épouse. Pas le moindre flirt à l'extérieur du domicile. Ni avec ses jeunes collègues féminins ni avec des filles rencontrées dans le cadre de ses enquêtes. L'idée ne l'a même jamais effleuré. Il aime trop son épouse, la femme de sa vie.

Il regarde autour de lui, vraiment embarrassé, mais les autres consommateurs sont dans leurs bulles, à des années-lumière de sa table et de sa conversation.

– Tu dis plus rien, murmure-t-elle. On n'aurait qu'à traverser l'avenue, mon studio est à deux pas…

Derolle accentue la pression sur son bras.

– Je dois dire que je ne m'y attendais pas !

– Alors ?

– Non ! J'adorerais le faire, mais je ne peux pas.

– J'ai compris, je te plais pas. C'est comme avec John. Pas moyen ! Il a jamais voulu, pourtant j'ai essayé plusieurs fois, mais que dalle ! J'ai eu droit à des sourires, des bises dans le cou et c'est tout. Il en avait que pour la grande salope qui l'accompagnait parfois. Pourtant, il aurait dû piger qu'elle s'intéressait pas aux mecs. Et j'ai des raisons de le penser…

Derolle a enfin l'intuition que Maud Vincourt n'est pas en mission, qu'elle ne représente aucun danger pour lui, qu'elle n'est qu'une paumée qui va lui déballer tout ce qu'elle sait. Le refus qu'il vient de lui opposer gentiment l'a désarçonnée. Il a maintenant, face à lui, une fille triste qui a besoin d'être consolée.

– Je ne t'accompagnerai pas, simplement parce que c'est contre tous mes principes. Parce que je m'en sens incapable. Parce que ce serait le plus mauvais coup de ta vie. Et parce que cette histoire est bien trop grave pour la transformer en une partie de jambes en l'air. Tu n'imagines pas à quel point c'est grave…

Il avait eu beau décider de ne rien dévoiler, Derolle inspire un grand coup et baisse la voix :

– Ton amie Émilie Janson est morte, Maud. On l'a inhumée ce matin. Dans un cimetière pourri de la grande banlieue.

Comme sous l'effet d'une décharge électrique, Maud Vincourt se redresse. Elle fixe Derolle, les yeux grands ouverts, les mâchoires crispées, la respiration bloquée.

– On l'a horriblement assassinée. Horriblement, c'est un euphémisme. Elle a été tuée dans des conditions de sauvagerie absolue.

Derolle guette maintenant la réaction de Maud Vincourt.

– Tu t'en doutais pas ?

Elle secoue la tête négativement.

– Émilie Janson s'est fait piéger et refroidir. Voilà ce que je sais pour le moment, mais j'ai toutes les raisons de penser que tu es la personne qui pourrait me conduire à l'assassin. Tu comprends pourquoi je n'ai pas l'esprit à la gaudriole ?

– Putain...

– Mais on peut quand même monter chez toi pour continuer notre conversation, si c'est plus facile pour toi, avance-t-il en lui tendant un Kleenex. Sèche tes larmes.

Le studio est meublé d'un grand lit, d'une commode, d'un secrétaire et d'un tabouret. Des dizaines de bouquins d'art sont à même le sol.

La première chose que demande Derolle à Maud Vincourt est la photo de John qu'elle lui remet sur une clé USB. Puis les codes de son propre compte Facebook de manière à pouvoir accéder à la page P666 d'Émilie. Elle n'a plus prononcé une parole depuis le café. Elle l'a conduit chez elle, la tête dans les épaules, les mains croisées sur la poitrine, en se serrant contre lui. Derolle réitère sa demande :

– C'est important, Maud.

Elle s'exécute, puis retire soudain ses trois vêtements, le débardeur, la jupette et sa culotte, pour se glisser dans la minuscule cabine de douche située à l'entrée du studio.

Surpris, Derolle se tourne vers la fenêtre. Pendant un temps interminable, il n'entend que l'eau couler. Puis la voix de Maud Vincourt couvre le vacarme de la douche :

– Qu'est-ce qu'on lui a fait ?

– Pardon ?

– Qu'est-ce qu'on a fait à Émilie ?

– Elle a été torturée au chalumeau et à l'électricité. Avec des objets épouvantables, aussi. Elle a été battue, fouettée. Ensuite, mutilée. Tout ce que j'ai vu porte à croire qu'elle a succombé à un arrêt cardiaque.

Lorsque Maud Vincourt réapparaît dans la pièce, elle a passé autour de son buste une petite serviette. Elle s'avance directement vers Derolle et se blottit contre lui. La force qu'elle déploie le surprend.

Elle le pousse vers le lit et l'oblige à s'asseoir. Sa serviette s'est détachée. Derolle s'en veut d'être monté. Il devrait déjà être chez lui à exploiter les infos remises par Maud qui s'est lovée contre lui, les seins pressés contre le bas de son dos, et les bras autour de sa taille.

Il ne fait pas un geste pour l'écarter. Elle pleure sans pouvoir s'arrêter.

– C'est de ma faute, marmonne-t-elle. Je suis entièrement responsable.

– De quoi t'accuses-tu ?

– D'être à l'origine de son assassinat.

– On ne sait même pas comment tout ça est arrivé…

– Si. Si je ne lui avais pas présenté John, elle serait encore parmi nous.

– Qu'est-ce qui te fait penser que ce John ait quelque chose à voir dans cette affaire ?

– Tu m'as bien contactée pour que je t'aide à remonter jusqu'à lui, non ?

Derolle se retourne de façon à se mettre face à elle.

– C'était une piste parmi d'autres. Ça ne fait pas de lui un coupable.

Il faut qu'il progresse par petites touches, maintenant. Ne pas la brusquer ! Il se l'est répété dix fois. C'est évident qu'elle sait beaucoup de choses. Faut juste trouver l'art et la manière de lui faire déballer son sac. Soit elle dit tout, soit elle se referme comme une huître et il n'y aura plus jamais rien à tirer d'elle. Derolle se demande s'il ne va pas devoir avancer la main jusqu'à sa cuisse. Mais au moment où il s'apprête à le faire, Maud Vincourt rouvre les yeux et lui annonce :

– J'ai un sixième sens qui se réveille parfois. J'ai alors des visions, fugitives...

– Des quoi ?

– Des visions, c'est bref, toujours violent, comme des flashs. Ça me trompe jamais...

– Vas-y...

– Je vois des choses, des morceaux de gens, des bouts d'objets, parfois seulement une ombre sur le sol ou sur un mur, ça va toujours très vite, ça me réveille et ça me donne mal à la tête, comme lors d'un rêve interrompu.

– Il s'agit bien de rêves, non ?

– Non, c'est pas des rêves, parce qu'il y a pas d'histoire. C'est juste des flashs. C'est ça : des flashs.

– Bien, fait Derolle, conciliant. Et cela nous mène où ?

– Plus tard, dans la réalité, je retrouve une de ces visions, liée à un événement.

Derolle soupire.

– Maud, j'ai du mal à rester connecté.

– Tu comprends pas ce que je dis ?

– C'est un peu confus, non ?

– C'est parce que t'y crois pas...

– Pas du tout, mais tu restes dans le vague. Pourquoi me parles-tu subitement de tes visions ? Ça nous mène où ?

– Y a longtemps, j'ai vu une camionnette qui emportait un cadavre. Je l'ai vue une fraction de seconde. Et, ça m'est revenu à l'instant, sous la douche. Cette camionnette, c'était la sienne.

– Celle de qui ?

– Du photographe. De John. Je le sais, maintenant. Je la reconnais, j'en suis certaine.

Derolle ne laisse rien paraître, mais il se dit que la gamine est complètement fêlée et qu'il n'est pas sorti de l'auberge.

– Tu délires. C'est le chagrin qui t'égare, bafouille-t-il gentiment.

– Tu vois, tu me crois pas.

– Dis-moi plutôt à quoi elle ressemble, cette camionnette.

– C'est un combi Volkswagen 4×4 customisé. Une sorte de forteresse roulante.

– Et qu'est-ce qui t'est apparu, exactement, dans ton flash ?

– L'intérieur avec un sac mortuaire. Un sac en plastique noir qui épousait la forme d'un corps de femme.

– Ç'aurait été plus simple de voir le chauffeur, dans ton flash…

– Écoute, insiste Maud, j'en suis sûre, c'était son camion avec une morte. Et en repensant maintenant à tout le temps passé avec lui, y a des trucs bizarres qui me sautent aux yeux. J'avais rien senti, à l'époque, mais là, ça me saute aux yeux.

Explique-moi…

– Ce qu'il disait, sa manière de se comporter. Sa manière de salir les filles qu'il photographiait, toutes les filles… Sa façon de leur dire qu'il aimerait les baiser jusqu'à l'os, leur défoncer le cul jusqu'aux tripes, enfoncer sa pine au fond de leur gorge. Y avait toujours une allusion à la merde, à la mort.

– Les modèles l'acceptaient ?

– Il disait ça d'une voix tellement douce, avec un tel sourire, que ça faisait jamais d'histoires. On avait deviné que c'était sa manière de fonctionner sexuellement.

– C'est-à-dire ?

– Qu'il pouvait pas baiser ! s'exclame Maud Vincourt, comme s'il s'agissait d'une évidence.

– Ah ! Comment tu sais ça, toi ?

– Les deux ans que je l'ai fréquenté, il a jamais bandé. Pas une seule fois. Y'a pas une chatte ni une paire de nichons qui l'ont fait bander.

– Peut-être qu'il aime les garçons…

– Y a eu des mecs, aussi. Il en a photographié. Rien non plus ! Ni les filles ni les garçons lui ont fait lever la queue.

– Combien de filles lui as-tu présentées ?

Maud Vincourt répond dans un sanglot :

– C'est bien le problème…

– Combien ?

– Plus d'une trentaine.

– Autant ?

– Oui.

– Que des camarades de ton école ?

– Quelques-unes et beaucoup d'autres, croisées dans les soirées déjantées où j'avais l'habitude d'aller.

– Que sont-elles devenues ?

Il y a un blanc dans leur échange. Maud Vincourt semble repartie dans le passé qui vient de la rattraper. Elle a fermé les yeux. Son corps est agité comme on peut l'être lors du sommeil paradoxal. Le renflement du bas de son ventre bat contre le genou de Derolle. Il repousse Maud plus loin sur le lit.

– Que sont-elles devenues ? répète-t-il.

Lorsqu'elle émerge enfin, Maud semble ne plus savoir où elle est. Elle fixe Derolle un long moment, comme si sa dernière question mettait un temps infini à lui parvenir au cerveau, puis elle annonce froidement :

– Aux dernières nouvelles, elles vont toutes bien sauf cinq d'entre elles qui se sont évanouies dans la nature. Personne ne les a revues.

Derolle se redresse.

– Et ça t'a pas inquiétée ?

– À l'époque, j'y ai pas prêté attention, je les connaissais que d'un soir, c'est des copines à elles qui m'en ont parlé plus tard pour m'en demander des nouvelles. J'ai dit que j'en avais pas et on en est restées là.

– Donc, t'as aucun nom ?

– Je me souviens de deux prénoms, parce qu'ils étaient pas communs. Une Berthe et une Amandine. Deux grandes lianes blondes et lumineuses comme le lever du soleil. La vingtaine. C'est tout ce dont je me rappelle.

Derolle se relève et prend dans sa veste un carnet pour inscrire les prénoms.

– Tu crois que…

– Je ne sais pas. Je vais vérifier, dit-il.

Il essaie de ne pas regarder Maud Vincourt qui s'est allongée sur le dos. Sa nudité lui est devenue insupportable.

– Tu ne voudrais pas te rhabiller ? Nous n'allons pas coucher ensemble. Cette histoire m'a totalement privé de ma libido. J'ai plus fait l'amour à ma femme depuis la découverte du cadavre d'Émilie Janson. Et plus j'avance, moins j'ai envie de le faire. Tu comprends ?

– Je comprends très bien, acquiesce-t-elle sans rien tenter pour se couvrir, mais je fonctionne à l'inverse. Moi, c'est dans les emmerdes, dans la panique, que j'ai envie. C'est pas important, c'est comme une médecine douce…

– Tu as de la chance, articule gauchement Derolle. Je vais te laisser. Je dois rentrer travailler chez moi. Tu as mes coordonnées, donc tu me recontactes si quelque chose te revient.

Sur le pas de la porte, Maud Vincourt le retient.

– Si j'étais toi, j'irais sans tarder mettre la main sur la fille que fréquentait le photographe.

– Qui ?

– J'ai commencé à t'en parler au café, celle qu'était toujours dans ses jambes. La grande gouine.

Derolle fronce les sourcils. Comment a-t-il pu oublier cette info ? Faut croire que l'insistance de Maud à le garder chez elle l'a troublé au-delà de ce qu'il imaginait.

– J'ai dû être distrait, marmonne-t-il. Qu'est-ce que tu m'as dit ?

– Sue. Elle s'appelle Sue. Elle a dans les trente-cinq, quarante ans. Une grande rouquine athlétique, abonnée au 3W Kafe, une boîte de lesbiennes du centre. Elle suit le photographe comme son ombre. En tout cas, elle n'est jamais très loin. Grâce à elle, tu remonteras jusqu'à lui.

L'œil de la caméra

Il y a un cadre accroché dans l'entrée de l'appartement de Sandra, juste au-dessus du commutateur du système de vidéo-surveillance installé par son père. Il abrite une vieille photo de ce dernier, prise quelque part en Afrique, à l'époque où il servait comme chef de peloton reconnaissance. Il pose, assis sur le capot de sa Jeep, son FRF1 à la verticale, la crosse sur sa cuisse. Il a relevé sur son front ses grandes lunettes antitempête de sable, et abaissé son foulard camouflé pour pouvoir sourire à l'objectif.

C'est l'image que Sandra préfère de son père. Il s'en dégage une force tranquille, une assurance hors du commun qui lui a toujours plu. C'est le souvenir exact du papa dont elle attendait les retours de mission, même si la photo a été prise bien avant sa naissance. Pourtant, le souvenir a bercé ses rêves d'enfance. Le père qui revenait bronzé, soulagé d'avoir accompli son devoir et heureux de retrouver sa famille. Un père qui avait enfin du temps à lui consacrer, qui l'emmenait à l'école, lui faisait réciter ses leçons, pouvait jouer des heures avec elle au Cluedo ou au Monopoly, qu'elle adorait présenter à ses copines, qui ne se fâchait jamais, qui lui faisait découvrir toutes sortes de cuisines exotiques et lui racontait, avant l'heure du coucher, l'histoire passionnante de ses ancêtres.

Elle a installé le cadre à cet endroit pour rester en paix avec lui. Pour oublier l'homme inquiet et étouffant qu'il est devenu. Pour ne pas lui en vouloir lorsque le système de surveillance se déclenche dès qu'elle tourne la clé dans sa serrure. Pour oublier aussi la promesse qu'elle lui a faite de ne pas couper le contrôle de son appartement. Elle se hisse alors sur la pointe des pieds pour déposer un baiser sur le cadre.

Mais ce soir, elle n'en peut plus. Elle a refusé d'aller chez ses parents pour être au calme. Seule, vraiment seule.

Sandra passe la main devant l'œil électronique pour éteindre le circuit. Après tout, si quelque chose devait se produire, elle n'aurait qu'à faire le même geste pour réenclencher le système vidéo. Mais franchement, qu'est-ce qui pourrait bien arriver ? C'est ridicule. Son père est en train de tourner maboule. Elle contemple encore un instant la photo et se dit que c'est terrible de le voir si mal vieillir. Un monde les sépare aujourd'hui. Lui s'est enfermé dans ses obsessions, il n'a plus de vie sociale en dehors de son club de tir. Il accumule armes et munitions, et un tas de provisions, jerricanes d'eau et d'essence, boîtes de conserves, kits de première urgence, panneaux solaires… en attendant le chaos. Il ne vit plus que dans cette attente angoissée de la guerre civile, alors qu'elle-même s'ouvre aux autres. Elle aime son pays pour l'espace de liberté qu'il offre. Elle est heureuse de profiter de tous les combats menés et gagnés par les femmes depuis quarante ans. Elle se sent merveilleusement bien dans la peau d'une fille de son siècle. Elle regarde la télévision, écoute la radio, lit les journaux et se demande de quoi elle aurait à s'inquiéter. Elle n'a pas le profil des victimes qui émaillent les faits divers. Elle sort, elle rencontre des gens, elle s'amuse, mais elle est sérieuse. Et elle vit dans un petit nid qu'elle adore, bien situé, de bon standing, avec des voisins discrets et charmants. Et son père n'est qu'à un gros quart d'heure de voiture de chez elle…

Elle vérifie que le voyant vert s'est éteint sur le boîtier électronique du système de surveillance et passe dans le salon.

La chaleur du jour n'a pas cédé un seul degré à la tombée de la nuit. C'est étonnant, d'ailleurs, cette météo qu'on ne peut plus prédire. La radio avait annoncé pour la fin de journée un orage qui aurait balayé la canicule, rien n'est venu. Pas une goutte de pluie, pas un nuage, le soleil a disparu dans un flamboiement de couleurs, et l'obscurité, qui s'installe maintenant, est aussi oppressante que l'était l'après-midi. Le thermomètre n'est pas redescendu en dessous de la barre des trente degrés. Mais ce n'est pas pour déplaire à Sandra. C'est un avant-goût du Viêt-Nam.

L'œil de la caméra devenu aveugle, elle va pouvoir vaquer à ses dernières occupations, entièrement nue. Une petite folie qu'elle apprécie particulièrement, mais dont elle profite trop peu souvent. Elle réfléchit : la dernière fois, c'était lorsque ses parents étaient partis en voyage au Canada. Un an déjà ! Là, elle savait que son père n'aurait plus accès au système de surveillance, et elle avait vécu la semaine entière chez elle, sans tee-shirt ni culotte, mais calfeutrée derrière ses doubles-rideaux, avec le chauffage à fond parce que, même dans le Var, l'hiver peut être cinglant.

Sandra ouvre la baie vitrée du salon. Au premier étage, elle ne risque rien. L'appartement, à plus de quatre mètres du sol, n'a pas de vis-à-vis. En face, au-delà du parking, un jardin touffu descend en pente douce jusqu'au chemin de terre menant au fond de la vallée avant de remonter vers la départementale qui contourne la ville. Elle aime ce paysage. On n'y voit jamais personne. C'est comme si l'endroit était à elle.

Sandra se déshabille. Ses vêtements tombent un à un et s'éparpillent au sol. Elle jette un coup d'œil en direction de la baie vitrée, mais la nuit a déjà tout englouti. Elle devrait allumer le plafonnier, mais préfère laisser l'éclairage tamisé de l'entrée se diffuser pour créer une atmosphère mystérieuse, propice à la relaxation et à la réflexion.

Elle s'allonge sur la moquette, bras en croix, et perd la notion du temps.

Un bruit indéfinissable lui fait rouvrir les yeux. Le son est parvenu à son cerveau comme un grincement venu du dehors mais déjà son inconscient refuse l'explication. Quelque chose a changé dans la pièce.

Au-dessus d'elle, l'écran moutonnant du plafond emplit son champ de vision. Elle ne sait pas pourquoi, elle vient de poser sa main sur son ventre comme si elle cherchait à se cacher. Elle ramène ses jambes à elle et serre les cuisses. Alors seulement, elle tourne la tête et fouille du regard les angles du salon noyés dans la pénombre. La bibliothèque, la commode et le canapé sont devenus des masses sombres qui tranchent à peine sur le reste. En apparence, rien d'anormal. Pourtant elle sent que quelque chose a changé autour d'elle. Les ondes qu'elle recevait, couchée sur la moquette, ne sont plus les mêmes. Comme si son espace venait de se réduire subitement. Comme si elle partageait tout à coup son intimité avec quelqu'un.

Derrière elle, Sue est immobile. Elle a pénétré dans l'appartement par la baie vitrée avec la souplesse d'un fauve. Elle a contourné Sandra en glissant le long des murs. Depuis quelques minutes, elle observe sa proie en silence, attendant le moment opportun pour l'agresser. Pour l'instant, elle se repaît des formes de son corps. Elle jouit de la situation. Bientôt, elle sera sur elle, contre sa peau, dans sa moiteur. Elle tient entre ses mains les liens et le bâillon qui la terrasseront. Elle n'aura que quelques minutes pour profiter d'elle, mais elle fera en sorte que le peu qu'elle prendra reste en elle un souvenir inoubliable.

Derolle

La première chose qu'a faite Derolle en quittant le studio de Maud Vincourt a été d'appeler son lieutenant. À cette heure avancée de la soirée, il savait qu'il le trouverait chez lui et qu'il serait prêt à effectuer toutes les recherches nécessaires pour faire avancer leur enquête. Même à repasser un jean et une veste pour filer au commissariat si Derolle le lui demandait.

C'était précisément ce que souhaitait Derolle. Qu'il retourne au bureau consulter le fichier des personnes disparues, afin de vérifier si les deux noms de jeunes filles livrés par Maud y avaient été enregistrés.

Ensuite Derolle a rejoint son appartement, pied au plancher. Gyrophare enclenché sur le toit et klaxon deux tons hurlant, la berline allemande, achetée à prix cassé aux domaines, a battu tous les records de vitesse dès qu'il est entré dans Neuilly. 150, 180, puis 200 km/heure sur le boulevard Bineau.

À ce train d'enfer, il ne lui a pas fallu cinq minutes pour se retrouver devant chez lui.

Il soupire dans l'ascenseur poussif, ouvre la porte de l'appartement brutalement et fonce s'asseoir à son bureau. Il tape nerveusement sur la barre d'espace de l'ordinateur resté en veille pour relancer la session. L'écran s'éclaire. Il lui reste désormais à vérifier un détail.

Est-ce que ce qu'il a cru distinguer sur la photo de Maud va se révéler identique à ce qu'il a cru voir sur une de celles de son ami Tuan ?

Il connecte sa clé USB au Mac, et cherche au milieu de tout un fatras de fichiers la vignette du fameux John.

La photo du modèle affalé dans le fauteuil est là. Pour ne prendre aucun risque, il la duplique immédiatement et en ouvre la copie en plein écran.

On n'arrête plus le progrès, c'est à croire que l'image a été réalisée avec un appareil professionnel. La fille est d'une netteté incroyable, abandonnée sur son siège, la tête renversée, éclairée par l'ampoule du plafonnier qui dessine parfaitement les formes de son corps. Même dans les ombres de la chambre, les détails sont encore appréciables. Sur la droite de l'image, le miroir de la grosse armoire renvoie, à peine plus flous, les éléments qui s'y inscrivent.

Si le photographe anglais a été surpris de trois quarts dos, il reste néanmoins reconnaissable pour une personne qui l'aurait rencontré, se dit Derolle. C'est la bonne nouvelle.

Il ouvre la messagerie et compose un mail à l'attention de Tuan Lagrange : « Regarde la pièce jointe et dis-moi si le mec qu'on aperçoit dans le reflet du miroir te rappelle quelqu'un. » Puis il fait glisser le fichier et expédie son message. Avec un peu de chance, il obtiendra la réponse dans les cinq minutes.

Mais une alerte du provider l'informe presque immédiatement de l'échec de l'envoi. Fichier trop lourd ! Derolle s'énerve. Il tente une seconde fois de transmettre son mail. La même réponse s'affiche. Merde ! éructe Derolle. Il explore dans les applications ce qui lui permettrait de réduire la taille du fichier, mais ne trouve rien. La photo de Maud Vincourt pèse vingt-cinq mégas, la messagerie refuse obstinément de la distribuer.

Une recherche rapide sur Internet pour trouver un logiciel de conversion le renvoie à Photoshop. Sept cents euros ! Jamais il ne pourra expliquer cet achat au service. La taulière du commissariat refusera de le lui rembourser. Et sept cents euros pour un salaire de commandant, c'est une somme ! Même au commissariat, il ne dispose pas du logiciel.

Sur l'écran de son téléphone, le nom de son lieutenant s'affiche. Tout à sa déception, il n'a même pas entendu la sonnerie.

– J'ai trouvé, annonce immédiatement son interlocuteur. Les deux noms sont répertoriés au fichier. Enregistrés l'année dernière à trois mois d'intervalle.

– Qui s'est manifesté pour ces personnes ?

– Dans les deux cas, le conjoint.

– Ah ! Elles étaient donc mariées…

– Pacsées.

Derolle réfléchit à haute voix :

– Majeures, pacsées, et on a accepté d'enregistrer les dépositions, curieux !

– Faut croire que les éléments fournis ont été déterminants.

– Tu sais si des enquêtes ont été ouvertes ?

– Non. Aucune info dans ce sens.

– Rien au sujet d'un rendez-vous qu'elles auraient eu ?

– Rien. Comme à chaque fois, on a une date à partir de laquelle la personne n'a plus jamais été revue, et basta.

Le lieutenant fait encore deux ou trois commentaires, Derolle ne l'écoute déjà plus. Il raccroche machinalement et revient sur la photo fournie par Maud Vincourt. Ce n'est pas la peine de la rappeler pour lui demander quand les deux filles ont été présentées au photographe anglais, ce serait bien le diable qu'elle en ait conservé une trace quelque part, et que ses copines aient disparu le jour même. En revanche, si le fameux John n'est pas impliqué dans ce bordel, c'est que la terre est devenue plate.

Derolle clique sur la photo de manière à ce que le reflet de l'homme dans le miroir de l'armoire de la chambre s'agrandisse au maximum de la netteté. À force de fouiller l'image du regard, il finit par découvrir une ligne sombre à l'intérieur du poignet du photographe. En agrandissant encore le document, il lui semble tout à coup que la zone présente une suite de chiffres. Il est incapable de les lire mais cela y ressemble, Derolle en est certain. Comme un numéro tatoué sur la peau.

Si Derolle parvenait à déchiffrer le tatouage, il aurait peut-être, alors, un moyen d'identifier le photographe. Mais là encore, il lui faudrait un logiciel adéquat pour le faire. Seul le capitaine Germain Dessanges doit en être équipé et il se heurte au même problème : pas davantage qu'à Tuan, il ne pourra lui envoyer l'image.

Derolle a tout à coup l'impression désastreuse d'être coincé dans une impasse.

Toute son attention est maintenant concentrée sur la petite ligne qui orne le poignet de l'homme. Il place un calque sur l'écran, prend une loupe et un feutre noir pour tâcher d'en isoler les points les plus marquants. À force de s'esquinter les yeux sur les pixels de la photo, il finit par faire ressortir un zéro et un trois. Entre ces deux signes, le reste est confus, complètement brouillé, mais il semble bien qu'il s'agisse d'un numéro à quatre chiffres.

Il pose le calque devant lui et ressort d'un dossier les captures d'écran réalisées sur les sites pornographiques. Sur l'une des photos, le gant de latex de la main qui tient un fouet a roulé sur le poignet, découvrant une série de points noirs et gris qui pourraient également ressembler à une suite de chiffres ou de lettres. Le cœur de Derolle fait un bond dans sa poitrine. Qu'il parvienne ou non à décoder l'inscription, la similitude avec le tatouage que porte, au même endroit, l'homme de la photo de Maud Vincourt ne laisse place à aucun doute : c'est la même main, le même avant-bras, le même concentré de muscles. C'est bien le John de Maud Vincourt qu'on voit officier sur les vidéos scabreuses récupérées sur le *darknet*.

Reste à mettre un nom sur le bonhomme.

Si, comme il le pense depuis le début de son enquête, son ami Tuan Lagrange peut connaître l'assassin, peut-être a-t-il une chance de trouver parmi la masse d'images transmises par le Viêt un élément qui le renvoie à ce qu'il vient de découvrir.

Parmi les milliers d'images qu'il a reçues, l'une d'elles mettait en scène cinq ou six gars levant leur arme au-dessus de leur tête, dans un geste de défi ou de puissance, c'était difficile à déterminer, mais il en a conservé un souvenir précis parce que c'était la seule photo de groupe différente des autres. Une image qui montrait enfin autre chose que des mecs couchés derrière leur pétoire ou accroupis aux résultats en train d'évaluer leurs tirs. Une image de liesse comme il en avait vues des dizaines, au Liban, en Yougoslavie, en Irak, même dans les archives de la Seconde Guerre mondiale, petites victoires militaires de soldats exhibant au-dessus d'un trophée les symboles de leur virilité.

Restait à remettre la main dessus. Le compteur du dossier, de mémoire, contenait plus de dix mille fichiers.

Vengeance

La camionnette roule vers la résidence de Sandra. Au volant, John est calme. Pour rien au monde, il n'enfreindrait la moindre règle du code de la route. Il a vérifié le fonctionnement des feux, nettoyé les plaques d'immatriculation, donné un coup sur les vitres et les rétroviseurs, le véhicule a l'air soigné. Les risques de se faire emmerder par les gendarmes sont réduits. Si un contrôle devait avoir lieu avant qu'il n'atteigne le lieu de rendez-vous, il ferait le maximum pour coopérer et repartir le plus rapidement possible. En revanche, si l'opération devait tourner au vinaigre, il serait prêt. Il n'hésiterait pas une seconde. Son HK 45 est à portée de main, dans la boîte à gants…

John plisse les yeux de satisfaction. Dans moins de trois heures, l'affaire sera consommée. Quant à lui, il aura pris son pied comme rarement.

Sans doute autant que lors de l'opération déclenchée en Afghanistan, aussitôt après le 11-Septembre, contre les groupes d'étudiants en religion, le bras armé d'Al-Qaïda. Il avait accompagné les commandos américains à Kaboul pour neutraliser le maximum de moudjahidin que Washington rendait responsables de l'attaque contre les tours jumelles. Après l'émotion soulevée aux États-Unis par l'agression brutale dont ils avaient été victimes, les consignes étaient de ne pas faire dans la dentelle. On avait demandé aux militaires de taper un grand coup dans cette fourmilière de salauds. Le droit de la guerre, les conventions de La Haye, celles de Genève, tout ça avait été jeté au panier. Il fallait exterminer ces cloportes. Carte blanche avait été donnée par la hiérarchie.

Que du bonheur, avait alors pensé John.

C'est lui qui avait émis l'idée de s'amuser avec les barbus en les ficelant à des poteaux éloignés de plusieurs centaines de mètres des tireurs, histoire de faire durer le plaisir. Les Yankees n'avaient rien trouvé à redire. Les prisonniers avaient été enchaînés sur les cibles à une distance de 1 000 mètres, de manière à prendre le temps de régler les coups au but. Tout l'intérêt de la séance reposait sur l'incertitude de faire mouche, et donc sur le temps qu'allait prendre la mise à mort des gars, espacés les uns des autres de quelques mètres.

En y repensant, John est encore étonné de la frayeur que la mise en scène avait soulevée chez les Afghans. Pour des djihadistes en quête du paradis des martyrs, c'était assez inattendu.

En allant récupérer les corps, afin d'effacer les preuves de leurs crimes de guerre, les soldats avaient pu constater que tous avaient fait dans leur froc. Les talibans ne s'étaient pas contentés de gueuler et de supplier pendant les tirs, ils avaient chié sous eux ! Et ça avait beaucoup amusé John.

Le GPS indique maintenant que le point de rendez-vous est à deux kilomètres. Sue a déjà dû se saisir de la fille. Encore quelques minutes et il sera sur place.

La femme qui n'aimait personne

Quelque chose a changé dans la pièce. Toujours allongée, Sandra le sent. Elle fixe à nouveau le plafond. Rien, dans les coins ombreux du salon qu'elle a fouillés du regard, ne paraît anormal, si ce n'est la sensation d'une présence qui devient insistante. Ce sont maintenant des ondes négatives qui traversent Sandra et elle ne se l'explique pas.

Derrière elle, Sue n'a pas bougé d'un millimètre. Elle continue d'observer sa proie en silence. Dieu que c'est bon ! Elle ne pensait pas prendre autant de plaisir avant de passer à l'action. Elle regarde Sandra se raidir lentement. Il semble que son corps s'est mis à trembler. Allez, encore quelques secondes et elle se jettera sur elle. Elle touchera sa peau, elle s'enivrera de son humidité.

Dans ses mains, les liens et le bâillon sont prêts à servir.

Elle n'en doute pas, elle va vivre un grand moment.

– Pssss !

Sandra sursaute violemment, comme si une décharge électrique venait de la frapper. Elle se cambre et relève la tête pour essayer de comprendre. En une fraction de seconde, son monde bascule.

Elle aperçoit d'abord les jambes écartées, puis le bassin, la poitrine, les épaules et la tête de Sue gainée dans une combinaison noire. Si Sandra a tout de suite intégré qu'il s'agit d'une femme, celle-ci est bâtie comme un homme. Une femme avec une stature d'homme, grande, massive, musclée comme un homme. La gorge et la bouche de Sandra se sont asséchées d'un coup. Un fluide glacial s'est répandu dans ses veines, qui la paralyse quand elle veut se redresser.

Lorsque Sue se jette sur elle, Sandra pousse un cri que Sue étouffe immédiatement en lui plaquant une main sur la bouche, avant d'y coller l'adhésif. En un tour de main, les bras de Sandra sont pris dans les liens. Sue l'écrase de son poids, le visage contre son visage, les lèvres contre ses lèvres. Elle s'est collée à elle comme un amant pressé l'aurait fait.

Sandra ne réfléchit plus. Le sang qui bat dans ses tempes lui laboure le crâne. Elle voudrait hurler, se redresser, se défendre, s'échapper de cette pièce, mais la femme accentue sa pression. Elle la renifle. Quand elle a pris dans sa bouche son oreille, Sandra a cru qu'elle allait lui arracher le lobe. Une de ses mains lui a serré un sein si fort qu'elle en a eu instantanément les larmes aux yeux. Puis elle a senti les doigts sans ongles courir sur sa peau, le long de son buste, jusqu'à son ventre. Elle a encore tenté une ruade pour se libérer, mais la femme s'est pressée davantage et sa grosse main est entrée en elle.

Dans son affolement, Sandra appelle son père, mais sa supplique meurt sur le sparadrap qui lui serre les lèvres. Il lui revient alors en mémoire le geste qu'elle a fait en début de soirée pour couper la vidéo surveillance de l'appartement et elle a envie de vomir. Des questions se bousculent dans sa tête. Pourquoi a-t-elle coupé le circuit ? Que va-t-il lui arriver ? Qui est cette femme ? Est-ce qu'elle la connaît ? Comment est-elle entrée ? Que veut-elle ? Pourquoi ne parle-t-elle pas ? Sandra ne trouve aucune réponse.

L'affolement des premières minutes s'est mué en une terreur qui fait vaciller sa raison.

Sue a suivi avec un intérêt gourmand chaque étape de la montée en panique de sa proie, l'échauffement de son corps, l'augmentation de sa sudation, la crispation de ses muscles… Elle se désole d'avoir si peu de temps, elle aurait aimé lui faire connaître les délices de Lesbos, jouer avec elle, puis lui faire mal, tirer du plaisir de ses souffrances, lui pincer les tétons, les transpercer, s'enfoncer en elle jusqu'au poignet, mais John doit déjà être arrivé au point de rendez-vous, elle doit livrer le paquet.

– Regarde-moi, fait-elle soudainement.

Les paupières de Sandra papillotent un instant.

– Je suis la gouine de tes rêves, petite salope…

Sandra se crispe. Elle voudrait se soustraire à l'étreinte.

– Nous allons faire mille choses ensemble avant de te faire mourir de plaisir…

La voix de Sue se fait plus dure. Elle doit se contenir. Ne rien dévoiler du plan échafaudé par John. Il ne lui reste que les mots pour jouir de la fille et elle enrage.

– Bienvenue dans mon univers, connasse, je t'emmène dans mon atelier des supplices. Tu vas voir, ce sera une très longue nuit pleine de surprises.

Sue se relève, attrape le plaid du canapé et enroule Sandra à l'intérieur avant de la hisser sur ses épaules.

Sandra ne peut ni crier ni bouger les bras, mais ses jambes sont encore libres ; en donnant des coups de pied aussi fort qu'elle le peut à la femme, elle renverse un premier meuble, le petit fauteuil posé devant la table basse. Alors que Sue la fait glisser au sol pour la gifler, Sandra continue à griffer l'air de ses jambes. La table basse puis le guéridon installé dans le coin du salon se retournent. C'est l'énergie du désespoir qui la motive encore, alors que tout semble perdu. Cette fois-ci, c'est un vrai coup de poing que lui assène Sue avant de la rejeter sur ses épaules, mais Sandra continue à se battre. Il faudrait qu'elle parvienne à faire chuter la femme et qu'elle se blesse en tombant. Ses pieds virevoltent toujours dans le vide, elle décroche un cadre du mur, puis un second. Dans l'entrée, elle tente de se retenir à la suspension qui pend du plafond, elle la serre entre ses mollets et la décroche, mais, inexorablement, Sue la mène vers la porte palière de l'appartement. Encore quelques secondes et elles seront dehors.

Pendant que la femme ouvre les verrous, Sandra parvient, dans un dernier effort, à atteindre le boîtier de la vidéo surveillance. La pointe de son pied droit s'écrase dessus, puis elle sent sur son visage un jet gazeux qui l'anesthésie dans la seconde. Ses jambes retombent contre le dos de la femme. Elle perd la notion de l'espace et perçoit, comme au travers d'un écran ouaté, la voix qui lui intime l'ordre de se calmer :

– Tout doux, tout doux. Arrête ton bordel, tu vas alerter les voisins…

Tuan

À moins de dix kilomètres de l'appartement de Sandra, le mobile de son père se met à vibrer dans une poche de son pantalon treillis. Tuan est avachi sur le canapé du salon. La télévision ronronne doucement. L'écran projette des pinceaux de lumière qui courent sur les meubles et sur les visages de Tuan et de son épouse. Comme chaque soir, tous deux se sont endormis devant un film dont ils ont décroché rapidement. Ils n'apprécient rien de plus que ces soirées où l'engourdissement les prend par surprise, presque au même moment, pour les laisser inertes devant les scintillements du poste, longtemps après l'arrêt des émissions.

Quand ils rejoignent leur lit, ils le font à la manière de somnambules, et le fait de s'allonger dans les draps frais leur procure chaque fois le même plaisir. Il leur faut ce rituel pour terminer leur journée. C'est un espace dans le temps où rien ne peut plus les atteindre. Ils sombrent dans une torpeur lourde qui les foudroie au premier battement de cils. Tuan comme sa femme. Et ils en rient le matin devant leurs tasses de café fumant en évoquant leur fin de soirée. Ils s'amusent à déterminer qui des deux a lâché prise le premier. C'est un petit jeu qui les ravit depuis des années, depuis qu'ils ont pris leur retraite, et pour rien au monde ils ne voudraient changer cette habitude.

Ils se sont souvent dit qu'il faudrait au moins un tremblement de terre pour les tirer de leur assoupissement. Dieu merci, il ne s'en est jamais produit. Même lorsque le Var a été entièrement noyé sous des trombes d'eau, il y a quelques années de cela, ils n'avaient pas dérogé à la règle jusqu'à ce que l'électricité soit coupée et que la télévision fût devenue noire. Ils s'étaient alors résolus à rejoindre directement leur chambre après le dîner, peinant à trouver le sommeil au milieu du raffut provoqué par le déluge.

Cette nuit-là, le temps est au beau fixe. Le climatiseur a adouci la température dans la maison. Une grosse lune bleutée apparaît derrière la fenêtre. La télévision fonctionne. Le canapé est moelleux comme Tuan les aime et la pendule de l'entrée qui égrène les secondes avec l'obstination d'un métronome ajoute à la quiétude de la pièce.

Il n'a plus qu'une envie, aller se coucher, mais ne trouve pas la force de s'extirper du divan, et il y a les vibrations de ce foutu téléphone qui le font émerger de sa torpeur et ça l'énerve. Il faudrait que ça s'arrête. Il tape sur sa jambe pour faire taire l'appareil et referme les yeux. Il n'a pas détecté la sonnerie caractéristique choisie pour identifier l'appel d'urgence.

Kidnapping

Qui est cette femme ? Pourquoi est-elle venue chez elle ? Sandra ne comprend toujours pas ce qui vient de lui arriver. A-t-elle été envoyée par quelqu'un ? Où l'emmène-t-elle ? Que va-t-elle lui faire ? On n'a jamais vu des femmes assassiner des femmes, en tout cas en France. Ça n'existe pas. Une mauvaise blague… C'est une mauvaise blague. Au début, elle a cru à une tentative désespérée de son père pour lui faire peur et la ramener chez eux, mais il y a eu les coups, le gaz et les attouchements… Elle s'est débattue, elle a hurlé quand le gaffeur s'est collé contre sa bouche, elle aurait tué si elle avait pu.

Quelles que soient les questions qu'elle se pose encore, une réalité épouvantable s'impose : elle a été violée et kidnappée. Alors la colère, qui avait pris le dessus sur tout le reste, ces dernières minutes, fait place à un sentiment de panique incontrôlable. Elle sent son estomac se renverser. Elle en a le souffle coupé, elle cherche l'air, la tête lui tourne, une sensation inconnue s'empare d'elle, elle est comme au bord d'un gouffre. Debout au bord du vide. Une épouvantable impression de vertige qui la laisse inerte, comme un pantin désarticulé sur le dos de la femme, qui a dévalé les escaliers de l'immeuble comme une furie, franchi le sas en trombe, et court maintenant sur le parking.

Sandra voudrait que ce cauchemar éveillé s'arrête. Elle voudrait voir son père. Elle ferme les yeux aussi fort qu'elle le peut. Elle voudrait perdre conscience. Elle se dit que si elle parvient à le faire, tout ceci n'existera plus, elle se réveillera chez elle tranquillement et découvrira que rien de ce qu'elle endure n'était réel. Elle ira prendre son bain, se débarrassera des mauvaises ondes et passera un coup de fil à ses parents pour les embrasser avant d'aller se coucher.

Elle se met à prier.

– Tu vas être la vedette d'un *snuff movie*, ma grande. Tu sais ce qu'est un *snuff movie* ?

La voix de la femme la ramène subitement à la réalité. Cachée sous le plaid, Sandra ne distingue rien, mais devine qu'elle est déjà à l'extérieur de la résidence. La femme accélère encore, elle fonce désormais.

– C'est un petit film qui met en scène un véritable meurtre. Pour des clients qui paient très cher pour voir mourir des connes comme toi.

Curieusement, la voix est douce, feutrée. En décalage complet avec le propos. C'est presque dit sur le ton d'une confidence.

Sandra baigne dans ses larmes. Ses cheveux collent au visage. Elle ne sent plus le bas de ses jambes. Une douleur lancinante escalade sa colonne vertébrale. Comme une lame qui piquerait ses os.

– Voilà ! fait la femme en la jetant brutalement dans le coffre de sa voiture.

L'arrière de la tête de Sandra vient heurter un élément métallique et ce qu'elle désirait tant arrive enfin, elle perd conscience.

Sue regarde rapidement autour d'elle. À l'exception de son véhicule et de celui de la fille qu'elle vient d'enlever, aucune autre voiture ne stationne sur le parking. Pas une lumière ne brille aux fenêtres de l'immeuble. Ce que John avait vérifié s'est confirmé : les quelques familles de la résidence sont encore en vacances. Hormis un ou deux couples de vieux, l'endroit est désert. Elle referme le coffre et monte dans le break relancer le moteur à l'aide des fils dénudés sous le tableau de bord. Tout va bien. Un seul détail la perturbe : il ne faudrait pas que la petite conne se soit blessée dans le coffre. Elle l'y a jetée un peu fort. De rage, sans doute. De rage à l'idée de ne pas pouvoir en profiter. Elle n'a jamais vu une gamine si belle, si sensuelle, si fragile.

Une de ces femmes qu'elle aime détester.

Faire souffrir.

Mettre en panique.

Elle appuie sur l'accélérateur et quitte lentement le parking en direction de la piste qui serpente en contrebas. Dans moins d'un kilomètre, elle arrivera au carrefour où doit se produire l'accident avec le véhicule conduit par John.

À l'arrière, Sandra émerge de son évanouissement.

Des sons, des images, des odeurs se bousculent dans sa tête meurtrie. Des tranches de vie sans importance de ces derniers jours. Elle est ballotée à l'intérieur de ces scènes comme dans le générique d'un film où tout est dévoilé rapidement, sans véritable lien entre les événements. Sa séance de jogging, la veille, le long de la montagne ; un café au lait pris quelques jours plus tôt à la terrasse d'un bistrot ; sa dernière visite à la Pagode, et le bol de soupe parfumée offert par le vieux gardien tonkinois… Des phrases lues dans le carnet de guerre de son grand-père, aussi. Les scènes effrayantes des photos qu'elle a trouvées sur la débâcle de la RC4, les cadavres, les corps à moitiés consumés, l'horrible masque laissé sur les visages des soldats quand la mort les a pris.

Lui revient également le souvenir du regard que son père a posé sur elle, quand elle a refusé de passer les deux derniers jours chez ses parents avant de s'envoler pour le Viêt-Nam.

Elle sanglote. Comment une histoire pareille peut-elle lui être arrivée à elle ? Comment peut-on se faire enlever et assassiner par une femme ? Elle voudrait ne pas y croire, mais plus la voiture l'emporte, plus elle se persuade que le pire va se produire. Il y a quelques mois, un journal avait publié les photos de jeunes femmes tuées par un serial killer belge. Elle, qui d'habitude ne s'intéressait jamais aux faits divers, avait longuement détaillé les visages, cherchant dans les traits des filles ce qui pouvait les avoir conduites vers leur expérience fatale. Quelque chose d'insoupçonnable, mais qui aurait été le lien entre elles, et la raison pour laquelle un homme leur avait ôté la vie. Elle avait tout examiné, leurs yeux, leur bouche, leurs lèvres, leur expression, et n'avait rien trouvé. En dehors de leur condition féminine et de leur jeunesse, il n'y avait rien, absolument rien, qui puisse les avoir un jour précipitées vers leur meurtrier. Et c'était cela le plus inconcevable pour Sandra, à cet instant, se dire qu'une telle abomination pouvait survenir n'importe quand, n'importe où, à n'importe qui.

A-t-elle réussi à réenclencher le système d'alarme ? Emmitouflée dans le plaid comme elle l'était, elle n'a pas pu le vérifier. Elle n'a pas pu distinguer le changement de couleur du voyant. Est-il bien passé au vert ? Cinquante fois, elle se pose la question. Si tel est le cas, son père doit déjà être en route. Comme elle le connaît, il n'a pas dû perdre une seconde pour se ruer vers l'appartement. Elle sait ses capacités de réaction. Même au lit, même déshabillé, il aura été capable de se précipiter chez elle dans l'instant.

Et puis ?

Et puis le temps qu'il arrive, où sera-t-elle ? Cette dernière remarque l'anéantit. Une fois qu'il aura parcouru les dix kilomètres qui séparent la maison de l'appartement, où sera-t-elle ? Que trouvera-t-il ?

Sandra se répète encore que rien n'est vrai, que la femme n'existe pas, qu'elle va se réveiller, qu'elle sera allongée sur le sol de son salon, qu'elle ira s'immerger dans l'eau chaude et mousseuse de son bain et qu'elle oubliera sans même s'en rendre compte ce cauchemar absurde.

Maud

Dans sa banque d'images, Derolle cherche les gars avec leur arme au-dessus de leur tête, tel qu'il s'en souvient. De toutes celles envoyées par le Viêt, c'était peut-être la moins intéressante, dans la mesure où aucun des tireurs n'était reconnaissable. Il s'en est fallu de peu qu'il ne la jette, il se le rappelle très bien.

Les photos défilent. Il les a déjà regardées un nombre incalculable de fois, et c'est toujours le même sentiment qu'il ressent, l'impression désagréable de tourner en rond dans un labyrinthe.

Au mur de l'entrée, la vieille pendule héritée de son grand-père se met à sonner. Derolle compte les coups : dix, onze, douze. Il doit donc être un peu plus de minuit, car l'antiquité retarde. Il a beau la régler chaque matin, la pendule s'entête à laisser filer les heures. À croire qu'elle lutte obstinément contre la fuite du temps, comme le grand-père le fit toute sa vie pour se décider à mourir à presque cent ans.

D'un coup d'œil, Derolle regarde l'horloge du Mac, il n'est pas loin d'une heure du matin. La dose de fatigue qui l'accable aurait pu, à elle seule, lui indiquer qu'il s'apprêtait à entamer une nouvelle nuit blanche. Il est rincé. Il a froid, malgré la température d'aquarium qui règne chez lui. Ses mains tremblent. Les yeux le piquent. S'il était un tant soit peu sérieux, il refermerait l'ordinateur, irait se mettre au lit et se loverait contre son épouse pour capter un peu de sa chaleur, et renouer entre eux le fil qui s'effiloche.

Un instant, il hésite. La perspective d'une nuit de sommeil, même brève, le tente. Que lui apportera ce soir l'image qu'il cherche ? Certainement rien de plus. Il refuse encore de se l'avouer, mais il est à deux doigts de se convaincre d'avoir fait fausse route depuis le début. Toutes ses recherches ne reposent que sur des suppositions. Il ne se rappelle d'ailleurs même plus comment il s'est engagé dans cette voie. Il faudrait qu'il reparte de zéro avec la photo donnée par Maud Vincourt, l'Anglais dans le miroir, et qu'il parvienne à l'identifier.

Putain ! gronde Derolle en attrapant son téléphone.

La voix de Maud Vincourt l'accueille comme si elle avait attendu son coup de fil depuis le moment où ils s'étaient quittés.

– Tu as changé d'avis ? s'étonne-t-elle.

Derolle s'impatiente.

– Je t'appelle parce que j'ai oublié le nom que tu m'as donné, la fille qui fréquentait le photographe anglais. Tu m'as dit comment elle s'appelait et où on peut la trouver.

– Et ça, tu l'as pas noté !

– Écoute, ma jolie, j'ai pas le temps de jouer. Répète-moi ce que tu m'as dit ce soir.

Après un petit silence, Maud murmure dans le combiné :

– Si tu viens, je t'emmène la chercher.

– Non, rétorque brutalement Derolle. Tu me dis tout de suite ce que je te demande ou mes flics débarquent chez toi dans le quart d'heure. Ensuite quarante-huit heures de garde à vue, puis le juge et tout le toutim. Tu n'as pas idée de la merde dans laquelle tu es. Pour le moment, j'ai décidé de te tenir à l'écart de ce bordel, mais si tu m'y forces je te fais tomber. Donne-moi le nom de la fille, celui de la boîte et va prendre une douche froide.

– Ah, pardon ! Je ne voulais pas t'énerver, s'excuse Maud Vincourt. Elle s'appelle Sue et fréquente régulièrement le 3W Kafe. Une boîte de…

– Je sais.

– Tu étais plus gentil, tout à l'heure…

Derolle a déjà coupé la communication. Il est furieux contre lui. Comment a-t-il pu zapper cette info ? Ahurissant ! Mais il est encore plus en colère d'avoir joué au policier de base avec cette gamine qui ne demandait qu'à lui être agréable. Ce n'est pas tous les jours qu'un témoin aussi sexy et aussi désintéressé lui propose la botte, gratuitement, pour le seul plaisir de se faire sauter par lui. Ce doit être une histoire qui n'arrive qu'une fois dans la vie.

Les ronflements de sa femme, qu'il entend maintenant nettement au travers de la cloison, renforcent son désarroi. Décidément, il ne parviendra jamais à la tromper. Qu'ils ne fassent plus l'amour depuis des lustres ne changera rien à l'affaire. Il n'est même plus capable de poser une main sur elle, dans le lit, mais il sait qu'il ne fera rien ailleurs. Ils vieilliront ensemble sur les voies parallèles qu'ils ont empruntées. Un jour, il ne la verra plus jamais nue, et il oubliera jusqu'aux lignes de son corps. Il s'enfermera définitivement dans son boulot en priant le ciel, chaque fois, de boucler l'affaire en cours. Il terminera dans la peau d'un vieux flic aigri, et, s'il en a le courage, peut-être se mettra-t-il une balle dans la tête à la veille de sa retraite.

Alors qu'il va rappeler Maud Vincourt pour s'excuser, il hausse les épaules et compose le numéro de son lieutenant.

– Tu ne dors pas ? demande ce dernier d'une voix pâteuse.

– Saute dans ta limousine et rends-toi dans une boîte de gouines célèbre, le 3W Kafe, pour essayer d'y trouver une dénommée Sue. La quarantaine athlétique, rousse.

– Tu rigoles !

– Pas le moins du monde.

– Et je fais comment ? Je dis aux filles : « Bonjour ! Je suis de la police… » Je vais me faire couper les couilles !

– Tu t'adresses à la taulière gentiment. Tu sais faire. Et on a, en général, d'excellentes relations dans les clubs d'homos. Il n'y aura pas de problèmes.

– Et si, par extraordinaire, je lui mets la main dessus ?

– Là, tu rameutes la force publique, tu l'embarques au commissariat et tu me préviens de suite pour que je vous y rejoigne. J'attends.

– On pourrait y aller ensemble…

– Négatif. J'ai un truc sur le feu, ici, que je peux pas lâcher.

– C'est important à ce point ?

– Oui. La gonzesse est liée de très très près au tueur qu'on recherche. Et ce n'est pas dans la journée qu'on la trouvera.

Derolle plante là son adjoint sans lui laisser le temps de s'étonner de la nouvelle, et se renverse contre le dossier de sa chaise avant de reprendre les photos de Tuan. Le logiciel charge les images trop lentement. Ça n'avance pas. À trois reprises, il pique du nez, se rendant compte qu'il a laissé passer les derniers fichiers sans les voir, avec la même impression qu'on ressent parfois au volant quand on redécouvre la route devant soi après une fraction de seconde d'endormissement. Un jet d'adrénaline le réveille. Il se redresse et donne un coup de menton en l'air pour chasser la fatigue.

Puis il trouve enfin l'image. Les quatre tireurs, saisis par l'objectif les armes en l'air.

Derolle duplique le fichier sur le bureau de l'ordinateur et l'agrandit. La définition ne lui permet pas d'aller très loin mais c'est suffisant pour deviner que l'un des gars porte au poignet le même tatouage que le tourmenteur repéré sur le *darknet*, la même série de chiffres qu'il a aperçus sur la photo de l'Anglais donnée par Maud Vincourt. En forçant l'agrandissement, le numéro apparaît enfin : quelque chose comme 0332.

L'épuisement qui accablait Derolle vient de le quitter. C'est un état de surexcitation extrême qui s'empare de lui. Il n'y a plus aucun doute possible, l'un de ces quatre bonshommes est celui qu'il recherche. On ne distingue pas son visage mais il y a assez d'éléments pour que son pote Tuan puisse l'identifier immédiatement. La carrure d'abord. Les épaules de catcheur, les avant-bras comme des jambons que sa petite taille accentue. L'homme n'atteint certainement pas le mètre soixante-dix. Il y a autre chose aussi : l'un de ses pieds est bizarrement tourné vers l'intérieur, comme s'il était affublé d'un handicap de la jambe, comme la séquelle d'une blessure ancienne.

Vidéosurveillance

Les lumières sont éteintes. Tuan est vautré sur le canapé devant la télévision qui scintille dans la pièce plongée dans le noir. Sa femme dort déjà. Les ronflements réguliers de Léa lui indiquent qu'elle a déjà dépassé le stade du sommeil paradoxal.

Lui commence à s'assoupir. Il a passé trois heures à recharger un lot de munitions pour sa 300 Winch Mag, suivant un nouveau protocole extrêmement contraignant élaboré à l'aide des dernières poudres suisses, et il est rincé. S'il ne s'est pas trompé, il fera, demain, du trou dans trou à 800 mètres, et il est heureux comme un gosse. Il n'envisage pas une seconde qu'il ait pu commettre une erreur et que la culasse lui saute à la gueule si jamais une surpression devait se créer dans la chambre de son arme. Ces munitions, c'est le fruit de quinze années de tâtonnements, et, s'il réalise le score qu'il espère, il se hissera sur le podium des meilleurs tireurs européens.

Le téléphone continue de vibrer au fond d'une des poches de son pantalon. Cela fait un moment que l'appareil insiste. Tuan tape encore dessus, comme si le geste pouvait l'éteindre. Qui peut bien l'appeler à une heure pareille ? La question traverse son esprit mollement, il n'ouvre même pas les yeux. Il est prêt à rechuter dans le sommeil quand l'image de Sandra s'impose derrière ses paupières closes. Et avec elle, d'autres des endroits où il s'était trouvé ces dernières heures, et des personnes avec lesquelles il avait parlé. Mais toutes étaient reliées à Sandra, la pagode vietnamienne, le restaurant chinois du centre commercial, l'agence de voyages, son copain Derolle et les tireurs du club avec lesquels il avait évoqué le prochain départ de sa fille pour l'Asie.

Les images tournent comme à l'intérieur d'un kaléidoscope géant. Tuan ouvre un œil et profère un juron, agacé de se retrouver ankylosé au fond de son canapé sans avoir eu le loisir d'entrer définitivement dans le rêve qui s'annonçait. Il se demande ce qui a bien pu le perturber à ce point, quand son téléphone se remet à trembler comme un petit animal qui palpiterait contre sa jambe.

Un seul motif peut pousser l'appareil à insister de cette manière, Tuan le comprend enfin, c'est le déclenchement du système de surveillance installé chez Sandra. En situation d'urgence, si la touche de détresse a été actionnée, le récepteur de contrôle sonne ou vibre indéfiniment jusqu'à ce qu'on l'ouvre.

Il est enfin complètement réveillé. Il prend son mobile et tapote l'application du contrôle de l'appartement. La première chose qu'il voit est une image verte, très sombre, comme en produisent tous les amplificateurs de lumière en vision nocturne. C'est une scène irréelle qu'il a déjà testée lors de l'installation du système, mais qui l'étonne encore. Il plisse les yeux pour déchiffrer l'image et finit par découvrir la baie vitrée grand ouverte et les meubles renversés dans le salon. D'un coup, le sang de Tuan se propage dans son corps comme si son cœur venait d'exploser. La table basse a été retournée et le guéridon jeté par terre.

Au bout de deux ou trois secondes, une deuxième image glisse sur la première. C'est un gros plan du lustre qui git sur la moquette. À côté, un cadre a explosé en tombant au sol comme s'il avait été violemment décroché. Des éclats de verre éparpillent une multitude de taches claires que l'amplificateur de lumière accentue au point de faire disparaître le reste des éléments qui les entourent. Puis une troisième et une quatrième image montrent la cuisine et l'entrée où rien d'inhabituel n'apparaît.

Mais dans un coin supérieur de l'écran, un voyant indique qu'une vidéo a été enregistrée au moment du déclenchement de l'alarme. Le système de surveillance a été conçu pour déclencher dans chaque pièce une photo à l'instant où l'alarme est actionnée, avant que la vidéo en continu se mette en marche. L'objectif de la caméra miniaturisée contenue dans le boîtier est censé filmer à la volée l'espace de l'entrée et son prolongement, dans le salon. Il faut placer le doigt sur le symbole lumineux pour lancer l'application. Tuan n'y parvient pas. Son index tremble sur le téléphone qu'il serre de toutes ses forces.

Aucune présence de sa fille. Comme si tout s'était déroulé avant qu'elle ne mette en route le système d'alerte. Si elle a été agressée et a réussi à s'enfuir, il ne comprend pas pourquoi elle ne s'est pas manifestée depuis.

Il faut qu'il se calme. Il cherche une nouvelle fois, du bout de son doigt, à lancer la vidéo. Quand il y parvient enfin, ce qu'il découvre lui assoit un éléphant sur la poitrine.

Au premier coup d'œil, l'entrée pouvait apparaître vide de toute présence humaine, comme sur les captures du salon. Mais en y revenant encore, Tuan a aperçu, dans le reflet d'un tableau accroché au mur, l'image d'une masse blanche jetée sur les épaules d'une personne à l'instant où celle-ci semble disparaître par la porte palière. Il n'y a pas d'erreur possible, ce qu'a saisi furtivement l'œil de la caméra est là, au fond du tableau, comme la vision fugitive qu'aurait laissé un spectre au cœur de la nuit. Sur le dos de la créature, il s'agit bien d'un fardeau humain, comme en témoignent les deux pieds dépassant de la couverture qui l'entoure.

Tuan est effondré. Il ne se rappelle pas quand il a pleuré pour la dernière fois. Maintenant il ne peut plus s'arrêter. Il est enfoncé dans le canapé, cassé tel un pantin désarticulé, les larmes ruisselant sur son visage, les bras pendants, le téléphone dans une main. La pièce est toujours silencieuse, sa femme ronfle paisiblement. La petite séquence vidéo tourne en boucle.

Tuan est sonné. Comme un boxeur après un mauvais coup. Il lui faut faire un effort considérable pour se redresser. Mais, une fois debout, la fureur qui le saisit le rend enragé. Quelqu'un s'en est pris à Sandra, il y a eu de la violence, on a enlevé sa fille… Alors, tout ce qu'il a fait pour la protéger n'aurait servi à rien ? Juste inimaginable ! Tuan retrouve une force qu'il avait oubliée. Son ventre est dur, tous ses muscles sont bandés. Tous ses vieux réflexes reviennent, il est comme dans l'imminence d'un assaut. Il se rue dans la pièce où a été scellé au mur le coffre qui contient son arsenal.

Il entre sans allumer la lumière et tape immédiatement le code sur la serrure magnétique. Il connaît le cheminement par cœur, comme il sait où, sur le râtelier, est entreposé le Sig 552 commando.

Les chargeurs de trente coups approvisionnés sont réunis dans un deuxième coffre, planqué derrière un tableau représentant la montagne Sainte-Victoire, une copie d'un Cézanne achetée des années plus tôt lors d'une vente de charité organisée par les anciens du 8e RPIMa. Il n'a pas besoin, non plus, de s'éclairer pour les retrouver au milieu des autres magasins des fusils d'assaut qu'il détient.

Puis il tâtonne au fond de l'armoire blindée et en ressort deux balles de tennis dans lesquelles ont été camouflées des grenades offensives.

En un clin d'œil, le matériel disparaît dans un sac souple.

Il ne peut rien faire d'autre que de se précipiter chez Sandra, équipé comme pour une opération commando. Il est déterminé. Il verra une fois sur place. Peut-être Sandra a-t-elle été emmenée dans sa propre voiture ; s'il a cette chance, le GPS auquel il s'est relié sans jamais le lui dire lui permettra de la retrouver rapidement.

Il est déjà devant sa voiture quand la voix de sa femme le stoppe net :

– Tuan…

Il ne veut pas répondre. Il déverrouille la portière et jette le sac sur le siège avant du passager.

Léa insiste :

– Tuan ! Où vas-tu ?

Il ne répond toujours pas. Comment lui dire ce qu'il vient de voir ? Comment lui expliquer qu'il file avec l'intention de se battre jusqu'au sang pour récupérer leur fille ? Une voix intérieure lui susurre depuis un moment qu'il est en train de péter un câble, qu'il se lance dans une aventure absurde, que Sandra a été kidnappée depuis un moment, qu'il lui faut encore parcourir dix kilomètres avant d'arriver chez elle et que la première chose qu'il aurait dû faire, appeler la police, ne lui a même pas traversé l'esprit. Que cette équipée sauvage en pleine nuit, armé comme un Seal, n'a aucun sens. Mais rien au monde ne le ferait changer d'avis, il va retrouver la voiture, coincer le salaud et ramener sa fille chérie à la maison. S'il ne tente rien et qu'il perd Sandra, il en mourra il en est certain.

– Tuan !

Sa femme s'est mise à hurler. Elle dévale les marches du perron et se jette sur lui.

Alors, Tuan lit dans son regard qu'il n'y rien à lui expliquer, elle a compris. Elle a compris qu'un drame est survenu et que Sandra en est la victime.

– L'alarme s'est déclenchée. On l'a agressée.

– Sandra ?

– On a enlevé notre fille. J'y vais.

Léa est parvenue à hauteur de la voiture. Elle a bloqué la portière et passe la tête à l'intérieur de l'habitacle.

– Qu'est-ce que tu emportes ? demande-t-elle en pointant du doigt le sac.

– J'ai pris ce qu'il faut pour la sauver, m'emmerde pas.

– Mais tu ne vas pas faire justice toi-même… Tu es fou !

– Je vais la délivrer, c'est tout. Je sais pas ce qui se passe. Peux pas arriver les mains vides…

– Oh, non ! Appelle la police.

Tuan repousse doucement sa femme qui s'accroche à la portière.

– Qu'est-ce que la police va faire, hein ? Elle va nous demander de passer au commissariat, on va regarder le film de la vidéo surveillance, il faudra enregistrer une déposition, ça va déjà prendre une plombe et les flics enverront leurs collègues de la police technique et scientifique essayer de relever des empreintes, et notre Sandra sera où ?

– Je ne comprends rien à ce que tu racontes. Appelle la police.

– Léa, tu vas te calmer et me laisser agir. Je sais ce que je fais. Je vais contacter des potes du tir et on va faire ce qu'on peut, tout de suite, dans l'urgence. Ensuite, si ça donne rien, alors on ira à la police. Sois gentille, pousse-toi et laisse-moi partir.

Assommée, sa femme fait un pas en arrière. Elle fixe Tuan avec une intensité presque insoutenable. Il n'a plus constaté autant de résistance dans son regard depuis longtemps.

– Fais-moi confiance, articule-t-il péniblement.

– Qui vas-tu contacter ?

Tuan tourne la clé dans le démarreur et passe la première. Puis il lâche l'embrayage méchamment.

– Je vais appeler Pierre. Pierre Marini.

Tandis que l'Audi s'éloigne, Tuan se répète le nom : Pierre, Pierre Marini, oui, c'est le gars qu'il lui faut, le compagnon de toutes ses années militaires. Et s'il était injoignable ? Dans ce cas, il appellerait Octave, le Basque psychorigide. Il sera partant, lui aussi, pour l'aider. En plus, il adore Sandra, c'est clair. Et si ça non plus ne marche pas, eh bien, il restera Willy. C'est le dernier de la bande à pouvoir lui donner un coup de main. Même s'ils passent leur temps à s'engueuler, il y a au moins une chose qu'on ne peut pas retirer à cet Anglais de malheur, c'est son goût de l'action et son courage. Il l'a assez prouvé au cours de sa carrière. On ne se fait pas exploser les couilles et la queue en restant un vrai combattant durant des années si l'on n'est pas un mec hors du commun. Ouais, il va l'appeler s'il faut.

Le scénario du film

Sandra s'est toujours dit que le pire qui pouvait arriver était d'être enterré vivant. Être fourré inconscient entre quatre planches, puis descendu en terre et abandonné de tous, jusqu'au moment où l'on revient à soi et découvre l'horreur de la situation, le froid, l'humidité, le silence et le noir. Avec rien au bout, que la perspective de crever de la pire des morts.

Enterrée vivante comme dans le coffre de cette voiture. Pas encore en terre, mais déjà dans le corbillard. Tout ce qui vient de se passer la met au bord de la folie. Dans quel état va-t-elle sortir de cette boîte qui prend de la vitesse ? Elle cherche à bouger. Les liens qui la maintiennent contre le plancher métallique ne lui permettent aucun geste. Elle s'applique à chercher de l'air comme le ferait un enseveli vivant, quand un choc phénoménal la propulse contre la paroi du siège arrière du véhicule.

Il lui semble que l'habitacle entier va exploser. Un coup de volant rageur fait tourner la voiture sur elle-même. Le hayon se tord et un pinceau de lumière badigeonne l'intérieur d'une couleur orangée violente qui traverse le linceul dans lequel elle a été enroulée.

Au milieu du fracas des tôles froissées, le cri de colère de la dingue se fiche dans ses oreilles. La voiture glisse comme un navire emporté sur son erre, puis le silence. Soudain troublé par la voix de la femme :

– Tu dis rien, tu bouges pas, t'éternues même pas ou je te bute illico.

Un accident ! Sandra se met à prier. Elle demande à Dieu que la voiture soit immobilisée et qu'on la découvre. Que ce soit quelqu'un d'assez fort pour la sortir de là. Qu'il l'arrache aux griffes de la folle. Qu'importe que cette dernière se sauve et s'échappe, elle ne demande qu'à émerger de ce cauchemar, retrouver son appartement et le cours de sa vie. Elle réfléchit. Objectivement, il ne peut y avoir de constat. La femme va prétexter quelque chose et disparaître. Il lui restera à hurler à l'aide et se faire délivrer. Il faudra ensuite raconter sa mésaventure aux gendarmes, puis à son père, et enfin elle rentrera chez elle et s'endormira dans son lit en essayant de tout oublier.

Sandra entend une voix d'homme qui s'excuse et demande à constater les dégâts qu'il a commis. La conductrice refuse, prétextant qu'elle n'a presque rien, et surtout pas le temps. L'homme insiste, arguant que lui a abîmé son véhicule. Il faut un constat à l'amiable. Le ton monte. Sous son plaid, Sandra écoute. S'ensuit une discussion classique de chauffards énervés. L'homme semble perdre pied face à la furie qui lui propose de l'argent tout de suite. Réunissant ses forces, Sandra regroupe ses jambes et cogne, malgré les liens qui l'entravent, aussi fort qu'elle le peut sur la tôle du coffre, en hurlant derrière le gaffeur qui lui scotche les lèvres.

Sa dernière chance de sortir de cet enfer.

Elle essaie d'appeler le conducteur, elle pousse des cris derrière ses lèvres fermées, elle tape avec ses genoux et sa tête. Le coffre cède et la lumière des phares de la seconde berline envahit sa cachette.

Puzzle

Le lieutenant a rappelé Derolle pour lui annoncer la mauvaise nouvelle. La copine de l'Anglais s'est volatilisée. La patronne de la boîte a été coopérative, mais formelle : la fille se prénommant Sue n'est plus réapparue au 3W Kafe depuis quelques jours. Tant mieux, a-t-elle ajouté, car elle était agressive, et avait fini par saouler tout le monde avec ses plans bizarres.

– C'est une ceinture noire de karaté qui aurait été virée de son club pour conduite inappropriée, paraît-il, précise l'adjoint.

– C'est la tenancière qui te l'a dit ?

– Non. Des clientes qui la connaissent bien et qui ont craché le morceau. Un soir, après une bagarre de trop, qui avait foutu le bordel dans la boîte, la patronne a demandé à cette Sue de se tenir à carreau si elle souhaitait continuer à faire partie de la clientèle. Elles se sont engueulées, puis la gouine n'est plus revenue.

– Bien. Si elle est ceinture noire, c'est qu'elle est licenciée. Tu appelles demain la fédération pour obtenir ses coordonnées et tu vas la gauler avec ton équipe. Tu me rends compte dès que ce sera fait.

Derolle ne s'éternise pas. Ce serait très bien de mettre la main sur la copine de l'Anglais, mais ce qui urge désormais c'est de trouver le bonhomme le plus rapidement possible. Avec ce qu'il vient de découvrir dans les photos de Tuan, ce ne devrait plus être qu'une question d'heures. Si Tuan sait où il crèche en ce moment, on pourra déclencher une opération nocturne avec le juge de permanence. Derolle a vérifié qui était de nuit, ce soir à Nanterre. Il connaît le magistrat, c'est un type bien et offensif. Il n'hésitera pas à déclencher une intervention avec son collègue du Var.

En composant le numéro de Tuan, Derolle cherche les mots qu'il va employer. Il a trouvé son coupable, mais il ne le tient pas encore. Tout repose maintenant sur l'accueil que lui réservera son vieux pote.

À mille kilomètres de là, Tuan roule à tombeau ouvert. Le Sig, chargeur enclenché, culasse armée, est posé sur le siège passager. L'aiguille du compteur avoisine les 160. Sur la portion de route où la vitesse est limitée à 70, les arbres, les clôtures, les pavillons défilent avec une rapidité vertigineuse. Les lumières bordant la chaussée laissent sur les vitres de la voiture de longues traînées orangées. Tuan a conscience de s'être embarqué dans une entreprise complètement folle, mais pour rien au monde il ne relâcherait l'accélérateur. Il a les mains crispées sur le volant. Il transpire à grosses gouttes. La sueur lui pique les yeux et il remue violemment la tête en plissant les paupières pour s'en débarrasser. Dans quelques minutes, il sera sur place. Vraiment rien ne pourrait le détourner de la décision qu'il a prise. Il va dans un premier temps explorer les abords de l'appartement, le chemin qui mène à la montagne, l'avenue qui descend vers le centre-ville, il s'assurera qu'il n'y ait pas de véhicules suspects, puis il fouillera le parking, et s'il n'a rien trouvé il entrera dans l'appartement de Sandra.

Lorsque l'écran de son téléphone s'illumine et qu'il voit le nom de Derolle s'afficher, il émet un soupir d'exaspération.

– Non ! fait-il abruptement. Pas maintenant !

À l'autre bout du fil, Derolle crie son nom et lui demande de l'écouter.

– Pas maintenant ! répète Tuan en élevant la voix. Rappelle plus tard. Rappelle demain.

Il allonge le bras et coupe la communication.

Quand l'écran s'éclaire à nouveau et que le nom de Derolle s'affiche encore, Tuan ne répond pas. La voiture vient de s'engager sur la rocade menant à la zone pavillonnaire où habite Sandra. Elle roule à presque 200 km/heure. Il n'y a plus une seconde à perdre. Derolle a très mal choisi son moment…

Manipulations

Sous la couverture, la chaleur devient intenable. Sandra se tortille dans tous les sens pour tenter de se dégager. À en juger par le son de la conversation entre sa ravisseuse et le chauffeur du deuxième véhicule, celui-ci devait se tenir à hauteur de la place de la conductrice.

Sandra cogne à nouveau avec ses jambes autour d'elle pour attirer son attention.

Les voix tournent autour de la voiture et se rapprochent. Sandra comprend que l'homme vient vers elle et qu'il n'aime pas du tout la situation à laquelle il a affaire. Alors, elle rue comme un animal devenu fou. Il représente sa dernière chance de salut. S'il la découvre, il la libérera ou empêchera la folle de l'emmener. Il appellera du secours. Peut-être contraindra-t-il, par la force, la conductrice à attendre l'arrivée la police. Elle respire de nouveau. Elle guette chaque mot qui est prononcé et chaque mouvement qui les rapproche de sa cachette.

Une exclamation :

– Bordel !

Puis un silence et l'homme demande sans que ce soit une vraie question :

– Qu'est-ce qui se passe, ici !

Sandra sent une présence au-dessus d'elle. La lumière des phares, qui éclairaient l'intérieur du coffre, vient d'être masquée par quelque chose qui fait écran. Une main agrippe le plaid, qui la recouvrait, et le tire à ses pieds. Elle aperçoit, en ombre chinoise, une masse imposante, penchée sur elle, et, derrière, la femme qui colle à l'homme. Elle est contre lui. Elle lève un bras. Sandra voudrait hurler qu'elle va le frapper.

Aucun son ne sort de ses lèvres collées par le scotch. Elle assiste, impuissante, au coup qui s'abat sur l'épaule de l'homme avec un bruit mat et une force à assommer un bœuf. Puis c'est la voix de la femme :

– Ce qui se passe ici ne regarde que moi et ma camarade. On a encore le droit de jouer à des jeux d'adultes sans se faire emmerder par le premier venu.

L'homme se retourne. Il n'a même pas tressailli sous la violence du choc, mais le réflexe de la conductrice l'a mis en colère. Il grogne et pare un deuxième assaut.

– Vous êtes complètement malade ou quoi ? s'exclame-t-il. Des jeux d'adultes, qu'est-ce que c'est que ces foutaises ? Une bagnole dans la nuit avec une fille ficelée et bâillonnée dans le coffre sous une couverture, c'est une distraction, ça ? J'aimerais bien savoir à quoi vous vous amusez, exactement. Détachez-la !

L'ordre est tombé, sec. Maintenant, Sandra distingue son visage. Un faciès buriné, dur, déterminé. Puis elle voit ses mains et ses bras. De vrais battoirs qui prolongent une masse de muscles impressionnante. Une force de la nature. Sandra s'arc-boute et gémit en roulant des yeux effrayés. Il faut qu'il capte son désarroi et la dangerosité de la situation. Derrière lui, la femme prépare une nouvelle attaque. Elle se penche sur le côté et regroupe une jambe à la manière d'un karateka. Elle le domine d'une tête et demie et Sandra se dit que le coup de pied va avoir raison de son samaritain. L'homme ne regarde plus la conductrice. Il est penché sur Sandra et cherche une prise pour l'extraire du coffre.

Tuan

À moins d'un kilomètre du lieu de l'accident, l'Audi de Tuan déboule à un train d'enfer sur l'allée menant à la résidence de Sandra. L'endroit est désert. Les lampadaires sont éteints. Seule la lune éclaire faiblement le ruban de goudron, et au bout le parking de l'immeuble. Plus aucune lampe ne brille aux fenêtres. Au premier coup d'œil, Tuan voit que l'appartement de sa fille est lui aussi plongé dans l'obscurité.

Il avance jusqu'à l'aire de stationnement et tente encore de joindre Marini au téléphone. C'est maintenant qu'il aurait besoin de renforts.

Pour pénétrer chez Sandra.

Pour faire face à l'inconnu.

Mais le téléphone persiste à sonner dans le vide, jusqu'à ce qu'une voix de synthèse annonce que la messagerie est pleine. Tuan s'énerve. Il recompose le numéro une fois, deux fois, trois fois avant de renoncer.

Ce con de Pierre a dû aller au cinoche ou un truc du genre, s'il n'est pas en train de pioncer comme un bienheureux.

Tuan fait un dernier tour d'horizon.

Sur le parking, rien ne bouge. Pas la moindre présence humaine. Le lieu est vide. L'immeuble, une masse sombre échouée au cœur de la nuit. Un décor de mauvais film d'horreur quand on sait ce qui vient de s'y produire.

Tuan tend le bras, saisit le Sig par le canon et se précipite vers la porte d'entrée.

Sexe, mensonges et vidéo

Le coup de pied part à la volée et frappe l'homme dans le dos. Sandra ferme les yeux. La force déployée par la ravisseuse lui a coupé la respiration comme si elle l'avait reçu elle-même. Elle ne veut pas regarder ce qui va suivre. Elle ne veut pas voir son sauveur se faire rosser à ses pieds. Elle ne veut plus rien entendre. Un flot de bile jaillit de son estomac pour se répandre dans sa gorge. Elle écarte les narines et cherche de l'air. En même temps elle voudrait sombrer dans l'inconscience, mourir sur place et échapper à cette horreur. Tout ce que lui a promis la folle va donc se réaliser. Elle va abandonner l'homme sur la chaussée et repartir avec elle. Elle l'emmènera à un endroit où plus personne ne viendra lui porter secours. La chance a tourné. La femme va se jeter sur elle comme elle le lui a dit. Elle l'humiliera, elle la violera. Elle la torturera pendant des heures, lui imposera son odeur, sa sueur, sa peau, sa folie et son plaisir. Elle la rendra dingue à force de la faire souffrir et finira par l'écraser comme un insecte.

Sandra se demande comment la mort viendra. S'épuisera-t-elle à endurer les sévices ou tout s'arrêtera-t-il d'un coup comme lors d'une anesthésie générale ? Et ensuite ? Elle tremble malgré la chaleur étouffante. L'idée de son corps martyrisé et abandonné dans un endroit improbable la terrifie. Sera-t-elle enterrée ? Sera-t-elle incinérée au fond d'un bois ? Sera-t-elle démembrée et jetée aux ordures au milieu d'une décharge ?

Un cri lui fait rouvrir les yeux. L'homme a opéré un quart de tour et repoussé son attaquante, qui a disparu du champ de vision de Sandra.

Il revient vers elle, arrache la couverture et la découvre, nue, bâillonnée et entravée par un lien de plastic.

– *Shit !* C'est un jeu, ça ?

Il a élevé la voix. Sandra secoue désespérément la tête. Pourrait-il encore se méprendre ? Il faut qu'il la sorte de là et qu'il s'enfuie avec elle. Où est la femme ? Elle ne l'aperçoit plus. Elle va surgir à nouveau, elle va se dresser derrière lui et l'attaquer par derrière. Peut-être va-t-elle le poignarder. C'est une question de secondes, maintenant. Mon Dieu, faites qu'elle n'ait pas de couteau. Faites qu'elle soit KO, quelque part, au sol.

Puis Sandra pisse sous elle. Il faut la sensation de chaleur de l'urine, qui coule le long de sa cuisse, pour qu'elle s'en rende compte. Seigneur ! Je suis trempée…

– Eh ben, tu parles d'un tableau ! siffle l'homme entre ses dents.

Enfin, il se penche vers elle et la tire d'une main avant de la hisser sur ses épaules. On pourrait croire qu'il soulève un sac de plumes.

Dans la seconde qui suit, Sandra entend une portière grincer et se retrouve allongée sur une banquette à l'intérieur d'une fourgonnette. Sa ravisseuse ne s'est pas manifestée. Elle n'est pas réapparue, elle n'a rien tenté. Puis c'est un moteur qui démarre et le véhicule s'élance en trombe sur le chemin. C'est à peine moins inconfortable que dans le coffre de la voiture de la femme. Ses liens la blessent et Sandra perçoit désormais nettement la douleur. Les cahots n'arrangent rien.

– Il faut me détacher, baragouine-t-elle derrière ses lèvres collées par le scotch. S'il vous plaît, il faut me détacher.

Elle articule autant qu'elle le peut.

Le combi prend encore de la vitesse. Elle n'a rien pour se retenir et se dit qu'au premier virage, elle s'étalera au sol et se rompra les os. Elle va d'abord vomir, puis tombera, se brisera les membres et s'étouffera avec le vomi.

– S'il vous plaît, essaie-t-elle encore de dire.

La voix de l'homme s'élève, derrière elle. Comme s'il avait entendu sa supplique muette.

– Je n'ai rien pour couper les liens. Calmez-vous. On va aller à la gendarmerie. On vous délivrera là-bas.

Il s'est exprimé calmement, d'une voix neutre.

Dans un coin de son champ de vision, quand elle se contorsionne pour apercevoir le conducteur, elle le voit la regarder dans le rétroviseur.

– Calmez-vous, dit-il. On sera bientôt sur la route. Ça ira mieux. Calmez-vous, vous êtes tirée d'affaire.

Alors seulement, Sandra prend conscience que son cauchemar touche à sa fin. Son sauveur va la déposer chez les gendarmes, ils s'occuperont d'elle, elle verra certainement un médecin, elle racontera l'agression, les gendarmes enregistreront sa plainte et elle demandera qu'on la conduise chez ses parents. Oui, chez ses parents. Cette fois-ci, elle veut y aller. Elle y passera le reste de la nuit et la journée du lendemain. Elle ne retournera pas chez elle. Son père ira pour récupérer son sac de voyage et ses papiers. Plus tard, la femme sera arrêtée. L'homme l'a vue, il a vu sa voiture, tout devrait aller très vite. Elle n'aura plus rien à craindre. Et dans vingt-quatre heures, elle sera dans l'avion. Pour rien au monde elle n'annulerait son voyage. Son père essaiera de le lui faire reporter. Il voudra qu'elle reste quelques jours chez eux, au moins jusqu'à ce qu'on ait interpellé la ravisseuse. Mais la meilleure chose qu'elle puisse faire, ce sera de ne rien changer, et de partir comme prévu au Viêt-Nam.

Elle a beaucoup de chance dans son malheur, Sandra. Elle loue encore une fois le Seigneur et va remercier l'homme, quand une première détonation claque. Puis une deuxième, une troisième. Sur sa couchette, Sandra se raidit. Des coups de feu, cela ressemble à des coups de feu.

– *Shit !* hurle son chauffeur. *She's shooting us.* Cette connasse nous tire dessus.

Le combi reprend de la vitesse. La camionnette, poussée au maximum de la puissance de son moteur, tangue sur la piste. Sandra a subitement l'impression d'être sur une mer démontée. Elle se regroupe en position fœtale. Elle lutte pour rester sur la banquette. Les vociférations du conducteur redoublent. Il lui crie que l'autre voiture est lancée à leur poursuite et qu'il va tenter de lui échapper.

– Laisse-toi tomber sur le dos et ne bouge plus.

Sandra s'affole.

Elle tire sur ses mâchoires pour dégager ses lèvres. Elle y parvient en partie. Les larmes et la transpiration ont commencé à décoller le gaffeur.

– Je vais me blesser, libérez-moi.

– Couche-toi sur le sol et arrête de gémir, gronde soudainement le conducteur.

Elle ne comprend plus rien. Pourquoi l'homme lui parle-t-il aussi durement ? Qu'est-ce qui a changé ? Malgré la température ambiante, elle est gelée. La peur est revenue d'un coup.

Sueurs froides

Les doigts raides, Tuan cherche les touches et compose le code d'entrée.

A1418.

Il faut croire qu'il y a un historien dans le conseil syndical, mais cette fois-ci l'idée ne fait plus sourire Tuan. Quatre à quatre, il monte l'escalier sans même avoir pensé à allumer le plafonnier. De sa main libre, il fouille sa poche pour attraper le double de la clé de l'appartement de Sandra et l'introduit dans la serrure avec la précision d'un torero qui plante sa banderille.

Il recule d'un demi-pas pour braquer l'arme devant lui, tourne la clé et pousse la porte.

La première impression, c'est l'odeur. Il flotte chez Sandra une acidité déplaisante, comme un relent de sueurs mélangées. La même puanteur qu'il a flairée autrefois, dans l'imminence d'une action quand chaque soldat transpirait de peur. Une fétidité qui s'accroche aux êtres et aux objets, qui met le cœur au bord des lèvres.

Sandra ?

Tuan appelle à mi-voix. Il avance sur la pointe des pieds jusqu'au salon, les deux mains sur le Sig tendu devant lui.

Un nuage a absorbé la clarté laiteuse de la lune, plongeant la pièce dans une obscurité dense. Tuan essaie de distinguer quelque chose en retenant sa respiration. Il faudrait qu'il allume la lumière mais ne s'y résout pas encore. Il reste planté sur le seuil du salon à guetter le moindre bruit, un grattement, un souffle, une plainte. La seule chose qu'il entend est le vacarme de son cœur qui cogne contre sa poitrine.

Des meubles, des cadres renversés, c'est ce dont il se souvient des photos transmises par l'application de télésurveillance. Et il est étonné de ne rien apercevoir de tout cela, même dans le noir qui recouvre tout autour de lui.

Quand il se décide enfin à presser l'interrupteur, le capharnaüm s'offre à ses yeux, plus impressionnant que sur l'écran de son portable. C'est un champ de bataille qu'il découvre. Les tableaux tombés au sol, le guéridon par terre, la petite table renversée et le tapis chiffonné. Des chaussures ont laissé des traînées noirâtres sur le parquet, comme des traces de lutte. À un endroit, il y a des glaires qui ont séché et de petites taches brunâtres. Il presse son doigt dessus et le porte à ses narines. Du sang.

Du sang sur le sol !

Une sensation étrange, épouvantable, s'empare de Tuan. Ses jambes en coton ne le portent plus. Il se laisse tomber. S'il devait utiliser son arme à cet instant précis, il en serait incapable. Jamais il n'a ressenti un tel accablement, jamais. Pas même lorsqu'il s'était retrouvé isolé derrière une case, au Tchad, à moins de dix mètres d'un groupe rebelle qui avançait vers lui. Avec trois balles dans son chargeur et une dernière grenade. Et dans la tête l'image prégnante d'un de ses potes récupéré la veille, le pantalon au pieds et le sexe dans la bouche. Non, même pas ce jour-là. Il avait fait les choses dans l'ordre, recommandé son âme à Dieu dans une courte prière, dégoupillé sa « frag », rampé à l'intérieur du gourbis jusqu'à la fenêtre et attendu que l'ennemi se rapproche. Il était en pleine possession de ses moyens lorsqu'il avait jeté sa grenade. Le hurlement qu'il avait poussé lui était resté longtemps dans les oreilles. Un hurlement de rage. D'une force incroyable. Quand il s'était redressé pour tirer ses trois dernières cartouches, il n'y avait plus, au pied de la case, que des corps enchevêtrés, tordus et sanguinolents. Les billes d'acier de la petite M67 américaine avaient fait leur œuvre. Les rebelles avaient rejoint le paradis d'Allah et lui était reparti vers sa section comme à l'exercice, sans états d'âme, prêt à passer à autre chose. La valeur militaire avec palme qu'il avait gagnée dans cette opération avait rejoint ses autres décorations et il n'y avait plus jamais repensé jusqu'à cette nuit-là.

Cette nuit, dans l'appartement de Sandra.

Il lui faut respirer pour se calmer. 331, 332, 333… Il inspire, bloque l'air dans ses poumons, expire, attend et recommence plusieurs fois de suite.

Tuan arpente une fois encore l'appartement. Le salon, la chambre, la cuisine, la salle d'eau et l'entrée, c'est vite fait. Il voudrait se réveiller de ce cauchemar mais la réalité s'impose, les traces de l'agression de Sandra sont partout autour de lui.

Un coup d'œil à sa montre : l'enlèvement a eu lieu trente ou quarante minutes plus tôt. Il reste à foncer dehors et passer au crible les environs de la résidence. Tuan va pour rappeler Marini et se ravise. Autant aller chez lui directement. Pierre n'habite qu'à cinq minutes de chez Sandra. Au téléphone, Marini serait tout à fait capable de croire à une mauvaise blague et de lui raccrocher au nez. Ils ont assez fait de conneries ensemble dans leur putain de vie ! Autant lui expliquer la situation en tête-à-tête. Pour le décider à prendre une arme et à l'accompagner.

L'Audi reprend l'allée, l'accélérateur au plancher.

À la vitesse à laquelle il roule, il met un peu plus de deux minutes pour parcourir le chemin séparant la résidence de Sandra de la maison de son copain. C'est à peine si l'horloge du tableau de bord a bougé quand il arrive devant chez lui. Jamais Tuan n'a roulé aussi vite dans Fréjus. Ni les véhicules des pompiers ni ceux de la police n'atteignent une telle vitesse lors de leurs interventions. Même lorsque l'aiguille du compteur a franchi la barre des 200 km/heure, Tuan n'a pas relevé le pied. Chaque seconde qui passe l'éloigne un peu plus de Sandra.

Maintenant, Tuan a le doigt figé sur la sonnette du pavillon de Marini. Il a encore regardé l'heure et se dit que les cinémas et les restaurants ont fermé depuis un bout de temps. Pourquoi Pierre ne répond-il pas ?

Tuan appuie une dernière fois, rageusement, sur le carillon, lève la tête vers les fenêtres, inspecte chaque zone d'ombre des carreaux, espérant voir enfin bouger un rideau derrière les vitres, puis fait demi-tour.

Le moteur de l'Audi tourne toujours. Il s'installe au volant, claque la portière et repart vers la résidence de Sandra sur les chapeaux de roues. Coup d'œil à l'horloge du tableau de bord. Minuit passé. Tuan serre les mâchoires, cela fait cinquante minutes que l'agression a eu lieu.

Marini introuvable, il appelle le légionnaire. Il aurait préféré se passer de l'aide d'Octave, mais, au point où il en est, pas d'autre choix.

La voix qui répond est caverneuse, traînante, pâteuse.

– Octave, il faut que tu prennes un flingue et que tu me rejoignes sur le parking de Sandra.

– Hum…

– Octave ?

– Hum…

– Octave, on a enlevé Sandra, il y a une heure. J'ai besoin de toi !

Silence.

– Octave ! répète Tuan.

– Quoi ? Je…

Il n'en faut pas davantage à Tuan pour comprendre. Le légionnaire est cuit. Comme d'habitude, il a passé sa soirée seul avec sa bouteille de whisky, et il n'y a rien à tirer de lui.

Tuan raccroche et s'apprête à composer le numéro de Willy. C'est la pire des solutions, mais il n'a plus d'autre choix s'il veut encore quelqu'un pour l'aider à ratisser les environs de l'appartement de Sandra.

Il a l'index posé sur la première touche quand son téléphone le prévient d'un appel entrant de Derolle.

Derolle ?

À cette heure ?

Qu'est-ce qu'il veut, encore, ce putain de flic ? M'emmerder avec le club ? Avec mes potes ?

Tuan sent sa colère se muer en rage blanche. Il presse la touche rouge et reprend la numérotation du portable de Willy. Qu'il aille au diable, Derolle !

Willy

À l'intérieur du combi qui fonce dans la forêt, un mauvais sourire éclaire le visage du conducteur. Il vient de découvrir l'appel manqué du Viêt, cet enculé de Tuan Lagrange. Aurait-il déjà découvert l'enlèvement de sa fifille ? Le scénario n'était pas écrit ainsi, mais qu'importe, on va s'adapter. Un peu de piment au programme…

Willy sourit.

Un sale rictus qui lui ouvre la bouche.

Un bip indique qu'un message vient d'être laissé.

Il est temps maintenant d'accélérer le mouvement.

Willy ralentit, ouvre sa fenêtre et fait un signe à Sue, agitant la main, pouce en bas. La course-poursuite a assez duré. Sa vieille complice a donné le maximum de ce qu'elle pouvait faire. L'heure est venue de se séparer d'elle.

Lorsque Sue parvient à hauteur du combi de l'Anglais, elle découvre l'arme qui prolonge son bras. Il n'en a jamais été question quand ils ont préparé l'affaire. Qu'est-ce que fout John ? Merde, qu'est-ce que fout ce satané connard ? Sue a à peine le temps d'esquisser un geste interrogatif du menton qu'un éclair orange entoure la main du boss. Dans un silence presque total, la munition de 45 ACP sort du pistolet prolongé par le silencieux et la frappe à la tempe gauche.

Le crâne de Sue explose sous l'impact. Ses mains quittent le volant et retombent sur ses cuisses. La voiture entame une courbe et va finir sa course, lentement, dans les fourrés.

Un sans-faute, se félicite Willy. Voilà qui va occuper le peloton de gendarmerie et le commissariat de Fréjus le reste de la nuit dès que l'alerte aura été lancée par le prochain véhicule qui passera dans le secteur. La fille du Viêt n'a rien capté de ce qui vient de se passer. Dommage.

Le combi entame alors une longue décélération. À l'arrière, Sandra s'est tout de suite rendu compte du changement de vitesse.

– Ça va ? hasarde-t-elle.

Willy ne répond pas.

– Qu'est-ce qui se passe ? insiste Sandra.

La camionnette roule encore quelques kilomètres et se gare à l'entrée d'un chemin forestier. Willy serre le frein à main et rejoint Sandra. Il est temps de faire monter la pression d'un cran. Avec les plans tournés par Sue chez la fille et ceux que filme depuis un moment la GoPro installée à l'arrière du combi, ce sera une excellente entrée en matière avant l'exécution elle-même.

Ce sera le *snuff movie* le plus terrifiant de tout ce qui a pu être réalisé jusqu'à présent. Il aura réussi à faire ce dont il rêve depuis longtemps : détruire la vie du Viêt. Ruiner l'existence de merde de ce connard prétentieux. Un seul regret, il ne violera pas sa pute de fille, il ne s'enfoncera pas en elle, il ne la souillera pas… S'il n'y avait pas eu cette grenade à Belfast, il l'aurait passée à la casserole, évidemment… Il les aurait toutes passées à la casserole…

Le paquet de dollars que lui donneront les Chinois remplacera tout ça. Willy se raccroche à cette idée en passant la main sur sa braguette vide. Et l'autre conne, derrière, qui s'est pissée dessus ! Ça pourrait bien lui arriver à lui aussi, s'il ne se précipite pas pour se soulager, accroupi comme il est contraint de le faire depuis toutes ces années. Le jour où Sue l'a découvert, elle ne le savait pas mais elle était déjà morte.

Toutes celles qui avaient flairé son handicap sont mortes.

Willy est maintenant pressé d'en finir. Il est pressé d'avoir le fric et de disparaître. Ce n'est pas au Moyen-Orient que la Triade le retrouvera. Pas chez les milices qui lui ont proposé de superviser l'entraînement de leurs forces spéciales. Des hommes, des femmes, des gosses à réduire en bouillie, pour la bonne cause ! Et quelle que soit cette cause, il s'en moque, ce sera forcément la bonne, puisqu'il aura un contrat en bonne et due forme proposé par le grotesque camp du Bien. Voilà un truc qui le fera marrer jusqu'à sa dernière heure : le Mal au service du camp du Bien. S'ils savaient, tous ces *fucking bastards*, ils ne s'en remettraient pas ! Bref, que du bonheur !

Sandra regarde Willy venir vers elle. Il a un bon sourire. Pour la première fois, elle prend conscience de sa nudité et serre les jambes. Elle voudrait qu'il la recouvre, mais le plaid est resté sur le bitume, après l'accident.

– Détachez-moi, s'il vous plaît.

Willy passe ses mains sous son corps pour tâter les liens.

– Désolé, ma grande, je n'ai vraiment rien pour enlever cette saloperie. On fera ça chez les gendarmes. Maintenant, vous allez vous calmer, on a semé la femme. Encore quelques kilomètres et ce sera terminé.

Puis ses mains remontent sur son buste.

– Quelle pitié, ce qui vous est arrivé, vraiment.

Sandra sent les mains s'arrêter sur sa poitrine. Elle se raidit.

Willy amorce un geste d'apaisement de la tête.

– Vous êtes très belle, vous savez… Je suis horrifié à l'idée de ce que la folle aurait pu vous faire endurer.

– Arrêtez !

– Allons !

– Emmenez-moi à la police !

Mais l'homme fixe ses seins, son ventre, et lui présente une moue dubitative.

– Non, dit-il.

– Non, quoi ?

– Non, on ne va pas chez les flics, ma jolie.

– Alors, conduisez-moi chez mon père…

La remarque ravit Willy.

– Chez ton père ? Tu veux voir ton papa ?

Le tutoiement, de nouveau, interpelle Sandra. Dans les yeux de l'homme, une lueur étrange vient d'apparaître en même temps qu'il pince doucement l'un de ses tétons entre le pouce et l'index. Elle cherche à se dégager, affolée, avec la certitude, soudain, que quelque chose qu'elle ne comprend pas est en train de se mettre en place dans cette camionnette.

– Alors comme ça, je vais me pointer chez ton père et je vais dire : Salut ! J'ai ta fille attachée, à poil, dans mon bahut…

– Oh, mon Dieu, glapit Sandra.

– Mais quel dieu, ma grande ? s'amuse Willy en accentuant la pression sur son sein.

– Mon père…, dit-elle encore.

– Oui, je sais, ton père…, fait Willy en s'écartant pour rejoindre le volant. Crois-moi, tu ne vas pas être déçue.

La peur s'est transformée en terreur. Sandra se remet à pisser sur elle. Ce type a osé la toucher, il a posé ses doigts sur elle, il n'a même pas essayé de la détacher, il refuse de la conduire chez les gendarmes ou chez son père, elle essaie de réfléchir mais chacune de ses pensées est balayée par un nouvel accès d'angoisse qui lui bloque l'esprit. Elle crie qu'elle veut descendre du véhicule. Elle s'emporte. Elle tape des pieds sur la banquette. Des larmes brouillent sa vue. Le combi absorbe le choc lorsque l'homme se laisse tomber sur son siège. Puis elle l'entend pianoter sur son téléphone.

Willy enclenche le haut-parleur.

La voix de Tuan envahit l'habitacle. Des mots, des phrases hachées, lâchées dans une confusion totale : « Willy, Tuan, c'est Tuan ! Sandra... On a enlevé Sandra. Je suis chez elle. Tout par terre... On l'a emmenée. C'est la télésurveillance qui m'a alerté. Oh, putain ! Il faut que tu me rejoignes. À la montagne, derrière chez Sandra. Une patrouille, il faut qu'on patrouille, il faut chercher. Viens avec quelque chose. Moi, j'ai le Sig. Rappelle, putain ! Rappelle-moi ! »

Ainsi, ce con avait installé une sécurité chez sa fille, s'étonne Willy... Il s'en est fallu de peu pour qu'il ne leur tombe pas sur le paletot, à Sue et à lui. Une question de minutes probablement, Willy en a un frisson. Vraiment très, très fort, le Viêt ! Si Sue avait profité de la situation chez sa fille, comme elle en avait l'intention, elle se serait retrouvée nez à nez avec le père. Voilà un gros, gros problème auquel ils ont échappé de justesse. Maintenant il va falloir gérer le bonhomme au mieux. Apparemment, il n'a pas encore appelé les flics. Mais le connaissant, c'est normal. Il est tellement sûr de lui qu'il pense pouvoir faire le boulot tout seul. Il devait croire encore que les premières minutes sont décisives et qu'il avait une chance d'empêcher le kidnapping en se ruant chez la gamine. Ça lui ressemble tellement !

Finalement, la situation se fait plus intéressante que ce qu'il avait imaginé. Il va y avoir du sport, rigole Willy quand le hurlement de Sandra emplit le combi. Elle a entendu la voix de son père. Elle vient de passer d'un cauchemar à un autre, plus effrayant encore. Et de comprendre que tout ce qu'elle endure depuis ce soir n'est qu'une suite de calvaires programmés par un véritable psychopathe. Le Willy si souvent évoqué par son père. Le sniper anglais. Le tueur de civils.

L'homme toujours seul.

Tuan

L'Audi a repris la direction de la forêt. Le compteur avoisine de nouveau les 200 kms/heure. Tuan roule en essayant de faire le vide dans sa tête. Il scrute la route, cherchant dans l'éclairage de ses phares tout ce qui pourrait paraître anormal, une voiture ou une personne égarée dans la nuit, mais rien d'autre que le ruban de bitume et les bas-côtés endormis ne surgissent devant lui.

Il faut qu'il trouve Willy. C'est le dernier espoir qu'il lui reste d'obtenir une aide pour ratisser le coin avant de se résoudre à alerter la police. Il sait qu'à partir de ce moment-là les minutes se transformeront en heures, voire en jours, avant de trouver quelque chose. Et Dieu seul sait ce qu'aura enduré sa fille et ce qu'elle sera devenue.

Tuan ralentit pour recomposer le numéro de l'Anglais.

Mon Dieu, faites qu'il réponde ! murmure-t-il.

– *Yeap !* répond la voix grave de Willy.

– Oh, putain, putain ! Willy…

– C'est quoi, ce bordel ? Qu'est-ce qui t'arrive ?

– Tu n'as pas eu mon message ?

– Non.

Willy feint d'être contrarié par le coup de fil nocturne. Il veut que le Viêt lui raconte en direct ce qu'il lui a expliqué dans le message. Il veut que la caméra braquée sur Sandra enregistre le son de la conversation. Il peut librement parler avec Tuan sans risque que sa fille n'intervienne, puisqu'elle a de nouveau la bouche scotchée depuis quelques minutes. Il a assez joué avec elle. Il peut désormais avancer tranquillement dans son scénario.

– Mais où es-tu ? demande Tuan.

– À Canjuers, sur CT34.

– CT34 ! Putain, c'est le bout du monde, Willy !

– *What's the problem, my friend ?*

Tuan a déjà bifurqué en direction du camp militaire. Il crie dans le téléphone :

– Sandra ! Willy…

L'Anglais ne dit rien. Il attend la suite. La fille de Tuan doit entendre son père lui raconter sa détresse. Quelques secondes de silence, puis Tuan répète le nom de Sandra. Plusieurs fois. C'est extraordinaire, pense Willy, il est admirable.

– Qu'est-ce qui ne va pas, Tuan ?

Il faut avancer, maintenant. Derrière, la fille se débat comme une forcenée. Le père doit se livrer avant qu'elle ne parvienne à se libérer de son bâillon. Quelques minutes à peine pour enregistrer la détresse de Tuan et il coupera la communication.

– Ok, ok, presse Willy. Qu'est-ce qui se passe ?

Tuan ne sait plus par où commencer. Il fonce vers le camp militaire. Jamais il n'a autant poussé son Audi. La voiture avale la route à une vitesse démente. Accélération, frein moteur, coup de volant, accélération encore… L'Audi dérape et reprend sa trajectoire à travers le rideau d'arbres menant à CT34. Qu'est-ce que Willy a bien pu aller faire là-bas cette nuit ? Mais la question effleure à peine l'esprit de Tuan. Les conneries de l'Anglais, il s'en fout. Le principal est de l'avoir localisé. Marini et Octave indisponibles, heureusement qu'il l'a trouvé, celui-là. Il va enfin servir à quelque chose. Tuan voudrait rouler plus vite encore, si seulement c'était possible. Être déjà avec Willy. Il a besoin de lui. La dernière planche de salut à laquelle il peut se raccrocher… Pour refaire la route, retourner chez Sandra, fouiller les abords de l'appartement, il ne sait plus. Les idées s'entrechoquent dans son cerveau.

De manière confuse, il réexplique ce qui vient d'arriver à Sandra. L'alarme, les images sur son téléphone, l'appartement retourné, les traces de sang, le parking vide, Marini, le cinéma, Octave complètement cuit, l'appartement encore, Sandra, sa seule raison de vivre, son départ pour le Viêt-Nam… Il supplie Willy de l'aider. Les mots s'envolent dans le désordre. Mais ils retentissent dans la camionnette de Willy avec une force et une gravité inespérées. Jamais le tueur en série n'avait imaginé obtenir autant.

Willy boit du petit lait. Il est aux anges. Il ne s'attendait pas à ce que les événements se précipitent de cette façon. Le Viêt est parfait. Il ne pouvait pas mieux exprimer son désarroi et sa peine. Il ne pouvait pas mieux entrer dans le rôle qui lui a été dévolu. Et le voilà qui fonce maintenant vers le camp. Vers le lieu du supplice de sa fille. Il a suffi de lui dire que le moteur de la camionnette donnait des signes de fatigue pour qu'il se précipite dans le piège.

– J'y serai dans trente minutes, a annoncé Tuan.

D'ici-là, tout sera prêt pour le recevoir.

SMS

Le bureau de Derolle ressemble à un champ de bataille. Les tasses de café ont laissé des marques collantes sur la table. Les dossiers ouverts remplissent l'espace. Les photos recouvrent l'ensemble. Certaines sont tombées au sol. Sur l'écran de l'ordinateur, un coup de zoom a isolé Willy sur l'image des tireurs levant leurs armes. Derolle est fébrile. Mentalement, il refait le calcul des heures passées sur son affaire et réessaie une fois encore d'avoir Tuan Lagrange en ligne.

Le téléphone sonne à n'en plus finir. Il n'y a même plus de messagerie. Mais Derolle s'entête, l'oreille collée au mobile.

C'est le gong de la pendule, qui rythme les heures de manière immémoriale et monotone, qui le sort de son engourdissement. Si son ami ne décroche pas, peut-être lira-t-il un SMS.

En tapant d'un doigt, il rédige une phrase, une seule : Le tueur est l'Anglais tatoué au poignet, Willy McGovern. Puis il envoie le message et appelle le substitut du procureur de permanence.

La cible

Willy décapsule une canette de bière et la brandit en direction de Sandra.

– Il faut fêter ça, ma jolie, non ?

Le combi est arrêté au réceptacle de tir de CT34, près de Comps. Willy y est parvenu le plus simplement du monde, sans passer par le poste de garde, en empruntant la vieille piste dont il avait depuis longtemps un double de la clé de la barrière.

Tout autour, les sapins escaladent les pentes abruptes du Grand Margès et de la Correiasse. Ils dessinent des traits sombres, qui semblent avoir été tirés contre le ciel. Au centre, le plateau rocailleux s'étend sur des kilomètres, avalé par l'obscurité. Mais Willy s'y déplacerait les yeux fermés. Le pas de tir est situé à 1 000 mètres en direction du collet de l'Aigle. Même si l'on n'y voit rien, il faut quand même présenter la topographie du lieu de son exécution à la victime.

– Allez, bois un coup, s'esclaffe-t-il en lui badigeonnant le visage de mousse.

Sandra tremble de tous ses membres. La douceur de la nuit n'y fait rien. Elle est transie. Parcourue par des crampes des pieds aux mollets, provoquant des ondes de douleur insupportable. Depuis qu'elles sont entravées, ses mains sont devenues bleues et le moindre choc est une torture.

Willy la saisit par les cheveux et la redresse face à la petite GoPro qui tourne toujours.

– Un martyr laisse toujours un testament vidéo, s'amuse-t-il en lui retirant le scotch des lèvres. Allez, lâche-toi, dis à la caméra que tu vas mourir comme une grande fille.

Mourir ? Ce mot revient depuis le début de la nuit dans la tête de Sandra et elle l'écarte de toutes ses forces. Comme pour l'effacer du dictionnaire, le tordre pour lui faire perdre ses lettres. Boutir, moulir, roulir, soupir… Elle ne sait plus, elle perd la tête. Elle sent sa raison chavirer.

– Au mauvais endroit, au mauvais moment, ma jolie… C'est ce qui t'est arrivé, tu crois, poursuit Willy. Mais c'est bien plus compliqué que ça. Ce qui va se produire est programmé depuis longtemps. Tu n'y pouvais rien. Sauf si tu avais avancé ton voyage… Qui sait ?

Il tend un bras et présente, dans un mouvement tournant, le paysage qui les entoure.

– Le camp militaire où ton père vient tirer chaque semaine. Où il me pourrit la vie depuis des années. Même de nuit c'est beau, cet endroit, n'est-ce pas ? Nous allons faire un joli *shooting* ensemble. Moi, je vais tirer, et toi, tu seras la cible. Je vais t'installer là où d'ordinaire on place les cartons et je vais me positionner de l'autre côté du glacis avec ma grosse carabine.

Il lui indique un point invisible dans le noir.

– Je serai très loin, mais nous resterons en contact grâce aux talkies walkies. On se parlera. Tu seras à la fois la cible et le *spotter*. Tu me diras où je tape. Parce qu'à une borne, de nuit, ce sera forcément un peu compliqué. Même avec l'amplificateur de lumière. Ensuite, je t'offrirai un *one way ticket* pour le pays de tes ancêtres *and I'll get an amazing snuff movie.* Tu sais ce que c'est, un *snuff movie* ? Oui, Sue t'a certainement déjà expliqué.

Willy retourne son poignet et présente à Sandra le chiffre qu'il porte au-dessus de la paume.

– C'est quoi, ce tatouage, à ton avis ?

Sandra lit le numéro : 0332. Cela peut bien représenter n'importe quoi, qu'est-ce que ça pourrait ajouter à son malheur ?

– C'est quoi ? demande-t-elle tout de même.

– Le nombre de connards – hommes, femmes, enfants – que j'ai butés au cours de mes missions militaires pour les forces spéciales britanniques. Tous les ennemis de Sa Majesté éliminés par mes soins. Le score exact réalisé par le gentil petit soldat que j'ai été. Ça te parle ? Jamais un sniper au monde n'a fait mieux. Incroyable, non ? Eh bien, tu seras la 333e victime. La 333e cible. Un cadeau que je te fais là. Les médias du monde entier parleront de toi.

– Pou… pourquoi moi ?

– Parce que j'ai décidé que ce serait toi.

– Mais pourquoi ?

– Parce que tu es la fifille de ton papa. Cet enculé…

– Non…

– *Oh, shut up, now !* s'agace Willy. Tu vas faire ce que j'attends de toi, tu vas me dire où tapent mes balles, tu vas me guider. On sera reliés par radio.

– Non…

Willy jette les bras au ciel.

– Non, toujours non ! Je t'assure que tu vas le faire. Tu vas spotter ta propre mort, si tu veux qu'elle soit propre et clémente. La mort qui vient d'un coup. La mort qu'on ne sent pas. Fais-moi confiance, j'en connais un rayon.

Piste sans fin

Tuan fonce vers le camp. Il va récupérer ce déjanté de rosbif et ils repartiront vers Fréjus écumer les environs de l'appartement de Sandra. Ça ne servira à rien certainement, mais il faut le faire. Il faut le tenter. Pour avoir la conscience tranquille. Ensuite seulement, il ira réveiller les flics. Et brûler un cierge en récitant toutes les prières dont il se souvient. Tuan est désespéré.

Comment sa propre fille a-t-elle pu être happée par cette horreur ? Être enlevée chez elle ? Il pense à la suite, la presse locale, puis France Info et les canards de faits divers. Comment parviendra-t-il à continuer de vivre lorsqu'elle aura fait la une de *Détective* ? Sa femme deviendra folle. Et lui prendra un sacré coup de vieux. Les années compteront double, puis triple. Il en mourra. Il s'éteindra un jour de tristesse sans avoir jamais su ce qui était advenu de Sandra. La question le hantera jour et nuit le temps qu'il lui restera à vivre. Imaginer que la personne responsable de sa disparition est peut-être un voisin, qu'il croise régulièrement, l'anéantira.

Toutes ces idées noires bouillonnent en lui quand le SMS de Derolle fait tinter son téléphone. Tuan jette un coup d'œil et peste en découvrant l'expéditeur. Encore lui ! Il va pour ouvrir le message quand la voiture fait une embardée sur la mauvaise route.

Tuan repose le téléphone sans l'ouvrir.

Snuff movie

Une chaîne relie Sandra par le cou au cadre métallique de la cible. Elle ne peut ni se lever ni s'allonger. Elle est forcée de rester assise, offrant la masse la plus importante au tireur. Le plus rageant est la proximité de la fosse, derrière elle. La sécurité à moins d'un mètre, mais elle n'a aucune chance de pouvoir s'y glisser. L'attache est trop courte de quelques centimètres pour le lui permettre. Le faire remarquer à Sandra a procuré à Willy un long rire sarcastique.

– C'est stupide, non ? lui a-t-il dit. Il n'y aura pas d'échappatoire. Rien. C'est le terminus pour toi, ma jolie.

Après avoir installé la caméra et laissé un talkie-walkie à côté d'elle, Willy a tourné les talons et pris la direction du pas de tir, abandonnant Sandra sur son poteau d'exécution planté au cœur de la nuit.

Allongé derrière sa carabine 408 Cheytac, la tête renversée sur l'appuie-joue, Willy a l'œil rivé au réticule de sa lunette. D'une seule main, il actionne les réglages du tambour et de la dérive. Puis affine la visée nocturne de son Hensoldt NSV 1 000.

Elle n'est pas grande dans le viseur, la fifille du Viêt, ricane-t-il. À cette distance, de nuit, il va falloir se concentrer. Combien de tireurs à la fédération seraient capables dans ces conditions de lui loger une balle dans la tête ? Pas beaucoup. En revanche, lui n'a aucune inquiétude, il a fait souvent bien mieux sur les terrains de guerre où il a été engagé. L'important, ce soir, est de faire durer un peu le plaisir.

Pour la vidéo.

Et pour le papa qui ne devrait plus tarder.

Le haut-parleur de son T8OEX crachouille un instant. Willy augmente le volume. C'est la cible qui sanglote.

– Garde tes larmes pour ton père. Il ne va pas tarder. Et t'inquiète, je ne vais pas te flinguer avant qu'il arrive, ce con. Je vais effectuer un premier tir de chauffe. Pour le réglage. Pas loin de toi. Tu vas me dire à quelle distance tu estimes l'impact.

Les gémissements redoublent d'intensité. Willy prend une voix compatissante :

– Vas-y, chiale si ça te fait du bien, mais dis-moi, bordel, à quelle distance de toi ma putain de balle arrive.

Willy manœuvre la culasse. La pièce de métal, ajustée au micron près, coulisse sans effort. L'énorme munition monte du chargeur à la chambre de l'arme. Le verrou se referme. Willy prend sa visée, expire, reste une fraction de seconde les poumons vides, et appuie sur la queue de détente. Avec une pression à moins de quatre cents grammes, il n'y a qu'à l'effleurer pour faire partir le coup.

Malgré le modérateur de son vissé au bout du canon, la détonation claque comme le tonnerre. L'écho roule au fond de la vallée.

– Alors ? demande Willy en observant l'impact sur la tablette reliée en Bluetooth à la caméra. La terre s'est soulevée à moins d'un mètre de la cible. Mais il faut que la fille le dise elle-même.

– Alors ?

Sandra pleure à flot continu. Willy s'énerve.

– Tu me réponds, putain de connasse, ou je te mets la prochaine dans le genou !

– Je ne sais pas, hurle-t-elle. Je ne vois rien. Je ne vois rien !

– As-tu entendu l'impact ?

– Oui…

– Alors dis-moi à quelle distance de toi tu l'estimes.

– Là, à côté… tout près… Oh ! Mon Dieu, délivrez-moi !

Willy est ravi, cette gamine est parfaite.

Puis c'est une voix affaiblie, monocorde qui sort du Motorola : Sainte Marie, mère de Dieu, priez pour nous pauvres pécheurs, maintenant et à l'heure de notre mort… Willy écoute Sandra égrener sa prière.

Il actionne une nouvelle fois la culasse de son arme et recharge la chambre.

Tuan

La barrière de l'entrée du camp est baissée et cadenassée. Tuan laisse son Audi, moteur allumé, devant et se précipite vers le poste de garde.

Un rai de lumière filtrant au bas du volet le rassure, le planton n'est pas couché. Pas encore. Avec un peu de chance, il sera en train de veiller devant la télévision ou avec un bouquin.

Ses poings s'abattent sur le rideau métallique qui a été baissé devant la vitre blindée. Tuan frappe et appelle :

– Oh ! La garde, ouvrez ! C'est Lagrange.

Puis, à nouveau le silence. Tuan recommence à taper. Il martèle le volet de toutes ses forces. Comment les soldats vont-ils accueillir son intervention ? À plus de deux heures du matin, pas sûr qu'ils apprécient.

Sur la route du camp, Tuan a préparé une explication.

– C'est Lagrange ici. Oh ! Ouvrez !

Enfin, le rai de lumière s'amenuise un instant, quelqu'un se déplace à l'intérieur de la pièce. Puis le volet remonte à mi-course, une tête hagarde apparaît derrière la vitre. Tuan se presse sur l'hygiaphone et plaque sa carte d'identité contre le plexis.

– C'est moi, Tuan Lagrange. Désolé de me pointer à cette heure, mais il y a urgence.

– Qu'est-ce que c'est ? interroge un caporal fagoté comme un as de pique.

Le garçon porte une veste de survêtement et, en dessous, un caleçon qui laisse apparaître ses jambes nues.

– Vraiment navré de te déranger, plaide Tuan, j'ai oublié mon laser Leitz sur la zone de tir, hier. Je m'en suis aperçu avant d'aller au lit. Avec la météo qui tourne à l'orage, c'est pas possible de le laisser traîner là encore une semaine. Si tu pouvais ouvrir la barrière et me laisser pénétrer sur le camp, ce serait sympa.

– Ouais, mais la nuit, c'est interdit aux civils, tranche le soldat.

Tuan, qui s'attendait à cette réponse, a préparé un billet de vingt euros. Il l'agite derrière la vitre.

– Je sais bien, mon garçon, mais mon laser, ça coûte un bras. Plus de sept cents balles. En admettant qu'il soit encore là le week-end prochain, il y a un gros risque que la pluie l'ait gravement endommagé. Tu comprends ?

– Je peux pas ouvrir. Le règlement…

– Écoute, mon gars, plaide Tuan en se contenant, on s'est vus au moins cinquante fois. Tu sais qui je suis, merde, le major Lagrange, vingt-trois ans d'armée, médaillé militaire, croix de guerre, une palme, deux clous… Vice-président du club de tir civil, qu'est-ce qu'il te faut de plus ?

– Je sais, monsieur, mais j'ai pas le droit.

Un grognement intervient du fond de la pièce :

– À qui tu parles, couillon ? Pourquoi t'as ouvert le volet ?

Tuan n'avait pas pensé que l'adjudant de la police militaire puisse être debout aussi tard. Il a reconnu la voix rocailleuse de Bébert. Il réintègre sa carte d'identité dans son portefeuille, les choses vont s'arranger.

– Bébert, c'est Tuan.

L'adjudant s'approche et repousse le planton. Il a les paupières gonflées de sommeil et sa mine des mauvais jours.

– Nom d'une pipe en bois ! s'exclame-t-il. Qu'est-ce tu fous à c't'heure-là par chez nous à réveiller le camp, ta bourgeoise t'a viré ?

– Bébert, j'ai une urgence. Laisse-moi entrer quelques minutes, le temps d'aller à CT11.

– Qu'est-ce tu veux foutre à Auveine ?

– J'ai oublié mon laser. J'en ai pas dormi quand je m'en suis rendu compte. Je le récupère et je repars. Y'aura pas de problèmes.

– Ah, putain ! fait le militaire. C'est bien parce que c'est toi. Ça t'ressemble pas d'semer ton matos. J'sors et j't'ouvre.

Une fois seuls, tous les deux, à la barrière, Tuan demande à l'adjudant s'il a aperçu Willy, ce soir.

– T'es en train de me demander si l'Anglais a des insomnies, comme toi ? Alors, celui-là, y avait pas de chance qu'il entre. Non mais des fois, c'est pas un moulin, ici… Pourquoi tu veux savoir ça ?

Tuan a envie de se marcher sur la langue. Il lève les bras au ciel en signe d'impuissance.

– Alors ? insiste l'adjudant, en faisant sauter la clé du cadenas dans sa main.

Ce con devient pressant, s'affole Tuan en essayant de dissimuler son angoisse. Surtout ne pas le laisser devenir soupçonneux. Par déformation professionnelle, il ne lui en faut pas beaucoup, et à deux heures du matin n'importe qui le serait à moins.

– Mon adjudant, ça va ? interroge tout à coup le soldat dont la voix parvient étouffée par le blindage de la vitre du poste de garde. Le planton a dû crier pour qu'on l'entende. Bébert réprime un geste d'exaspération.

– Mêle-toi de tes fesses, mon garçon, fulmine-t-il.

Puis, à l'attention de Tuan :

– Franchement, y se croient tout permis, ces gamins. À trois mois d'armée, y voudraient m'apprendre mon boulot ! Tu vois ça ?

Tuan acquiesce, les yeux levés au ciel.

L'adjudant glisse la clé dans le cadenas et ouvre la barrière.

– J'vais lui apprendre à respecter les anciens à ce morveux. Fais-moi confiance.

Avant que la conversation ne revienne sur Willy et sa question débile, Tuan saute dans son Audi et pénètre dans le camp au ralenti. CT34 est à quatre kilomètres. Aussitôt qu'il aura dépassé la place d'armes et tourné au coin du dernier bâtiment, il appuiera sur le champignon.

Dans moins de deux minutes, il aura retrouvé Willy. Il ne va pas l'engueuler, il ne lui dira rien, ils repartiront à Fréjus par l'une des vieilles pistes à char permettant de quitter le camp sans repasser par le poste de garde. Bébert s'étonnera de ne pas le voir revenir. Immanquablement, ça foutra le bordel, mais ce ne sera plus son problème. Il s'en expliquera plus tard avec l'adjudant, et quand celui-ci comprendra de quoi il était question, il passera l'éponge. Tuan n'a aucun doute à ce sujet. Bébert lui avait dit un jour, à propos de Sandra : Ta p'tite, c'est la fille qu'j'ai toujours rêvé d'avoir et que ma bourgeoise n'a jamais été capable de m'donner. Tu sais pas la chance qu't'as.

La chance ? Tu parles ! maugrée Tuan en forçant l'accélérateur. Peut-être qu'il aurait mieux valu ne jamais en avoir, de fille ! Il ne serait pas là, à courir après le diable.

Sniper

La deuxième balle frappe le sol à trente centimètres de Sandra.

Willy s'était promis d'attendre l'arrivée du Viêt, mais n'a pu s'empêcher d'appuyer sur la queue de détente de sa Cheytac. Une seconde nature.

Il considère l'impact sur sa tablette. Le coup a fait voler la terre avec une violence incroyable. Il observe un instant le visage de sa cible. Elle a la bouche ouverte et les yeux dilatés que la lumière verte de l'amplificateur transforme en un masque de terreur étonnant. Une apparition fantomatique au milieu de la nuit.

À nouveau, il arme la carabine et fait monter une troisième cartouche dans la chambre.

Sandra a cessé de prier. Du Motorola, on n'entend plus que le halètement saccadé de sa respiration. Elle ne répondra plus aux questions de son tourmenteur, elle s'en est fait la promesse et rien ne pourra la faire changer d'avis. Puisqu'elle est dorénavant convaincue qu'elle va mourir, elle va essayer de s'enfuir mentalement de son lieu de calvaire. Si elle parvient à se projeter loin de cette abomination, alors peut-être retrouvera-t-elle un peu de sérénité et oubliera la mort qui rôde.

Dans le désordre, elle cherche ce qui pourrait lui permettre de s'évader : son appartement, la maison de ses parents, le restaurant chinois du centre commercial où elle aimait déguster des soupes, le jardin de la Pagode...

Mais l'appartement la ramène à l'agression. La maison familiale à son père et au ciel qui va lui tomber sur la tête. L'idée de la soupe lui donne envie de vomir. Elle cherche.

C'est le souvenir des heures passées à regarder la lumière caresser les bouddhas de la Pagode qui, enfin, régule les battements de son cœur. La Pagode, le Viêt-Nam...

– Tu as senti le souffle de la balle ? demande le tireur.

Elle distingue à peine la voix. Elle a fermé les yeux. Elle se promène au milieu des frangipaniers du sanctuaire bouddhiste. Des phrases du carnet de route de son grand-père ressortent de sa mémoire. Elle plane au-dessus du jardin. Puis c'est une piste de terre rouge qui se déroule devant elle, encaissée au milieu de pentes à la végétation luxuriante. Elle n'y est jamais allée, mais elle connaît ce paysage par cœur.

Comme dans un rêve, elle est en lévitation, elle vole. Chaque pas la propulse plus loin. La RC4 ondoie entre les pains de calcaire. Elle a fini de trembler. Une chaleur moite colle à sa peau. Au loin, des rizières brillent comme d'immenses miroirs abandonnés au sol. C'est un paysage féerique qui défile. Toute cette nature embaume. Elle respire à fond, elle emplit ses poumons des parfums de fruits exotiques qu'elle a déjà goûtés.

Et sans comprendre pourquoi, elle fredonne les paroles d'une chanson entendue souvent, autrefois :

C'est un parc où vont les bêtes...
C'est un piège où tomberont

Nos enfants quand ils grandiront.
Et quand le chasseur s'en ira,
Sur une civière, on dira...
C'est un parc où vont les bêtes.
Et quelqu'un s'en souvient peut-être,
Les fruits trop mûrs, les arbres creux.
C'était le verger du bon Dieu...[1]

1. *C'est un parc*, Gérard Manset, 1988.

Willy

L'Audi cahote sur la piste qui mène à CT34. L'Anglais l'attend. Il doit déjà avoir rangé son matériel et se tenir prêt à embarquer dans sa voiture pour se lancer avec lui dans cette aventure complètement absurde. Essayer de repérer une trace de Sandra autour de chez elle, plusieurs heures après son kidnapping, c'est effectivement insensé, mais peut-être trouveront-ils par terre un élément… Un signe laissé par Sandra… Ou quelque chose qu'aura oublié le kidnappeur…

Tuan veut y croire.

Il compte aussi sur le flair de Willy. Ce foutu rosbif a réalisé des trucs pas possibles dans sa chienne de vie. Il s'est tiré de situations infernales qui auraient eu raison de la grande majorité des gens, des meilleurs soldats. Il aurait dû rater la plus grande partie de ses missions, il aurait dû trépasser mille fois. Avoir le cul bordé de nouilles à ce point, c'en est presque immoral. S'il n'avait pas un caractère de merde, ç'aurait été un type presque plaisant.

Le paysage remonte brusquement devant la voiture. Derrière le mamelon, la piste piquera vers la plaine de Comps, et ce sera le champ de tir CT34. Tuan enclenche les crabots pour franchir les derniers mètres avec l'intention de stopper la voiture sur la ligne de crête. Le chemin permettant de quitter le camp par la forêt file tout schuss vers la droite. Quant au pas de tir, il est à quelques mètres en contre-bas. En apercevant les phares, Willy le rejoindra immédiatement.

Mais il n'y a aucune lumière au pas de tir. À croire que Tuan s'est trompé. Or il connaît le terrain comme sa poche. Il sait parfaitement où ont été installés les postes de tireurs, à une trentaine de mètres en contrebas, sur un mamelon rocheux qui domine la vallée.

Et si Willy était reparti ?

Tuan scrute une nouvelle fois les ténèbres dans l'espoir d'apercevoir le combi, il ne peut pas croire qu'il s'est déplacé pour rien, que Willy ait fichu le camp sans l'attendre avec ce qu'il lui a expliqué. Invraisemblable !

Il s'apprête à remonter dans l'Audi quand une voix, surgie des profondeurs de la nuit, l'interpelle :

– Sur ta gauche. Descend sur ta gauche. Je suis derrière les buissons.

– Où ?

– Sur ta gauche. À cent mètres du pas de tir. À l'entrée de la vieille piste à char.

– Je ne vois pas le camion.

– Il est en panne un peu plus loin. Éteins tes phares et viens m'aider à remonter le matos.

Tuan hésite un instant à se saisir de son Sig, puis il referme la portière de l'Audi. Ce n'est pas ici qu'il en aura besoin.

– J'ai pas de torche, s'égosille Tuan. Je vais me casser la gueule.

– Oblique encore sur ta gauche, il y a un petit raidillon qui descend direct vers moi. Ça ne glisse pas. Tu vas y arriver.

– Je vois rien. Tu peux pas remonter ?

– Pas tout seul. J'ai besoin que tu m'aides. J'ai ma 408, une boîte de munitions, la caméra et la tablette plus un gong qui pèse une tonne.

– Putain, Willy, on s'en fout de ton bordel, on n'a pas le temps. Prends ta caméra et ton flingue, laisse le reste.

– Non. Descends. Viens m'aider. Ça ira plus vite.

Tuan a envie de l'insulter. Ce con est en train de lui faire perdre un temps précieux. Il n'en revient pas d'être là à jouer les boy-scouts dans une partie de cache-cache douteuse où il risque à chaque pas de se tordre les chevilles. Sans parler des problèmes qu'il aura dès le lendemain avec l'adjudant de la police militaire quand celui-ci aura passé la fin de la nuit à attendre son retour. Il avait promis d'être revenu dans le quart d'heure. Le gros Bébert sera furieux. Bref, ce sera une foule d'emmerdes dont il n'a pas besoin.

– J'arrive, crache Tuan, en colère.

Sandra

Elle hurle dans la nuit.

Elle se débat. Elle rue.

Sandra vient d'émerger de sa torpeur.

En baissant la tête, elle considère le reste de son corps, nu, attaché au cadre de la cible. Sa poitrine, son ventre, ses cuisses, ses pieds.. Ses pupilles ont fini par se dilater au maximum, et elle distingue parfaitement la tache claire que laisse sa chair dans l'obscurité. Elle pousse des cris.

Un animal pris au piège.

Elle rugit, mais sa voix s'éteint au milieu des collines. Elle ne franchit même pas le premier mouvement de terrain qui barre le plateau, à deux cents mètres du réceptacle.

Elle aurait voulu continuer à divaguer, loin de ce paysage sinistre pour planer au-dessus de la jungle vietnamienne. Mais la magie n'opère plus. De la RC4, de l'idée qu'elle s'en est faite, il ne reste plus en elle que les photos de la débâcle, trouvées sur Internet.

La fuite, la peur, le sang, la souffrance et de mort. Elle revoit les cadavres abandonnés sur la piste, à moitié calcinés, les poings crispés, les membres tordus. Elle les revoit, les gueules pleines de mouches. Elle se demande quels ont été leurs derniers instants, comment la mort les a saisis et comment ils l'ont accueillie.

La mort dans la nature.

La mort dans la nuit.

La mort des autres…

Elle entend encore le claquement sinistre des balles à ses côtés. Elle se demande si elle souffrira. Elle ne sait pas où le tueur la visera et chaque centimètre carré de sa peau est en révolte. Elle va se faire percer par un morceau de ferraille, et elle a déjà mal…

Elle hurle à se faire éclater les jugulaires.

Le piège

Mille mètres plus loin, le talkie-walkie de Willy est éteint. Il l'a fermé dès qu'il a aperçu le faisceau des phares de la voiture du Viêt crever l'écran noir de la nuit.

Lagrange doit d'abord être mis en confiance. Surtout s'il débarque armé de son fusil d'assaut. Il va découvrir son installation, se fâchera, décrira pour la troisième fois ce qu'il sait de l'enlèvement de sa fille, et le pressera pour rejoindre Fréjus au plus vite.

Willy savoure les minutes qui défilent comme du bon vin.

Il entend maintenant les cailloux rouler sur le chemin. Lagrange est tout proche.

– Voilà, souffle-t-il, tu y es. Encore dix mètres. Derrière le massif d'épineux.

C'est hagard que Tuan parvient à l'emplacement où Willy s'est installé. Ce qu'il voit ravive sa colère. La 408 Cheytac est en position de tir, bipied déplié, sur le tapis de sol, une boîte de munitions ouverte à côté. À proximité, une tablette numérique est calée sur un porte-objet. Il y a également un Motorola, un scanner à ondes courtes comme en utilisent les forces de l'ordre en opération, et un sac à dos ouvert. Willy n'a rien rangé !

– Putain, Willy, mais qu'est-ce que t'attends ?

Willy met un index en travers de ses lèvres.

– On se calme, on se calme…

– Mais on s'est parlé il y a plus de vingt minutes ! Oh ! Tu attends le déluge pour lever le camp ? Bon sang, Willy, ma fille a été enlevée. On devrait déjà être revenus à son appart. Qu'est-ce qu'on va trouver, maintenant ?

– Qu'est-ce qu'on va trouver ? répète Willy.

– Ouais. On va arriver comme les carabiniers.

– Les carabiniers ?

Willy s'est levé. Sans amorcer un geste pour ramasser son matériel. Il sourit à Tuan de toute la blancheur de ses dents.

– Et qu'est-ce que tu espères trouver sur place ? demande-t-il d'une voix sourde. Hein ? Moi, si j'avais enlevé ta fille, j'aurais quitté depuis longtemps le secteur. Tu ne crois pas ?

Tuan est contre Willy. Il le domine d'une tête, mais se sent minuscule devant la puissance que dégage l'Anglais. Willy tient ses deux bras le long du corps. Il a relevé le menton pour planter ses yeux dans ceux de Tuan. Il continue de sourire. Tuan se met à transpirer. La sueur coule dans son dos. Elle mouille sa chemise et la colle à la peau. Une sensation inédite, désagréable, s'empare de lui. Il n'a jamais vu Willy dans cet état. Même au cours de leurs nombreuses disputes homériques. L'ancien sniper ne bouge pas d'un pouce, mais on le sent tendu comme la corde d'un arc. Et ce sourire qui ne le quitte plus, comme s'il avait été dessiné sur sa bouche…

– Oh ! C'est ma fille, Willy…

– Yeah ! Ta fifille…

La remarque propulse Tuan dans une autre dimension. Pendant que son inconscient analyse la réflexion de Willy, celui-ci fait un pas de côté. Tuan le voit bouger comme dans un film projeté au ralenti, lui-même incapable d'esquisser le moindre mouvement.

Quand la manchette le surprend à la gorge, il n'a pas changé de position. La violence du coup le foudroie sur place.

Il s'écroule sans avoir conscience de sa chute.

Willy sort le rouleau de scotch de sa poche et lui lie les poignets, avant de le relever en position assise, devant la tablette qu'il rallume en même temps qu'il remet en marche le Motorola.

Pour la dernière scène de son plan diabolique.

Pour la mise à mort de ta fille, jubile Willy, en donnant à Tuan un coup de pied pour le ranimer.

Champ de tir

À l'intérieur du poste de garde, c'est l'effervescence. L'adjudant Bébert a pris un teint de papier mâché. Il est d'une humeur de dogue. Il a relevé à coups de rangers dans les lits tous les soldats d'astreinte. Les six militaires sont réunis autour de la grande table de la pièce, dans leurs survêtements froissés, et n'en mènent pas large. Les colères du patron, ils connaissent. Ce n'est jamais bon de se trouver dans les parages lorsqu'elles éclatent.

Cela fait une bonne demi-heure que Lagrange aurait dû revenir. Et il n'y a toujours personne. En repassant l'affaire dans tous les sens, aller au pas, ça prend cinq minutes. Descendre de voiture, ramasser l'objet oublié, deux minutes. Remonter et revenir jusqu'à la porte du camp, cinq autres minutes. Donc, douze minutes. Quinze tout au plus.

Bébert consulte sa montre encore une fois. Il ne s'est pas trompé, Lagrange aurait dû être revenu depuis quarante minutes. Bébert sort du poste et regarde vers le Marchfeld, une main en visière au-dessus des yeux, comme un veilleur, comme si le fait d'observer le fond de la zone éclairée pouvait faire apparaître le véhicule de Lagrange.

– Mon adjudant !

Bébert se retourne, l'un des caporaux fait de grands signes à la fenêtre.

– Venez vite ! s'époumone le garçon.

– Tu veux réveiller tout le camp, couillon ? grogne l'adjudant en regagnant le poste.

Les soldats sont regroupés autour d'un émetteur. Deux d'entre eux invitent le sous-officier à écouter.

– On a entendu des cris. Des hurlements de femme, explique celui qui s'était mis à la fenêtre.

– Vous déconnez ou quoi ? vitupère leur chef. Sur quelle fréquence êtes-vous branchés ?

– On a accroché le réseau de surveillance audio des pas de tir. Il y a une femme qui criait.

– Arrêtez de vous foutre de ma gueule, s'emporte Bébert. Arrêtez ça ou je vous en colle pour huit jours.

À cet instant, un cri inhumain retentit : Papa, papa…

Dans le poste, c'est la consternation.

– Nom d'une pipe en bois, ça vient d'où ? tonne Bébert. Qu'est-ce que c'est que ce cirque ?

– Mon adjudant, c'est une femme…

– J'ai compris, ducon. Localisez-moi ça.

L'un des soldats se met à tourner fébrilement les manettes de la radio.

– C'est loin, fait-il. On dirait bien qu'il s'agit de CT34, vers Comps.

La voix crie son désespoir. Elle appelle encore son père et l'exhorte à la sauver. Ce sont des phrases hachées, décousues. Il y a des pleurs, des sanglots qu'on distingue maintenant très bien entre chaque cri. Elle hurle qu'elle est attachée et que l'Anglais lui tire dessus.

– On fait quoi, mon adjudant ? s'inquiète le caporal.

Le soldat a posé la question en bégayant. Il est blanc comme un linge.

– Ça a l'air sérieux, ajoute-t-il.

L'adjudant considère une fraction de seconde ses soldats. Il essaie de faire le point : Lagrange qui débarque au milieu de la nuit et qui disparaît, une femme qui hurle à CT34, un Anglais qui lui tire dessus…

– Il faut aller voir, avance le caporal. Mon adjudant, il faut…

Bébert réfléchit à une vitesse vertigineuse. L'émetteur ne retransmet plus aucun son. Encore quelques minutes, puis il donne l'ordre aux soldats de sortir les Famas du râtelier et d'approvisionner les chargeurs.

– On ne va surtout pas bouger d'ici, maugrée-t-il enfin. C'est une manœuvre de diversion. On cherche à nous éloigner de l'entrée du camp. Allumez les projecteurs et tenez-vous prêts à intervenir. M'est avis qu'il va y avoir du grabuge à la porte du camp dans les prochaines minutes.

Il se tourne vers le soldat le plus ancien du groupe :

– Réveille l'officier de permanence. Dis-lui qu'on a besoin de la section d'intervention.

La mort est mon métier

– Dans ton malheur, tu as de la chance, explique Willy à Tuan.

Il lui parle en lui tournant le dos, affairé à récupérer la liaison Bluetooth entre sa tablette et la caméra laissée au réceptacle de tir, devant Sandra.

– Non seulement ta fille restera dans les annales du cinéma underground, mais tu vas assister en exclusivité au tournage de la dernière scène. Tu te rends compte ? Le plus grand des *snuff movies* jamais réalisés à ce jour !

Sur l'écran de la tablette, l'image de Sandra, ficelée au cadre de la cible, apparaît tout à coup, nimbée d'une lumière verdâtre.

– Tu seras le premier client, ajoute Willy. Et en plus, pour toi, c'est gratuit.

Tuan voudrait croire que cette apparition n'est pas Sandra. Le visage livide aux pupilles blanchies par l'intensificateur de lumière, les cheveux collés au crâne, la pommette déformée par un coup reçu, le menton pendant, la bouche ouverte noyée de bave, et cet air de bête aux abois… il la reconnaît à peine. Mais quand le son de sa voix lui parvient à travers le Motorola rallumé par Willy, il retrouve instantanément les accents chantants de sa petite. C'est Sandra dans le malheur. Pire que lorsqu'elle était devant le cercueil de son grand-père adoré. Ou quand on lui avait annoncé le décès de sa nounou chérie. C'est une plainte monocorde, au timbre particulier, que Tuan n'a jamais entendue ailleurs.

Allongé sur le ventre, Tuan se contracte dans un effort désespéré pour tenter de rompre le lien qui l'entrave. Il se cabre comme un cheval fou. Sans se retourner, Willy lève une main, comme pour l'apaiser.

– N'y pense même pas.

Le plus terrible pour Tuan, à cet instant, est l'obligation qui lui est faite de contempler le corps dénudé de sa fille.

Un jour, quelque part, des gens se repaîtront des formes de Sandra et du martyr qui lui aura été imposé. Tuan en éprouve une nausée atroce qui le laisse au bord de l'asphyxie.

– Willy, marmonne-t-il, il est encore temps de tout arrêter…

La supplication fait tourner la tête à l'Anglais.

– La mort est mon métier ! répond-t-il calmement.

– Arrête ça. Et je te jure sur la tête de Sandra que j'oublierai cet épisode.

– La tête de ta fille ? Elle ne vaut pas grand-chose, à l'heure actuelle.

– Willy, je tirerai un trait sur tout ça, je ferai de toi un homme riche. Je viderai mon compte en banque pour toi.

Willy se rapproche de Tuan et s'allonge contre lui, la bouche au niveau de son oreille, comme pour lui faire une confidence.

– C'est marrant, dit-il, certains paieraient pour voir le meurtre. Toi, tu paierais pour qu'il n'ait pas lieu. Le monde est bizarre, non ? Il est bizarre, injuste, cruel, mais tu sais tout ça… Je ne t'apprends rien.

Puis il passe un bras sur ses épaules, dans un geste de fausse tendresse qui révulse Tuan.

– Allons ! Nous allons faire un grand film ensemble…

Une plainte lugubre court à travers la vallée. Sur les contreforts de la Correiasse, la masse opaque et sombre des pins commence à bouger lentement.

– Le vent se lève. Voilà qui devient intéressant, commente Willy. Va falloir calculer la dérive correctement. Tu l'estimes à combien, le vent, toi ? Trois, quatre mètres seconde ?

Willy a posé la question d'une voix enjouée. Il tapote le dos de Tuan et ajoute en chuchotant :

– La cible est à une borne. À cette distance, une erreur d'un seul clic et on est dans les choux. Si je me trompe, je raterai ta fille ou je lui ferai mal. Au lieu de lui mettre une balle sous le nez et d'en finir proprement, je lui péterai une épaule… T'en dis quoi, le Viêt ? Remarque, même dans l'épaule, avec la praline que je vais envoyer, elle aura un tel choc cardiaque qu'elle n'y résistera peut-être pas. En plus, ce sera sale, pas vrai ? Plus d'épaule, les os en vrac, les chairs éclatées, pas ragoûtant !

– S'il te plaît, tente encore Tuan, ne fais pas ça. Je te donne tout ce que j'ai, tu pars et on tire un trait. Il n'y aura ni flics ni plainte. Je t'offre les trois cent mille euros que j'ai mis de côté et je garde Sandra.

Une lueur se met à briller au fond des yeux de Willy.

– Combien es-tu prêt à verser ?

– Tout ce que je possède, trois cent mille.

– Trois cent mille…

– On passe à la banque ce matin, à l'ouverture, tu prends le fric et tu disparais. Je garde Sandra chez moi, le temps qu'elle oublie. Ensuite elle part au Viêt-Nam et on passe à autre chose.

Willy hoche la tête d'un air dubitatif.

– Trois cent mille, ce n'est pas lourd *my friend. It's not much.* Tu crois que je fais tout ça pour cette somme ? Ça va me rapporter dix fois plus !

Voilà, se dit Tuan, on y est. Il faut gagner du temps. Il faut le rassurer. Il faut le persuader qu'on ne tentera rien après contre lui. Il implore encore :

– Oh ! Je te supplie simplement de ne pas tuer Sandra. Tu trouveras une autre victime. Tu le gagneras avec quelqu'un d'autre, ce fric.

Willy s'écarte brutalement.

– Sans blague ! Tu me suggères de buter une autre fille à la place de la tienne ? *It's not fair, not very moral !*

Tuan cligne des yeux pour se débarrasser des larmes qui le brûlent.

– Ce soir, je me fous des autres. Ce que tu feras en dehors de mon cercle familial ne me concerne pas. Tue qui tu veux, mais laisse Sandra vivre.

Alors, lointaine, assourdie, la voix de Sandra émerge du talkie-walkie. Comme son père, elle réclame la grâce. Elle promet d'effacer de sa mémoire cette nuit monstrueuse. Elle implore la pitié du tueur. On l'entend renifler, hoqueter, grincer des dents. Elle parle de ses rêves, de tout ce qu'elle n'a encore ni vu ni vécu. Elle délire. Elle dit qu'elle a peur d'être morte, qu'elle ne veut pas pourrir couchée dans un cercueil, qu'elle veut profiter encore de la vie, voir le jour se lever, sentir la chaleur du soleil sur sa peau, boire, manger et dormir, qu'elle veut vivre.

– Excellent ! fait Willy à l'intention de Tuan. Une grande actrice, ta fifille !

Puis il saisit le Motorola et répond à Sandra en détachant chaque syllabe de chaque mot :

– Nous allons faire ce qui est prévu, ma jolie.

Il se couche et attrape la Cheytac.

– Je vais tirer deux cartouches. Une dans chaque pied, ça va faire très mal, mais ce ne sera pas mortel, je vais t'effleurer. En revanche, ce sera amusant. *A really funny shooting*. Puis le temps de te regarder gigoter et t'entendre hurler, ce sera une dernière à la base du nez pour faire éclater le cervelet et en finir.

Tuan s'est mis à trembler. Une sensation primitive, ancestrale, de l'homme face à la mort. Il a l'impression de s'enfoncer dans la terre humide. Le sang a cessé de circuler dans ses membres.

Il revoit le jour où Willy lui a été présenté par un ancien des forces spéciales. Il se remémore leurs premières conversations dans un café de Fréjus, les photos que lui a montrées l'Anglais de lui en opération en Irak, sa collection d'images de rebelles tués, toutes les incartades de Willy ensuite, les multiples fois où il a bafoué les règles du club, les engueulades, ses disparitions, ses retours, l'épais mystère entourant sa vie, et il ne comprend pas que la vérité ne lui ait pas sauté aux yeux.

Puis il repense aux derniers coups de fil insistants de Derolle auxquels il n'a pas répondu. Est-il possible que Derolle ait fini par savoir ? Est-il possible que le SMS lui ait été envoyé pour lui annoncer qui était Willy ? Il n'a rien compris. Il est venu désarmé à ce rendez-vous improbable. Il aurait seulement pris son Sig pour rejoindre Willy, sans doute Sandra serait-elle déjà délivrée.

Le résultat de cet aveuglement est qu'ils vont mourir par sa faute.

Il continue de s'enfoncer dans le sol. Avec l'impression d'avoir le poids de l'univers entier sur la poitrine.

Il ne pense pas à sa propre mort. Il est terrorisé à l'idée d'assister à celle de Sandra. Il ferme les yeux et reçoit un coup de pied de Willy qui lui ouvre une lèvre.

– Regarde ! Regarde ta fille mourir.

Assaut

Quatre des soldats du poste embarquent par binôme dans deux Jeeps équipées de projecteurs.

L'ordre de l'officier de permanence a été formel : aller au pas de tir d'où les cris ont été entendus et rendre compte. L'adjudant a désigné les quatre plus anciens de ses hommes pour effectuer la mission.

Dans la Jeep de tête, le sergent Berton comme chauffeur, et le caporal-chef Perrin à côté de lui. Dans la deuxième Jeep, les caporaux Lejeune et N'Diaye.

L'adjudant les connaît depuis plus d'un an, il a confiance en eux. Les garçons viennent de rentrer d'un séjour au Mali avec une valeur militaire accrochée à leur veste. Ce sont des gars affranchis et déterminés, mais calmes et réfléchis. Le contraire de fanfarons excités qu'il a souvent croisés dans sa carrière, ces cow-boys prêts à tout pour une médaille.

Devant la porte du camp, un char Leclerc est arrivé avec, en appui, un véhicule de l'avant blindé et son groupe d'assaut.

Même tournant au ralenti, le moteur du monstre de cinquante-sept tonnes fait un bruit d'enfer. L'adjudant force la voix pour délivrer ses dernières consignes :

– On sait pas c'qu'on va trouver. Faites pas d'vagues. C'est peut-être un jeu de rôle monté par des connards pour s'faire peur. Dans c'cas, vous récupérez les papiers d'identité et vous nous ramenez les individus.

– La fille qui hurlait, objecte Lejeune, n'avait pas l'air de s'amuser…

– Ça peut aussi être une sordide affaire de viol. Avec les bandes de tarés qui tournent dans la région, c'est pas à écarter. Eh ben, même procédure, vous porterez assistance à la victime et vous tenterez d'intercepter les mecs.

– Et s'il y a de la résistance ? interroge le caporal-chef Perrin.

– Vous faites pas de conneries, tranche l'adjudant. Déconnez pas. Vous avez vos Famas pour vous protéger. Rien de plus. On n'est pas la police. Pas question de défourailler pour un oui, pour un non. C'est compris ?

Une Clio vert bouteille arrive en trombe et se gare au cul du VAB. Le lieutenant de permanence en descend, une radio à la main. Il domine d'une tête le reste des soldats qui viennent de se positionner autour du blindé.

– Où est le chef de poste ? aboie-t-il.

L'adjudant va à sa rencontre.

– Vos hommes sont partis, Bébert ?

– Ils z'y vont, mon lieutenant. J'passais les dernières consignes.

– Je n'aime pas du tout, mais pas du tout, ce qui nous arrive, gronde l'officier. On n'est pas à l'abri d'une merde organisée par les islamistes…

– Avec une fille qui hurle ? s'étonne l'adjudant. Ça y ressemble pas. Ce serait plutôt une saloperie de tournante sauvage si c'est pas simplement des connards venus s'amuser chez nous.

Le lieutenant considère un instant son sous-officier. Bébert note intérieurement qu'il a les mains agitées. Pour avoir envoyé si vite à la porte du camp un char et un VAB, l'affaire l'inquiète manifestement. Peut-être a-t-il raison, peut-être se prépare-t-il quelque chose ici, à l'entrée.

– J'ai ordonné aux gars de ne pas faire les Rambo, se croit-il obligé de préciser. Ils vont rester en permanence en liaison avec le poste pour rendre compte de tout ce qu'ils verront. Je leur ai demandé d'être prudents, mais de pas envenimer les choses.

– Envenimer les choses ? répète le lieutenant d'une voix sourde.

– Ben oui, c'est pas l'opération Barkhane… A priori, ils vont pas sur un attentat ou une prise d'otages… Vous croyez pas ?

L'officier se penche vers Bébert.

– Il est hors de question de prendre des risques avec la vie de mes hommes ! Au moindre danger, je veux qu'ils ripostent. On vit en alerte rouge depuis l'affaire Charlie, on joue plus. Transmettez !

L'adjudant rejoint ses soldats qui attendent, assis dans les Jeeps, Famas sur les genoux.

– Bon, les ordres du lieut' sont formels : vous faites comme j'ai dit, mais si jamais vous percevez la moindre menace, vous faites usage de la force.

– On tire ? demande Perrin.

– Vous tirez si vous vous sentez réellement en danger, si vous avez affaire à des gens armés qui vous braquent, oui.

– Et qu'est-ce qu'on fait si on tombe sur le type qu'on a laissé entrer tout à l'heure ?

- Lagrange ? C'est pas lui qui va vous emmerder. Et il a dit qu'il se rendait à CT11, c'est pas du tout la direction que vous allez prendre.

– Oui, mais si on tombe dessus, qu'est-ce qu'on fait ? insiste le caporal-chef.

– Quoiqu'il en soit, vous me le ramenez. En douceur, le mec est VIP. Pigé ?

Les soldats acquiescent.

– Allez, barrez-vous, maintenant, ordonne l'adjudant.

Les Jeeps se mettent en route.

Aussitôt franchie la place d'armes, l'obscurité enveloppe les véhicules. Une nuit d'encre pèse sur la campagne. Les pinceaux de lumière projetés par les phares tracent un maigre sillon jaunâtre qui va mourir quelques mètres seulement devant eux.

– On allume les projos ? demande Perrin.

– Négatif, rétorque le sergent Berton. Inutile d'annoncer l'arrivée de la cavalerie.

– Tu parles ! Avec le raffut des moteurs qui cognent comme si on venait de péter un joint de culasse, on va nous entendre venir de loin.

– Pas sûr. On va déboucher sur la hauteur, bien au-dessus des cibles. À ce moment-là, on avisera.

– On va d'abord aux cibles ? bougonne Perrin.

Le sergent Berton hausse les épaules.

– C'est bien là-bas qu'on a entendu la femme crier, argumente-t-il.

– Affirmatif, mais ça nous fait faire un putain de détour. L'adjudant a ordonné qu'on soit sur place le plus rapidement possible. Si on va d'abord au pas de tir, on aura de toute façon le plateau en ligne de mire. Avec les jumelles de vision nocturne, on se rendra bien compte s'il y a du monde. Et si c'est le cas, on pourra toujours éclairer avec les projecteurs, le temps de rejoindre les cibles par la vallée… Non ?

– Ok, fait Berton. On y va. Préviens les potes, derrière Sors tes binocles et prépare-toi.

Les Jeeps cahotent sur la mauvaise piste, emplie de nids-de-poule que rien ne vient annoncer. Par endroits, la terre grasse fait patiner les roues.

– J'ai entendu ce que le lieut' a dit à Bébert, derrière le VAB, reprend le passager du premier véhicule.

– Quoi ?

– Au sujet de l'état d'urgence et de la menace d'une action terroriste des islamistes…

Son camarade traite la réflexion par le mépris :

– Tu rigoles !

– Sérieux ! insiste Perrin.

– T'en penses quoi ?

– C'est pas impossible.

– Ouais mais certainement pas là où on va ! assure Berton.

– Qui sait ?

– Alors pourquoi il a pas envoyé le char sur place plutôt que de le positionner à la porte du camp ?

– Sans doute parce que l'endroit est plus stratégique que CT34. Va savoir !

Lentement, Perrin fait tourner son Famas et arme la culasse.

– Qu'est-ce que tu fabriques ? demande Berton.

– Tu te rends compte qu'on va au fond du camp à deux Jeeps ! Quatre pauvres mecs seulement…

– Et ?

– Je sais pas en ce qui te concerne, mais ça me fout les foies, à moi, cette balade nocturne. Pendant Barkhane, au moindre incident, on déplaçait la section.

Le rire du sergent couvre le bruit du moteur.

– Ben, mon vieux, qu'est-ce qui te prend ? Je te connaissais pas comme ça. Si on avait pas été ensemble au Mali, je croirais que t'es une fiote.

– Et si on tombe sur des barbus super armés ?

– Et une gonzesse en tchador qui hurle avec une ceinture d'explosifs ?

– T'es con ! proteste Perrin.

Le paysage, à l'intérieur des jumelles, se compose de strates sombres, d'un noir mat aussi dense que le serait le fond d'un puits, et de couches monochromes, tirant du vert anglais au vert émeraude rappelant les derniers paliers sous-marins légèrement éclairés par les rayons du soleil.

– Pas évident de faire la différence entre une motte de terre et un lapin aux aguets ! se plaint Perrin.

– Et une bagnole ou une troupe de connards, tu les verras ? s'agace le sergent. Tu commences à me gonfler.

– Putain, j'déconne pas. C'est surréaliste ce qu'on voit dans cet engin, on se croirait sur la planète Mars.

– Qu'est-ce que tu vois ?

– Mais rien, bordel. Rien en dehors de la piste, des montagnes et du ciel.

Le convoi aborde maintenant la côte menant au promontoire surplombant CT34. Il grimpe péniblement.

– T'inquiète ! Donne notre position à l'adjudant, poursuit le sergent Berton.

Son camarade actionne le pressoir de son talkie-walkie.

– Ici Golf Roméo un. Soleil de Golf Roméo un, vous me recevez ?

– Où êtes-vous ? demande l'adjudant.

– Nous sommes environ à trois cents mètres de la crête qui domine CT34.

– Qu'est-ce que vous voyez ?

– Ben, rien encore.

– Vous entendez quelque chose ?

– Non, rien.

Un bruit caractéristique indique que Bébert vient de se déconnecter.

– On va se garer ici, propose le chauffeur. Nous, on continue à pied. Les copains nous attendent dans leur Jeep. Passe-leur l'info.

– On va jeter un coup d'œil et on revient, c'est ça ? demande Perrin.

– On va s'approcher discrètement de CT34 pour faire un tour d'horizon. Prends tout le matériel.

– Tout ?

– Oui, la caméra thermique aussi…

– Quelle caméra ? Où ça ?

– Sous le siège, dit Berton, elle est sous le siège passager. Elle aurait dû être réintégrée à l'armurerie cet après-midi, elle ne l'a pas été. Prends-la.

– Comment tu sais ça, toi ?

– Je le sais. C'est moi qui l'ai perçue, ce matin, pour le cours donné aux futurs chefs de char. J'ai oublié de la rapporter. Prends-la, dépêche-toi, et passe-la moi.

Les deux hommes franchissent les derniers mètres de la montée en soufflant et subitement, toute la vallée s'étale devant eux. Les jumelles fixées sur le crâne, Perrin scrute le paysage.

– Y a rien du tout. C'est vide, constate-t-il.

– Fais voir, lui dit Berton.

Perrin défait les sangles des jumelles et les tend au sergent qui note comme lui l'absence de présence humaine.

– Rien ici. J'allume la caméra thermique et si ça se confirme, on va aux cibles, fait-il.

Berton sort de son étui l'appareil. Quelques minutes sont nécessaires pour mettre le capteur infrarouge en action. Perrin s'assoit sur la ligne de crête, face au plateau, et attend.

– Merde alors ! s'exclame soudain le sergent. Y a deux mecs couchés derrière les taillis. L'un deux avec une arme longue qui brille comme un diamant dans la lumière. C'est pas possible, elle vient de tirer, y a plusieurs traînées éclatantes qui filent vers les cibles.

Berton s'aplatit au sol et ordonne à Perrin d'informer le poste de garde, et de demander à la seconde Jeep de les rejoindre.

Le dernier jour de ma vie

Cinquante mètres plus bas, Willy vient de tirer. L'énorme silencieux a légèrement amorti le coup. Sur sa tablette, on voit parfaitement l'impact soulever une gerbe de terre contre Sandra. La balle lui a fait exploser des orteils.

– Qu'est-ce que t'en dit ? demande Willy à Tuan en rechargeant.

Le tir suivant semble lui détacher l'autre pied du corps. La tête de Sandra est renversée. Elle a le visage face au ciel et Tuan ne distingue plus ses traits. Il se débat dans ses liens comme si la douleur que doit éprouver sa fille traversait son propre corps.

Le troisième tir frôle le bras droit de Sandra. Assez près pour lui endommager le coude.

– Ouvre les yeux et regarde, salopard ! lui ordonne Willy. Ce n'est pas encore fini. Il y a encore l'autre bras et les épaules avant de lui loger une balle dans la tête… Regarde !

Willy l'attrape par les cheveux pour l'obliger à regarder. La tablette est presque contre lui. Ce qu'il voit l'anéantit. Sandra s'est affaissée, mais sa tête bouge encore. Elle ballote de droite à gauche. Un mouvement lent et obsédant comme si elle cherchait à s'extraire de son corps.

Pourquoi ne meurt-elle pas ? se lamente son père. Il l'exhorte à mourir, à céder devant l'envie de vivre. Les quelques minutes qu'elle peut encore espérer ne lui apporteront que des souffrances supplémentaires. L'Anglais va la dépiauter. Méthodiquement. Il va poursuivre son travail de boucher. Plus rien ne peut l'arrêter. Il faut qu'elle meure. Jamais Tuan n'aurait imaginé prier un jour pour que sa fille le quitte. Pour qu'elle s'éteigne.

Cette volonté, que Sandra disparaisse, s'est emparée de lui comme un accès de rage. D'abord, il l'a espéré. En silence. Puis il a hurlé : « Meurs, mon amour, meurs maintenant ! »

Sa tête résonne de ses propres cris. Il se cambre, bloque sa respiration, les veines de son cou gonflent à en éclater, et il rugit encore : « Meurs, Sandra ! Meurs ! »

Willy ricane :

– *Not so easy, my friend !* L'existence a parfois des ressorts qu'on ne soupçonne pas. Elle va s'accrocher, ta petite, c'est sûr. Elle ne va pas vouloir tirer sa révérence comme cela. Mets-toi à sa place : vingt-deux ans, la vie devant elle... En plus, peut-être croit-elle encore que son papa va apparaître pour la sauver... Et elle t'entend lui gueuler dans son talkie-walkie de mourir, elle ne doit rien y comprendre, elle doit se demander ce que tu fous. C'est dommage qu'elle ne le dise plus rien. Ça va manquer à la vidéo !

Les vociférations de Tuan se transforment en une longue plainte.

– *Yeah !* Vraiment dommage ! ajoute Willy en réarmant. De toute manière, on ne va pas y passer la nuit. Il faut une fin à tout, non ? Regarde, je vais viser la tête, maintenant. Ensuite, ce sera ton tour.

Alors Tuan lâche enfin prise et attend les deux coups de grâce. Il voudrait seulement que Willy agisse vite. Il essaie encore de penser à la suite, la fuite de l'Anglais, à Derolle accroché à ses basques... Il se dit que ce fumier de Willy n'a aucune chance, qu'il finira par tomber. Qu'il aura le procès du siècle et il se demande quelle tête feront ceux qui l'ont connu en apprenant son rôle dans cette horreur. Il se demande quelle tête feront ses amis quand ils sauront le calvaire qu'ils ont enduré, lui et Sandra.

J'aurais jamais cru qu'il était aussi difficile de mourir, pense-t-il.

Fin de partie

La lumière blanche et crue inonde le plateau. Dès le message transmis par Perrin, la seconde Jeep s'est ruée à l'assaut de la piste. Elle a viré de bord sur la ligne de crête et, devant les gestes répétés du sergent Berton, le soldat N'Diaye a allumé le projecteur. Le faisceau concentré d'un millier de Lumen porte largement à plus d'un kilomètre, sortant de l'opacité de la nuit la ligne des cibles. À proximité, il écrase tout. Les cailloux, la terre, les épineux, tout est soudainement noyé par la puissance du phare. Comme le ferait le flash d'un obus, à l'instant de l'explosion.

Il faut une poignée de secondes pour s'habituer. Lorsqu'il a senti que N'Diaye allait actionner le projecteur, Perrin a fermé les yeux derrière les réticules de ses jumelles à intensificateur de lumière. Puis a ôté ces dernières.

Il entend Berton hurler :

– Ne bougez plus ! Les mains derrière la tête !

Il doit s'adresser aux deux hommes qu'il a surpris couchés à terre avec des armes. Il voudrait regarder à son tour. Quelque chose d'indéfinissable l'en empêche. Il ne s'est pas allongé comme le sergent lui avait intimé de le faire. Il est toujours accroupi, le Famas pendant entre ses cuisses.

À une cinquantaine de mètres, Willy s'est retourné pour glisser sur le dos, la Cheytac pointée devant lui. Sur sa gauche, il y a cette boule lumineuse aveuglante, qui extirpe de l'environnement la moindre chose. Il ne voit ni N'Diaye ni Lejeune, retranchés derrière le projecteur. À quelques mètres, sur sa droite, ce sont deux formes en ombres chinoises. L'une, debout, arc-boutée contre un gros objet cubique, et l'autre, assise, dont on aperçoit clairement le Famas pointé sur lui.

Willy presse la détente.

Perrin n'a même pas le temps d'entendre le coup de départ du projectile. Il est soulevé du sol avec une violence inouïe. Il pense à un coup de pied de cheval. Un énorme cheval de contes et légendes. Il est encore entre ciel et terre lorsque sa vue se brouille. La munition de 408 le tue avant qu'il n'ait retouché le sol.

Quand il retombe, c'est un pantin désarticulé. Berton, Lejeune et N'Diaye ont compris. L'un des gars qu'ils viennent de surprendre a tiré et tué leur ami.

En même temps que le sergent se jette au sol, laissant choir la caméra à plus de dix mille euros, les fusils d'assaut de ses deux soldats crépitent de concert. Deux longues rafales tirées au jugé vers la forme qui tente de se relever. Pas facile.

La pagaille a fait rouvrir les yeux à Tuan. Il a vu Willy piégé par la lumière, il l'a entendu jurer, il l'a vu se retourner et braquer son énorme Cheytac. Puis il a été surpris par le blast du départ du coup. Comme si une grenade offensive avait explosé contre son visage. Après, il s'est vu mourir quand les balles ont miaulé, avant de cribler le terrain autour d'eux.

Impossible qu'il échappe à ce déluge de feu, s'est-il dit. Il a refermé les yeux, heureux, parce que la dernière cartouche destinée à sa fille n'avait pas eu le temps d'être ajustée. C'est lui qui mourrait, elle qui allait vivre peut-être. Maintenant, il veut qu'elle vive. On ne peut pas dire que l'histoire se finit bien, mais, en tout cas, elle se finit différemment que ce qui a été programmé. Sandra n'a pas été tuée. Elle est gravement blessée, mais elle se reconstruira, il n'en doute pas. Quant à lui, il va rejoindre la grande tribu des morts avec laquelle il a si souvent flirté sans jamais entrer dans la danse. Il s'en moque. Au moins, la mort ne va pas lui être imposée par ce salaud de Willy. Elle viendra de son propre camp, un *friendly shooting*, comme aurait dit Willy…

Puis les coups de feu cessent comme ils ont commencé. Après le vacarme des rafales, le silence.

À côté de lui, Willy grogne. Il râle.

Il ricane. Ce genre de ricanement qui contient une douleur insupportable quand elle vous envahit.

– Cette fin n'était pas au programme, s'exclame-t-il. Tu t'en sors. Incroyable, non ?

Willy parvient encore à émettre un rire qui se perd rapidement dans la nuit.

– Je vais tirer ma révérence, mais je vais rejoindre ta fille…

Tuan sent une onde glacée l'envelopper.

– Sandra ? Mais tu n'as pas eu le temps…

– Si, le Viêt ! Ta fifille est déjà morte. Regarde la tablette. Regarde-la. Tu crois vraiment qu'elle s'en tirera ? Rien ne résiste aux projectiles de la Cheytac. C'est une affaire de minutes, maintenant. Elle va se vider de son sang. Je suis vengé.

La voix de Willy n'est plus qu'un halètement :

– Cela fait des années que je m'étais juré de me venger de toi. C'est fait. Je n'ai pas tué des dizaines de personnes pour laisser filer ma dernière proie. Je déteste les femmes, je déteste ta fille, je vous déteste tous. Depuis ma blessure en Irlande du Nord, je vous vomis. Je vomis l'humanité entière.

L'Anglais devient presque inaudible :

– Ta fille, quand je l'ai rencontrée, la première fois, elle a tout de suite su que je n'étais plus un homme. Cette chienne m'a souri comme on sourit à un impuissant. Il fallait…

Tuan revoit le sourire lumineux de Sandra. Il tremble comme si la température avait chuté au-dessous de zéro. Elle doit avoir froid aussi, Sandra, maintenant. Il entend Willy se plaindre qu'il a soif. Terriblement soif. Il est comme prisonnier d'une bulle infernale, isolé du monde extérieur, lié à cet homme qui vient de ruiner sa vie. Il voudrait que Willy disparaisse enfin, il voudrait mourir avec lui. L'idée que ce salaud puisse s'échapper dans l'inconnu avec Sandra le crucifie. Il voudrait prier, mais les mots lui manquent. Il voudrait crier et appeler Sandra. Il voudrait crier si fort qu'elle l'entende là où elle est, entre terre et ciel.

Il voudrait que son cœur lâche. Pas facile de mourir comme cela !

Il sursaute quand une main le touche. Il essaye de repousser Willy, mais s'aperçoit, en le regardant, que celui-ci ne respire plus. Les yeux du tueur se perdent dans la nuit. La lumière du projecteur accroche les angles immobiles de son visage. Willy gît à quelques centimètres de lui, les bras coincés sous le dos, sa Cheytac à côté de lui.

La main le secoue encore et une voix hurle qu'un certain Perrin a été buté.

L'homme le répète au moins dix fois. Tuan s'est mis à compter, puis il a abandonné. Aussitôt après, on le retourne sur le dos avant de l'aider à s'asseoir.

– Putain d'Adèle, fait le soldat qui se tient face à lui. Vous êtes le monsieur qui est venu au poste de garde…

– Ma fille…

– Quoi ? demande l'homme.

– Ma fille, hurle Tuan. Le fumier, à côté, il l'a tuée ! Sur la deuxième ligne de cibles…

– Votre fille ?

– Sandra. Dépêchez-vous. Emmenez-moi là-bas.

Berton se redresse et actionne sa radio :

– Mon adjudant, halète-t-il, mon adjudant, on a été accrochés. Perrin est mort. Le tireur aussi.

– Comment ? répond Bébert d'une voix blanche.

– N'Diaye et Lejeune lui ont fait la peau. Mais on a retrouvé votre ami, le gars du club de tir. Il nous dit que la voix de femme qu'on entendait, c'est sa fille.

– Elle est où ?

– Au deuxième réceptacle. À mille mètres de nous. Elle est morte. Le gars dit qu'elle est morte…

– Quoi ? Comment est Lagrange ? braille l'adjudant.

– Indemne, mais salement secoué.

Berton est en train de défaire les liens de Tuan quand son regard se pose sur la tablette de Willy. Sandra lui apparaît dans sa nudité sanguinolente, tassée sur elle-même, enchaînée au cadre de la cible. Malgré la monochromie de l'amplificateur de lumière, les chairs éclatées et le sang répandu sont aisément reconnaissables. Jamais le sergent n'a vu pareil spectacle. Ni en Afghanistan ni au Mali où il a, pourtant, côtoyé bien des horreurs. Sans doute est-ce l'aspect surréaliste de la scène qui le choque. Il reste un long moment hébété devant l'image et parvient à articuler :

– Il en a fait de la chair à pâté…

– Répète ! Je comprends pas, hurle Bébert.

– La jeune fille… Oh, mon Dieu !

Les mots s'inscrivent dans le cerveau de Tuan. Alors, ce qu'a dit l'Anglais est donc vrai ! Il a tué Sandra. Tuan ne bouge pas. L'agitation qui le gagne se passe au fin fond de son âme. Il n'esquisse pas un geste lorsque le sergent l'assoit et lui entaille la peau des bras en sectionnant ses liens à l'aide d'un cutter. Comme s'il n'allait jamais sortir de l'état de sidération qui s'est emparé de lui quand Willy a logé la première balle dans le corps de Sandra.

Il ne parvient qu'à répéter encore et encore le prénom de sa fille. Il mesure enfin ce qu'il perd, la présence de Sandra. Il pense à sa vie fauchée en pleine jeunesse, à ses rêves brisés, à son voyage au Viêt-Nam sur les pas de son grand-père qu'elle ne fera pas.

Parvenu enfin au terme de ce cauchemar, il s'apprête à entrer dans un autre, pire que le premier. Un cauchemar qui durera des années, jusqu'à la fin de sa vie.

– On a envoyé une ambulance au réceptacle, lui chuchote Berton. Une autre va venir vous chercher. Respirez, monsieur ! Respirez !

La douceur de la voix du militaire soulève en Tuan une impression de raz-de-marée. Comme une houle d'une puissance prodigieuse qui chercherait une issue afin de quitter son enveloppe charnelle.

Il s'effondre dans les bras du sergent et laisse enfin couler ses larmes.

ÉPILOGUE

Deux mois plus tard, Tuan est assis au centre du grand temple de la Pagode de Fréjus. Le soleil, qui écrase la ville et pénètre dans la pièce à travers les vitraux, dessine des taches multicolores sur les lames du parquet laqué. Les rais de lumière courent sur le sol et grimpent le long des murs, sur les vieilles faïences, jouant avec les écoinçons et les arêtes des céramiques.

Tous ces derniers jours, le thermomètre a refusé de s'incliner, persévérant à afficher des températures d'été indien. La chaleur ne retombe pas. Dans les rues, les femmes sont toujours en tee-shirt, mini-jupe et sandalettes. Quelques-unes ne portent rien d'autre que des maillots de bain. Fréjus s'est transformée en ville de bord de mer.

Les arbres ont conservé leur feuillage. Dans les jardins de la Pagode, c'est une exubérance de végétation et de couleurs. Seule la pénombre de la salle offre un peu de fraîcheur quand on se tient à l'écart des rayons du soleil.

Tuan est assis en position du lotus.

Il inspire et expire lentement. Il a fait le vide dans son esprit, laissant défiler derrière ses lunettes noires des images qui lui arrivent de façon aléatoire. Une nébuleuse de souvenirs qui retracent le fil de sa vie. Le résumé des moments forts qui ont émaillé son existence.

Il respire à peine. Il se laisse porter par les images.

C'est l'appartement de Sandra, en désordre, sur son iPhone. C'est le ruban d'asphalte dans la nuit, avalé par les phares de son Audi qui roule à une vitesse vertigineuse vers Canjuers. Il tangue au rythme des coups de volant. C'est la pluie de balles qui s'abat sur Willy...

Il entend à peine le bonze qui psalmodie au fond de la salle, recroquevillé sur son coussin doré, au pied du majestueux bouddha de stuc. Quand le gong résonne, Tuan se redresse inconsciemment et essaie de remonter dans le temps. Comme un dormeur essayant de replonger dans un rêve.

Il est projeté dans le désert du Tchad. Il avance en tête de son groupe de combat. Les soldats s'évanouissent dans le sable et il se retrouve seul derrière une case, écoutant les rebelles approcher. Le soleil l'éblouit et il ferme les yeux pour quitter cette scène et laisser venir d'autres souvenirs.

Il traverse l'Irak, comme Willy l'a fait avec son unité. Il roule sur la piste que jalonnent les corps noircis des cadavres de Saddam Hussein. Il est autour d'une caisse de bières, avec Willy. Il est au pas de tir avec lui, encore. Willy lève un verre pour trinquer et lui éclate de rire au visage.

Tuan frissonne. L'hiver bosniaque l'enveloppe à l'improviste. Cela fait des années qu'il a cessé de penser à l'ex-Yougoslavie. Trop dur, trop triste. C'est maintenant une grange, découverte au détour d'un chemin, avec une jeune fille crucifiée sur la porte. Une adolescente qui ressemble à Sandra. Tuan a arrêté la colonne de chars et se tient en dessous de la petite Serbe martyrisée. Elle est trop haut pour qu'il puisse la déclouer. Il pleure devant le cadavre dont l'odeur sucrée et amère s'échappe avec une vigueur inattendue. Elle envahit le périmètre, elle s'infiltre dans la pagode, elle colle à la chemise de Tuan. Il frémit et se secoue pour chasser la morte et sa puanteur.

Sandra sur la plage. Où était-ce ? Tuan ne se souvient pas. Saint-Raphaël, peut-être. Sandra a douze ans. C'est une enfant, mais elle a déjà sa taille adulte. Plus mince, mais aussi grande. Comme une liane tropicale poussée sauvagement. Elle court en tendant les bras vers lui. Ils vont jouer au ballon, puis ils se baigneront, puis ils mangeront des glaces aux fruits exotiques. Ensuite, il lui racontera les aventures de son grand-père. Ils évoqueront à nouveau le Viêt-Nam. Elle lui demandera encore une fois de l'y emmener.

Sandra assise à la table du jardin. Elle déchiffre les pages du carnet de route de son grand-père. Elle a cinq ans, elle apprend à lire dans ce petit calepin qui va devenir sa bible.

Tuan remonte le temps. Il entend sa femme crier, puis un vagissement. Sandra vient de naître. Un joli poupon déjà couvert de cheveux bouclés d'un noir d'ébène.

À chaque larme qui coule sur son visage, une pression discrète s'exerce sur sa main. Tuan ne répond pas. Il se laisse aller.

Il continue de se laisser porter par les images et les souvenirs qui repartent en sens inverse, des plus anciens jusqu'aux plus récents.

Et c'est Willy, encore. Avec sa 408 Cheytac toute neuve. Tout le club s'est regroupé autour de l'arme.

Tuan rouvre les yeux brusquement, secoué par les sanglots. Il cherche l'air comme un poisson jeté hors de son aquarium. L'étreinte sur sa main s'accentue, puis il sent la chaleur de Natacha. Le médecin ne prononce pas un mot. Que pourrait-elle bien dire, d'ailleurs ? Elle se serre contre lui et pose sa tête sur son épaule.

Derrière eux, l'assistance se tait. Elle respecte la solennité de la cérémonie. Chaque mouvement est mesuré, feutré. Les amis venus se réunir sont assis ou debout. Aucun ne parle.

Chacun attend que le bonze ait terminé de psalmodier et que Tuan se relève pour s'avancer vers Sandra. Chacun attend l'instant où le père va aller serrer sa fille dans ses bras.

Cela fait un mois que Sandra a abandonné ses béquilles et qu'on lui a retiré ses plâtres.

Elle remarche. Elle revit.

Natacha s'est s'occupée de sa rééducation. Elle l'avait promis : avant la fin de l'automne, Sandra partirait enfin au Viêt-Nam. Cette cérémonie, c'est sa résurrection. C'est son retour dans le monde des vivants. Sandra n'a cessé d'en parler tout du long de ces semaines de torture.

Alors que les médecins ne lui laissaient que peu de chances de survivre à ses blessures, dans les heures qui avaient suivi la nuit tragique du champ de tir, elle avait demandé à son père d'être incinérée à la pagode. Deux fois son cœur l'avait lâchée, deux fois, on l'avait fait repartir. À chaque fois, Sandra avait émis ce vœu épouvantable pour Tuan.

Dans l'absolu, Sandra rêvait de s'installer à Saïgon et d'y finir ses jours. Mais dans le cas où cela n'arriverait pas, elle avait répété qu'elle aimerait que tout s'achève à la pagode de Fréjus. Elle l'avait confié au vieux Dinh, le gardien, quand elle se promenait en sa compagnie vers le petit jardin du Souvenir, le mémorial voisin du sanctuaire où ont été dispersées les cendres d'anciens combattants qui avaient souhaité reposer près de leurs camarades morts pour la France au cours des guerres d'Indochine. Ce carré de terre de deux mètres sur deux avait accueilli les restes de son grand-père. Elle s'y recueillait régulièrement. Chaque fois qu'elle venait flâner à la pagode.

Alors que Sandra luttait entre la vie et la mort, le Vietnamien avait même promis d'offrir l'urne, rapportée autrefois par sa famille dans la débâcle de la fin de l'Indochine française, où il espérait reposer un jour. Des heures d'angoisse au cours desquelles Tuan avait vieilli de dix ans.

Puis le sort en avait décidé autrement.

Sandra s'était accrochée. Sans doute son désir obsessionnel d'aller au Viêt-Nam lui avait-il donné la force de durer.

Quand le vieil homme avait appris que Sandra vivrait, il avait proposé à Tuan d'organiser cette cérémonie de bénédiction. Le plus beau cadeau qu'on puisse lui faire. La meilleure des thérapies. Un avant-goût de la découverte de son deuxième pays et de ce qui l'y attendait, la culture, la tradition, la sagesse orientale…

Légèrement en retrait, Derolle ne quitte pas son ami Tuan des yeux. Dès qu'il a reçu l'invitation à la cérémonie, il a sauté dans sa voiture et avalé d'une traite les neuf cents kilomètres le séparant de Fréjus, ne s'arrêtant que pour refaire le plein du réservoir. C'est le plus beau jour de sa vie. Il en a oublié la banlieue parisienne, ses quartiers petits-bourgeois devant la Seine, ses barres de HLM pourries, son commissariat poussiéreux, rien de tout ça n'existe plus.

Il est parti en laissant toutes ses affaires sur le bureau, ses dossiers, les centaines de captures d'écran et les enregistrements des vidéos… Plus qu'une seule chose ne compte : cette jeune fille miraculée, merveilleuse comme les plus beaux jours de la Création… S'il n'y avait pas son épouse et ses filles, il resterait à Fréjus. Il oublierait les mortes de Colombes et de Taverny. Il abandonnerait son uniforme et son arme. Il changerait de métier. Il referait danser la vie.

Derolle se sent emporté par un accès d'euphorie insondable. Sa vue se brouille. Il ne veut pas qu'on le voie sangloter. Il a l'impression que l'assistance n'a d'yeux que pour lui, pour le flic qui a révélé la vérité sur cette affaire. Qui a bravé tous les interdits et tous les dangers pour le faire. Qui a osé faire éclater cette histoire de *snuff movies* aussi sensible qu'une caisse de nitroglycérine. Au risque de faire partie des dommages collatéraux.

Le tueur anglais est mort, mais rien n'est réglé. La Triade qui employait John McGovern aura déjà remis en selle son remplaçant, Derolle y mettrait sa main au feu. Le mal aura toujours une longueur d'avance, il est payé pour le savoir.

En s'avançant dans l'allée centrale de la Pagode, Tuan pense à Léa. Son épouse n'est pas venue. Il s'en est fallu de peu que sa belle ne sombre dans la folie. Heureusement, Natacha s'en est occupée comme d'une sœur.

Sandra, Léa… Natacha a soigné et rééduqué sa fille. Elle lui a communiqué sa foi en la vie. Elle a réussi à lui faire oublier son calvaire. À force de pilules, de piqûres et de tendresse, elle a aussi réussi à empêcher que Léa ne bascule.

Tuan en est sûr : Léa va guérir et Sandra se reconstruira au Viêt-Nam.

Il n'en doute pas, car il part avec elle.

Ils iront ensemble sur la RC4. Ils iront ensemble à Coc Xa. Tuan réalisera ce qu'il avait toujours rêvé de faire sans jamais trouver le temps, l'énergie, l'opportunité de l'accomplir. Là-bas, ils déposeront une plaque à la mémoire du grand-père de Sandra. Une plaque discrète, au milieu de la jungle, pour ne pas froisser la susceptibilité des Vietnamiens. C'est sa fille qui en a eu l'idée.

Tuan aspire à pleins poumons l'air que parfument les vapeurs d'encens. Comme à travers un écran cotonneux, il entend le chant des cigales qui provient du jardin. Autour de lui, la foule s'est évanouie.

En approchant de Sandra, Tuan éprouve la sensation d'une présence entre eux, tiède comme le sang, indéfinissable, qui s'interpose. Il tend les bras, essaie de parler, mais reste muet. Sandra se retourne et le regarde, étonnée, comme s'il s'éloignait.

Willy est là.

REMERCIEMENTS

Merci à Francis Esménard qui, une nouvelle fois, m'a renouvelé sa confiance.

À mon éditrice Maëlle Guillaud d'être toujours aussi disponible.

À l'équipe d'Albin Michel qui a travaillé avec enthousiasme sur ce livre.

À mes amis Francisque et Monique Oeschger, Stéphanie des Horts, Jean-Louis Tremblais, Hervé Bentégeat, Jean Roberto, Jacques Tiano, pour leur indéfectible soutien.

À mon grand fils Matthieu, toujours aussi passionné.

À ma chérie, Bénédicte, et nos enfants, Louis et Faustine, de ne jamais s'être plaints.

Et à Frédéric Schœndœrffer, Pascale et Michel Ducoudray, mes premiers lecteurs, pour leurs conseils avisés.

Merci à tous.

DU MÊME AUTEUR

Aux Éditions Albin Michel

LE JOUR OÙ TU DOIS MOURIR, 2011.

LES SOLDATS DE PAPIER, 2012.

CHIENS ENRAGÉS, 2014.

Chez d'autres éditeurs

L'AFFAIRE BOUDAREL, Le Rocher, 1991.

PUTAIN DE GUERRE, Le Rocher, 1993.

LES CERCUEILS DE TOILE, Le Rocher, 1998.

AFGHANISTAN, LES SOLDATS DE LA LIBERTÉ, Valmonde, 2008.

CHAMBRES DE REPORTAGES, Valmonde, 2013.

GAUGUIN AMOUREUX, Rabelais, 2016.

Composition : Nord Compo
Impression : CPI Bussière en janvier 2018
Éditions Albin Michel
22, rue Huyghens, 75014 Paris
www.albin-michel.fr

ISBN : 978-2-226-40205-9
N° d'édition : 22894/01 – N° d'impression : 2032943
Dépôt légal : février 2018
Imprimé en France